Schmitts Hölle – Verrat

Der Autor

Joachim Widmann ist ein Berliner Medienmanager und Journalist. Er war unter anderem Chefredakteur einer Nachrichtenagentur und einer Regionalzeitung und ist heute Mitinhaber und Leiter zweier Journalistenschulen.
„**Schmitts Hölle – Verrat**" ist sein erster Roman.

***

Leser-Rezensionen:

„Wenn nicht alles täuscht, hat in ‚Schmitts Hölle' eine Erfolgsfigur ihren ersten Auftritt. Krimifreunden jedenfalls sei dieses Buch ans Herz gelegt. Sibel Schmitt ist eine komplexe Ermittlerin, die in keine Schablone passt. ... Sie ist verletzlich, hat ihre … Kindheit nicht immer ganz hinter sich gelassen. Schmitt kann scharf analysieren, bewegt sich aber psychisch stets am Abgrund. ... Ein faszinierender Charakter."

„Widmann zeichnet eine Welt in Graustufen, aus Verrat und Intrige, in der jeder mit jedem eine Rechnung offen hat, niemand ohne Schuld ist, nicht einmal seine (Anti-) Heldin. Schon ihretwegen lohnt die Lektüre."

Weitere Thriller mit Sibel Schmitt:

DIE FRAU IM ROTEN KLEID

SCHMITTS HÖLLE – COUNTDOWN

Joachim Widmann

SCHMITTS HÖLLE
Verrat

Ein Thriller mit Sibel Schmitt

Bibliografische Information der Deutschen Nationalbibliothek:
Die Deutsche Nationalbibliothek verzeichnet diese Publikation in der Deutschen Nationalbibliografie; detaillierte bibliografische Daten sind im Internet über http://dnb.dnb.de abrufbar.

© 2015/2016 *Joachim Widmann*

Alle Namen, Personen, Unternehmen und Handlungen sind frei erfunden. Eventuelle Ähnlichkeiten beruhen auf Zufall.

Illustration/Cover: **Michael Karg**
(michael@kargistan.de)

Bildmaterial: Massimo Meloni – „Ragazza in guerra lacrime", Fotolia.com

Lektorat: **Krista Maria Schädlich**

Herstellung und Verlag: BoD – Books on Demand, Norderstedt
ISBN: 978-3-7412-9978-0

In den als „Vertrauenssache" eingestuften
„Richtlinien für die Zusammenarbeit der
Verfassungsschutzbehörden, des Bundesnachrichtendienstes,
des Militärischen Abschirmdienstes, der Polizei
und der Strafverfolgungsbehörden
in Staatsschutzangelegenheiten"
vom 23. Juli 1973
wird den Geheimdiensten der Bundesrepublik Deutschland
ausdrücklich das Recht zugebilligt, polizeiliche Ermittlungen
aus Sicherheits- oder Geheimhaltungsgründen
zu behindern oder zu vereiteln.

Es liegt in der Natur der Sache,
dass diese Gründe nicht einmal der Polizei transparent
dargelegt werden müssen.

1

Bei Zeuthen, Brandenburg

War da etwas?
Stockdunkel ist es.
Herzklopfen, Lauschen.
Nichts.
Lächerlich. Was soll hier schon sein, mitten im Wald?
Es sind nur die Nerven.
Kein Wunder: „Ihr müsst verschwinden", hat Walter am Telefon gesagt. „Sofort. Haut ab so schnell ihr könnt. Ich kann es jetzt nicht erklären. Verschwindet irgendwohin, wo es sicher ist. Hängt unbedingt den Personenschutz ab. Was immer passiert: keine Polizei!"
Ihr Mann ist sonst nicht so. Er ist ein Bär, kein Fuchs. Kraftvoll, bedächtig, nicht aus der Ruhe zu bringen.
So also klingt es, wenn er sich gejagt fühlt.
Schnell den Koffer gepackt, Annika vom Friseur geholt, zum Hinterausgang raus, ohne Personenschützer zur Hütte gefahren. Walter angerufen.
Sein hektisches Flüstern: „Ich kann nicht reden. Falls mir etwas passiert: Du findest Unterlagen an unserem Platz."
Völlig aufgelöst der Mann.
So hatte Carla Muthberg ihren Mann in all den Jahren nicht erlebt. Es ist wie den Boden unter den Füßen zu verlieren.
Da war *doch* ein Geräusch. Vielleicht nicht draußen, sondern in der Hütte. Das Telefon vielleicht – eine SMS?
Nein, es zeigt keine Nachrichten an. Nur die Zeit: 1:54 Uhr.
Kein Laut im Wald. Kein Käuzchen, kein Insekt.
Plötzlich grelles Licht überall. Ein Knall.
Carla springt auf. Fällt über die Bettecke. Schlägt mit der Stirn auf, dreht sich auf den Rücken.
Bloß schnell hoch!
Etwas drückt sie wieder zu Boden.

Atemnot!

Ein schwarz maskiertes Gesicht über ihrem. Blaue Augen in den Sehschlitzen der Skimaske.

Erinnerungsblitz – Selbstbehauptungstraining für Frauen, zentrale Lektion: Wenn er dir so nahe kommt, geh auf die Augen oder auf die Hoden – aber nur, wenn du sicher bist.

Bin sicher.

Rechts ablenken: Sie schlägt das Telefon mit aller Gewalt gegen seinen Hals. Links zugreifen: Daumen ins Auge und drücken.

Ihr Nagel bohrt sich ins Feuchte.

Der Maskenmann schreit und weicht zurück. Ihre Hand bleibt in sein Auge und seine Maske verkrallt. Er versucht wegzukommen, zieht sie mit. So kommt sie hoch.

Schwarz uniformierte Maskenmänner im ganzen Raum.

Maskenmänner strecken die Arme nach ihr aus.

Sie lässt ab, reißt den Schürhaken aus dem Ständer mit dem Kaminbesteck, schlägt um sich.

Auf den Kopf zielen, den Hals!

Maskenmänner schwanken, Blut sickert durch Masken. Einer, zwei gehen zu Boden.

Der Schürhaken schneidet mit einem Sirren durch die Luft. Prallt gegen Köpfe und Körper.

Sie sieht Annika mit einer Kapuze auf dem Kopf. Handschellen hinten.

Lasst sie sich doch anziehen, ihr Schweine!

Die Typen führen mein Mädchen ab! Ausholen, Oberarm treffen, brechen hören; ins Auge stechen – geht daneben, dennoch ein Schrei.

Einen trifft sie am Hals. Er kippt hintenüber.

Ja! Jajaja!

Etwas wird auf sie abgeschossen. Taser-Drähte verhaken sich in ihrem Baumwollshirt.

Schock! Und wieder Schock!

Carlas Herz setzt aus. Krampf, Schmerz, Kraftlosigkeit in den Beinen.

Der Schürhaken knallt auf den Dielenboden.

Sie bricht zusammen.

Ein Maskenmann rollt Carla auf den Bauch, fesselt ihr die Hände auf dem Rücken. Streicht mit beiden Händen über ihre Hüften, Beine.

„Gutes Material, die beiden Frauen", sagt er. „Gut trainiert, straffe Ärsche. Die Mutter fast noch besser als die Tochter."

„Halt's Maul, Mann, wir haben zu tun", sagt ein anderer, der sich noch den Kopf hält.

Was geht euch mein Arsch an! Lasst mich, Ihr Schweine!
Nein. Sie denkt nur, dass sie ruft. Sie hat keine Luft.
Luft!
Zwei Kerle schleppen mein Kind zur Tür hinaus. Annika!
Keine Luft, kein Ton.
Carla ist gelähmt.
Zwei Männer reißen sie an den Armen hoch. Schleifen sie hinaus. Draußen stehen drei SUV. Annika ist schon im ersten.
Carla wird auf den Rücksitz des letzten Wagens geworfen. Die Tür knallt gegen ihr Bein. Stöhnen. Ruckartige Beschleunigung. Etwas berührt ihren Kopf. Bodenwelle, Kopfbewegung: Der Maskenmann schafft es nicht, ihr die Kapuze überzuziehen.
Linkskurve, Schlagloch: Die Tür hält sie nicht. Sie fällt. Rutscht und rollt in eine Senke. Schlägt an Steine oder Bäume. Bleibt endlich liegen.
Schmerz. Stille.
Über ihr, auf der Straße, schlagende Autotüren, Stimmen.
Lichtkegel bohren in die Nacht.
Sie kriecht hinter einen Baumstumpf.
Der Geruch nach feuchtem Laub und Moder.
Maskenmänner klettern die Böschung herunter.
Sie steigt hinter dem Baumstumpf eine Böschung hinauf.
Gebt mir meine Hände!
Sie stützt sich mit der Stirn ab. Kippt. Rutscht jenseits einer Kuppe wieder in eine Senke. Schlägt mit dem Schienbein an und unterdrückt einen Schmerzensschrei. Lichtfinger tasten den Boden ab. Carla kauert sich zusammen.
Erinnerung an die leuchtenden Augen eines Rehs im Scheinwerferlicht: Sie drückt ihr Gesicht ins Laub, atmet flach in den lockeren Waldboden.
Eine Männerstimme ruft: „Nichts." Er bewegt sich rechts von ihr, kommt mit schweren Schritten durchs Unterholz näher.
Eine andere Stimme: „Verdammt." Irgendwo vor ihr.
Ich müsste ihn sehen.
„Wo kann sie hin sein?" Halbrechts, ein wenig weiter weg.
„Hier auch nichts." Dieser Maskenmann steht neben ihr. Sie hat die Augen weit geöffnet, aber die Nase im Laub, schaut irgendwie hoch, ohne das Gesicht zu heben. Das Licht der Lampe fliegt über den Platz, an dem sie liegt. Sie könnte den Maskenmann anfassen, wenn ihre Hände nicht gefesselt wären. Schritte hin und her. Rascheln im Laub. Stolpern, leise Flüche. Sie hält die Luft an.
Sie müssen mich doch sehen. Ich liege zwischen ihren Füßen, direkt unter ihren Augen.
Doch nicht einmal der Mann nahe an ihrem Versteck sieht sie.

Sie hört sein Funkgerät schnarren. Er antwortet: „Okay, Nummer sechs hat verstanden."

„Nummer vier, verstanden." Etwas abseits, rechts.

„Nummer drei, verstanden." Vor ihr.

Warum sehe ich ihn nicht? Er hört sich an, als müsste ich ihn mit einem Ausstrecken des Zeigefingers am Bein berühren können.

„Fünf." Weiter oben.

Schwere Schritte auf Waldboden. Die Männer kämpfen sich die Böschung hinauf.

Lichtfinger stechen in den Wald und sparen die Delle im Boden aus, in der die Frau kauert.

Das Licht verschwindet. Autotüren schlagen. Motoren brüllen. Verklingen.

Stille, schwarze Nacht.

Sie heult los.

Versuch deine Atmung zu kontrollieren, die Heulerei bringt dir nichts.

Sie zwingt die Tränen nieder.

Big girls don't cry. Big girls don't cry.

Der Gedanke an 10cc ist wie ein Sonnenstrahl auf ihrer Haut.

Walter war sehr schlank damals, er hatte harte, warme Muskeln. Seine Hände wanderten über meinen Körper.

Inventur: Ein schwarzes, ärmelloses Shirt, ein Slip, ein Paar Handschellen. Nicht zu viel für eine Frau auf der Flucht.

Flucht? Wovor?

Wozu machst du seit 20 Jahren Yoga? Bieg dich, Carla!

Sie sitzt auf dem Boden, Beine leicht angewinkelt. Die zusammengefesselten Handgelenke so weit wie möglich nach unten schieben. Rücken rund, Schultern hängen lassen und entspannen. Die Finger in den Boden krallen. Mit den Beinen schieben.

Ihre Arme bleiben an ihren Hüften hängen. Sie drückt das Becken nach vorn, krümmt den Rücken mehr, um Raum zu geben. Der Stahl schneidet in ihre Handgelenke. Vor, zurück, vor, zurück – mit jedem Rückschwung gibt sie etwas Druck mit den Füßen, um mit ihrem Hintern über die Fesseln zu kommen. Die Schultern knirschen. Warme Feuchtigkeit an den Stellen, wo die Handschellen in ihr Fleisch drücken. Blut.

Vor, zurück, vor, zurück. Seitwärts-Wiegen und Kontraktionen der Gesäßmuskulatur, Millimeter Raumgewinn.

Ein Ruck. Ihre Arme nehmen den Slip mit. Sie zieht ihre Beine über die Handschellen. Sie hat ihre Hände gewonnen. Schmerz pocht in den Gelenken.

„Ja! Ja! Verdammt, ja!" spendet sie sich Beifall und zieht den Slip wieder hoch.

Sie klettert die Böschung hinauf und schleicht zur Hütte zurück. Ein schwarzer SUV steht davor, Licht brennt in allen Räumen. Sie sieht niemanden. Aber es ist klar, das Haus steht unter Überwachung.

Wenn ich meine Sachen holen will, muss ich warten.

Aus sicherer Entfernung im Unterholz beobachtet sie die erleuchtete Lichtung. Hin und wieder gibt es Bewegung. Zwei Männer, ohne Masken jetzt, tragen in Klappkisten Material aus dem Haus. Was hoffen sie zu finden? Für wen arbeiten sie?

In was ist Walter reingeraten?

Und was heißt, „Falls mir etwas passiert"?

Die Feuchtigkeit des Waldbodens ist nicht, was sie Frösteln macht.

Wer mögen die Männer sein? Welche Art Gangster legt sich mit der Familie eines Staatssekretärs im Verteidigungsministerium an? Und was hoffen sie zu erreichen? Soll Walter erpresst werden? Womit?

Dass ein ganzes Kommando losgeschickt wird, seine Frau und seine Tochter zu entführen …

Und wie können diese Leute davonkommen, wenn sie erreicht haben, was sie wollen? Ganz Europa und alle seine Verbündeten werden hinter ihnen her sein. Sie haben deutsch gesprochen, kommen nicht aus Nordkorea. Oder aus dem Iran.

Aufhören! Was gehen mich diese Kerle an?

Was ist mit Annika?

In einer milden Sommernacht sollte ich so nicht frieren.

Carla steht unter Schock. Ihre Handgelenke pochen. Der Schmerz wächst.

Warum sagt Walter „Keine Polizei"? Das ist ein Klischee aus dem Krimi. Wer sonst sollte zuständig sein, unser Mädchen zu finden, wer sonst sollte helfen, wenn nicht die Polizei?

Etwas lässt Carla aufhorchen. Sie hebt den Kopf. Die beiden Männer dringen mit ihren Lampen vom Haus her zwischen die Bäume vor. In ihre Richtung. Sie kriecht diagonal davon, auf Baumstümpfe und Steine achtend, um nicht mit ihren Zehen oder Beinen anzustoßen.

Es beginnt schon heller zu werden, als sie an einen Weg gelangt. Sie geht intuitiv nach rechts. Am Ende des Weges steht eine Hütte. Stille. Kein Auto davor. Mit einem Scheit vom Kaminholzstapel schlägt sie ein kleines Fenster ein, öffnet es, zieht sich mit beiden Händen am Rahmen hoch und zwängt sich hinein. Sie stürzt zwischen Toilette und Waschbecken eines kleinen Bades mit Kopf und Schulter auf den gefliesten Boden.

Scherben hängen an ihrer Haut, als sie hoch kommt.

Die Tür ist verschlossen.

Draußen bleibt es still. Die Straße ist nicht weit, sie hört Autos und Lastwagen vorbeifahren. Irgendwann beleben erste Vogelstimmen den Wald.

Es ist ihr erstes Gebet seit Jahren.

Die Vögel singen, es gibt keine anderen Geräusche. Keine Verfolger.

Ihr Beschluss reift: zurück nach Berlin.

Der Spiegel zeigt ihr eine verdreckte und verbeulte Frau. Ihre Handgelenke sind geschwollen und blutig. Sie will sich waschen. Der Wasserhahn ist trocken. Sie versucht, den gröbsten Dreck und das Blut mit einem Handtuch abzuwischen. Das macht es kaum besser.

Als die Sonne aufgegangen ist, wirft sie das braune Handtuch aus dem Fenster und zieht sich wieder am Rahmen hoch. Sie landet unsanft auf dem trockenen Boden unter dem vorkragenden Dach. Das Handtuch wird ihr Rock.

Der Weg endet an der Straße, die auch zu ihrer Hütte führt. Sie hält sich von der Straße fern, geht parallel zum Fahrbahnrand durchs Unterholz, ständig nach Männern in schwarzen SUV Ausschau haltend.

Dann sagt sie sich, dass sie haben, was sie wollen: Annika müsste reichen. Und es bringt nichts, barfuß durchs Geranke zu stolpern.

Sie steigt die niedere Böschung hoch zum Fahrdamm, läuft auf der linken Seite, dem Verkehr entgegen, Richtung Ort.

Dann tritt sie auf den kleinen Platz zwischen dem Laden und den Wohnhäusern.

Passanten, früher Einkaufsverkehr.

Als sie die vertraute Szenerie sieht, strömen plötzlich Tränen über Carlas Gesicht. Sie hebt die gefesselten Arme einem Paar entgegen, das mit Brötchentüten aus dem Laden kommt, stammelt „Meine Tochter, sie ist ... ich werde verfolgt ..." Sie taumelt los. Die Frau hebt schon die Arme, sie tröstend in Empfang zu nehmen, der Mann bewegt mit aufgerissenen Augen stumm die Lippen.

Ein schwarzer Transporter rollt ihr in die Quere und stoppt. Er hat ein Magnet-Blaulicht auf dem Dach wie die Zivilpolizei in einem Fernsehkrimi.

Eine schwarze Audi-Limousine mit abgedunkelten Rückfenstern stellt sich dahinter quer. Auch auf ihrem Dach Blaulicht.

Carla weiß: Das gilt ihr. Sie macht einige schnelle Schritte, hält inne. Sinnlos, dem Fluchtreflex zu folgen.

Die drei Anzugmänner, die aus dem Audi steigen, bewegen sich anders als die Maskenmänner. Nicht so geschmeidig und mit weniger Präzision, aber auf eine ruhige Art sehr schnell. Der erste kommt zu Carla, die beiden anderen eskortieren ihn.

Er zeigt ihr einen Ausweis. „Bitte kommen Sie ohne Aufsehen mit", sagt er.

Er steht so dicht vor ihr, dass sie unwillkürlich die gefesselten Arme an ihre Brust presst. „Wer sind Sie denn?"

„Dunker, Bundesverfassungsschutz. Wenn das Standardware ist, können wir Ihnen erstmal die Handschellen abnehmen." Er winkt einem der beiden Männer, zeigt auf die Fesseln. „Mach die mal auf, wenn du kannst." Der Mann zieht einen Schlüsselbund hervor.

Carla streckt ihm die Hände hin. „Jemand ist entführt worden. ‚Keine Polizei' hieß es, und Sie kommen hier mit einem solchen Kommando an", zischt sie, noch immer unter Tränen.

„Ich wünschte, ich könnte Ihnen sagen, dass Ihre Tochter in Sicherheit ist", spricht Dunker sehr leise. „Aber glauben Sie mir, dass Sie allein auch nicht weiterkommen. Kommen Sie mit." Er legt seine Hand auf Carlas Schulter, um der Aufforderung Nachdruck zu verleihen.

Die Fesseln lassen sich öffnen. „Danke", sagt sie. Sie reibt sich die blutunterlaufenen und eingeschnittenen Handgelenke, hat Nebel im Kopf. Dunker fasst sie mit den Fingerspitzen am Ellenbogen und führt sie zu dem Audi. Seine beiden Kollegen gehen zum Transporter und steigen durch die fensterlosen Hintertüren ein. Der Transporter rast los. Dahinter kommen das Paar mit den Tüten, zwei ältere Männer und die Ladenbesitzerin zum Vorschein, die die Szene mit offenen Mündern verfolgen.

Dunker winkt den Leuten, ruft ihnen herzhaft „Alles klar, vielen Dank" zu, öffnet für Carla die Hintertür des Audi, das Blaulicht vom Dach ziehend.

Eine Frau sitzt auf der anderen Seite der Rückbank. Sie lächelt Carla zu. Der Fahrer lässt den Motor an. „Schnell jetzt", sagt Dunker, Carlas Tür schließend, bevor er selbst vorn einsteigt. Er schiebt das Blaulicht in eine Halterung auf dem Armaturenbrett. Der Wagen beschleunigt.

„Wie kann es sein, dass Sie wissen …", Panik steigt in Carla auf, rauscht in ihren Ohren. Sie schreit: „Ich habe nicht gesagt, dass es meine Tochter ist, die … Wie können Sie …? Ihr steckt alle unter einer Decke! Ich will meine Tochter! Lasst mein Kind frei!" Sie fingert nach dem Türgriff. Die Kindersicherung blockiert ihn. Der Fensterheber funktioniert. Nur raus!

Eine Bewegung an ihrer Seite lässt sie nach links schauen. Sie sieht gerade noch, dass es ein Plastikstift mit einer Nadel an der Spitze ist, mit dem sich die Hand der Frau nähert. Zu spät für Abwehr. Das Ding dringt seitlich in ihren Hals und knackt metallisch.

Es wird dunkel.

***

Berlin-Schöneberg

Schmitts Wohnungstür steht offen, das Schloss aus dem Holz gesplittert. Die Klingel geht nicht.
Nach der Dienstwaffe greifen, die Tür lautlos mit den Fingerspitzen ganz öffnen.
Eine solche Situation ist neu für Bernatzki. Hin und wieder geübt hat er so etwas. Er hat es tausend Mal in TV-Filmen gesehen. Unbeteiligt. Unbehagen kriecht seinen Nacken hinauf.
Konflikt: Verstärkung anfordern? Das wäre die Standardprozedur. Rufen? „Polizei, kommen Sie mit erhobenen Händen heraus."
Wenn im Krimi ein Polizist allein in eine Wohnung geht und ruft, ist er wenig später bewusstlos oder tot.
Bernatzki entscheidet sich dagegen. Es kommt ihm lächerlich vor. Vielleicht ist ja gar nichts, und er hätte gleich zum Einstand eine Welle gemacht, von der man reden würde.
Halb zwölf, erster Tag im neuen Job, erster Auftrag: Die Kollegin holen, die überfällig ist und nicht ans Handy geht.
Bernatzki entsichert, hält den Lauf nach oben, ruft halblaut in den Flur, was ein Zivilist riefe: „Hallo?"
Er riecht Verwesung.
Die Dielen knirschen überlaut, als er tiefer in die Stille der Wohnung eindringt.
„Hallo?"
Der Flur führt in ein größeres Zimmer. Bernatzki zögert am Ende der Wand, die Deckung zu verlassen. Er holt Luft, duckt sich, die Waffe im Anschlag. Eine offene Küche. Geschirrberge. Getrocknete Reste in Pfannen und Töpfen. Ein umgestürzter Stuhl. Jenseits der Kochinsel Sofa, Sessel, Teppich, Regal.
Hosen, Röcke, Shirts, Schuhe liegen herum. Weinflaschen stehen zwischen Pizzakartons. Der Fernseher zeigt eine Sprecherin vor einer sonnigen Kulisse, Ton abgestellt.
Bernatzki entspannt sich. Das sieht nach Absturz aus, nicht nach Verbrechen. Aber er nimmt Deckung hinter der Kochinsel.
„Frau Schmitt?"
Er bringt einen Pfeiler zwischen sich und mögliche Angreifer. Dreht sich, immer in Fühlung mit dem Pfeiler als Deckung, links in den toten Winkel.
Die Frau liegt auf dem Bett. Sie trägt eine kurze Lederjacke und ein T-Shirt, das über den Nabel hochgerutscht ist, Slip.

Bernatzki registriert: Gute Beine, flacher Bauch, die Hüftknochen ragen hervor. Halb abgewandt: das stupsnasige Gesicht eines alternden Models, hohe Wangenknochen, die vollen Lippen leicht geöffnet, das schwarze Haar auf dem Kissen zerzaust.

Sie atmet.

Er senkt die Waffe. „Frau Schmitt?"

Er geht zum Bett. Er riecht Schweiß, Rauch, Alkohol, muffige Bettwäsche. Gemischt mit der Verwesung ein Geruch wie in einem Stall.

„Frau Schmitt?"

Er beugt sich hinunter, berührt sie an der Schulter.

Die Frau öffnet die Augen, packt im selben Augenblick seinen Kopf, rammt ihn über dem Bett an die Wand. Bernatzki stürzt auf sie runter, während sie die Beine anwinkelt. Sie stößt die Füße in seinen Bauch, greift nach der Waffe, dreht sie ihm aus der Hand. Die Finger seiner Waffenhand knacken, während ihr Tritt ihn abheben lässt. Er schlägt auf die Dielen.

Die Frau steht über ihm, zielt in sein Gesicht. Er fürchtet einen Atemzug lang um sein Leben. Ihr Blick fällt auf die Waffe.

Dienstwaffe.

„Du bist ein Bulle, ja?"

„Kriminalkommissar Helmut Bernatzki."

Sie sichert die Waffe, lässt sie ihm auf den Bauch fallen. „Mach das nie wieder."

Er fasst sich an den Schädel. „Sie hätten mich umbringen können. Wenn ich mir das Genick gebrochen hätte?"

Sie tritt zur Seite. Sie sucht in ihren Jackentaschen, blickt im Zimmer herum. „So weit kann ich mich beherrschen." Sie nimmt eine zerdrückte Zigarettenpackung vom Tisch, wirft sie mit einem Fluch auf den Boden. „Was suchst du hier?"

„Ich suche Sie. Der Chef hat Sie um acht erwartet. Sie gehen nicht ans Handy." Er setzt sich auf, öffnet und schließt die Waffenhand.

Sie pickt mit dem Finger im Aschenbecher herum. „Es ist du. Du und Schmitt. Das ist mein Name. Wie spät ist es jetzt?"

„Mittag."

„Scheiße." Sie fischt eine Kippe aus dem Aschenbecher, zündet sie mit einem Bic an. Schaut ihre Fingernägel an. „Früher hielt Nagellack tagelang. Der hier ist von gestern. Kannst du's fassen?" Sie wendet sich ihm zu. Bernatzkis Blick ist leer. „Was will der Chef?", fragt sie.

Seine Augen irren ab. „Weiß nicht."

„Schlecht gelogen. Aber okay. Du rufst ihn an. Ich gehe duschen. Sag ihm, wir kommen gleich. Du kannst inzwischen mein Handy suchen." Im Hinausgehen greift sie eine halbleere Flasche von der Kochinsel, setzt sie an, trinkt, schüttelt sich und biegt ins Bad ab.

„Wie …? Wo …?"

„Anrufen! Ruf mich an, dann findest du es! Handys klingeln, wenn man sie anwählt, weißt du." Die Tür schlägt, Sekunden später hört er Wasser rauschen.

Er wählt die Nummer. Das Handy klingelt erstickt irgendwo in der Küchenecke. Bernatzki stöbert mit spitzen Fingern durch Geschirr und Verpackungsmüll. Er öffnet den Kühlschrank. Berge von irgendwas unter Schimmelpelzen. Kein Licht, der Kühlschrank ist warm. Bernatzki schluckt und würgt. Er zieht das Handy hervor und schließt die Tür. Er ruckelt am Fenster und hängt es aus. Es neigt sich bedrohlich in Richtung seines Kopfs.

„Zum Kippen beide Hebel waagerecht stellen", sagt die Frau. Er richtet das Fenster und dreht sich um.

Nackt geht sie im Zimmer herum, nimmt hier und da ein Shirt oder ein Stück Wäsche auf, schnuppert daran, verzieht das Gesicht.

Bernatzki schnarrt: „Scheiße, mir reicht es jetzt! Was soll die verdammte Vorstellung?"

„Willkommen in meinem Leben. Keiner hat dich eingeladen."

„Scheiße." Er schüttelt den Kopf. Er setzt an, unterbricht sich, sagt: „Das Handy war im Kühlschrank."

„Das tut mir leid."

Sie steigt in eine Jeans, legt ihr Schulterhalfter an, zieht die Lederjacke drüber, schließt bis auf den oberen und den unteren deren Knöpfe. Sie steckt das Handy in die Jackentasche. Schlüpft in hochhackige Stiefel. „Gehen wir. Was sagt der Chef?"

„Mist, Anruf vergessen. Ich habe stattdessen in den Kühlschrank gekotzt."

„Passiert mir täglich." Sie kämmt mit den Fingern ihr nasses Haar und fasst es mit einem Gummi zum Pferdeschwanz. „Wie sehe ich aus?"

„Du bist zu groß und zu alt für mich." Er grinst, als sie grinst. „Ich rufe den Chef an."

„Jetzt kannst du dir das auch sparen. Auf die zehn Minuten kommt es nicht an."

***

Bei Kietz, Brandenburg

Thor muss gelassen bleiben, wenn er Geschichte schreiben möchte. Die Warterei verlangt ihm Beherrschung ab. Beherrschung entspricht nicht seiner Art.
Thor ist extra nicht mit Kameraden gekommen, um nicht aufzufallen. Er hat sonst kein Problem, allein zu sein. Aber dann hängt er nicht auf einer Gasthofterrasse herum, tatenlos in der Hitze, den zweiten verdammten Tag.
Und die Kuh, die hier im „Deutschen Haus" bedient, nervt. Er sitzt da schon eine halbe Stunde, als die Frau über den Tisch wischt und endlich fragt: „Was ist?"
Weich klingt das in ihrem polnischen Akzent: „Wahsihs", mit zwei stimmhaften S.
Deutsches Haus!
„Es ist sonst niemand da, warum muss ich so lange warten? Bring mir Kaffee." Er hasst, wie hoch seine Stimme klingt in einem Moment wie diesem.
„Was wollen Sie noch hier?" Ihr Puppengesicht mit den hohen Wangenknochen ist gerötet, das blonde Haar an den Schäfen feucht. Schweiß perlt an ihrer Oberlippe. Die Lider ihrer schrägstehenden blauen Augen flackern. „Mein Chef hat Sie rausgeworfen." Sie verschränkt die Arme vor der Brust ihres Kittels.
„Das war gestern. Dein Chef ist heute nicht da, oder?" Er grinst, lehnt sich zurück. Der Plastikstuhl knirscht unter seinem Gewicht. Er verschränkt die Hände im Nacken, spannt die Oberarm- und die Brustmuskeln.
Thors kariertes Hemd spackt, tellergroße Schweißflecken unter den Achseln. Sein Gesicht glänzt, die Wangen aufgeschwemmt.
Das Zucken ihres Mundwinkels interpretiert er als Angst, nicht als Ekel. „Wie heißt du?"
„Verschwinden Sie. Mein Chef hat Sie rausgeworfen. Soll ich Polizei anrufen?"
Er lacht. „Euren Polizisten hier kenne ich gut. Er hat für Polen, die Deutschen die Arbeit wegnehmen, genauso viel übrig wie ich."
„Ich nehme niemand Arbeit weg."
Thor zieht eine Rolle Scheine hervor, nestelt einen Fünfer heraus, wirft ihn auf die geblümte Plastiktischdecke. „Kaffee."
Die Frau zerknüllt den Schein, als sie ihn im Weggehen in ihre Kitteltasche steckt.
Was für ein Nest, denkt er, die Straße hinunter schauend. Ein- und zweistöckige graue Häuser, neue Baumarktfenster, glattrasierte Koniferen in Vorgärten hinter Plastikzäunen. Gegenüber dem Gasthof klaffen die Fensterhöhlen zweier Läden, auf dem einen Schild verblasst „Konsum", auf dem anderen „Postamt".

Teile des Fassadenstucks liegen auf dem Gehweg, zwischen den Betonplatten wachsen Gras und Brennnesseln. Hinter den schiefen Vorderhäusern ragen die schadhaften Dächer der Scheunen und Remisen in der zweiten Reihe empor, dahinter Baumkronen, das Kirchenschiff, der eingerüstete Kirchturm. Dem fehlt seit 1945 die Spitze.

Wäre nicht der stetige, träge Verkehr von und nach der Grenze zu Polen, läge über dem Ort Erstarrung. Die kennt Thor von seinem Heimatort. „Schuhmoden Sittke" könnte da drüben an dem alten Bauernhaus stehen, statt „Emma's Schmuckkästchen". Das wäre der Schuhladen seiner Mutter. Dann wäre das Fenster seines Zimmers das neben der Eingangstreppe: Souterrain mit Blick in den Vorgarten, auf Grashalmhöhe. Auch hier kann eine geschiedene Mittsechzigerin mit ihrem über vierzigjährigen Sohn leben: Sie, die frühere Halbleiterwerkerin, schlägt sich und ihn mit dem Laden irgendwie durch, quengelt täglich mit schriller Stimme, er könne doch auch mal etwas beitragen.

Die bleierne Langeweile der Nachmittage vor dem Computer, die quälende Warterei in der Arbeitsagentur, die Bewerbungen, die Vorstellungsgespräche mit den jungen Typen hinter gewichtigen Schreibtischen: „Herr Sittke, sagen Sie mal, was motiviert Sie, gerade in unserem Unternehmen arbeiten zu wollen?"

Nichts motiviert mich hier. Stellt doch gleich Kanaken ein, einen richtigen Deutschen wie mich wollt ihr eh nicht.

Niemand kann ermessen, wie viel Größe und Bedeutung hinter so einem Souterrainfenster wie dem da gegenüber wohnen können. Die nikotingelbe Gardine kann die Hoffnung und die Zukunft der Nation verbergen.

Er hat ausziehen können, als genug Spenden bei ihm angekommen waren: Die Spenden für die Beschaffung und Lieferung der Wunderwaffe.

Wieder ein Lkw. Dieser hier kommt aus Aachen. Fehlanzeige.

Wo der Lieferant bloß bleibt? Ist er erwischt worden? Irgendwo aufgefallen?

Hat der Zoll Geigerzähler?

Es ist eine Glaubensfrage, ob man einen Schmuggeldeal bei Ein- oder bei Ausreise abwickelt. Beides birgt Risiken. Thor hatte sich für die Ausreise entschlossen.

Und jetzt kommt der nicht. Wer weiß, vielleicht wurde er angehalten wegen abgefahrener Reifen, aber am Ende als Terrorist festgesetzt.

Sittke zieht sein Telefon aus der Tasche und aktiviert den Bildschirm. Keine Schlagzeilen im Internet von der Festnahme eines russischen Terroristen.

Gut.

Die Polin trägt eine Tasse an den Tisch und gibt ihr beim Abstellen aus dem Handgelenk Schwung mit, dass sie auf dem Untertasse klirrt und der Kaffee überschwappt.

„Da!", sagt sie.

Er grunzt unwillig, denkt: Wenn es wieder anders kommt, polnische Schlampe, werden wir es nicht dabei belassen, dir an den knochigen Arsch zu fassen, wie ich gestern.

Der Kaffee ist lauwarm und schal.

Die Sonne kriecht um die Hausecke, Thor wird es heiß. Lkw um Lkw rumpelt vorbei. Keiner ist der Lieferant.

Auf dem Smartphone-Bildschirm ist im Sonnenlicht kaum noch etwas zu sehen.

Er checkt die Listen im Speicher des Handys: Zünder, Sprengstoff, Verkabelung: alles da. Wenn der Lieferant nicht kommt, reicht das Material bereits für eine sehr effektive Bombe. Aber er will eine „No-Go-Area" schaffen, die nicht nur in der Phantasie irgendeines sozialdemokratischen Weicheis besteht und von der Disziplin minderjähriger Glatzköpfe abhängt. „Ein Flächendenkmal für den Nationalen Widerstand", murmelt er.

Thor geht sein Bekennerschreiben noch einmal durch. Das muss sitzen. Wenn es einmal so weit ist, wird er die Zeit nicht mehr haben, daran zu feilen. „Widerstand gegen Entdeutschung und Umvolkung Mitteleuropas" … „Zurückeroberung des nationalen Lebensraums" … „Bollwerk gegen Islamisierung und Überfremdung" … „gegen Mainstream-Terror" … „die Nazikeule".

Nichts, was ein „besorgter Bürger" während einer der üblichen Demonstrationen nicht in eine TV-Kamera sagen könnte.

Mit dem Text reiht Thor sich ein. Man darf sowas jetzt wieder sagen in Deutschland: Moslems sind von Natur aus blöde, sie ziehen Deutschland runter, wenn wir uns mit ihnen vermischen. Ein Sozialdemokrat im feinen Anzug setzte das in die Welt. Auch schon wieder ein paar Jahre her, aber es passt.

Thor feilt noch ein paar Kanten ab, wirft eine Blutmetapher aus einem Satz, eine Andeutung zum sexuellen Hunger junger Muslime aus einem anderen.

Thor mag den Nationalen Sozialismus ordentlich, adrett, diskret.

Bloß nicht die Massen verschrecken. Zugleich etwas für die eigene Bewegung tun, die Leitbilder braucht: Der Ruhm der Morde des Nationalsozialistischen Untergrunds – allmählich verblasst.

Die These dieses früheren Berliner Senators und Bankers, der die Welle aufpeitschte: dass die Rückständigkeit von Familien aus islamischen Kulturen sich ins Erbgut einschreibt, so wie das Finanzgen bei den Juden, die These geht noch immer. Thor musste das Buch nicht lesen. Die Aufregung darum hat sein Forum über Monate beschäftigt. Er lernte damals, langsam in die Köpfe einzudringen. Zweifel streuen. Neid anheizen.

Grenzen verschieben: nationale Romantik, Leitkultur. Volksempfinden gegen grünlinke Multikultikacke und Willkommenskultur. Nationale Selbstbestimmung gegen die Unterdrückung der Volksgemeinschaft.

Vor allem: freie Meinung gegen verschworenen Mainstream. Eine scharfe Waffe in den Händen dessen, der sie zu führen versteht. Keine Statistik, keine Aussage eines Politikers, kein Zeitungsartikel kann sich gegen den Aufstand der Wissenden behaupten. Alles manipuliert, um den wahren Willen des Volkes, die Wahrheit selbst, zu unterdrücken.

Der Kampf darum ist hart gewesen. Thor spürt es noch, das Gefühl, als Aktivist der ersten Stunde dem Mainstream lange Monate lang im Internet die Stirn zu bieten, und plötzlich zu bemerken, dass eine Massenbewegung daraus geworden ist.

Das ist die Schnittstelle, an der sie zusammenkommen können, die Kameraden und die Menschen im Land.

Und natürlich die Angst. Jeder junge Moslem ein Verführbarer, der den Terror in sich trägt, jeder, der für ihn Verständnis zeigt: eine Bedrohung.

Der Erfolg: Die „besorgten Bürger" marschieren.

Thor arbeitet flankierend. Er hat als V-Mann an den Verboten mehrerer Organisationen des nationalen Spektrums mitgearbeitet: lästige Konkurrenz.

Kameraden, die sich breitbeinig, die eine Hand im Schritt, die andere zum Hitlergruß erhoben, auf offener Straße als stiernackige Skinheads produziert hatten, substanzlose Bürgerschrecks, die der Bewegung schadeten.

Flüchtlingsheime abbrennen ist für Amateure.

Profis brauchen eine Basis für ihre Arbeit. Ein Fundament aus Volksgenossen. Handwerker, Angestellte, Beamte. Solide Leute. Alle an der Seite des Nationalen Widerstands. Schulterschluss und Gleichschritt.

Dazu braucht es einen Überbau. Argumente. Wir-Gefühle. „Gemeinsam sind wir stark. Nationaler Widerstand, nationale Notwehr", schließt der Brief.

Thor blättert sich auf dem Smartphone durch Hunderte Social-Media-Kommentare, Posts, Links.

Empörung, Zorn, Erbitterung. Alles öffentlich.

Nach jedem Urteil wegen Volksverhetzung, nach jeder Löschung einer Seite gründen sich zehn neue Gruppen mit tausend Mitgliedern.

Shitstorms, Kampagnen gegen Links, gegen Bunt, gegen Schwul, gegen Ausländer. Jede einzelne ein Marsch ins Regierungsviertel.

Vor jedem Flüchtlingsheim „besorgte Bürger".

Nur noch vereinzelt Gutmenschen mit erhobenem Zeigefinger dazwischen. Schnell mundtot.

Es ist jetzt Zeit, ein Fanal zu setzen. Die Führung übernehmen. Taten, nicht nur Worte. Worte sind fürs Kanzleramt. Und für jene, die brav im Bundestag mit dem Mainstream abstimmen und in den Bierzelten gegen „Asylbetrug" und Salafismus wettern.

Ja.

Es ist Zeit.
Und Gelegenheit.
Multikultigesocks ins Mark treffen. Diese weiche Stelle ausmerzen. Zeigen, was anständige Deutsche davon halten.
Thor streicht „gesocks".
Scheiß Sonne. Er schiebt das Smartphone in seine Hülle zurück, schaut sich nach der Polin um. Sie steht am Eingang zum Gastraum, raucht und ignoriert ihn. Er hebt seinen Arm. Sie wendet sich ihm nicht zu, aber er sieht an der Art, wie sie die Zigarette hält, an der Spannung ihrer Halsmuskeln, dass sie den Wink bemerkt hat.

Wie sie rumschrie, als ich ihr an den Arsch gefasst hatte gestern. Wie ihr Chef mich rauswerfen wollte und mir dann doch nur das Haus verbot, „fürs nächste Mal", nachdem er das „Aryan Nations"-Tattoo mit dem Keltischen und dem Eisernen Kreuz auf meinem Unterarm gesehen hatte. Ist ja nicht so, dass ich in meiner wilden Zeit nicht selbst Zecken, Neger, Juden, Polen geklatscht hätte. Könnte ich noch immer, jederzeit.

Er muss grinsen bei der Erinnerung an das Gesicht des Chefs und daran, wie sich der Ausdruck der Kellnerin änderte, als der Mann sich erst aufplusterte, aber dann nur halbherzig als Held erwies.

Sie konnte die Symbole offenbar nicht lesen. Wer in Brandenburg zur Schule gegangen ist, kann das.

Ob der Chef sie fickt? Hübsch ist die Schlampe ja.

***

Bericht im „Berliner Abend"

Dreht Berlins taffste Polizistin durch?

Sie ist schön, sie ist hart, sie ist klug (IQ 160). Sie ist Berlins erfolgreichste Polizistin. Fehlerlos war Sibel Schmitt (37) jedoch nie. Jetzt ist sie vielleicht zu weit gegangen.

Gestern Abend, Stuttgarter Platz: Nach einer Razzia im Rotlichtmilieu liegt Kemer B. (28) leblos auf der Straße. Niemand hat gesehen, was ihm geschehen ist. Der Chef der Sex-Kneipe „Club 3000" hat ein blutjunges Mädchen geschlagen, weil es mit einem Polizisten sprach. LKA-Kommissarin Sibel Schmitt ruft ihn scharf zur Ordnung.

Minuten später liegt er auf der Straße, ist sie verschwunden. Als er zu sich kommt, sagt er: „Es war diese Frau." Anzeige!

Auf dieser Frau liegt ein Schatten. Als Kind von Einwanderern aus der Türkei ist sie mit 15 die beste Schülerin Berlins. Mit 17 schwanger, wird sie mit zerschlagenem Gesicht in einem Keller gefunden. Mehrfacher Schädel-, Kiefer- und Gesichtsknochenbruch.

Sie erwacht nach drei Wochen aus dem Koma. Sie sagt: Es war mein Cousin. Versuchter Ehrenmord. Djamil Y. (24) schweigt vor Gericht. Sibels Aussage bringt ihn für sieben Jahre ins Gefängnis. Ihre Familie verstößt sie.

Sie bringt ein Mädchen zur Welt. Ihr schönes Gesicht mit den großen schwarzen Mandelaugen wird in vier langen Operationen gerettet. Narben und Schmerzen bleiben für immer.

Mit 20 ist sie Landesmeisterin im Kickboxen. Nie wieder Opfer sein, sagt sie.

Sibel macht Abitur (Note 1), studiert Jura (Top-Abschluss), steigt in den gehobenen Dienst der Polizei ein. Sie heiratet einen älteren Kollegen. Sie macht Karriere bei der Sitte.

Doch der Fluch ereilt sie immer wieder. Sie wird verdächtigt, als Djamil Y., der Cousin, wenige Tage nach seiner Freilassung gefunden wird – zu Tode geprügelt. Ein Jahr wird sie vom Dienst suspendiert. Sie wird nie angeklagt, die Tat bleibt unaufgeklärt.

Ihre Methoden sind umstritten. Immer wieder gibt es Beschwerden. Sie hat mit Männern zu tun, die Frauen schlagen, unterdrücken. Macht sie das verrückt?

- Vor acht Jahren zeigt sie der Zuhälter Horst R. an: „Sie hat mich beim Verhör gewürgt." Suspendierung, Freispruch.
- Vor drei Jahren Anzeige von Roswyn H.. Der Freier hat mehrere Prostituierte krankenhausreif geprügelt: „Schmitt hat mir zwei Rippen gebrochen." Suspendierung, Freispruch.
- Kurz darauf ein weiterer Vorfall: Als der Waffen- und Menschenhändler Gregor Krätz eine Minderjährige vergewaltigt, erschießt ihn Schmitt. Er ist bewaffnet – Notwehr? Ermittlungen werden eingestellt.

Sibel Schmitt sagt: „Ich bin ein rotes Tuch für solche Männer. Alle Anschuldigungen sind haltlos."

Vor zwei Jahren verschwindet ihre Tochter Sheri. Es bleibt keine Spur von der bildhübschen 16jährigen Schülerin. Die Mutter ist verzweifelt und einsam.
 Hat sich Schmitt einen Feind gemacht, der so weit gehen würde?

Sie ermittelt, sucht monatelang, neben der Arbeit. Kaum Schlaf, sie isst wenig. Sie folgt Spuren ins Ausland. Bei der Festnahme eines Gangsters in Bulgarien wendet sie Gewalt an – Notwehr, sagt sie. Er ist schwer verletzt, sie bricht sich dabei beide Hände. Gefängnis in Bulgarien, diplomatische Verwicklungen, Depressionen, Alkohol, Absturz: Sibel Schmitt verschwindet, lebt wochenlang auf der Straße. Als man sie findet, ist sie verwirrt, schmutzig, nackt, erinnert sich an nichts. Monate in der Psychiatrie. Ihre Ehe zerbricht.

Sibel Schmitt arbeitet wieder. Sie könnte längst die Chefin sein. Aber Innendienst ist nichts für die Hauptkommissarin. Sie macht K-Bereitschaftsdienst.
 Schön, taff, klug. Aufklärungsquote: Weit über dem Durchschnitt.
 Ihr Gesicht wirkt müde. Gezeichnet von ihrem Leben, ihrem Schicksal, das für fünf Leben gereicht hätte.
 Sie redet nicht viel.
 Sie kann mit bloßen Händen töten.
 Ist sie jetzt bei Kemer B. zu weit gegangen?

 ***

LKA, Berlin-Tempelhof

Schmitt steigt einfach aus, als Bernatzki an der Einfahrt zum LKA kurz halten muss. Sie geht durch den Haupteingang, will an der Pförtnerloge vorbei, lässig grüßend ihren Ausweis zeigen.

„Halt mal, schöne Frau", ruft die Stimme des Alten in der Loge durch den Lautsprecher in der Sicherheitsschleuse. Schmitt stoppt. „Ach, hallo Kramer. Wie geht's?"

Klein und rund in seiner schlecht sitzenden Uniform erhebt sich der Alte in seinem Glaskasten vom Bürostuhl, öffnet die Tür. „Wenn ick dir sehe, Kleene, jeht et jut. Komm kurz rin."

Schmitt stellt sich in den Türrahmen. „Ich dachte, Sie wären längst pensioniert."

„Bin ick ooch. Verdiene mir wat dazu, sonst fällt mir die Decke uffn Kopp, nachdem meine Anna jestorben is."

„Das tut mir leid", sagt Schmitt. „Mein Gott, Kramer, wie lange ist das jetzt her?"

„Du warst inner Ausbildung. So'n scheenet süßet Ding warste. Keene füllt ne Jeans wie du, is immer noch so. Beene von da oben bis uffn Boden, dit is selten."

Schmitt droht lachend mit dem Zeigefinger. „Mensch Kramer. Sie haben schon damals immer geschmeichelt."

Er grinst. „Man tut sein Bestet, weeß man doch nie, wofür et jut is." Er wird ernst. „Süße, et jibt Ärjer." Er deutet auf die Boulevardzeitung auf seinem Tisch.

Schmitt zieht das Blatt an die Tischkante und beugt sich darüber. Neben der riesigen Schlagzeile ein Bild, auf dem eine jüngere Schmitt im Halbprofil eher mädchenhaft als nach „Berlins taffster Polizistin" aussieht. Sie blättert kurz um, überfliegt den Artikel. „Wegen der Scheiße hier kriege ich keinen Ärger", sagt sie. „Machen Sie sich keine Sorgen."

„Ick soll dir jedenfalls sagen, dass dein neuer Chef dir sehen will. Sofort, eh' du irjendwat anderet anfängst."

„Weiß ich schon. Mit dem werde ich schon fertig. Machen Sie's gut, Kramer."

„Du ooch, Kleene."

Polizeidirektor Schumann springt unsicher lächelnd auf, als Schmitt sein Büro betritt. Er begegnet ihrem Blick, und sein Lächeln friert ein. Der Mann erstarrt, errötend. Sie schließt die Tür, ohne sich abzuwenden, Gesicht ausdruckslos, bleibt bei der Tür. Maximale Distanz. „Chef?" sagt sie in einem herausfordernden Tonfall.

Er wendet sich ab, fasst sich. Nimmt die Zeitung auf. Knallt sie anstatt eines Grußes auf den Tisch, lässt sich schwer ausatmend in seinen Stuhl fallen. „Was soll das?"

Schmitt geht zum Tisch, schaut auf die Zeitung. „Und?"

„Du bist noch keine zwei Wochen zurück im Dienst, und schon polierst du wieder so einem Kerl die Fresse. Was denkst du dir dabei?"

Sie schiebt das Blatt ein Stück von sich weg, lehnt sich an die Wand. „Die Zeitung fragt wenigstens. Du bist Bulle, Staatsanwalt und Richter in einem. Urteil schon gesprochen, was? Ich habe den Kerl nicht angefasst."

Sie registriert, wie alt er geworden ist. Alt, dick, weich, grau, kahl.

Sie klopft ihre Taschen ab. „Hast du eine Zigarette?"

„Ich rauche nicht mehr, außerdem ist hier Nichtraucher, du kennst das Gesetz. Und wer hat ihm also die Fresse poliert?"

„Ach, hat man das? Tatsächlich! Dem armen Mann die Fresse poliert!?" Sie bremst sich und sagt sachlich: „Der Kerl ist Gangster, gelegentlich auf die Fresse zu kriegen, ist Berufsrisiko." Sie gibt die Suche nach Zigaretten auf. „Und du hast ehrlich mit dem Rauchen aufgehört? Ein Jammer. Wenn wir nicht einmal zusammen rauchen können …"

Schumann sieht Schmitt an, Schmitt Schumann. Sie grinst. „Hallo übrigens. Willkommen in unserer Abteilung."

„Es ist eine Strafexpedition. Mach mir keinen Ärger. Ich habe ohne deinen Blödsinn genug Scheiße am Bein." Er zieht die buschigen Augenbrauen hoch und versucht einen Dackelblick.

Schmitt fixiert ihn ausdruckslos. „Immerhin haben sie dich nicht runtergestuft. Unsere Abteilung ist zwar nicht eben bedeutend, aber wenigstens leitest du eine Abteilung. Was man so hört, klingt nicht gut. Hast du Geld genommen von diesem … diesem … wie heißt er, der Bauunternehmer, dein Parteifreund?"

„Scheiße nein." Er wischt den Gedanken mit der Hand weg.

„Wenn das stimmt, dann wird das schon wieder", sagt Schmitt.

Er seufzt. „Setz dich endlich."

„Ich stehe gern." Breitbeinig, einen Meter neunzig groß in ihren Stiefeln, rammt sie die Hände in die Taschen ihrer Lederjacke, wirft ihren Pferdeschwanz zurück.

„Setz dich, bitte."

Sie setzt sich langsam auf den Stuhl vor dem Schreibtisch.

„Schön, dich wiederzusehen. Wie lange ist das jetzt her?", fragt Schumann.

„Acht Jahre."

„Du bist so schön wie damals."

Sie berührt mit der Fingerspitze die Narbe, die Schneise in ihrem Gesicht, die ihr Cousin mit seiner Eisenstange hinterlassen hat: eine senkrechte Delle in ihrer

Stirn, eine Unterbrechung ihrer Augenbraue, ein Hautfleck, der glänzt auf dem Wangenknochen. „Damals war ich eine junge Frau mit eingeschlagener Visage, jetzt bin ich ein altes Weib mit eingeschlagener Visage." Unwillkürlich dreht sie ihm das unverletzte Halbprofil zu.

„Du bist nicht alt. Du bist schön."

„Wenn du jetzt wieder mit einem Heiratsantrag anfängst, lasse ich mich wegen sexueller Belästigung versetzen."

„Keine Sorge. Du hast mich ..." Er zögert. „... verletzt, damals.

„Ich hatte mich beim Kippenholen verlaufen. Mein Handyakku war leer, das Kleingeld war aus."

„Sibel ..."

„Lass es. Lass gut sein. Wir waren einfach lange genug zusammen. Meiner Meinung nach." Sie steht auf.

„Mach mir keinen Ärger." Sein Lächeln hat einen Anflug von Verlegenheit. „Ich akzeptiere, wenn du dich krankschreiben lässt."

„Nein. Ich arbeite. Seitdem Sheri weg ist, bin ich tot. Ich bin nicht krank, ich bin tot. Tote machen keinen Ärger."

Er schüttelt den Kopf. „Es ist gerade ein gutes halbes Jahr her, dass du diesen Bulgaren fast totgeschlagen hast. Da warst du doch auch schon, wie du sagst, ‚tot'."

Schmitt zieht die Schultern hoch in einer Geste abwehrender Zustimmung. „Du hast meine Akte gelesen und weißt, was mit mir los war. Ich nahm Speed, war Tag und Nacht auf den Beinen, um mein Kind zu finden. Total durchgedreht. Aber die Sache ist durch. Es war Notwehr. Dieser Scheiß-Kinderschänder hatte es verdient. Sagen sogar die Bulgaren."

„In deiner Akte steht, du warst – äh – dissoziativ."

Schmitt nickt. „So nennt es mein Therapeut. Besser: Ich bin dissoziativ, und der Stress hatte eine Krise ausgelöst."

„Ich habe es nachgeschlagen. Bist du dissoziativ, kann ein Teil von dir die Regie übernehmen, der anders ist als dein sonstiges Selbst, und du tust Dinge, die du nicht tun würdest unter normalen Umständen." Er beugt sich vor. „Verstehst du, dass ich ein Problem mit dir habe? Wer garantiert mir, dass du nicht noch immer dissoziativ bist?"

„Ich bin therapiert und ganz offiziell wieder hier, nach allen Regeln unseres Jobs, auf amtsärztliches Gutachten. Für dich ist wichtig zu wissen, dass die Frau, die du hier jetzt siehst, nicht dieselbe ist wie die von damals."

„Gut." Er räuspert und strafft sich, stützt seine Fingerspitzen aneinander. „Du verstehst, dass ich höre, dass du wieder jemanden geschlagen haben sollst, und denke: Hatte sie nun einen Filmriss, wenn sie sagt, da war nichts, oder war da wirklich nichts?"

„Das ist unfair. Ich nehme kein Speed mehr, und ich habe mein Leben geordnet. Du weißt, was Speed mit einem macht."

„Wie ist es jetzt mit deinem Mann? In der Zeitung steht, deine Ehe sei gescheitert?"

„Anselm ist ausgezogen. Wir haben uns einvernehmlich getrennt. Er wollte eigentlich nicht, aber ..." Schmitt bricht ab. Schumann schweigt. Schmitt macht eine Bewegung vor ihrem Gesicht, als wollte sie Spinnweben abwischen. Beendet ihren Satz wider Willen doch: „Ich wollte einen Strich ziehen, und er respektiert das."

„Du strebst immer nach der radikalen Lösung", stellt Schumann fest, als ob es gerade dieser Bestätigung noch gefehlt hätte.

„Ich mag die Dinge klar und einfach", sagt sie lächelnd.

Schumann seufzt. „Ich schwöre dir, dass ich dich eiskalt rauswerfe, wenn du Ärger machst. Der Chef legt sich nicht für dich mit den Revolverblättern an. Und ich lege mich nicht bei ihm für dich ins Zeug, jedenfalls nicht für den üblichen Gewaltscheiß."

„Hat der Chef noch immer Orchideen in seinem Büro? Mit Wasserzerstäuber und kleiner Schere zum Dranrummachen?"

Er schüttelt den Kopf, als könnte er die Frage so loswerden. „Mach mir keinen Ärger, sonst heize ich dir ein. Was hast du da gestern überhaupt gemacht? Du hattest frei. Und du bist nicht mehr bei der Sitte."

„Ich bin da vorbeigekommen. Reiner Zufall. Mann, der Artikel ist zusammengewichster Blödsinn."

„Zufall? Was, wenn wir die Handykontakte des Mädchens prüfen?"

„Sie ist fast noch ein Kind und muss für ihn anschaffen. Jetzt sieht sie aus, als wäre sie von der Straßenbahn überfahren worden, weil einer von der Sitte so dämlich war, sie offen anzuquatschen."

Schumann schaut zur Decke und lässt Luft ab. „Lass' dich nicht erwischen, Sibel. Ich meine es ernst."

Schmitt schaut ihm regungslos ins Gesicht. „Hätte ich den Typ wirklich angefasst, hätte er so schnell nicht drüber reden können. Außerdem bin ich noch nie wegen eines Übergriffs verurteilt worden, oder? Ich bin doch nicht bescheuert und bringe die Typen zwar zur Strecke, aber so, dass ihre Verteidiger sie vor Gericht grinsend als mein armes Opfer hinstellen können. Du weißt das: Mal war es nachweislich Notwehr, mal war gar nichts dran. Den Bulgaren schenke ich dir, aber da war ich wirklich krank, krank im Kopf. Alle die Typen, die meinten, mir was anhängen zu können, hatten irgendwo in unseren Reihen mächtige Unterstützer. So war das. Erklär' mich nicht zur Irren."

„Du gerätst schnell in Rage. Außerdem sagt man, du ermittelst auf eigene Faust."

Sie grinst. „Man sagt auch, dass du korrupt bist."

Schumann schüttelt den Kopf eine Spur zu heftig. Bevor er etwas sagen kann, steht Bernatzki plötzlich im Zimmer. Die Tür ist nur angelehnt gewesen.

„Sie hat getrunken, Herr Schumann. Sie hat mich angegriffen."

Schmitt steht auf. „Er hat sich reingeschlichen und mich mit der Waffe geweckt. Was sollte ich davon halten? Ich habe ihn auf die Matte gelegt. Er hatte sich nicht ‚Bulle' auf die Stirn geschrieben."

„Hast du getrunken?", fragt Schumann.

„Ich hab gefeiert. Ich hab auch geraucht. Stell dir vor, ich habe eine Kippe aus dem Aschenbecher gefischt und aufgeraucht."

„Ihre Wohnung sieht aus wie eine Fixerhöhle", sagt Bernatzki.

Schumann schaut Schmitt an. Die hebt die Schultern, sagt: „Schlimmer."

Schumann seufzt, setzt einen amtlichen Blick auf. „Frau Schmitt, darf ich Ihnen Herrn Bernatzki vorstellen? Er ist aus Hessen zu uns gestoßen. Er hat dort eine Spitzenarbeit geleistet. Sie werden gemeinsam arbeiten."

Schmitt schnarrt: „Ich bin begeistert. War er immer so'ne blöde Sau, oder wecke nur ich seine besseren Talente?"

Bernatzki baut sich vor dem Schreibtisch auf. „Herr Schumann, die Frau ist offenkundig unberechenbar. Ich verbitte mir … Ich bitte darum …"

„Einen Scheiß tun sie, Bernatzki. Sie werden viel von ihr lernen können", entgegnet Schumann.

„Sie ist gewalttätig. Sie säuft. In ihrem Kühlschrank verwest irgendwas. Sie trägt nicht einmal ein T-Shirt unter der Jacke."

Schmitt: „Ich trage auch keinen Slip unter der Jeans, Süßer."

Schumann hebt die Hand. „Gehen Sie noch mal raus. Nur einen Moment."

Bernatzki schlägt die Tür.

„Waldhessen oder Stadthessen?", fragt sie. „Sag jetzt nicht, der Depp kommt aus Frankfurt."

„Marburg."

„So dachte ich mir das. Ich bin doch kein Babysitter für Landeier! Das ist wie im Fernsehkrimi: Alter Hase wird mit Dämlack zusammengespannt, und dann wird es immer so was von witzig. Wie der schon aussieht, mit diesem affigen Kinnbart, und die strähnchengefärbte Gelfrisur! Noch so jung und total verspießert – neben dem komme ich mir wie ein Girlie vor. Warum ich? Gibt es keinen anderen, der den Kleinen pämpern kann?"

„Stimmt es, dass du getrunken hast?"

„Ein Schluck, um den Kater loszuwerden. Ich muss ja nicht fahren. Du weißt verdammt genau, dass ich keine Alkoholikerin bin."

„Was hast du sonst genommen?"

„Nichts."

Er schaut sie an und sinkt in seinem Stuhl zusammen.

„Nichts habe ich genommen. Ich sagte doch, ich bin clean", beteuert sie.

Er blickt an ihr vorbei, als er sagt: „Du bist beurlaubt."

Schmitt verdreht die Augen. „Wieder mal. Okay. Wie lange?"

„Wird sich zeigen. Wir ermitteln, was gestern passiert ist. Schreib' einen Bericht aus deiner Sicht und verschwinde nach Hause. Mach einen Termin beim Vertrauensarzt für einen Toxscreen und ein psychologisches Gutachten. Bring dein Leben in Ordnung. Wir melden uns."

Sie geht zur Tür, legt die Hand auf die Klinke. „167."

„Was?"

„Mein IQ. 167." Sie zeigt auf die Zeitung. „In dem Artikel steht 160. Es muss außerdem 36 heißen."

„Sibel ... Was?"

„Gestern war ich 35."

Er stutzt. „Oh Gott, verzeih mir. Ich ... ich habe ganz vergessen ... Herzlichen Glückwunsch."

„Du mich auch."

Sie reißt die Tür auf, dass die Klinke mit Wucht an die Wand schlägt.

„Super Einstand, Arschloch", sagt sie im Vorbeigehen zu Bernatzki.

***

Bei Kietz, Brandenburg

Thor hätte gern noch ein Wasser. Er ruft. Die Bedienung schaut weg.
Scheiß Hitze, scheiß Licht, scheiß Warterei, blöde Schlampe.
„Thor?" sagt eine Männerstimme.
Er dreht sich um. „Was?"
Ein fetter Glatzkopf in Jeans, Feinripp-Unterhemd und Cowboystiefeln, Tattoos kyrillischer Schriftzüge auf den Armen, Tattoos eines mit einem griechischen Kreuz verschlungenen Hakenkreuzes, eines Sowjetsterns, Jesus' und Marias, soweit zu sehen, an Schultern und Brust. „Ich bin Wladimir", sagt er mit einem schweren russischen Akzent und entblößt grinsend Zahnlücken und Goldzähne.
Scheiße, denkt Thor und erhebt sich, ebenfalls lächelnd, wenn auch gezwungen, reicht dem Kerl, der doppelt so schwer ist wie er, die Hand.
„Du kommst", sagt der Typ, tonal irgendwo zwischen Frage und Befehl.
Sittke nickt und setzt sich hinter dem anderen in Bewegung. Er schluckt, was er sagen will: Warum kommst du slawischer Untermensch mit einem Tag Verspätung?
Sie gehen die trostlose Dorfstraße entlang. Der Russe öffnet das Gepäckfach im Fahrgestell eines weißen Lastzugs mit litauischem Kennzeichen. Fixiert zwischen Koffern steht darin ein Alubehälter.
Sittkes Herz klopft, bis in den Hals. „Ich möchte die Ware prüfen. Meinen Geigerzähler habe ich aber nicht hier."
„Wo hast du Geigerzähler?"
„Im Auto."
„Holen, ich warte", sagt der Russe und grinst, dass die Goldzähne blitzen. Sein H ist kehlig, Vokale offen, das R rollt. Er schließt das Fach und nickt aufmunternd.
Leise fluchend geht Thor Richtung Gasthof zurück.
Was, wenn dieser Kerl das Geld nimmt und mit der Ware abzieht? Was, wenn es nicht die Ware ist, die wir bestellt haben?
Plötzlich sieht es nicht mehr wie eine gute Idee aus, allein gekommen zu sein. Gegen diesen Bären könnte er nur mit einer Schusswaffe etwas ausrichten.
Thor setzt sich in seinen Skoda, lässt den Motor an und schließt die Tür, als das Klimagebläse die Arbeit aufnimmt. Die Scheibe ist wegen Insektenleichen fast blind unter der Sonne.
Unmöglich, den Wagen mit dem Geld außer Sicht des Russen abzustellen. Fluchend setzt er das Auto sehr dicht vor den Sattelschlepper. So kann der Typ

im Falle, dass er etwas versucht, wenigstens nicht in einem Zug ausparken und abhauen.

Er steigt aus und muss sich in der Enge vor dem Lastwagen verrenken, um das Köfferchen mit dem Messgerät aus dem Kofferraum zu heben.

Der Russe öffnet das Gepäckfach seines Lkw wieder und zieht den Metallbehälter an die Kante. Er enthält, eingebettet in ausgeformten Schaumstoff, einen zweiten Metallbehälter.

Thor schaltet den Geigerzähler ein und hält dessen Fühler an die Strahlenquelle, die als Testmedium in einem Lederheftchen vorn am Gerätekoffer steckt.

Elektrisches Knacken, Ausschlag des Zeigers am Gerät um etwa drei, vier Millimeter.

Er nickt dem anderen zu. Der Russe öffnet mit den Fingerspitzen die Klammern am inneren Behälter und hebt dessen Deckel langsam ab.

Eingebettet in Schaumstoff enthält er zwölf zylindrische Glaskörper, etwas getrübt, mit geschraubten Metalldeckeln. Thor deutet wahllos auf eins der Gläser. Der Russe streift sich Handschuhe aus steifem Plastik über, schraubt den Deckel ab. Der Geigerzähler knackt schon, während Thor die Sonde noch zu dem Glas hinüber schwenkt. Aus dem Knacken wird ein rauer Ton. Der Zeiger hängt am Anschlag.

„Kamerad: Plutonium", sagt der Russe mit einem breiten Grinsen.

Thors Hand zittert beim Zurückziehen der Mess-Sonde von den Röhrchen. Er spürt die Hitze nicht mehr, obwohl sich plötzlich Schweißtropfen von seiner Nasenspitze lösen, aus seinem dünnen Haar über seine Stirn und im Nacken in seinen Kragen rinnen.

Plutonium. Genug, um eine Stadt zu vergiften.

***

2

An einem geheimen Ort, Berlin

Warum stellt man sie ruhig und hält sie an diesem Ort fest? Carla Muthberg ist eine gesunde, geistig klare Frau – wieso behandeln die sie wie eine Verrückte?
    Zu Carlas eigener Sicherheit. Sagen *die*. Sonst: keine Antworten. Wechselnde Gesichter schweben vorbei, ernst, neutral, unleserlich.
    Die Wahrheit wird schrecklich sein. Und mit Walter stimmt auch etwas nicht.
    Die aber sagen, mit ihr stimme etwas nicht. Aber das ist nicht richtig. Etwas stimmt mit ihr nicht, weil sie unter Drogen steht. Sie manipulieren sie.
    Seit sie hier zum ersten Mal aufgewacht ist, war sie keine Minute lang ganz klar.
    Unscharfe Gedanken kriechen. Sie sieht ihre Hände wie die einer Fremden. Sie hört sich denken wie eine Stimme von jenseits der Wand. „Is there anybody out there?" Schaut ins Licht, sieht Nebel. Ins Dunkel, sieht Farben.
    Das Nichts dreht sich in ihrem Kopf, wenn sie die Augen schließt. Sie öffnet die Augen, der Nebel bildet eine Spirale. Ihre Augen drehen sich in ihrem Kopf, in den Kopf hinein. Sie stellt sie sich als Spiralspitzen vor, die sich in ihr Hirn bohren.
    Sie weiß nicht, was daran zum Lachen ist. Und lacht.
    Nie zuvor hat sie solche Kopfschmerzen gehabt.
    Wenn sie kann, schreit sie. Wenn sie schreit, kommen *die*. Wenn sie kommen, kämpft sie. Dann stechen sie Carla. Sie verliert sich aus ihrem Kopf. Die Gedanken werden unendlich langsam.
    Sie verliert sich.
    Niemals ihr Kind.
    Feinde hält man an einem solchen Ort fest. Nicht Freunde. Nicht die Frau eines Staatssekretärs. Nicht die Mutter eines entführten Mädchens. Dieser Ort ist ein festes Haus, in dem sich zu viele Menschen um sie kümmern. Nur um sie. Ist sonst niemand hier?

Manche Fenster sind vergittert. Neonröhren an der Decke. An den Wänden in billigen Glasrahmen wie aquarelliert wirkende Drucke von Oldtimern im Profil.
Sagt man Profil bei Autos?
Cord, Hispano-Suiza, Horch. Die Bilder gab es früher an Tankstellen als Werbegeschenk.
Lange her, damals ging sie zur Schule.

„Sie müssen Geduld haben", sagt der Kerl, der sich Dunker nennt. Der schleimigste Typ, den Carla je kennengelernt hat. Er beugt sich über sie, und sie riecht seinen Atem. Er stinkt immer nach zu viel Kaffee und zu wenig Zahnpasta. Dunker ist nervös. Er fragt sie aus. Er wisse nicht genug, ihr helfen zu können, sagt er.

Ich will nur wissen, wo Annika ist.
„Machen Sie sich keine Sorgen", sagt er. „Sie müssen zur Ruhe kommen. Seien Sie vernünftig."
Ich will nicht vernünftig sein. Ich will mein Kind. Schwarze Maskenmänner haben es geholt, und ich soll ruhig sein. Wenn ich ruhig sein soll, sagt mir doch, wer die Maskenmänner waren?
Ihr wisst, warum sie mein Kind entführt haben, und ihr sagt es nicht.

Carla schreit ihre Sorge um Annika heraus. Sie geht auf die Männer los. Sie sperren sie ein. Bett, Stuhl festgeschraubt, Fenster nur mit Vierkant zu öffnen. Stickige Luft. Sie löst einen Winkel vom Stuhl, schraubt damit das Kopfende vom Bett. Sie braucht eine Ewigkeit, die mit altem Lack überzogenen Muttern mit dem Winkel zu lösen. Mit dem Kopfende aus Eisenrohr schlägt sie die Milchglasscheibe ein, nutzt es als Hebel, die Gitterstäbe auseinander zu drücken, steigt hinaus.
Ein Park im Regen. Verwildert. Sie sieht das Haus von außen. Es ist groß wie ein Schloss. Grau, Gitter vor allen Fenstern. Der Blitz wirft scharfes Licht und tiefe Schatten über die Fassade. Die meisten Fenster sind dunkel, manche mit Brettern verschlossen. Rechts und links des Zimmers, aus dem sie ausgestiegen ist, schimmern Lampen durch Milchglas. „There's a light over at the Frankenstein place."
Der Regen ist frisch und kühl, aber die Benommenheit weicht nicht.
Sie kommt an eine Mauer, zu hoch für sie, grau wie das Haus.
Rufe übertönen den Donner. Ihre Flucht ist entdeckt. Lichtfinger aus LED-Taschenlampen bohren sich in die Regenschleier.
Sie nimmt Deckung im hohen Gras.
Diese Benommenheit.

Sie hebt ihre Hand. Voll Befremden und Trauer betrachtet sie das Schneckenhaus, das sie zerdrückt hat. Es klebt an ihrer Handfläche, nah am Ballen.

Carla leckt den Regen von ihrem Arm. Besinnt sich, kriecht an der Mauer entlang.

Keine Kraft, zu rennen. Zur Polizei, mein Kind suchen, es retten, in die Arme schließen! Dünnes Kind, zerbrechlich wie eine Porzellanfigur in den Händen der Maskenmänner.

Carla kriecht durchs Gras. Der grünliche Stoff des Krankenhaus-Dings das sie trägt – Hemd? Kleid? – ist dunkel geworden im Regen wie Tarnzeug.
 Gut!
 Das Tor. Ein einfaches Eisengitter, so hoch wie die Mauer. Vielleicht aber offen. Niemand kann damit rechnen, dass sie die Kraft zum Fliehen findet. Niemand mag daran gedacht haben, das Tor zu verriegeln.
 Sie lauscht nach Stimmen und Schritten, schaut nach dem Licht der Taschenlampen. Nichts.

Ich will laufen! Lass mich laufen können, Gott.

Carla erhebt sich aus dem Gras, taumelt zum Tor, rüttelt daran. Greift nach dem Schloss. Eine Art Zwitschern des Jubels entfährt ihr, als der Torflügel ins Grundstück hineinschwingt. Taumelnd löst sie sich vom Tor.
 Ein Lichtstrahl erfasst sie. Zwei, drei, fünf.

Das Schwein lächelt.
 Er hält die Spritze hoch, lächelt, rammt sie ihr in die Schulter.
 Sie gleitet hinüber ins Weißnichtwo, bleibt aber irgendwie da. Sieht alles, hört alles.
 Und nichts.
 Graues Nichts.

Carla liegt in einem bis zur Decke gefliesten Raum, auf dem kühlen Boden, bewegungsunfähig, nicht gefesselt, kann die Augen nicht offenhalten, die Pupillen gleiten schräg hinter die kiloschweren Lider. Neonlicht, immer eingeschaltet. Stimmen, die reden, Worte ohne Sinn.
 Sie hört eine Frau lallen. Sie ist die lallende Frau. Die Frau lallt „Annika".

Carla klart auf. Dieser Dunker ist wieder da. Seine Stimme klingt wie durch ein Rohr.

„Wie oft ist Ihr Mann im Kosovo?"

„Wie oft ist er in Afghanistan?"

„Sie haben ein großes Haus, gute Gegend, offenbar teuer. Wie haben Sie es finanziert?"

„Wissen Sie, was die Privatschulen für die Kinder gekostet haben?"

„Wie konnten Sie sich den neuen Jaguar leisten? Wovon den Range Rover und das Spielzeug Ihres Mannes, den Rover 3500?"

„Bewahrt Ihr Mann irgendwo Unterlagen auf, um die er ein Geheimnis macht? Hat er manchmal viel Bargeld in den Taschen?"

Sie lallt: „Ist das ein Verhör? Wozu wollen Sie das wissen?"

Er sagt: „Alles kann helfen, Ihre Tochter zu finden."

Sie schwebt zwischen Bewusstseinszuständen. „Ihr wollt nicht meine Tochter finden. Ihr wollt etwas ganz anderes."

„Unsinn, Frau Muthberg."

„Lasst mich zur Polizei gehen."

„Wir sind uns doch einig, dass das nicht geboten wäre, Frau Muthberg."

Neineineineineineinein ...

Sie hört das Lallen der Frau. Er kniet neben ihr, über sie gebeugt.

Lacht ihr einen Schwall seines schalen Kaffeeatems ins Gesicht.

Sie klingt wie jemand, über den man lacht. Verschwommen, ausdruckslos, umständlich, langsam.

„Ich habe Zeit", sagt er.

***

Berlin, Alexanderplatz

Walter Muthberg ist pünktlich. Am Morgen hat er ein akkurat gefaltetes A4-Blatt mit der Zeitung im Briefkasten gefunden: „Kaufhof, Herren-Abtlg., West-Wand, Kabine (‚Außer Betrieb'), 15 h. Kommen Sie allein, Kein Wort zu niemandem."

Kein Adressat, kein Absender.

Die spielen Katz und Maus mit mir.

West-Wand: von der Rolltreppe geradeaus.

Walter Muthberg hat *ihn* bisher zweimal gesprochen. Ein Anruf, beide Male.

Keine Drohungen: Warnungen, die nicht anders denn als Drohungen zu verstehen sind.

Inzwischen hat er den Verfassungsschutz im Haus, lückenlose Überwachung: Ende der Anonymität auf jedem elektronischen Kanal.

Ein Zettel im Briefkasten. Low Tech siegt.

Unter anderen Umständen hätte Muthberg das lustig gefunden. Als Verteidigungs-Staatssekretär und Offizier einer Armee, für die Krieg nicht smart genug sein kann.

Er drückt sich am „Außer-Betrieb"-Schild vorbei in die Kabine. Schaut auf sein Smartphone. 14:59 Uhr. Zieht den Vorhang zu, lehnt sich an die Kabinenwand. Im Spiegel wirkt sein Gesicht unter der Halogenlampe grotesk zerfurcht. Müde Augen.

15:00 Uhr. Er zuckt zusammen, als der Hocker in der Ecke Vibrationsalarm gibt.

Das Handy ist mit Klebeband am Stuhlbein befestigt. Er entfernt es.

Die eisige Stimme, leicht näselnd, hoch für einen Mann. „23 Anrufe in 41 Stunden. Sind Sie zu retten?" Kein Gruß. Ansatzlos äußerste Schärfe. Er nennt sich Koordinator. Nach dem, was er weiß, müsste Muthberg ihn wenigstens entfernt kennen. Wohl deshalb hält er sich außer Sicht.

„Ich hab nicht Sie angerufen, sondern …"

„Keine Namen."

Du bist Staatssekretär. Benimm dich so. „Meinetwegen, keine verdammten Namen. Aber der Mann ist nicht nur mein Vorgesetzter, sondern auch mein Freund. Ich habe ein Recht darauf … Warum …?" Die klaren Worte enden im Stammeln mit zitternder Stimme. Er hat sich noch nie so verlassen gefühlt.

„Sie haben klare Anweisungen. Stillhalten. Ruhe wahren. Keine Kontaktaufnahme zu irgendwem. Was davon haben Sie nicht verstanden?"

Adrenalin flasht Muthbergs System. Hass, Furcht. „Wir … ich habe Videos bekommen, von Annika. Sie … Was sind das nur für Leute?"

„Sie rufen mich an, um sich auszuheulen? Es sind Ihre Leute, oder? Ihre Geschäftspartner verteidigen ihre wirtschaftlichen und politischen Interessen. Das haben Sie sich selbst zuzuschreiben."

„Indem sie meine Tochter *foltern*?" Ein Ziehen in der Herzgegend macht Muthberg kurzatmig. „Reicht es Ihnen nicht, sie zu entführen und mit ihrem Tod zu drohen?"

„Lassen Sie mich aus dem Spiel. *Jemand* hat das Gefühl, dass Sie aus dem Ruder laufen. Und Ihre Frau dreht durch. Es liegt an Ihnen, wie weit diese Sache eskaliert."

„Carla wird wie eine Irre behandelt." Muthberg massiert mit der freien Hand seine Brust über dem Herzen. Sein Tinnitus übertönt die Kaufhausgeräusche.

Aber nicht *seine* Stimme. „Sie benimmt sich wie eine Irre. Wir wahren auch *Ihre* Interessen, vergessen Sie das nicht. Und Ihrer Frau sollten Sie das auch klar machen."

„Wir könnten alle noch gut da rauskommen, wenn wir die Bom…"

„Schscht. Keine Details am Telefon, nicht einmal konspirativ. Hören Sie: Es liegt an Ihnen. Keine Anrufe mehr. Kein Ärger. Wenn Ihre Frau nach Hause kommen soll, muss sie dort lückenlos überwacht werden. Sie haben schon genug Unheil angerichtet. Wir alle wollen diese Sache zu einem guten Ende bringen. HALTEN. SIE. STILL!"

„Wenn ich noch so ein Video bekomme, weiß ich nicht …"

Der andere lacht. Ein beklemmendes Geräusch. Wie von einer defekten Maschine. „Halten Sie es wirklich für klug, so zu reden?" Die Verbindung wird beendet.

Muthberg lässt sich auf den Hocker fallen, kracht mit dem Rücken gegen die Kabinenwand, dass die ganze Konstruktion ins Schwingen gerät, greift in seinen Hemdkragen, dass der erste geschlossene Knopf abspringt.

Das Handy glüht in seiner Handfläche. Er lässt es fallen.

Das Display erlischt.

***

Berlin

Irgendwann erwacht Carla in einem richtigen Zimmer in einem richtigen Bett. Walter kommt. Spricht mit ihr. Beruhigend.

Seine Augen lügen. Warum lügen seine Augen? Auch er sagt nicht, was er weiß. Dass er etwas weiß. Was hat er mit alledem zu tun?
 Bring uns unser Kind zurück!
 Er sagt, die Männer schützen uns.
 Vor wem?
 „Vor denen, die Annika haben. Wir müssen schweigen und zusammenhalten, wenn wir sie retten wollen. Kein Aufsehen. Verstehst du? Du Liebe?"
 Wo ist Annika?
 Das Lächeln verweht. Dein Lächeln soll bleiben, wenn dein Lächeln bleibt, ist alles gut.
 Sie schlägt mit beiden Fäusten sein Gesicht, damit das Lächeln bleibt.
 Er weicht nicht aus. Was bleibt, ist die Lüge in seinen Augen.
 Ein weißer Kittel schwebt durchs Zimmer. Sticht. Annika winkt aus einer Wolke.
 Halt aus Süße, ich komme.
 Ihr Arm fällt aus seinem Gesicht in ihres, erschlägt sie.

Als Carla ihre Augen wieder öffnen kann, ist Walter noch da.
 Oder wieder.

Bitte, bitte Walter, ich will nach Hause.
 Sie wird klarer. Etwas bleibt falsch in ihrem Kopf. Sie wird nicht gestochen, aber sie ist neben sich. Nachwirkung? Irgendwas im Essen?
 Es muss das Essen sein.

Carla isst nicht.

Sei vorsichtig. Schlage nicht mehr nach den Leuten. Rede ruhig und vernünftig mit ihnen.
 Warte auf die Gelegenheit.

Sie bringen sie nach Hause, Dunker und Walter.

Immer dieser Dunker. Walter mag ihn auch nicht. Du bist nicht jahrzehntelang verheiratet und bemerkst so etwas nicht.

Ihr Schlafzimmer, Bad nebenan. Sie geht. Langsam und wie auf einer schwankenden Planke. Aber ungestützt. Luxus.

Mir ist so schlecht, Frau Arnhold, nein, heute keine Suppe. Machen Sie sich keine Umstände, ich hole mir Leitungswasser aus dem Bad.

Frau Arnhold, die Pflegerin, Wache. Nett eigentlich, nicht schleimig wie Dunker.

Walter sagt, sei vernünftig.

Wo ist mein Kind? Was hindert euch, es zu suchen? Was hindert euch, alles daran zu setzen, mir Annika zurückzuholen?

Sie schreit das nicht mehr heraus.

Sie steigt aus dem Fenster und trifft ihre eigenen Entscheidungen.

Das Schlafzimmerfenster öffnet auf den Balkon. Carla klettert über das Geländer, wobei sie sich am Fallrohr der Dachrinne festhält. Sie hangelt sich am Rohr hinunter aufs Garagendach. Fühlt sich zum ersten Mal in langer Zeit vital, als sie zitternd auf dem Dach steht und in die Nacht hinaus lauscht.

Sie kauert sich an den Dachrand, jenseits dessen im Nachtschatten der Nachbargarten liegt. Schwingt die Beine über die mit Zinkblech verblendete Kante, springt mit zusammengebissenen Zähnen hinunter in die wuchernden Forsythien des Nachbarn. Raschelnd und krachend gibt das Geäst unter ihr nach.

Sie lauscht. Alles gut.

Sie kämpft sich aus dem Gehölz, sammelt sich kurz, als sie den Stichweg erreicht, strafft den Körper, tritt durch das Gartentor hinaus auf den Gehweg. Im Schatten der Büsche, die über den Zaun ragen und die Straßenbeleuchtung abschirmen, mag es gehen – eine Gestalt im Dunkeln.

Sie hört, wie hinter ihr ein Wagen angelassen wird, aus dem zugleich jemand aussteigt. Sie bekämpft den Impuls, sich umzudrehen. Leise Schritte nähern sich. Der Motor des Wagens dreht hoch.

Sie sprintet los.

Ihr Verfolger erreicht sie an der Ecke. Der schwarze Audi rast rückwärts heran, hält mit quietschenden Reifen, knallt mit dem Hinterrad an den Bordstein.

Der Verfolger packt sie am Oberarm, am Handgelenk, Polizeigriff. Stößt sie auf den Rücksitz des Audi. Kühles Leder an Haut; das Gewicht des Mannes zwingt sie nieder. Er drängt sie in den Wagen, zieht die Tür zu.

Nahezu lautlos nähert sich der Audi wieder seinem Standort vor dem Muthbergschen Haus.

Ich kratze dir die Augen aus, du Schwein. Geh runter von mir! Ich will zu meiner Tochter!

Carla schreit, schlägt mit aller Kraft um sich, kratzt, beißt, spuckt, sucht nach den Regeln ihres Selbstverteidigungskurses die empfindlichen und schwachen Stellen.
Der eine Mann packt ihr Haar, der andere verdreht ihren Arm. Die beiden zwingen sie zurück ins Haus.

Ihr Schweine tut mir weh!
„Ich bedaure", sagt Frau Arnhold, die die Tür öffnet. Sie hat eine Spritze in der Hand.
Ein Stich.
Annika verschwimmt im Nebel.

***

3

Berlin-Schöneberg

Bernatzki hat ein Déjà-vu, als er die Treppen zu Schmitts Wohnung hinauf steigt. Wie lange ist das jetzt her?

Eine knappe Woche.

Die Tür ist repariert. An der Stelle, an der das Schloss ausgebrochen war, ein Edelstahlblech.

Er klingelt. Schmitt öffnet. Ihr langes Haar ist nass, sie trägt ihr Schulterhalfter über Tank Top und Jeans.

„Komm rein", sagt sie und dreht bei, um wieder im Bad zu verschwinden.

Bernatzki schließt die Tür und geht einige Schritte, am Bad vorbei und aus dem Flur ins Zimmer. „Du hast aufgeräumt", ruft er.

„Ich hatte ja Zeit die Tage", sagt Schmitt, direkt in sein Ohr. Er erschrickt, so nah steht sie plötzlich hinter ihm, das Haar zu einem Pferdeschwanz gefasst. Sie zieht die Lederjacke über und bückt sich nach hochhackigen Sandalen. „Gehen wir."

Auf der Treppe fragt sie: „Hast du eine Ahnung, wieso Schumann meine Beurlaubung schon wieder aufhebt?"

Bernatzki zieht die Schultern hoch. „Nö. Er rief mich vor etwa zwanzig Minuten an und sagte, dass er mit dir geredet hat und dass ich dich abholen soll. Sonst hat er nichts gesagt."

Der Gehweg ist feucht vom Nieselregen. Sie müssen ein Stück gehen, bis Bernatzki mit einem Druck auf den Schlüssel einen weißen BMW öffnet. Schmitt wirft die Sandalen in den Fußraum und setzt sich auf die Beifahrerseite. „Dein Gequengel hat also nichts geholfen. Mein Beileid, dass du mich nicht losgeworden bist."

Bernatzki setzt den Blinker und fährt mit zusammengekniffenen Augen los. Der Scheibenwischer schmiert und quietscht.

„Hat Schumann wenigstens Mitleid mit dir?", fragt Schmitt. Sie schiebt den Sitz ganz zurück und stellt ihre Füße ans Armaturenbrett.

„Er sagt, wenn du deinen Führerschein noch hättest, würdest du wunderbar allein auskommen."

Sie lacht. „Er ist ein alter Idiot."

„Hattet ihr mal was zusammen?"

„Er wollte mich heiraten."

„Und?"

„Ich ihn nicht."

Bernatzki bremst, um drei Jugendliche mit Kopfhörern in den Ohren an einem Zebrastreifen über die Straße zu lassen. „Mein Chef und meine dienstältere Kollegin waren mal ein Paar. Na super!"

„Da ist nichts mehr. Eher im Gegenteil, keine Sorge."

„So wie er mich angeschissen hat …"

„Er versucht, ein guter Chef zu sein. Du hast dich unmöglich benommen neulich. Petzen ist eine Kollegenschweinerei."

Er erwischt die grüne Welle und kommt halbwegs zügig voran auf der Martin-Luther-Straße nach Norden, dann am Landwehrkanal entlang nach Osten.

„Um was dreht es sich eigentlich bei diesem Fall?"

„Laut Funk ne Springerin an einem Hochhaus in Friedrichshain."

„Eine Springerin?"

„Wahrscheinlich. Jedenfalls liegt sie unten."

Er setzt den Blinker und biegt ab. Richtung Ostkreuz.

„Halt mal da drüben, ich muss was essen vor der ersten Leiche", sagt Schmitt. „Currywurst? Ich lade dich ein."

„Hab schon gegessen. Ich warte im Auto."

„Wie du willst."

Sie schlüpft in ihre Sandalen und steigt aus. Bernatzki wischt mit der Hand über die Stelle am Armaturenbrett, wo ihre Füße sandige Spuren hinterlassen haben, und schaut Schmitt nach. Sie geht durch den Regen zur Bude hinüber. Sie bestellt. Es sieht aus wie ein Flirt. Der Grauhaarige hinterm Tresen lächelt werbend, als er sich mit Schmitt unterhält, während sie hastig isst. Sie wirft die Pappschale noch halb voll in den Müll und geht zu einem Kiosk nebenan. Zwei Typen, die mit Flaschen herumstehen, mustern sie anerkennend. Mit einer brennenden Zigarette steigt sie wieder ins Auto.

Bernatzki achtet mühsam auf seinen Ton. „Ich nehme an, es wäre zu viel verlangt, dich aufs Nichtrauchergesetz hinzuweisen."

„Korrekt. Fahr weiter." Sie öffnet ihr Fenster einen Spalt weit.

Die Leiche liegt vor einem Hochhaus, das nach all den Jahren noch ganz nach DDR aussieht. Eine dünne blonde Frau in schmutzigem kurzen Nachthemd und Slip. Jung. Arme und Beine ausgebreitet, als ob sie zu fliegen versucht hätte, das Gesicht nach unten in einer Blutlache, die aus ihrem Kopf sickert. Der Regen hat das Nachthemd an ihren Rücken geklebt.

Ein Gerichtsmediziner im Plastik-Schutzanzug untersucht die Leiche, die Spurensicherung spannt Folie gegen den Regen, uniformierte Kollegen sichern den Fundort ab.

„Wo habt ihr euch rumgetrieben?", fragt einer der Spurensicherer.

„Müller-Bindestrich, Bernatzki, mein neuer Partner", stellt Schmitt vor. „Vor ner Stunde dachte ich noch: Ein weiterer unfreiwilliger Urlaubstag. Ich war auf deine Leiche echt nicht eingestellt."

„Müller-Mausburg", sagt der Mann und hebt, als Bernatzki ihm die Hand schütteln will, abwehrend seine Hände, die in Latexhandschuhen stecken.

Schmitt schaut das Mädchen an, dann am Haus hoch, wieder zurück. Sie geht zur Hauswand, betastet sie. Wieder neben der Toten stehend, fragt sie Müller-Mausburg: „Und?"

Der zeigt auf die Leiche. „Bislang deutet nichts auf Fremdeinwirkung hin, außer ihrem Aufzug. So stürzen Frauen sich nicht vom Balkon. Sie würden sich anziehen. Und saubere Sachen, nicht solches Schmuddelzeug. Und dann sind da noch Brandmale. Von Zigaretten oder so."

Schmitt schüttelt den Kopf. „Es war ein Unfall, ganz klar."

Müller-Mausburg schaut Bernatzki an, lächelt freudlos. „Das macht sie immer. Jedes Mal macht sie das."

Schmitt kümmert sich nicht um ihn. Sie zeigt ihre Fingerspitzen. „Rauputz. Ich habe drangefasst. Als hätte ich in graues Mehl gegriffen."

Sie kniet neben dem Mädchen. Zeigt auf dessen Hand. „Ihre Finger sehen aus wie meine. Rauputz, graues Mehl. Die Nägel sind abgekaut, deshalb sind sie nicht gesplittert: zu kurz. An den Zehen hängt auch Staub." Sie erhebt sich und zeigt an der Fassade hoch. „Irgendwo da oben hat sie versucht, vom Balkon auf einen Laubengang zu klettern."

Schmitt schaut am Haus hoch, nimmt Augenmaß und stellt ihre Füße etwa einen Meter weit auseinander. „Die Spanne ist trügerisch kurz. Sie ist eine große Frau wie ich. Vielleicht drei, vier Zentimeter kleiner. Sie dachte, das kommt hin. Wäre sie sportlich, hätte sie es wohl auch geschafft. Aber schaut euch ihre Arme an: Diätkrüppel, untrainiert, dünn wie ein Strich. Sie ist aufs Balkongeländer geklettert und hat sich in den Putz gekrallt, um den Schritt rüber zum Laubengang zu machen. Oder umgekehrt. Eher aber nicht umgekehrt. Sie war eingesperrt und versuchte zu fliehen, vom Balkon einer Wohnung auf den Laubengang zum Treppenhaus. Deshalb ist sie halb nackt und ungewaschen. Deshalb war sie verzweifelt genug, diesen Schwachsinn zu versuchen."

Bernatzki sagt: „Irgendein lebensmüdes junges Ding ..."

Schmitt fällt ihm ins Wort: „Ein lebensmüdes junges Ding gibt keine 200 Euro beim Friseur aus, Schlaukopf. Die war vor etwa einer Woche da, hat sich aber seitdem das Haar nicht mehr gekämmt und gewaschen. Warum? Wetten, dass der Slip sauber war, als sie beim Friseur saß? Und ich würde noch mal wetten, dass sie da die Brandmale noch nicht hatte. Ich tippe auf Entführung und missglückte Flucht."

„Das Haus steht leer. Der Abriss soll in vier Wochen beginnen", sagt Müller-Mausburg.

„Jede Wette, irgendwo zwischen fünftem Stock und ganz oben ist das Versteck", sagt Schmitt. „Da ist eine Kette oder so was."

„Wie?"

„Schau dir ihr Handgelenk an. Sieht aus wie Dreck, ist aber ein Bluterguss. Sie muss irgendwo lange gehangen haben, bis sie sich befreien konnte." Schmitt zögert. Dann sagt sie: „Ich gehe rein."

Bernatzki sagt: „Es ist Vorschrift ..."

„Kannst ja hier bleiben und in Ruhe auf Verstärkung warten. Ich wette, da oben sind noch mehr Mädchen, denen wir vielleicht helfen können, aber garantiert ist keiner mehr von denen da, der sie eingesperrt hat."

Bernatzki stöhnt, als sie losgeht, folgt ihr. Die Eingangstür ist schon geöffnet, ein Uniformierter hält Wache. Schmitt rennt die Treppe hinauf, Bernatzki folgt.

„Willst du dich nicht wenigstens kurz mal umsehen hier auf dem Treppenabsatz?", keucht er im achten Stock.

Sie eilt schon die nächste Treppe hoch. „Hier war lange keiner. Da sind Spinnweben an der Tür."

Im 12. Stock geht sie aus dem Treppenhaus auf den Laubengang. Auch Bernatzki sieht die Fingerspuren an der Schmutzschicht auf der Verbindungstür: Jemand muss sie kürzlich benutzt haben. Zwei Wohnungen gehen seitlich vom Laubengang ab, geradeaus endet er an einer weiteren Tür mit zwei neuen Sicherheitsschlössern.

Schmitt schlüpft aus ihren Sandalen, spannt ihren Körper an und tritt in Höhe der Schlösser gegen die Tür.

Ein leerer, schmutziger Flur. Bernatzki würgt. Der Leichengeruch wird von der offenen Balkontür kaum gemildert. Auf dem fleckigen Teppichboden liegen benutzte Pappteller, Pizzaschachteln, leere Flaschen, Matratzen und Decken.

In der Ecke steht ein Hundekäfig.

Gegenüber dem Eingang führt eine Tür in einen kurzen Flur. Die Küche ist bis auf einen Tisch leer. Die Tür zum fensterlosen Bad steht offen. Im Zwielicht hängt eine reglose Gestalt von der Decke. Die Füße der jungen Frau, Leichenflecken an den Sohlen, berühren den Boden nicht. Sie wird von einer Kette und einem Vorhängeschloss an ihrem linken Handgelenk gehalten. Die Kette ist durch einen Ring an der Decke geführt und in einen Haken an der gefliesten Wand eingehängt worden. Die zweite Kette neben ihr muss bis vor kurzem das Handgelenk der anderen Frau gehalten haben.

„Na Mann, hat dieses junge Ding auch Selbstmord begangen?", fragt Schmitt mit rauer Stimme.

„Wer macht so was?" Bernatzki klingt wie erstickt.

„Zuhälter. Die haben die Mädchen für irgendwas bestraft oder unter Druck gesetzt, aber normalerweise würde man sie so nicht töten wollen", sagt Schmitt. „Die müssen tagelang hier gehangen haben."

Sie erstarrt. Reißt der Leiche das Armband vom rechten Handgelenk und hält es ins Licht, das durch die Tür hereinfällt.

„Bist du wahnsinnig, die Spurensicherung ...", schreit Bernatzki.

„Schau." Sie drückt ihm das Schmuckstück in die Hand. Es ist die Sorte Schmuck, wie man sie Kindern schenkt, ein Freundschaftsband. Eine dicke Kette, die eine Plakette hält, in die ein Name graviert ist.

Er liest: „Sibel" und ein Datum.

Schmitt beugt sich vor und kotzt Currywurst in die eingetrocknete Urinlache unter den sanft schwingenden Füßen der Toten.

***

LKA, Berlin-Tempelhof

„Du machst das schon wieder! Nerven verlieren, nicht nachdenken, wie ein Anfänger. Da raufrennen und ohne Schutzanzug reingehen, Beweisstücke an dich nehmen, den Tatort vollkotzen. Und wenn es dreimal das Armband deiner Tochter ist – das geht gar nicht", schreit Schumann.

„Quatsch, Nerven. Die Currywurst war schlecht. Und Spuren ruiniert habe ich auch nicht, das weißt du selbst. Allenfalls die Schweinerei etwas schweinischer gemacht habe ich."

„Wenn ich allein deinen rotzigen Ton höre …"

Schmitt löst ihre Arme aus der Verschränkung, hält den Kopf ein wenig schräg, öffnet die schwarzen Augen weit zum Kinderblick, spitzt die Lippen. „Okay, ohne rotzig: Es tut mir leid. Ich will brav sein, aber ich dachte, da wäre Gefahr im Verzug, deshalb bin ich da hoch. Hätte das Mädchen da oben noch gelebt, wäre jede Minute kostbar gewesen. Dennoch: sorry. Ich will den Fall. Bitte, bitte. Gib ihn mir."

„Lass das Mädchen-Getue. Es ist genau das Milieu, in dem du nicht ermitteln solltest. Und es geht um deine Tochter. Du bist nicht objektiv."

Sie entspannt ihr Gesicht, zieht die Zigarettenpackung aus ihrer Jackentasche.

„Es ist meine Stärke, manche Dinge persönlich zu nehmen, das weißt du am besten. Und es ist das Milieu, das ich kenne. Ich bin ein Profi."

„Das ist nicht mehr dein Job. Du bist bei der Aufnahme. Du machst nur die ersten Schritte. Die Ermittlungen sind nicht deine Sache."

Sie steckt sich eine Zigarette zwischen die Lippen. „Es liegt im Grunde in deinem Ermessen, ob wir den Fall abgeben. Und ich bin Expertin für so was."

„Du bist Expertin für unmögliches Benehmen. Genau deshalb bist du mit solchen Fällen nicht mehr befasst. Und hier geht es um deine Tochter, Durchdreh-Faktor Nummer eins, wie man sieht."

Sie hält die Zigarette mit den Zähnen, leckt am Filter. „Ich bin in Therapie", nuschelt sie.

„Du bist zu intelligent, um wirklich therapierbar zu sein."

Sie schiebt die Zigarette mit der Zunge in ihren Mundwinkel. „Ich war nicht zu intelligent dafür, die Therapie als Bedingung für meinen Wiedereinstieg verordnet zu bekommen, also nimm nun ihr Ergebnis hin."

„Zünd das Scheißding endlich an und gib mir auch eine."

Sie lächelt. „Siehst du, geht doch!"

„Was wäre dein nächster Schritt?"

„Ich poliere jedem Zuhälter und Kinderschänder so lange die Fresse, bis einer gesteht." Sie grinst.

Er bläst Rauch von sich und schaut sie regungslos an.

Ihr Grinsen erlischt. „Ich weiß, wer Mädchen am Handgelenk aufhängt."

„Wer?"

„Spielt keine Rolle. Ich kenne ihn, und er spricht nur mit mir, wenn überhaupt."

„Wer?"

„Wenn das für diesen Fall relevant ist, kriegst du's schriftlich."

„Ich will es wissen."

Sie ziehen beide an ihren Zigaretten und blasen Rauch an die Decke.

Schmitt sagt: „Mein Onkel."

„Zwei Gründe, dass er nicht mit dir spricht: Erstens sitzt er im Knast, und du hast ihn reingebracht. Zweitens: Du hast seinen Sohn umgebracht. Denkt er."

„Er ist raus aus dem Knast, leider, schon lange. Kinderschänder haben es da nicht gut, er hat sich gut geführt und war dank der Vorzugsbehandlung, die er von den anderen Häftlingen bekam, bald haftunfähig. Aber du vergisst die Familienehre. Ich habe sie beschmutzt, damals."

„Eben. Wie kommst du darauf, dass er mit dir reden könnte?"

„Tut er es, dann eben wegen der Ehre. Jeder weiß, dass er Mädchen so foltert. Er würde sie aber nie einfach hängen lassen. Er war es nicht. Und er hat sicher ein Interesse daran, dass die Welt das erfährt. Er wird also mit mir sprechen. Gut für die Polizei: Er ist gut vernetzt. Seit 40 Jahren Gangster in dieser schönen Stadt, da kennt einer sich aus." Sie zieht an ihrer Zigarette.

Schumann bläst Rauch ins Zimmer. „Okay. Wegen der Gangsterehre soll ich dir den Fall geben."

„Nein. Du sollst ihn mir geben, weil ich ihn lösen kann."

Sie schnippt Asche in ihre Handfläche.

„Du machst das noch immer", sagt er und schüttelt den Kopf.

Sie sagt: „Immer nach dem Motto, ‚Aber beklecker' nicht das Sofa, Sofa'."

Er singt grinsend mit tiefer Stimme und rollendem R: „Streck ihn aus, deinen heißen gelockten, streck ihn aus, deinen heißen gelockten ..."

Die Tür öffnet sich.

Schmitt und Schumann singen zweistimmig „... Schwaaaaanz, ahiaiaaahhh". Sie lachen. Bernatzki schließt die Tür rasch wieder.

Schumann springt auf, läuft ihm nach. Bernatzki steht im Flur, eine Hand in der Luft, wo die Türklinke eben noch war.

Schumann sagt ein wenig zu schnell und zu laut: „Hey, Sie kommen gerade richtig. Kommen Sie rein."

Bernatzki wirkt verwirrt, als er eintritt. „Ich wollte eigentlich nur ... Es gibt erste Ergebnisse aus der Pathologie."

„Zappa", erklärt Schumann und singt wieder mit verstellter Stimme: „Aber beklecker' nicht das Sofa, Sofa!"

„Zappa? Kenn ich nicht", sagt Bernatzki.

„So einem willst du den Fall geben?", fragt Schmitt. „Der Junge kennt Zappa nicht."

Schumann setzt sich wieder. „Lass das Gedankenlesen."

„Es ist nicht Gedankenlesen, sondern An-ti-zi-pa-tion", doziert sie und zieht an ihrer Zigarette. „Du hättest Nein sagen können, stattdessen willst du mir den Fall ausreden. Aber ich sage nicht Nein. Problem! Irgendwer will nämlich, dass ich den Fall kriege."

Er grinst. „Du hast recht. Irgendwer hat ein Herz. Ich bin tatsächlich schon angerufen worden. Man will, dass du an dem Fall arbeitest, warum auch immer. Ich habe denen gesagt, dass ich davon absolut nichts halte. Das einzige, was ich dagegen tun kann, ist, dich mit Bernatzki zusammen zu spannen, dass du keinen Unsinn machst. Er kriegt ihn, du gehst mit."

„Er kennt Zappa nicht, kannst du es fassen?" Rauch fließt über ihre Unterlippe, als sie fragt: „Wer ruft extra an, um mir den Job zu geben, statt die Zuständigkeiten einzuhalten? Und wenn ich das richtig verstehe, ist die Untersuchung des Vorfalls von neulich auch noch nicht erledigt. Ich hab doch den Zuhälter verprügelt, deiner Meinung nach. Du hättest mich nicht zurückholen dürfen."

Schumanns Zigarettenasche landet auf einer Akte auf seinem Schreibtisch. Er drückt die Glut rasch mit einem gefalteten Zettel aus.

„Hier ist Rauchverbot", sagt Bernatzki.

„Ach was", sagt Schmitt, zieht noch einmal, leckt zwei Finger feucht und zerreibt die Glut dazwischen.

„Es schüttelt mich, wenn du das machst", sagt Schumann.

Sie grinst und lässt die Zigarette in den Papierkorb fallen. „Und nachher stinken die Finger – das auch noch." Sie steht auf. „Wer hat angerufen?"

Er zeigt zur Decke.

„Eine Etage?"

Er hebt den Finger etwas höher.

„Wow", sagt sie. „So weit oben habe ich Freunde! Muss ich mir Gedanken machen?"

Schumann rutscht auf seinem Stuhl herum. „Sibel ..."

Abwinkend unterbricht sie ihn. „Bernatzki hat den Fall?" Sie macht eine anfeuernde Bewegung mit dem Arm. „Na dann los, Bernatzki. Zeig, was du kannst", ruft sie den Kollegen im Hinausgehen zu.

„Keine Alleingänge, keine Gewalt, keine Drohungen, totale Transparenz", sagt Bernatzki im Flur laut. Ein entgegenkommender Kollege schaut befremdet.

„Jawoll", antwortet Schmitt.

Ihr ironisch zackiger Ton besänftigt ihn etwas. „Es ist mein Fall, und wir machen ihn auf meine Art: korrekt. Da kannst du dreimal dienstälter und ranghöher sein und dich besser auskennen. Verstanden?" Bernatzki öffnet die Tür zum Treppenhaus und geht voraus.

„Ja, verstanden. Auf deine Art. Alles klar." Sie fällt ein, zwei Stufen zurück. „Wohin gehen wir?"

„Wir fahren. Gerichtsmedizin."

„Okay. Richtige Richtung, falsches Treppenhaus. Zu den Autos geht's über die andere Treppe."

Sie beobachtet ihn von hinten. Er spannt sich noch mehr. Dann lässt die Spannung seines Nackens und seiner Schultern nach. Er bremst etwas ab. „Vielleicht gehst du voraus."

„Klar." Sie dreht um. Sie summt „The Sofa".

Sie schweigen auf der Fahrt bis zum Potsdamer Platz, stehen dann in der Gegend des Hauptbahnhofs zwischen den ersten Häusern Moabits im Stau. Sie zündet sich eine Zigarette an. Er lässt das Fahrerfenster des BMW ganz hinunter.

„Und, Frau, Kinder?", fragt sie.

„Nee."

„Freundin?"

„Nein."

„Seit wann bist du hier?"

Er gibt an einer gelben Ampel Gas, um noch über die Kreuzung zu kommen. Die Backsteinmauern des Gefängnisses an der Ecke reflektieren grellrot die Sonne. „Ein paar Wochen."

„Gute Wohnung gefunden?"

„Geht so. Wilmersdorf, zwei kleine Zimmer zum Hof."

„Hoffe, nicht zu teuer."

„Geht so."

„Schon mal in Berlin gewesen?"

„Paar mal. Tageweise. Klassenfahrt, später Party machen."

„Und, wie findest du's?"

„Groß."

Sie stehen am Gericht auf der Linksabbiegerspur in die Turmstraße und warten auf Grün.

„Was hast du in Marburg gemacht?"

„Dies und das."

„Sollst super gewesen sein."

„Schön, dass man das so sieht."

„Redest nicht zu viel."

Er gibt Gas und biegt haarscharf vor dem Gegenverkehr ab. „Hoffentlich."

Sie lacht und wirft die Zigarette an seinem Gesicht vorbei aus dem Fahrerfenster.

Die Rechtsmedizin ist ein Betonklotz mit Lochrasterfassade.

„Sie werden im Sektionssaal erwartet", sagt die Frau im Glaskasten am Eingang.

Fünf Edelstahltische unter starken Lampen in einer Reihe, auf zweien liegen die toten Frauen.

„Hallo", grüßt Schmitt den Pathologen, der an einem der Tische steht. „Das ist Bernatzki. Der ist neu."

„Fritzen. Dr. Fritzen", stellt der Pathologe sich mit einem Nicken vor.

Schmitt tritt nah an den einen Tisch heran, dann an den anderen. „Die passen nicht zueinander, oder? Die wir unten gefunden haben, ist von hier, die andere aus Osteuropa. Die von hier stammt aus der Mittel- oder Oberschicht, gute Zähne, gute Haut, die andere war Unterschicht, schlechte Zähne, unreine Haut, Tattoos, Piercings. Was macht die höhere Tochter mit der Ost-Prolette in derselben Folterkammer? Und warum gibt es für die höhere Tochter keine Vermisstenmeldung?"

„Schmitt, Sie müssen lernen, Abstand zu halten", sagt der Pathologe und zieht seinen Mundschutz unter sein Kinn.

Schmitt tritt einen Schritt zurück und grinst. „Das steht bei mir in jedem Glückskeks."

„Ansonsten: Gut beobachtet", setzt der Pathologe fort. „Wir sind noch nicht weit, aber auf den ersten Blick würden wir das auch sagen. Die beiden sind etwa gleichaltrig, aber sehr verschieden. Für die Ostlerin können wir noch sagen: Anzeichen für intensive sexuelle Aktivität und mindestens eine Geburt. Die höhere Tochter war bis zu einer nicht allzu lang zurückliegenden Vergewaltigung eher inaktiv oder sogar unberührt. Beide tragen Unterwäsche. Die eine Victoria's Secret, von denen ist auch das Nachthemdchen, die andere C&A. Beide tragen Spuren von heftigen Misshandlungen, Schläge und Brandmale, nicht wie üblich von Zigaretten, eher ein Lötkolben oder ein heißes Eisen, irgendwas in der Art, schätze ich. Ansonsten Spuren von Stockschlägen, Fausthieben, systematisch angebracht, also nicht spontan, sondern um Schmerzen zu erzeugen. Bei der höheren Tochter sind diese Spuren allesamt jüngeren Datums, die andere ist öfter misshandelt worden. Todesursache bei der höheren Tochter ist der Sturz, Schädel- und Genickbruch. Aber auch ohne die Frakturen wäre sie an inneren Blutungen aus mehreren Organ- und Gefäßrissen infolge des Aufpralls gestorben. Bei der anderen ist es wahrscheinlich Dehydration. Beide sind sowieso unterernährt, wie viele junge Frauen. Aber diese hier haben seit Tagen gar nichts gegessen und wenig bis nichts getrunken."

„Wie lange braucht es zu sterben, wenn man an seinem Handgelenk aufgehängt ist?", fragt Bernatzki.

„Schwer zu sagen. Tagelang an einem Arm zu hängen, ist sicher sehr schmerzhaft, bringt einen aber nicht um, wenn die Schlinge nicht so eng ist, dass die Hand abstirbt. In unserem Fall haben die Täter darauf geachtet, dass die Hand nicht abgeschnürt wird. Deshalb ist die höhere Tochter auch aus der Schlaufe gerutscht. Entscheidend ist die Wasserzufuhr. Es dauert drei, vier, maximal vielleicht fünf Tage. Wir haben Sommer, die letzten Tage waren mild – das kostet Wasser. Diese beiden könnten schon vorher leicht dehydriert gewesen sein – wer viel Alkohol oder Kaffee trinkt und wenig Wasser zu sich nimmt und dabei wenig isst, speichert aufgenommene Flüssigkeit schlechter. So wie sie sonst gequält wurden, kann ich mir aber auch vorstellen, dass sie immer mal wieder ein wenig Flüssigkeit zugeführt bekommen haben, um sie möglichst lange möglichst durstig zu halten. Das war eine beliebte Folter der Geheimdienste im Ostblock, verbunden mit besonders salziger Nahrung. Sehr qualvoll. Dass die höhere Tochter noch den Kletterversuch unternommen hat, deutet darauf hin, dass sie noch nicht halluzinierte oder krampfte."

„Oder grade", sagt Schmitt.

„Bitte?"

„Oder sie drehte gerade schon durch", sagt Schmitt. „An der Fassade längs zu klettern, ich bitte Sie … Sie hätte auch von da oben mit Pizzakartons auf Passanten werfen können, um Aufmerksamkeit zu bekommen."

Der Pathologe schaut sie an und nickt langsam. „Ja, durchaus. Vielleicht."

„Wie lange war die Ostlerin tot?", will Bernatzki wissen.

„Einen oder zwei Tage."

„Wir können also nicht sagen, wie lange sie insgesamt da gehangen hat", stellt Bernatzki fest.

„Nur sehr ungenau. Das kommt nicht jeden Tag vor. Ich bin schon einige Zeit dabei, aber so was habe ich noch nicht gesehen."

„Das glaube ich", sagt Schmitt. „Die sollten auch nicht sterben. Es gibt Zuhälter, die ihre Mädels so bestrafen. Es tut übel weh, so zu hängen. Manche Mädchen werden die Schmerzen in den Gelenken nie mehr los." Sie runzelt die Stirn, greift mit beiden Händen in ihr Haar, dass Strähnen ihres Pferdeschwanzes aus dem Gummi rutschen. „Eines passt nicht. Ich glaube, dass sie nicht zur gleichen Zeit aufgehängt worden sind. Da war ein Urinfleck am Boden, der kann nicht von einer Frau stammen, die akut an Durst stirbt. Ich tippe darauf, dass die Ostlerin schon länger da hing und unsere höhere Tochter maximal seit zwei, drei Tagen."

„Guter Gedanke", lobt der Pathologe. „Das könnte stimmen."

***

Am Abend, Berlin-Kreuzberg

„*Du*??" Die Schmitt kaum noch vertraute Stimme klingt scharf und etwas weinerlich.

Schmitt schiebt ihren Fuß in den Türspalt. „Siehst du ja. Sag dem Onkel, dass ich hier bin."

Ihr Cousin Mahmoud öffnet die Tür etwas weiter, baut sich, breit und füllig, in der Öffnung auf. „Zwecklos. Du kannst froh sein, dass du noch lebst. Er will dich in seinem Haus nicht sehen."

„Es ist gewissermaßen dienstlich." Schmitt blickt entschlossen in die in üppiges Fleisch gebetteten schwarzen Augen ihres Cousins.

„Dann komm mit einem Durchsuchungsbeschluss wieder."

„Warum fragst du ihn nicht einfach selbst, wie er dazu steht?"

„Okay, sag mir, worum es geht."

„Um die Ehre."

„Die Ehre? Warum?"

„'Warum' fragt man bei der Ehre nicht. Es geht um die Ehre des einzigen Menschen, der ihm nicht scheißegal ist."

„Von wem redest du?"

„Na, von ihm selbst!"

„Du solltest mehr Respekt zeigen."

„Nun geh endlich zu ihm und frag ihn, ob er mich wirklich nicht sehen will."

Er mustert sie von oben bis unten, Gleichgültigkeit vortäuschend. Sein gepflegter Dreitagebart und sein gleichmäßiger Olivteint wirken wie vom Visagisten aufgetragen. „Warte hier."

Sie zieht den Fuß zurück, er knallt die Eisentür zu.

Schmitt zückt ihre Wests und züngelt eine Zigarette aus der Packung. Sie lehnt sich an die Wand. Der Rauch zieht zur trüben Glasballon-Lampe an der Stuckdecke des Hausflurs. Ein Mädchen schaut durch ein Loch im Milchglasfenster der Hoftür. Schmitt lächelt ihm zu. Das von schwarzem Haar umrahmte Kindergesicht verschwindet.

Die Eisentür wird geöffnet. Schmitt stößt sich von der Wand ab und geht hinein.

Ihr Cousin schließt die Tür hinter ihr und berührt Schmitt am Ellenbogen mit einer Geste, als ob er sie führen wolle.

Sie dreht den Arm aus seiner Hand. „Fass mich nicht an."

Er schnarrt: „Denk dran, Hure: Respekt!"

Ohne auszuholen rammt sie ihm den Ellenbogen in die Seite. Sein Bauch ist weich. Der Mann krümmt sich, nach Atem ringend. Sie winkelt ihr Bein an. Mit der Hand in seinem ausrasierten Nacken hilft sie nach, dass seine Abwärtsbewegung seine Nase und ihr hochschnellendes Knie zusammentreffen lässt. Als sie ihn loslässt, sinkt er heulend zu Boden. Er deckt die Hand über seine Nase. Zwischen den Fingern sickert Blut hervor.

„Danke dir", sagt sie im Weitergehen. „Ich finde den Weg von hier allein."

Schmutz knirscht unter ihren Sohlen. Der Altbaugang endet an einer Feuertür. Auf der anderen Seite sind die Wände mit leinenweißem Teppichboden bespannt, die Decke ist ein Spiegel, der Boden auch, verkratzt, wo häufig Menschen gegangen sind. Die optische Rückkopplung schafft kosmische Weiten, die Kratzer am Boden sind wie Wolken darin. Wandhohe Vasarely- und Escher-Grafiken irritieren den Blick zusätzlich. „I'm so lonesome I could cry", singt Cassandra Wilson aus verborgenen Lautsprechern. Es riecht nach altem Rauch. Bunte Scheinwerfer verklären die Einrichtung, die vor 40 Jahren hochmodern war.

An der Bar sitzen drei blonde Mädchen, stark geschminkte Zwielicht-Schönheiten in Unterwäsche. Sie taxieren Schmitt: keine Kundin. Ihre trüben Augen sind von schwarzen Linien umrahmt. Eine vierte Blondierte tanzt mit einem Mann, der einen Kopf kleiner ist als sie und seine Hände nicht von ihren Brüsten lassen kann. Jede Rippe zeichnet sich unter ihrer Haut ab, ihr Bauch ist eingefallen. Sie hat enorme Brüste.

Die Barfrau sieht nicht auf, als Schmitt durch die Tür neben der Bar ins Hinterzimmer geht.

Der Raum ist dunkel bis auf die niedrige Schreibtischlampe, die zwei grau behaarte Unterarme und einige Papiere auf der onyxfarbenen Tischplatte anleuchtet.

„Ich habe dich erwartet", knorzt der alte Mann im Rollstuhl und hebt zur Begrüßung träge eine Hand.

Schmitt wirft ihre Zigarette in den Aschenbecher auf der Schreibtischplatte, nimmt seine fleischige Hand in ihre und beugt sich darüber, einen Kuss andeutend und den Handrücken mit der Stirn berührend. „Onkel", sagt sie sanft und weicht zurück, ehe seine andere Hand ihre Schulter berühren kann. Sie schaut sich um und setzt sich in den einzigen Sessel, auf dem nicht Papiere oder Geschäftsordner liegen.

„Du bist dünn", sagt er. „Du musst essen. Eine Frau muss aufpassen, dass sie nicht hart und eckig wie ein Mann wird."

„Ich bin fett gegen einige deiner Mädchen da draußen."

Er macht eine Geste der Ratlosigkeit. „Ich versuche ihnen immer zuzureden, aber diese jungen Dinger heutzutage ... Ich versuche sie mit den Sachen zu füttern, die sie von zuhause kennen. Sie kommen aus Osteuropa, Schweinebraten mit Backpflaumen und brauner Sauce, süße Nachspeise, weißt du. Aber es hilft nichts, sie wollen dünn sein wie die Models. Vor allem hier, wie heißt das …" Er streicht sich mit den Händen über die vollen Wangen, dabei darauf achtend, dass sein graumelierter Schnurrbart nicht in Unordnung gerät. „… Hier wollen sie schmal sein und Knochen haben wie Marlene Dietrich. Und dann sind sie so dünn, dass man ihre Brüste machen lassen muss. Die meisten Männer sind, entschuldige bitte, Titten-Typen."

„Reagieren die Mädchen nicht einmal mehr auf Vergewaltigung und Prügel heutzutage, wenn du sie zur Vernunft bringen willst? Schwere Zeiten." Schmitt hat die Armlehnen ihres Sessels so fest im Griff, dass das Holz knirscht.

Er stützt den Arm auf, um ihr mit dem Zeigefinger ins Gesicht zu weisen. „Beleidige mich nicht in meinem eigenen Haus. Du weißt, es ist eine Gnade, dass du lebst, nach allem, was du getan hast."

Tränen schießen ihr in die Augen. „Ich habe gar nichts getan. Ihr habt mich gevögelt."

„Sprich nicht so. Das sind schmutzige Worte, die eine Frau nicht benutzen sollte."

„Ja, mit Mädchen tut man so was, aber reden dürfen sie nicht darüber. Das ist schmutzig. Und ich hab es gewollt, nicht wahr? Ihr musstet mich nicht mal zwingen."

„Hör auf! Du warst Djamil versprochen."

Ein scharfes Knacken. Die Holzleiste von der rechten Armlehne des Sessels bleibt in Schmitts Hand. Sie entspannt ihre Finger. Das Teil geht zu Boden.

Der Alte zuckt zusammen. Er sagt: „Djamil …"

Schmitt bemüht sich um Ruhe. „Es wurde ermittelt gegen mich, als er tot war. Sie haben nicht einmal ein Verfahren eröffnet."

Er macht eine Wegwerf-Bewegung. „Du bist Bulle. Kein Bulle kommt jemals vor Gericht dafür, irgendeinen Türken getötet zu haben."

„Wir sind hier nicht in Anatolien, wo das so sein mag. Und ich bin selbst Türke, vergessen? So ein Türke wie du und deine Söhne, Pass deutsch."

Schwer atmend sehen sie einander an. Schmitt gibt sich einen Ruck und löst die Hände von den Sessellehnen. Sie wischt sich durchs Gesicht. „Wie auch immer", sagt sie. „Wie auch immer." Sie holt ihre Zigaretten hervor und streckt die Hand aus. „Willst du eine?"

„Eigentlich rauche ich nicht mehr. Aber na ja …"

Schmitt beugt sich vor, um ihm zuerst Feuer zu geben. „Du sagst, du hast mich erwartet. Also weißt du Bescheid."

„Ihr habt zwei tote Mädchen gefunden, die … behandelt wurden."

„Und? Eine Idee, wer das gewesen sein kann?"

„Du weißt, wer eine Ehre hat, würde nie eine Frau töten auf diese Weise."

Schmitt nickt nur.

„Ich will mich umhören. Mehr kann ich nicht tun. Ich habe nicht mehr den Einfluss, den ich einmal hatte."

Sie grinst. „Inzwischen bist du tiefer ins Drogengeschäft eingestiegen. Dafür gehen sogenannte Gebrauchtwagen mit gefälschten Papieren und Autoersatzteile nicht mehr so gut. Und dass der Wohlstand in Osteuropa trotz allem langsam wächst und die schönen dünnen blonden Mädchen nicht mehr ganz so naiv sind, ist auch nicht so gut fürs Geschäft. Aber insgesamt kann man nicht sagen, dass du klagen müsstest."

„Du bist gut informiert, Sibel. Sehr ..."

Die Tür fliegt auf, Schmitts Cousin steht plötzlich mitten im Zimmer, ein blutiges Papiertaschentuch an seine Nase pressend.

„Was?", fragt der Alte.

„Ich wollte nur ..."

Der Alte hebt die Hand. „Mach die Tür von außen zu." Er schüttelt den Kopf, als die Tür wieder geschlossen ist. „Hast du ihm die Nase blutig geschlagen?"

„Er forderte von mir Respekt und nannte mich Hure. Er hat den Respekt bekommen, den er verdient."

„Er ist ein dummer Junge."

„Er ist 34."

„Wie konntest du wissen, dass ich dich nicht umlegen lasse, sobald du meine Schwelle übertreten hast?"

„Ich habe es ausgerechnet. Interessenkollision. Die Ehre. Das Aufhängen am Handgelenk ist deine Spezialität. Jeder weiß das. Jeder, der dir in deiner verqueren Welt wichtig ist. Ich wette, du selbst hast deine Leute auf die Spur des Typen gesetzt, der infrage kommt, um klarzustellen, dass du es nicht warst."

„Ich könnte dich vernichten."

„Und ich dich." Schmitt zieht an ihrer Zigarette. „Jahrelanger Missbrauch. Das kommt nicht gut. Mein eigener Fall ist verjährt, aber bin ich die Einzige? Wenn eine spricht, finden sich noch andere. Bist du sicher, dass alle deine Mädels volljährig und immer vollkommen einverstanden waren, als ihr mit ihnen anfingt? Oder die deiner Söhne? Und du warst schon im Knast wegen deiner Kinderpornos. Mehr habe ich nicht gebraucht, um dich reinzubringen. Stell dir vor, ich bringe den Rest auch noch hoch. In der Türkei hättest du nichts zu befürchten, wenn du eine Hure vergewaltigst. Hier darfst du nicht einmal eine verkommene Schlampe Hure nennen, wenn du keinen Ärger kriegen willst."

„Warum tust du's nicht?"

„Der Psychotyp, der traumatisierte Bullen auf den rechten Weg führt, hat mir gesagt, ich soll mich lösen."

Der Alte lacht. „Das ist gegen unsere Kultur."

„Deine."

„Was?"

„Es ist deine scheiß-scheinheilige, scheiß-humorlose, scheiß-rachsüchtige, scheiß-frauenfeindliche Scheißkultur, die nichts verzeiht und nichts vergisst, Onkel. Nicht meine, auch wenn sie mein Scheiß-Leben bestimmt."

„In Wahrheit willst du etwas gegen mich in der Hand behalten. In Wahrheit hast du deinem Psychotypen gar nichts davon erzählt."

Sie weicht aus, wendet den Blick von ihm ab. „Gib mir einen Namen. Du musst nicht lange nachdenken, um zu wissen, wer infrage kommt. Wenn *wir* ihn kriegen, wird er auch nicht mehr glücklich."

„Warum sollte ich dir wohl helfen?"

Sie greift in ihre Jackentasche und wirft einen kleinen Plastikbeutel auf den Tisch. „Das trug eines der toten Mädchen. Schau's dir an. Durch die Folie bitte. Nicht rausnehmen, das ist Beweismaterial."

Er nimmt die Tüte und dreht sie unter der Schreibtischlampe. Die Reflexion beleuchtet sein Gesicht von unten und wirft bizarre Schatten an die Wand, an der ein Teppich hängt. „Sheris Armband."

„Das ist nicht einfach nur irgendein Fall."

Er zieht an seiner Zigarette und lässt sie in den Aschenbecher fallen. Der Rauch steigt unter den Schirm der Schreibtischlampe, zerstiebt an der heißen Glühbirne und zieht ab. Schmitt sieht kaum noch das Gesicht ihres Onkels im Dunkel hinter dem angeleuchteten Rauch.

Er greift in den Ascher und drückt die Kippe aus. „Du hast das nicht von mir."

„Logisch."

„Alle nennen ihn Sultan. Ich weiß nicht, wie er richtig heißt. Mitte, Ende 40, Albaner, denke ich. Einen Kopf größer noch als du, sehr kräftig, meistens schlecht rasiert, Ohrringe, rasierter Schädel. Er fährt einen Dodge-Pickup, so ein Ami-Riesenteil mit einem frisierten Achtzylinder, dass die Wände wackeln, wenn er Gas gibt. Er spricht nicht schlecht Deutsch, aber so, dass du hörst, dass er hier nicht zur Schule gegangen ist. Er hat kurz für mich gearbeitet. Er tauchte irgendwann auf und machte erst einen guten Eindruck, war aber auf den zweiten Blick nicht mein Typ. War mir zu ehrgeizig und unvorsichtig im Geschäft und hatte zu viel Spaß daran, die Mädchen zu … erziehen. Er hat Inkasso für mich gemacht, das funktionierte gut, die Leute hatten Respekt. Aber mit den Mädchen ging er zu weit."

„Man soll halt die Ware nicht ruinieren", wirft Schmitt gallig ein.

Er geht über die Bemerkung hinweg. „Wir sind fair zu den Mädchen, keine Sadisten. Du hast keine Ehre, wenn du als Dealer an der Nadel hängst. Genauso wenig lässt du dich an deinen Mädchen aus. Sultan benutzt Käfige, Bohrmaschinen, Lötkolben, Zigaretten. Das Aufhängen hat er leider von mir. Er redet viel über irgendeinen Krieg und wie er da mit den Schlampen umgegangen ist."

„Welcher Krieg?", fragt Schmitt.

Er macht eine wegwerfende Handbewegung. „Keine Ahnung, ich habe kaum zugehört und ihm das Gerede verboten. Geschichten von Vergewaltigungen in allen Details, das will keiner wissen, ist schlecht fürs Geschäft. Er ist ein typischer Söldner, ohne Blick auf die Folgen und den Ruf – zu grob für mich, zu unberechenbar, aber sicher nützlich, wenn es hart auf hart gehen soll."

„Hast Du eine Adresse oder so was?"

Er schüttelt den Kopf. „Keine Ahnung, was ihn reitet, überhaupt noch hier unterwegs zu sein: Als ich in rauswarf, war ihm eigentlich klar, dass er in Berlin besser nicht mehr auftaucht oder die Branche wechselt. An seinem Auto hatte er einen Aufkleber mit einem japanischen Zeichen, drunter stand ‚Kampfsport in Neukölln' und eine Telefonnummer. Wahrscheinlich ist das sein Verein. Wir suchen ihn über diese Schiene."

„Irgendwas Auffälliges?"

„Am Unterarm hat er eine Tätowierung, ein rot-weiß kariertes Wappen, auf dem ein Adler mit ausgebreiteten Schwingen sitzt, was immer das bedeutet. Ich habe außerdem seine alte Handynummer. Aber die ist totgelegt. Das war ein Prepaid-Handy aus Slowenien. Eine Sackgasse."

„Gib sie mir trotzdem."

„Ich habe sie irgendwo notiert. Ich suche sie und maile sie dir, sobald du hier raus bist. Deine private Adresse hat sich doch nicht geändert?" Er greift mechanisch nach seiner Maus und aktiviert mit einer Bewegung den Bildschirm auf seinem Tisch.

„Nein", sagt Schmitt.

Im bläulichen Licht des Flatscreens sieht er sehr alt aus. „Viel Glück. Und halte mich auf dem Laufenden."

Sie steht auf und nimmt die Tüte mit dem Armband von seinem Tisch. „Mach ich. Und danke."

***

4

Berlin-Wannsee

Sein Tinnitus hat den Skype-Alarm fast übertönt.
 Es ist Annika, die anklopft.
 Irre Hoffnung: alles nur ein Irrtum! Ein teuflisches Missverständnis.
 Walter Muthbergs fliegenden Händen entgleitet der Tablet-PC fast. Er schaltet auf Empfang.
 Eine Verbindung ohne Bild.
 „Die Polizei wird Sie kontaktieren", sagt der Koordinator. „Sie wissen, was von Ihnen erwartet wird."
 Schwindel, Ziehen in der Brust. „Annika ist tot", krächzt Muthberg.
 „Bedauerlich, aber nicht zu ändern. Sie müssen jetzt an die Lebenden denken. Folgen Sie den Anweisungen, die man Ihnen gibt."
 „Bedauerlich?", presst Muthberg heraus. „Mein Kind ist tot! Was sind Sie nur für ein unfassbares Schwein."
 „Denken Sie an die Lebenden, verstanden? Das verstehen Sie doch. Und nicht vergessen: Man hat Sie immer im Blick."
 Muthberg schreit den Bildschirm an: „Damit kommen Sie nicht durch. Hören Sie? Damit kommen Sie nicht durch."

***

LKA, Berlin-Tempelhof

Schmitt sitzt am Schreibtisch, den Kopf auf ihrem Arm. Ihr Haar bedeckt die halbe Tischplatte, die Lederjacke ist hochgerutscht. Sie schläft. Bernatzki steigt über ihre Sandalen, die mitten im Raum stehen, dreht das Notebook, drückt die Leertaste, um den Bildschirmschoner zu deaktivieren, schaut auf den aufleuchtenden Bildschirm. Springt Seite für Seite zurück. Suchwort „Sultan", Filter „Alban*", „Kosovo". Suche im Kfz-Register. Dodge-Pickups in Berlin, in Brandenburg. Keine eindeutigen Ergebnisse.

Schmitt regt sich nicht.

Vorsichtig, um nicht ihr Haar zu berühren, schiebt Bernatzki seine Finger durch die losen Notizblätter auf der Schreibunterlage.

„Türkisch. Das kannst du nicht lesen, Arschloch", sagt Schmitt, setzt sich auf und streicht das Haar aus ihrem Gesicht.

Bernatzki zuckt zurück. „Ich sagte: Keine Alleingänge. Wenige Stunden später fällt dir nichts Besseres ein, als einfach zu verschwinden."

„Ich habe einem Zuhälter die Nase gebrochen, dabei wärst du im Weg gewesen." Sie reibt sich die Wange, auf der der Jackenärmel ein Muster hinterlassen hat.

„Witzig." Er schüttelt den Kopf.

Sie grinst. „Mein Cousin hatte es verdient."

„Du hast das wirklich gemacht, oder?"

Mit gespreizten Zeige- und Mittelfinger deutet sie sich ins Gesicht. „Können diese Augen lügen?"

Auch er grinst. „Frag nicht." Und mit einem schnellen Blick über das Büro: „Du hast hier geschlafen?"

„Ich bin stundenlang rumgelaufen. Um runterzukommen, nachdem ich meinen Onkel gesehen hatte. Irgendwann war ich in der Nähe und hab halt noch gearbeitet. Was soll ich zu Hause, wenn ich eh nicht schlafe?"

Bernatzki deutet auf das Notebook. „Sultan?"

„So nennt sich der Typ, der Mädchen am Arm aufhängt. Ich habe dich nicht erreicht heut Nacht. Schumann hat zugestimmt, ihn zur Fahndung auszuschreiben. Sultan hat kurz für meinen Onkel gearbeitet, deshalb bin ich da gestern hin. Schumann wusste Bescheid. Mein Onkel sagt, Sultan war ihm zu draufgängerisch und zu brutal. Das will was heißen."

„Taff liegt in der Familie, was?" Er grinst wieder.

„Schon." Sie bleibt ernst und schaut ihm ins Gesicht.

Er räuspert sich und blickt beiseite. „Ich habe was Neues. Das ist es überhaupt, weshalb ich gekommen bin. Die höhere Tochter ist identifiziert. Annika Muthberg, 20 Jahre alt, Studentin aus Berlin. Und nun halte dich fest: Ihr Vater ist Walter Muthberg, Staatssekretär im Bundesverteidigungsministerium."

„Holla. Und wie kommt es, dass sie nicht vermisst gemeldet war?"

„Gute Frage. Und noch ein Hammer: Rate mal, wie wir ihre Identität rausgefunden haben?"

„Sag es einfach."

„Der Verfassungsschutz hat uns draufgebracht. Das Bundesamt."

Schmitt presst drei Finger auf Stirn und Wange, wo die Narbe ist. „Was haben die damit zu tun? Ist das ne politische Nummer? Was haben wir übersehen?" Sie verzieht das Gesicht. „Mir sind die Ibus ausgegangen. Hast du Ibus?"

„Ibus?"

„Ibuprofen. Schmerzmittel. Mein Schädel platzt." Sie deutet auf die Narbe.

„Alte Kriegsverletzung."

„Nein."

Sie presst die Fingerspitzen wieder auf die Narbe. „Das passt nicht zusammen. Eine höhere Tochter, die vom Zuhälter gefoltert wird, das ist ja schon starker Tobak an sich. Wo passt Politik ins Muster? Zumal das andere Mädel nicht zu dem Muthberg-Kind passt. Haben wir etwas zu ihr?"

„Nein. Sie ist nirgendwo registriert."

„Grüne Grenze oder illegal?"

„Eher illegal. Gröbste georgische, weißrussische oder russische Zahnklempnerei, sagt der Pathologe."

Schmitt steht auf. „Sieht aus wie ein Fall, sind aber eigentlich zwei, wenn du mich fragst", stellt sie fest. „Ehe wir zu Muthbergs fahren, muss ich Ibus besorgen." Sie geht zur Tür. „Ich geh mich waschen. Bin in drei Minuten wieder da."

Bernatzki setzt sich auf den Schreibtischstuhl, der von Schmitt noch warm ist. Träge wischt er die Zettel hin und her. Eine klare, grafische Blockschrift hat Schmitt. Tatsächlich gibt es auf zehn, fünfzehn Zetteln kein deutsches Wort. Einmal den Namen „Sultan".

Lautlos, auf bloßen Füßen betritt Schmitt wieder den Raum. Bernatzki zuckt zurück.

„Kannst es nicht lassen, was?", fragt sie, gleichzeitig in ihre Sandalen schlüpfend und ihr Haar zum Zopf flechtend. Sie geht zum Schreibtisch und nimmt den Haargummi, bindet den Zopf und wirft ihn über ihre Schulter nach hinten. Mit einem Griff knüllt sie die Notizzettel zusammen und trifft den Papierkorb.

„Wozu notierst du das Zeug überhaupt?"

Sie tippt sich an die Stirn. „Mnemotechnik. Ist jetzt alles hier drin."

„Könnte ich nicht."

Sie steht einladend bei der Tür. „Gehen wir?"

Im Gang fragt er: „Du kannst Türkisch?"

„Grundkenntnisse hatte ich, weil meine Eltern miteinander Türkisch sprachen. Den Rest habe ich mir selbst beigebracht."

„Wow. Mit Lesen und Schreiben! Das ist ungewöhnlich."

„Reicht für den Hausgebrauch. War auch immer eine gute Geheimsprache für die kleine Türkin unter euch Ungläubigen."

„Was sprichst du mit deinen Verwandten?"

„Wenn ich überhaupt mit ihnen rede, Deutsch. Ick bün aus Balin, und alle meene Leute ooch, vastehste? Unsere Eltern haben was Besseres mit uns vorgehabt als Anatolien für immer und Kanak Sprak: ‚Isch Türke, fahre dicke Benz'. Wir haben zu Hause nie Türkisch gesprochen. Meine Eltern unter sich, ja. Aber nicht mit uns Kindern."

Sie biegt in einen anderen Gang ab. „Und du? Warum kannst du nicht Polnisch? Bernatzki – das ist doch polnisch."

„Wir sind seit Menschengedenken deutsch."

„Sicher", sagt Schmitt. „Bestimmt." Sie lacht.

„Du bist Muslima, oder?"

„Ja, aber nicht besonders." Schmitt drückt den Rufknopf am Aufzug. „Und du, Jude? So ein polnischer Name in Kombination mit uraltem Deutschtum …"

„Jude! Spinnst du?"

Sein Ton lässt sie ihn mit einem irritierten halben Lächeln von der Seite mustern.

„Nein. Wir sind katholisch. Aber ich war zuletzt zu meiner Kommunion in der Kirche."

„Katholisch? Also doch polnisch." Sie lacht wieder, deutet mit zitternder Hand einen Segen an und singt im wackligen Tonfall des alten Johannes Paul II. mit mächtig rollendem R „Uuuuurrrbi et ooooorrrbi".

Der Aufzug öffnet sich und sie gehen grinsend hinein. Sie nicken einem Dritten zu, der noch zusteigt, als die Türen schon schließen und Schumann vorbeiläuft. Schmitt winkt ihm mit der Faust, Zeige- und kleinen Finger abgespreizt. Dann sind die Türen zu, der Lift ruckt los.

Ihre aufgekratzte Stimmung verliert sich auf der Fahrt drei Stockwerke hinunter. Schmitt schaut Bernatzki wie prüfend an, wach und intensiv. Er bemerkt es, zieht die Augenbrauen hoch, wie um zu fragen: Was ist? Sie schüttelt kaum merklich den Kopf und senkt den Blick.

Sie gehen aus dem Aufzug nach rechts. Schmitt zündet sich noch im Flur eine Zigarette an.

„Ich muss dich übrigens dringend noch was fragen", sagt Bernatzki und räuspert sich mehrfach. „Geht nicht anders. Ich – ähm – ich meine … Ich meine, du schuldest mir eine Erklärung. Was deine Tochter betrifft. Sie ist – ist doch der Grund dafür, dass wir den Fall bekommen haben. Und für deinen Alleingang gestern. Nicht, dass ich scharf drauf bin, deinen Onkel kennenzulernen, ich gehe davon aus, dass er eh nicht mit mir reden würde. Aber sollte ich nicht wenigstens Genaueres wissen? Entschuldige, wenn – wenn das schwierig für dich ist."

Sie bleibt stehen, schüttelt den Kopf. „Nun hör mal auf mit der Frauenversteherei. Als Arschloch ziehst du mich nicht so runter. Frag einfach geradeaus. Ich bin nicht aus Zucker." Sie geht weiter, zieht gierig an ihrer Zigarette. „Die Kollegen halten mich für eine Irre, ich weiß."

„Ich höre, es gibt dafür gute Gründe."

„Mag sein. Wie siehst du das denn?"

„Darf ich in ein paar Tagen darauf antworten?"

Schmitt lacht.

Bernatzki schließt die Tür des weißen BMW auf.

„Eigentlich ganz nett", sagt Schmitt beim Einsteigen in einem übertrieben heiteren Tonfall. „Das wäre ja wohl mein Dienstwagen, wenn ich den Führerschein noch hätte."

Er lässt den Motor an und parkt aus. Lässt einem anderen Wagen den Vorrang. Zirkelt um einen Schrägparker, der seinen Weg versperrt.

Schmitt sagt so leise, dass Bernatzki sie kaum hört: „Sheri wäre 19 jetzt." Sie lauscht dieser Aussage nach, als würde sie durch die Pause eine größere Bedeutung bekommen, zieht an ihrer Zigarette. Knetet den Filter zwischen den Fingern, bis er krumm ist und das braune Papier Kniffe hat. „Als sie verschwand, war sie 16, fast 17. Ein großes, dünnes Mädchen mit langem Haar. Nicht so dunkel wie ich. Dunkelblond, helle Haut, Sommersprossen, aber Türkenaugen wie meine. Immer gut gelaunt, anders als ich, ein Sonnenschein. Eine Plapperliese, aber wenn sie will, konzentriert und kritisch. Sie ging ... geht gern mit Freundinnen aus und tanzt, sie ist musikalisch und hat Theater gespielt, schon mit 14. Sie hatte erste Modeljobs gemacht, sie ist gut in der Schule. Ich bin stolz auf mein Mädchen." Schmitt raucht.

Bernatzki biegt auf den Tempelhofer Damm ein, klappt gegen den milchigen Sommerdunsthimmel die Sonnenblende runter und öffnet das Fahrertürfenster.

Sie macht eine vage Handbewegung durch den Rauch vor ihrem Gesicht, schaut ihre Hände an. Sie knibbelt an ihren Fingerspitzen. „Meine Nägel sehen wieder so was von Scheiße aus."

Sie zündet mit dem Zigarettenende eine neue an und wirft die alte über Bernatzki hinweg aus dem Wagen. „Mit 16 ist mein Mädchen zum Schultor rausgegangen und zwei Straßen weiter beim Klavierunterricht nicht angekommen. Das ist alles, was ich weiß, nach mehr als zwei Jahren, in denen ich jeden Stein umgedreht habe. Sie trug immer dieses Armband, das sie als Kind von mir bekommen hatte. Den Rest weißt du." Sie schaut um sich, als würde sie aus dem Schlaf geschreckt. „Warum halten wir?"

„Apotheke."

Schmitt macht keine Anstalten, auszusteigen. Sie raucht, am Filter saugend wie eine Verdurstende. Bernatzki drückt den Schalter in seiner Armlehne, um auch das Beifahrerfenster zu öffnen.

„Dein Onkel ist angeblich der Hauptverdächtige."

„Rache, ja. Wenn nicht er, dann irgendeiner von den anderen Typen, die ich aufgemischt habe. Dachte ich auch. Ich hab drauf gehofft: die leichte Lösung. So einer hätte Sheri zur Prostitution gezwungen und irgendwo nach Arabien oder Asien verkauft. Irgendsowas. Was mich schwer getroffen hätte, so fixiert wie ich auf Missbrauch und Misshandlung bin. Aber in dem Fall hätte ich sie in vier, sechs Wochen gefunden und sie wäre längst wieder bei mir. Die Kanäle für Mädchenhandel kennen wir. Eine Person, die zu einer bestimmten Zeit mit bestimmten Leuten an einem bestimmten Ort darin verschwindet, taucht in der Regel nach einer gewissen Zeit an einem bekannten Ende wieder auf."

Ein Lkw fährt mit dröhnendem Motor vorbei. Dann zwei Radfahrer. Fetzen eines Gesprächs über eine wilde Party.

Schmitt sagt: „Hier in Berlin kenn ich jeden im Luden-Netzwerk. Ich hab sie alle überprüft. Ich habe Typen zum Reden gebracht, mit ihnen geschlafen, gesoffen, dem einen die Nase, dem anderen die Finger gebrochen. Ich hab einige alte Fälle gelöst, einige neue Schweinereien aufgeklärt, einen bulgarischen Kinderschänder, der mir krumm kam, halbtot geprügelt, aber in meiner Sache – nichts. Mein Onkel: sauber. Er hat mir sogar geholfen. Er hilft mir auch jetzt. Er droht mir, aber er hilft."

„Warum?"

Sie zieht die Schultern hoch. „Ja warum? Derzeit hilft er, weil er auf verquere Weise Wert darauf legt, dass niemand denkt, dass er seine Mädchen willkürlich misshandelt. Wir sollen den Typen kriegen. Ich glaube, er würde ihn sogar ausliefern. Ist aber besser, wir finden ihn zuerst, dann haben wir ihn ohne … ähm … ohne Beulen. Ansonsten hilft er mir wegen der Familie. Für die Ehre. Blut ist dicker als Wasser. Oder weil er mich jahrelang … Ich glaube, er liebt mich wirklich. Er hat mich Prinzessin genannt und seine Schönste, bis – bis …"

Sie hält die Zigarette an ihre Lippen, zieht aber nicht. Sagt mit leerem Blick: „Ich weiß nicht."

Sie öffnet die Tür. „Ich gehe auch gleich noch in die Drogerie da. Auf zwei Minuten kommt es nicht an."

Er nickt. Die Tür schwingt zu. Bernatzki verfolgt Schmitt mit den Augen, wie sie mit wiegenden Hüften die Fahrbahn überquert, sich zwischen zwei parkenden Fiestas an einer Mutter mit Kinderwagen vorbei zum Gehweg drängt, die Zigarette auf den Gehweg wirft und in der Apotheke verschwindet.

Jemand hupt. Schimpfen. Im Rückspiegel sieht Bernatzki einen Radfahrer seine Faust gegen ein Cabrio schwingen. Bernatzkis BMW in zweiter Reihe hatte beide einander ins Gehege kommen lassen.

Die Kinderwagenmutter tastet sich zum Mittelstreifen vor. Bernatzki taxiert die Frau, eine blasse, pummelige Blondine in bunter Bluse und weißer Dreiviertelhose, Flipflops. Ausgewachsene Frisur, kein Make-up: gestresste Mami.

Er schaltet den Funk lauter. Routineeinsätze. Ladendiebstahl, ein von einem Auto angefahrener Motorradfahrer, Mülltonnenbrand in Kreuzberg.

Eine Tüte tragend öffnet Schmitt die Autotür und setzt sich auf den Beifahrersitz. Bernatzki lässt den Motor an und schert in den Verkehr ein.

Schmitt öffnet eine Pappschachtel, drückt drei Tabletten aus ihren Blistern, schiebt sie sich in den Mund und trinkt mit geschlossenen Augen aus einer Halbliterflasche Evian nach.

„Und, hast du was über diesen Sultan rausfinden können?", fragt Bernatzki.

„Wenn er wirklich so ein harter Junge ist, wie mein Onkel sagt, hat er es trotzdem geschafft, unauffällig zu bleiben." Sie verstaut Schmerztabletten und Flasche in der Tüte und zieht eine Box Kosmetiktücher hervor, die sie aufs Armaturenbrett stellt. „Kann aber auch sein, dass wir ihn nicht unter seinem Alias kennen. Oder er ist ein Illegaler ohne Akte in Deutschland. Über sein Auto bin ich auch nicht weitergekommen. Er hat einen Dodge-Pickup. So viele davon gibt es nicht. Vom Namen her ist kein Albaner unter den Haltern."

„Die Tätowierung, nach der du gesucht hast, klingt nicht nach einem Albaner aus. Eher nach einem Kroaten. Einem kroatischen Neonazi. Das Ustascha-Wappen mit Reichsadler, das ist schon speziell. Natürlich kann ein kroatischer Nazi überall aus Ex-Jugoslawien kommen. Aus Albanien eher nicht. Und er würde sich nicht Sultan nennen als Katholik."

Schmitt wirft ihm einen langen Seitenblick zu. „Ja, vielleicht. Jedenfalls ist das erstmal ein totes Ende. Es gibt noch eine Telefonnummer, einen Kampfsportklub. Der macht aber erst nachmittags auf." Sie kramt aus der Tüte eine kleine Kunststoffflasche hervor.

„Und hast du schon eine Idee, wie Sheris Armband ins Bild passt?", fragt er.

Schmitt öffnet das Fläschchen vorsichtig, rupft ein Papiertuch aus der Box und träufelt Flüssigkeit auf das Tuch. Ein beißender Geruch verbreitet sich im Auto, bevor er aus den Fenstern verfliegt.

„Was ist das denn? Das stinkt ja unerhört."

Sie verschließt das Fläschchen und stellt es in die Mittelkonsole. „Nagellackentferner. Entschuldige bitte. Muss sein, ist gleich vorbei." Sie reibt das Tuch über ihre Nägel. „Dass das Armband da gestern aufgetaucht ist, verstehe ich nicht. Es passt nicht zusammen. Wie gesagt, wenn Sheri irgendwo im Rotlichtmilieu verschwunden wäre, hätte ich sie gefunden."

„Ganz sicher?"

„So sicher, wie man nach all den Ermittlungen sein kann. Ich hab lange gebraucht, das zu akzeptieren. Denn es hieß auch, die Hoffnung aufzugeben, ihr Verschwinden ermitteln zu können. Ich war mir inzwischen sicher, dass Sheri von einem Irren entführt und umgebracht wurde, von dem die Polizei nichts weiß. Oder sie hat irgendeinen Schwachsinn gemacht, die Klavierstunde geschwänzt und irgendwas total Untypisches unternommen, ist irgendwo in ein Loch gefallen. Oder überfahren worden, und der Unfallverursacher hat die Leiche gut genug beseitigt."

„Und jetzt taucht das Armband auf."

Sie nickt. „Jetzt taucht das Armband auf." Schmitt blickt für ein paar Atemzüge ins Leere, gibt sich dann einen Ruck. „Es passt nicht ins Bild." Sie träufelt Nagellackentferner auf ihr Tuch. „Das Zeug stinkt wirklich erbärmlich", sagt sie.

Bernatzki schlägt vor: „Vielleicht ist es ein phantastischer Zufall, und das Mädchen aus dem Hochhaus hat das Armband irgendwo im Dreck gefunden."

Sie lacht, aber ihre Augen bleiben ernst. „Und dann komme ausgerechnet ich, ihren Tod zu ermitteln. Es ist ungefähr ebenso wahrscheinlich, dass der Weihnachtsmann das Armband da platziert hat."

***

Berlin-Wannsee

„Wow", sagt Schmitt, als sie vor dem Haus des Staatssekretärs Muthberg aussteigen. „Das ist ein Taut oder Gropius, vielleicht Luckhardt und Anker."
„Gropius, Taut – wer?", fragt Bernatzki.
Schmitt setzt zu einer Bemerkung an, räuspert sich, sagt: „Oh, Mann: Das sind Architekten. Klassische Moderne, Zwanzigerjahre. Das Haus ist ein Original, top renoviert. Das heißt vor allem: teuer. Dann auch noch in Wannsee. Nur für Spitzenverdiener bezahlbar."
Am Klingelknopf und am Briefkasten steht kein Name. Schmitt klingelt.
„Ja bitte?", fragt eine Stimme durch die Gegensprechanlage.
„Bernatzki und Schmitt vom LKA", sagt Schmitt. „Wir sind angekündigt."
Ein Mann in Bernatzkis Alter öffnet, etwas kleiner als Schmitt, kurzes blondes Haar, muskulös, das karierte Businesshemd am Hals geöffnet, graue Tuchhose, schwarze Schuhe, ein gezwungenes Lächeln: „Kann ich Ihre Ausweise sehen?"
„Sie sind nicht Herr Muthberg", stellt Schmitt fest. „Sagen Sie uns bitte erst einmal, wer Sie sind."
„Dunker." Breit lächelnd streckt er Schmitt die Hand entgegen.
„Schmitt, Landeskriminalamt Berlin." Sie nimmt die Hand flüchtig, ohne die Miene zu verziehen.
„Bernatzki."
Dunker drückt auch seine Hand.
Bernatzki und Schmitt halten ihre Ausweise hoch. Dunker schaut kaum darauf und gibt die Tür frei.
„Und", sagt Schmitt. „Sie sind dran."
„Hm?"
„Ihren Ausweis, bitte. Sie haben doch einen Dienstausweis, oder?"
Dunker zieht ein Gesicht und zeigt seinen Ausweis.
Schmitt fasst sein Handgelenk mit zwei Fingern und schaut sich den Ausweis genauer an. „Bundesamt für Verfassungsschutz", sagt sie. „Danke." Sie tritt in den Flur. „Wir möchten gern zu Herrn Muthberg."
„Herr Muthberg erwartet Sie schon", antwortet Dunker.
„Ich nehme an, Sie haben Herrn Muthberg bereits informiert?", fragt Bernatzki.
„Über das Ableben seiner Tochter? Selbstverständlich."
Schmitt bleibt neben der Eisentreppe stehen und zwingt so die beiden anderen ebenfalls zum Stopp. Sie zeigt die Zähne, als ob sie lächelt. „Sie wissen schon, lieber Herr Dunker, dass derlei Aufgabe der Polizei ist?"

Dunker spiegelt ihr Grinsen. „Das, liebe Frau Schmitt, ist nirgendwo geregelt."

„Es dürfte aber selbst Ihnen, lieber Herr Dunker, klar sein, dass die spontane Reaktion auf eine solche Nachricht die Ermittlungen um wichtige Erkenntnisse bereichern kann. Und für Ermittlungen in Todesfällen sind wir zuständig, nicht der Verfassungsschutz."

„Ich kann Ihnen, liebe Frau Schmitt, versichern, dass wir derlei wissen. Im Übrigen hat der Herr Staatssekretär mit Bestürzung und Trauer reagiert, wie sich das gehört."

Die dunkelgrüne Wand an der rechten Flurseite setzt sich im Wohnzimmer bis zu den geöffneten Schiebefenstertüren fort. Bis auf diese Wand und ein Gemälde, den braunschwarzen Linoleumfußboden und den Fernseher, der stumme Bilder von Polizeiwagen an einem Auffahrunfall zeigt, ist alles weiß in dem großen Raum. In verschiedenen Tönen: wollweiß der Teppich, schneeweiß die wie zufällig herumstehenden flachen Tische, altweiß die Ledersofas, die Sessel und die Lederflächen der Freischwinger am weißgläsernen Esstisch. Schmitt bleibt kurz stehen, um das großformatige blaue Gemälde an der grünen Wand anzuschauen.

Der mit Jeans und weißem Hemd bekleidete Mann, der ihnen von der Terrasse her durch die Schiebetüren entgehen kommt, ist so groß wie Schmitt auf ihren hohen Absätzen, aber mindestens dreimal so schwer. Bernatzki muss aufblicken in Muthbergs müde, gerötete Augen. Der Händedruck des Staatssekretärs ist feucht und weich.

„Kommen Sie mit auf die Terrasse?", fragt er. „Ich brauche Luft."

Sie folgen ihm hinaus, wo eine weiße Flechtsitzgruppe so exakt an den Rändern der Schiefer-Terrassenplatten ausgerichtet ist, als hätte jemand mit einem Millimetermaß nachgeholfen. Muthberg und Dunker setzen sich zu ihren Teetassen, Schmitt und Bernatzki mit Blick in den gepflegten Garten und auf ein backsteinernes Nachbarhaus. Muthberg bietet auch ihnen Tee an. Beide lehnen dankend ab.

„Entschuldigen Sie bitte, ist es zwingend nötig, dass Herr Dunker unserem Gespräch beiwohnt?", fragt Schmitt.

Muthberg nickt. „Ich glaube, er kann manches besser erklären als ich."

Schmitt zuckt die Achseln. „Na gut." Sie atmet tief ein. „Zuerst einmal möchte ich Ihnen mein Beileid aussprechen. Ihre Toch…"

Muthbergs Blick schweift ab und irritiert Schmitt. „Schatz, wäre es nicht besser, wenn du im Bett bliebest?", fragt er, und alle schauen zur Schiebetür. Dort lehnt eine Frau mit tiefen Schatten unter den grauen Augen, das lange dunkelblonde Haar strähnig und fettig. Mit ihren Armen presst sie ein weißes Handtuch vor ihren gekrümmten Leib. Das Tuch ist ihre einzige Bedeckung. „Ich möchte hören, was mit Annika passiert ist", sagt sie verschwommen und nähert sich trippelnd und gebeugt wie eine alte Frau. Ihre Hinfälligkeit passt nicht zu ihrem durchtrainierten Körper. Sie wendet sich Bernatzki und Schmitt zu. Winkelt den linken Arm so an, dass das Handtuch vor ihrer Brust fixiert bleibt. „Carla Muthberg." Sie streckt Schmitt schwankend die Hand hin.

Schmitt erhebt sich, um ihr die letzten eineinhalb Meter zu ersparen, nimmt die eisige Hand und ist überrascht, wie fest sie zugreift. „Sibel Schmitt, Landeskriminalamt."

Die Frau drückt Bernatzki die Hand und erreicht mit drei kleinen Schritten den leeren Sessel, unvermeidlich ihren nackten Rücken für einige Sekunden den beiden Polizisten zuwendend. Sie dreht sich um und lässt sich in den Sessel fallen, als ob sie plötzlich jede Kraft verlassen hätte. „Was ist meinem Kind passiert?" Ihre Stimme klingt schwach.

Im Haus ruft eine Frauenstimme: „Carla! Frau Muthberg!"

Wieder wenden sich alle Köpfe Richtung Tür. Dunker springt auf und läuft der Rufenden entgegen, als wolle er unbedingt verhindern, dass sie auch noch auf die Terrasse kommt. Sie zischen einander an, und es klingt, als wäre Dunker mit etwas gar nicht zufrieden. Carla Muthberg strafft sich in ihrem Sessel, bis ihr Rücken nicht mehr die Lehne berührt. „Was ist meinem Kind passiert?", fragt sie wieder, den Kopf halb nach der Schiebetür zum Wohnzimmer gedreht.

„Schatz ...", sagt Muthberg, der plötzlich sehr angespannt wirkt.

Seine Frau winkt ab. Er wischt sich über die Stirn.

„Geht es Ihnen wirklich gut, Frau Muthberg?", fragt Bernatzki.

„Augenscheinlich geht es mir ziemlich schlecht", antwortet sie. Sie artikuliert die Worte langsam und bedächtig und schafft es doch nicht, alle Silben klar zu halten. „Aber ich sitze Ihnen hier leibhaftig gegenüber und habe Ihnen eine Frage gestellt."

Dunker eilt wieder heraus, fasst Carla Muthberg am Oberarm und versucht, sie aus dem Sessel zu ziehen. „Kommen Sie, meine Liebe, das ist doch alles etwas viel für Sie."

Sie dreht den Arm, so dass seine Bewegung ins Leere geht. Es kostet ihn sichtlich Überwindung, nicht fester nachzufassen. „Herr Dunker, ich möchte mir anhören, was die beiden Polizisten zu sagen haben. Hätten Sie wohl die Güte, mir meinen Morgenrock zu bringen? Er ist irgendwo oben."

Dunker erhebt die Stimme. „Ich glaube, Sie sollten nicht ..." Er festigt seinen Griff und zieht wieder an ihrem Arm.

Plötzlich steht Schmitt sehr dicht neben Dunker und streckt den Arm hinter seinen Schultern zum Nackenschlag, ohne ihn zu berühren. „Sie haben die Frau gehört. Sie ist die Mutter des Opfers. Wenn hier jemand überflüssig ist, dann

Sie, Dunker. Und jetzt lassen Sie die Frau los und uns unsere Arbeit machen, ja?"

Ihr Ton und ihre Bewegung alarmieren Bernatzki, der, eingeklemmt zwischen Sofa, Dunker und Schmitt, nicht aufstehen kann. „Schmitt", sagt er. „Vorsicht, bitte …"

„Keine Sorge, Chef, ich tu ihm nichts. Es sei denn, Frau Muthberg bäte mich darum."

Die Frau im Sessel verschränkt auf dem Boden die Füße, um ihre Knie zusammenzupressen. „Das wird nicht nötig sein, Frau Schmitt. Herr Dunker holt nun meinen Morgenrock. Nicht wahr, Herr Dunker?"

Dunker lässt sie los, streift Schmitt mit einem finsteren Blick und geht hinein. Schmitt kehrt zu ihrem Platz zurück. „Ihre Annika ist gestern gestorben", berichtet sie. „Vorher wurde sie wahrscheinlich einige Tage lang in einer Wohnung in einem leerstehenden Hochhaus hier in Berlin festgehalten. Die Umstände sind uns noch nicht ganz klar."

„Wie ist sie gestorben?", fragt Carla Muthberg, eine Hand zitternd am Mund. „Hat sie gelitten?"

„Sie hat nicht gelitten. Sie ist abgestürzt bei dem Versuch, aus der Wohnung zu fliehen. Sie war sofort tot", sagt Schmitt. „Es tut mir sehr leid."

Carla Muthberg macht keine Anstalten, ihre Tränen abzuwischen. „Kann ich sie noch einmal sehen?"

Schmitt nickt. „Dagegen spricht nichts. Sie müsste auch noch identifiziert werden. Vielleicht wollen Sie …"

„Das erledige wohl besser ich", unterbricht Walther Muthberg.

Die Frau schluchzt.

Bernatzki räuspert sich. „Bevor wir zu Zeitpunkt und Details der Entführung kommen, haben wir vor allem eine Frage: Warum haben Sie nach dem Verschwinden Ihrer Tochter nicht die Polizei gerufen?"

„Der Verfassungsschutz hat uns abgeraten", sagt Muthberg. „Es war politisch, keine klassische Entführung. Wir waren vor der Entführung monatelang von Islamisten bedroht worden."

„Wer, wir?", will Schmitt wissen.

„Mitarbeiter im Bundesverteidigungsministerium. Wir bekamen Videos geschickt, in denen unsere Familien bedroht werden. Wegen Afghanistan."

„Jeder ein eigenes Video?"

Muthberg zögert. „Nein, nicht jeder. Aber es waren mehrere Videos."

„Irgendwelche Forderungen?"

„Ende der Mission Resolute Support."

Dunker ist wieder auf die Terrasse getreten. Er legt Carla Muthberg den weißen Morgenrock über die Schultern und setzt sich auf seinen Platz.

„Ich würde gern das Video sehen, das man Ihnen geschickt hat", sagt Schmitt.

An Muthbergs Stelle antwortet Dunker. „Ich kläre, ob das möglich ist, und schicke es Ihnen gegebenenfalls per Mail."

Bernatzki schüttelt den Kopf. „Wir ermitteln in einem Todesfall. Da gibt es nichts zu klären: Sie stellen uns das Video zur Verfügung, klar?"

Dunker kann den Anflug eines Grinsens nicht unterdrücken. Sein Blick streift Schmitt, und das Grinsen fällt ihm aus dem Gesicht. Sie wirkt sprungbereit. „Okay", sagt er.

Bernatzki schließt mit einer Handbewegung die Eltern des Opfers ein: „Berichten Sie uns bitte davon, wie und wann Ihre Tochter verschwunden ist."

Dunker beeilt sich zu antworten: „Das war am 4., sie war abends ins Bett gegangen wie immer. Und morgens war sie verschwunden. Von einem Täter keine Spur."

„Ich habe die Eltern gefragt."

„Es war so, wie er sagt." Muthberg steht auf, um seiner Frau in den Morgenrock zu helfen, so dass sie sich nicht beim Anziehen entblößen muss.

„Verschwunden, aus ihrem Zimmer hier im Haus?"

„Ja."

„Können wir das Zimmer sehen?"

„Kommen Sie, es ist hier unten", erklärt Muthberg, aber es ist Dunker, der die Gruppe führt, während der Staatssekretär seine Frau stützt.

Das Zimmer ist klein, auch hier sind alle Möbel und der Teppich weiß. An der Wand hängt ein Blumenstillleben. Der Schreibtisch ist leer bis auf ein Glas mit Stiften, das Bett gemacht. Schmitt geht umher, öffnet und schließt eine Schublade, öffnet den Kleiderschrank, schaut hinein, öffnet kurz den zweiten Türflügel, verschließt den Schrank wieder. Sie geht zur Fenstertür und öffnet sie. „Hierdurch ist sie verschwunden?"

„Wahrscheinlich. Wenn das Fenster gekippt ist, kann man es geradezu sträflich leicht aufhebeln. Sie kann aber auch durch die Haustür gegangen sein. Wir wissen es nicht", sagt Dunker.

Schmitt betätigt den Schalter beim Fenster, und ein Rollladen senkt sich vor die Gartenaussicht. Sie öffnet den Rollladen wieder und wendet sich an die Eltern, die in der Tür stehen, Carla Muthberg auf den Arm ihres Mannes gestützt. „Ich sehe hier nur diesen dünnen weißen Vorhang. Hat sie nachts den Rollladen nicht geschlossen?"

Wieder antwortet Dunker. „Doch, schon. Normalerweise. Aber manchmal hat sie den Rollladen geöffnet, um Luft reinzulassen, und dann zu schließen vergessen."

Schmitt wendet den Blick nicht von Muthbergs. „Können Sie das bestätigen?"

Walter Muthberg nickt.

„So ein Holzrollladen ist schwer, der wäre ein recht solider Einbruchsschutz gewesen", stellt Schmitt im Selbstgespräch-Ton fest.

„Wurden die Spuren gesichert, Herr Dunker?", fragt Bernatzki.

„Selbstverständlich. Von Top-Leuten vom BKA. Gab aber nur welche von dem Mädchen. Keine Spuren eines Kampfes."

„Wenn sie von Taliban entführt wurde, dürfte sie den oder die Täter aber wohl nicht gekannt haben."

„Vielleicht ist sie massiv bedroht oder im Schlaf betäubt worden." Dunker zieht in einer Geste unschuldiger Ratlosigkeit die Schultern hoch.

Schmitt wirkt abwesend. „Ja vielleicht." Sie fängt sich. „Und der Personenschutz? Hier war doch jemand nach der Drohung, oder?"

„Klar. Saß draußen im Auto. Hat gepennt."

„Sehr dumm." Schmitt schaut sich noch einmal um und dann Bernatzki an. „Ich bin durch. Hast du noch was?"

Bernatzki schüttelt etwas verdattert den Kopf. „Nein."

Schmitt fährt fort: „Wir brauchen noch ein anständiges Protokoll. Was meinst du Bernatzki, kriegen wir das gleich hin?"

„Äh – ja, sicher."

„Herr Muthberg, Sie haben doch Zeit, kurz mitzukommen in unsere Dienststelle? Auf ein Stündchen oder so? Die Fakten liegen ja auf der Hand, das wird nicht lange dauern. Und natürlich, um Ihre Tochter …"

„Sie sehen doch, dass Herr Muthberg derzeit seine Frau nicht allein lassen kann", fällt Dunker schnell ein.

Carla Muthberg löst sich von ihres Mannes Arm, strafft sich und sagt mit einem Lächeln: „Ich komme mit. Das geht doch, oder?"

Schmitt nickt. „Klar. Auch Sie sind eine Zeugin. Jeder Hinweis ist uns wertvoll. Sie können gern dabei sein."

Walter Muthberg macht den Eindruck, etwas sagen zu wollen. Schmitts Blick fällt auf die Hände der Frau, die sich heftig in den Arm ihres Mannes krallen. Er atmet aus, ohne geredet zu haben. Gleichzeitig sucht Carla Muthberg Augenkontakt mit ihr. Schmitt erwidert den Blick fest, ohne eine Regung zu zeigen.

„Ich ziehe mir nur etwas an. Schatz, hilf mir bitte", sagt Carla Muthberg. Das Paar verlässt das Zimmer und wendet sich zur Treppe.

Bernatzki greift in seine Hosentasche, zieht ein Handy hervor, hält es sich ans Ohr. „Hallo?" Leise sprechend geht er in den Garten hinaus.

Dunker schaut einen Moment lang irritiert hinterher, dreht sich zu Schmitt. „Ich höre, dass das Armband Ihrer Tochter gefunden wurde, wo Annika Muthberg festgehalten worden war?"

Schmitt fixiert ihn, runzelt die Stirn. „Woher haben Sie das?"

Er hebt einen Mundwinkel. „In einem solchen Fall ist es unser Job, umfassend informiert zu sein. Diese Information ist also korrekt."

„Ja."

„Und, haben Sie schon irgendwelche Hinweise, wie die Dinge zusammenhängen könnten?"

Schmitt zieht die Schultern hoch. „Nein, und eine Ahnung auch nicht."

„Sind Sie nie bedroht worden?"

„Sie meinen, von Islamisten? Nein."

„Vielleicht ist es kein Zufall, dass sich dort das Armband Ihrer Tochter gefunden hat."

„Ich muss gestehen, dass die Islamismus-Verbindung ein völlig neuer Aspekt ist. Dass meine Tochter von Islamisten entführt worden sein könnte, muss ich erst einmal verarbeiten."

„Ist es wirklich so unwahrscheinlich?" Dunker zieht mit seiner Fingerspitze eine Linie durch sein Gesicht, etwa da, wo Schmitt ihre Narbe hat. „Immerhin sind Sie einem Ehrenmord entgangen. Und hat sich Ihre Tochter nicht mit anderen Muslimas an ihrer Schule bei ‚Ni putes, ni soumises' engagiert? Außerdem war sie Model. Katalogfotos im Bikini. Davon sind Fundamentalisten auch nicht eben begeistert."

„Sie wissen wirklich gut Bescheid."

„Wie gesagt …"

„Glauben Sie wirklich, dass die Taliban nach Berlin kommen, um ein Mädchen verschwinden zu lassen, das nicht von anderen Halbstarken Hure genannt werden will, weil es das Haar offen trägt, und deshalb ein wenig auf dem Schulhof und im Internet demonstriert? Ich bitte Sie, das ist doch arg weit hergeholt."

„Diese Extremisten sind nicht berechenbar. Vielleicht sind es Verbindungsleute der Taliban hier. Salafisten, IS-Leute. Wer weiß, was für Typen sich unter den vielen Flüchtlingen hier eingeschlichen haben."

„Sind Sie sich sicher, dass ein krimineller Hintergrund ausgeschlossen ist?" Dunker spricht langsam wie zu einer begriffsstutzigen Schülerin. „Wenn ich Videos mit Drohungen bekomme, und dann geschieht, womit gedroht wird, dann wäre es schon ein großer Zufall, wenn etwas ganz anderes dahinter stünde, nicht wahr?"

„Ich habe Gründe für meine Frage."

Er schaut sie an, als ob er in ihrem Gesicht ihre Gedanken lesen könnte.

„Eine junge Frau ist gefoltert worden, so viel steht fest", sagt Dunker mit Nachdruck. „Ebenfalls steht fest, dass uns massive Drohungen von Islamisten vorliegen."

„Wie passt denn *Ihrer* Meinung nach das Armband meiner Tochter ins Bild?", fragt Schmitt. Ihre tiefe Stimme hat einen schwer zu deutenden Unterton.

Dunker schaut unter Schmitts bohrendem Blick an die Wand hinter ihr. „Ich hab ja versucht, eine Verbindung zu zeichnen. Ich halte die für tragbar. Oder was würden Sie an meiner Stelle denken, wenn Sie vor einer Stadt voller Minarette stünden: Ist ja lustig, wie Rom sich verändert hat?"

„Schönes Bild, aber nicht wirklich eine Antwort auf meine Frage."

„Für mich sind Moral und Strategie radikaler Moslems schwer nachvollziehbar. Noch weniger das Verhalten sich radikalisierender Moslems oder Konvertiten. Vieles davon lässt sich nicht vorhersehen oder nachvollziehen. Ich will Ihnen nicht zu nahe treten, Frau Schmitt, aber möglicherweise sind Sie als Muslima näher am Thema. Helfen Sie mir doch, das einzuordnen."

Schmitt atmet ruckartig ein, scheint etwas entgegnen zu wollen, hält kurz die Luft an, räuspert sich: „Einstweilen haben wir einen anderen Fall zu lösen. Herr Dunker, Sie verfügen über die kompletten Akten und das Drohvideo?"

Dunker knetet seine Hände. „Nicht ich persönlich, aber ich kann ..."

Sie unterbricht. „Keine Spielchen, bitte. Sorgen Sie dafür, dass die Sachen uns spätestens in einer Stunde vorliegen. Sollte es Beweismittel geben, gehören sie dem LKA, denn wir führen die Ermittlungen. Von dem Video können Sie sich gern eine Kopie ziehen, auch von den Akten. Nichts dagegen, mit Ihnen zusammenzuarbeiten, aber in geordneten Bahnen."

„Okay."

Muthbergs kommen sehr langsam die Treppe hinunter. Sie sind gekleidet wie für einen Sonntagsausflug, er in Sakko, Hemd, Jeans und wildledernen Desert Boots, in Sommerkleid und aus Leder geflochtenen Designer-Flipflops sie. Doch muss er seine Frau fast tragen, sie verliert die Flipflops auf der Treppe. „Wir können los", sagt Muthberg.

„Ich hole Ihre Schuhe", verkündet Schmitt und sammelt die Flipflops ein. „Wir müssen noch warten, mein Kollege telefoniert noch."

„Sind Sie sicher, dass es gehen wird, Frau Muthberg?", fragt Dunker.

Carla Muthberg lehnt mit verdrehten Augen an ihrem Mann. „Ich will mein Kind sehen."

Schmitt nimmt Carla Muthbergs Hand. „Darf ich fragen, was Ihnen fehlt?"

Die Frau hält Schmitt fest. „Sie geben mir Zeug ..."

Rasch unterbricht Dunker: „Sie hat sich sehr aufgeregt über die Entführung. Die Pflegerin dachte ..."

Schmitt wartet, aber der Satz bleibt unvollständig. „Die Pflegerin. Ach ja."

„Tschuldigung", sagt Bernatzki, als er aus dem Garten kommt, sein Telefon in die Hosentasche schiebend. Er schüttelt Dunker zum Abschied die Hand. Schmitt winkt nur lässig.

Muthberg muss seine Frau auf dem Weg zum Randstreifen stützen. Sie setzen sich in den BMW, Bernatzki auf den Fahrersitz, Schmitt nach vorn, Muthberg hilft seiner Frau auf den Rücksitz der Beifahrerseite und steigt hinter Bernatzki ein. Der lässt den Wagen an und parkt aus.

Schmitt dreht sich um und schiebt die Flipflops in den Fußraum der Frau. „Sind Sie sicher, dass es Ihnen gut genug geht, um mitzufahren?"

Carla Muthberg öffnet sehr langsam die Augen. Es dauert einige Momente, bis sie Schmitt fixieren kann. „Keineswegs. Aber Sie verstehen doch, dass ich keine Minute länger da drin bleiben wollte, schon gar nicht mit diesem Dunker."

„Keine Sorge, ich wollte Sie nicht hierlassen. Ich dachte nur, dass wir vielleicht besser einen Rettungswagen rufen."

„Danke. Das wird nicht nötig sein."

„Verraten Sie mir etwas", sagt Schmitt. „Sie werden in Ihrem eigenen Haus wie eine Gefangene gehalten: Warum?"

Walter Muthberg schaut aus dem Fenster, zu seiner Frau, die die Augen wieder geschlossen hat, auf seine Hände, die er öffnet und schließt und dann auf seine Knie legt, wieder aus dem Fenster, dann zu Schmitt. „Sie haben uns gesagt, es sei am besten, wenn wir stillhalten. Keine Polizei, keine Presse." Er nimmt die Hand seiner Frau, die auf der Mittelarmlehne liegt. „Ich weiß nicht, ob sie mir das jemals wird verzeihen können. Carla wollte die Polizei einschalten, um nach Annika zu suchen. Sie hat ... Sie hat einen unglaublichen Druck gemacht, nach dem Motto: Jeder normale Mensch würde unter diesen Umständen zur Polizei gehen. Sie haben sie tagelang eingesperrt, damit sie nicht eigenmächtig loszieht. Das habe ich schließlich unterbunden, unter Inkaufnahme der Überwachung in unserem Haus. Sie halten ihre Kleider unter Verschluss, damit sie nicht wegläuft. Versucht hat sie es trotzdem. Da ist sie aus dem Fenster aufs Garagendach geklettert und von da runter auf die Straße. Aber der Personenschutz hat sie erwischt. Die Fenster oben sind jetzt auch dicht, zugeschraubt. Und sie ist schwächer geworden."

„Vielleicht würde Annika noch leben, wenn Sie Ihre Frau unterstützt hätten", bemerkt Schmitt eisig.

„Ja vielleicht." Er schaut aus dem Fenster und wischt sich das Gesicht. „Sie sagten, sie hätten alles im Griff."

Schmitt nimmt sich eine Zigarette. „Einen Scheiß hatten die. Schon wie die Deppen das Gästezimmer zum Zimmer Ihrer Tochter erklärt haben – schlechte Vorstellung."

„Woran haben Sie es bemerkt?"

„Alles ist viel zu unpersönlich und ordentlich. Das ginge ja noch an, immerhin war angeblich gerade die Spurensicherung drin gewesen, da räumt man auf, wenn das Zimmer wieder freigegeben ist. Aber dass die Schubladen leer sind und keine Schuhe im Schrank stehen – nee, wirklich nicht." Sie zündet sich die Zigarette an. „Ich hatte selbst eine Tochter, bei der sah es anders aus. Und meine

Tochter hätte das Blumenbildchen, das da bei Ihnen hängt, total doof gefunden. Liebte Ihre so was etwa? Und dass der Rollladen nur hin und wieder aus Gedankenlosigkeit nicht unten gewesen sein soll, machte das Ding dann rund: In Ihrer menschenleeren Reichen-Idylle hat niemals tagelang ein Taliban unbemerkt auf seine Gelegenheit gewartet."

Bernatzki fährt sein Fenster runter.

Carla Muthberg öffnet nicht die Augen, um zu fragen: „Sie *hatten* eine Tochter? Was ist passiert?"

„Verschwunden. Vor rund zwei Jahren."

„Wie alt?"

„Sie ist jetzt 19."

„Kein Lebenszeichen?"

„Nichts."

„Das tut mir leid."

Bernatzki hupt jemanden an, der ihm die Vorfahrt nimmt. Er bremst heftig, um ihn vorzulassen.

Jetzt öffnet Carla Muthberg doch die Augen und drückt sich auf ihrem Platz mühsam wieder hoch. Muthberg schnallt sich an. „Haben Sie noch eine Zigarette für mich?"

„Tschuldigung. Hier." Schmitt hält ihm die verbeulte Packung hin.

Er zieht eine Zigarette aus der Pappschachtel und nimmt das Feuerzeug, das Schmitt ihm reicht.

Seine Frau wendet den Kopf, als sie es nicht schafft, ihren Blick nur mit einer Augenbewegung auf Schmitt zu richten. „Die haben uns gesagt, wir sollen Ihnen die Islamisten-Geschichte auftischen, das sei das Beste. Die haben so geredet, als wären Sie von der Polizei völlig unterbelichtet."

„Ihre Tochter ist nicht aus dem Haus entführt worden, richtig?", fragt Schmitt.

Walter Muthberg antwortet: „Nur die Zeit stimmt, die in den Akten steht. Es war in dieser Nacht. Aber sie wurde aus dem Ferienhaus in Brandenburg entführt, das wir immer für Kurzurlaube mieten. Von einer Art Sonderkommando. Ninjas."

„Ninjas!", ruft Schmitt ungläubig.

„Die Typen haben sich bewegt wie Nahkämpfer in einem dieser Actionfilme. Choreografiert und geschmeidig. Schwarz gekleidete Männer mit Masken", erzählt Carla Muthberg mit schleppender Stimme. „Unglaublich schnell. In Sekunden hatten sie Annika gegriffen, ihr eine Kapuze übergezogen und sie mitgenommen. Ich hab mich mit einem Schürhaken gewehrt und einem ein Auge ausgekratzt. Oder wenigstens fast."

„Sagen Sie nicht, sie wären die Typen durch simples Umsichschlagen losgeworden."

„Nein, das war ein Unfall", lallt die Frau. „Die Autotür war nicht richtig geschlossen. Ich hab mich gewehrt, als mir eine Art Kapuze übergezogen wurde, und irgendwie bin ich in einer Kurve rausgefallen und hab mich im Wald versteckt."

„Haben die Typen deutsch gesprochen?"

Carla Muthberg schafft es, ihrem Mann einen gezielten Seitenblick zuzuwerfen. Sie sagt: „Akzentfrei."

„Wo war der Personenschutz?"

„Abgehängt. Leider."

„Und wer waren die Männer?"

„Wir wissen es nicht."

Schmitt schüttelt den Kopf. „Wir? Wissen Sie, Frau Muthberg, es persönlich nicht? Weiß es das Ehepaar Muthberg nicht? Weiß es der Verfassungsschutz nicht? Oder ist es das Bundesverteidigungsministerium, das es nicht weiß?"

Walter Muthberg gibt die Antwort: „Meine Frau und ich wissen es jedenfalls wirklich nicht." Er zögert. „Und die anderen wissen es auch nicht. Sagen sie."

„Mit Islamismus hat es jedenfalls nichts zu tun." Schmitt unterstreicht ihre Feststellung mit einem leichten Fausthieb gegen ihr linkes Bein.

Muthberg seufzt. „Nein, es hatte nie mit Islamismus zu tun. Wir haben Videos bekommen, das stimmt. Aber die zeigen nur, wie Annika gequält wird. Kommentarlos. Es – es ist grauenhaft. In dem einen steckt sie in einem winzigen Käfig, so einem Transportding für Hunde, und jemand, von dem man nur die Hände sieht, drückt ihr immer wieder einen heißen Lötkolben auf die Haut. Im anderen hängt sie hilflos an ihrem Arm in einem dunklen Raum und ..." Muthberg atmet scharf ein, als seine Stimme bricht. „... und wird verprügelt." Er räuspert sich. „Ich bin vorher am Telefon bedroht worden, angeblich nicht nachverfolgbar."

„Sagen Sie, worum es geht."

Muthberg öffnet den Ascher in der Mittelkonsole und streift seine Zigarette ab. Zieht daran. „Ich muss Sie um Vertraulichkeit bitten. Sie werden verstehen, warum."

„Und warum sind Sie jetzt so scharf drauf, uns da mit reinzuziehen?" blafft Bernatzki.

Muthberg bleibt ruhig. „Weil wir noch ein Kind haben, das wir nicht auch noch verlieren wollen, unseren Sohn. Ich – äh – ich weiß von einer Riesensache, die total schiefzugehen droht. Und als ich aussteigen wollte, ist meine Familie bedroht worden. Der Verfassungsschutz wollte für unsere Sicherheit sorgen. Nun ist meine Tochter tot. Jetzt muss es raus."

„Haben Sie denen das auch gesagt?"

Er nickt. „Mehr oder weniger."

Schmitt bläst Rauch aus. „Wo ist Ihr Sohn?"
„Friedrich ist bei der Truppe, in Afghanistan."
„Weiß er, dass er in Gefahr ist?"
„Ja. Er passt auf, so gut er kann."
„Ist er dann dort nicht sicherer als hier? Ich meine, wenn es nicht die Taliban sind, die hinter Ihnen her sind, dann …"
Muthberg schüttelt den Kopf. „Sie sind auf dem falschen Dampfer. Wer sagt denn, dass es ein Outside-Job ist? Wer redet denn von fremden Angreifern?"
„Ach du Scheiße!"
„Ja", sagt Muthberg, „Scheiße."
Schmitt berührt mit der Fingerspitze ihre Narbe. „Ist für Sie nicht der Militärische Abschirmdienst zuständig?"
Muthberg bleckt eher die Zähne, als dass er lächelt. „Schon, aber wer schirmt den ab?" Er zögert wieder. Sagt langsam: „Wir reden von Ninjas, die sich wie Nahkämpfer bewegen. Was, wenn das tatsächlich ausgebildete Nahkämpfer sind? Unsere Leute?"
Bernatzki stoppt so heftig, dass Muthbergs und Schmitt in ihren Gurten hängen. Hinter ihnen quietschen die Reifen des schwarzen Audi, in dem Muthbergs Personenschützer ihnen gefolgt sind. Jemand hupt. „Schmitt, wir müssen reden", sagt Bernatzki und schaltet die Warnblinkanlage ein. „Sofort."
„Sollen wir aussteigen?", fragt Muthberg.
Bernatzki öffnet schon die Tür. „Nein, warten Sie hier. Zwei Minuten."
Schmitt steigt ebenfalls aus und lehnt sich neben ihrer Tür an den Wagen. „Was ist?", ruft sie dem ums Auto eilenden Kollegen entgegen.
„Verdammt, Schmitt, was machst du? Wo willst du dich einmischen? Ich will von dieser Scheiße nichts wissen."
„Willst du den Quatsch fressen, den dir der Verfassungsschutz anbietet? Die gefälschten Akten von der angeblichen Spurensicherung in Annika Muthbergs angeblichem Zimmer in unsere Ermittlung übernehmen und so tun, als wären wir deppert, indem wir diesen Islamistenschwachsinn kaufen?"
Auf Bernatzkis Oberlippe perlen Schweißtropfen. „Was wäre so schlimm daran? Wohin soll das Gelaber führen? Sie sind von Islamisten bedroht worden, also warum sollen Islamisten das Mädchen nicht entführt haben? Es gibt doch genug Irre, die die Scharia bei uns einführen wollen und vor nichts zurückschrecken würden. Willst du nach ein paar Stunden an dem Fall schlauer sein als der Verfassungsschutz nach Wochen? Ihr Vater gibt sich die Schuld, das Motiv war angeblich politisch – ganz ehrlich: Wenn der Herr Staatssekretär ein Problem hat, möge der Herr Staatssekretär es lösen. Wir sind nur zwei kleine Bullen, die er gerade für seinen Mist einzuspannen versucht."

Schmitt wirft ihre Kippe in den Rinnstein. „Was ist dein Problem, Bernatzki? Wir machen nur unseren Job. Ein Fall ist nicht, was er scheint, dann ermitteln wir also, was es damit auf sich hat. Wir ermitteln, schreiben einen Bericht, geben die Sache weiter. Wir sind nicht dazu da, nicht zu ermitteln oder Dinge zu unterdrücken." Sie zieht ihre Zigarettenpackung hervor und entnimmt die letzte, verbogene Zigarette.

Bernatzki ringt nach Worten.

„Wenn man natürlich gar kein richtiger Bulle ist, dann hat man damit ein Problem", sagt Schmitt und sieht ihn angriffslustig an.

Bernatzkis Gesicht läuft rot an. „Was willst du damit sagen?"

„Dass du dich für einen Marburger erstaunlich gut in Berlin auskennst." Sie tippt ihm mit der Fingerspitze an die Brust. „Dass du dich nicht benimmst wie jemand mit Ermittlungserfahrung." Tippen. „Dass du unter bestimmten Gesichtspunkten irre gut Bescheid weißt mit Religion, Herkunft und Rasse." Tippen. „Dass du auf keinen Fall ein Jude oder ein Pole sein willst." Tippen. „Dass du ein kroatisches Nazi-Tattoo kennst, aber nicht Frank Zappa." Sie drückt ihm den Finger an die Brust. „Islamisten? Passt schon in dein Weltbild." Sie schüttelt den Kopf. „Weiß der Geier, wo du herkommst, aber du bist nicht echt. Für mich siehst du aus wie ein Aussteiger aus der rechtsextremen Szene, der ne Chance als Bulle kriegt und dringend an seinen schauspielerischen Fähigkeiten arbeiten müsste: Deine Legende und du, das passt nicht zusammen."

Er wischt ihre Hand weg und zieht sein Hemd zurecht. „Schwachsinn."

Schmitt steckt sich die Zigarette in den Mund und sucht nach ihrem Feuerzeug. „Und wenn ich in Marburg anrufe?", nuschelt sie. Sie schaut zum Auto. „Ach, das Feuerzeug habe ich eben ..." Sie öffnet die Beifahrertür und fragt zum Rücksitz: „Herr Muthberg, könnten Sie m..."

Muthbergs Oberkörper ist nach vorn gesackt. Im Fenster auf der Beifahrerseite ein kleines Loch, aus einem Krater in Muthbergs rechter Schläfe, wo die Kugel ausgetreten ist, sickert Blut. Carla Muthberg atmet, offenbar unverletzt. Sie schläft.

„Schmitt, ich ...", setzt Bernatzki an, als sie wieder vor ihm steht. Er unterbricht sich, als er ihren Gesichtsausdruck sieht.

Sie sagt: „Muthberg ist tot. Komm."

Als hätte sie ihn gestoßen, weicht er zurück, bis Schultern und Hinterkopf die Hauswand berühren. Einen Moment lang sieht es so aus, als ob seine Beine nachgeben würden.

„Wir müssen los", sagt Schmitt. „Schnell. Steig' ein. Ich fahre."

„Du hast ..."

„… derzeit keinen Führerschein. Heißt nicht, dass ich nicht fahren kann. Keine Sorge, ich habe nicht getrunken und stehe nicht unter Drogen. Mach, was ich sage."

„Scheiße, Schmitt …" Mechanisch, wie vom Donner gerührt, gibt er ihr den Autoschlüssel, steigt auf den Beifahrersitz.

Schmitt geht sehr ruhig um das Auto herum und öffnet die Fahrertür. „Ich sage schnell noch den Jungs im anderen Auto Bescheid."

Als sie sich dem Audi nähert, lässt der Fahrer, ein muskelbepackter blonder Mann im Shirt, seine Scheibe hinunter. „Was soll das?", fragt er. „Kleine Dienstbesprechung am Straßenrand?"

Schmitt grinst. „Unsere Fahrgäste sind etwas schwierig. Wisst ihr ja. Ich muss einen kleinen Umweg fahren zum Supermarkt, für die Frau. Sie besteht darauf. Also wundert euch nicht, wenn ich gleich noch einmal halte." Ihr gewinnendes Lächeln wird von dem Muskelmann strahlend erwidert. „Danke", sagt sie und schlendert mit besonderem Hüftschwung zum BMW zurück.

Sie setzt sich auf den Fahrersitz, schnallt sich an. Sie startet. Sie atmet tief ein. Schlägt mit den Fingern einen Takt auf dem Lenkrad.

„Was machst du?", fragt Bernatzki.

„Denken." Sie schaut nervös in den Rückspiegel.

Bernatzki versucht seine zitternden Hände zu beruhigen, indem er sie flach auf seine Schenkel legt. „Das waren absolute Profis, die Personenschützer keine zwanzig Meter weit entfernt."

„Was denkt man sich schon dabei, wenn ein Motorrad kurz neben einem Auto zum Stehen kommt", sagt Schmitt abwesend. „So oder ähnlich werden sie es gemacht haben, quasi im Vorbeifahren. Die Typen in dem Audi haben halt gepennt. Und wir auch." Sie schlägt die flache Hand auf das Lenkrad. „Verfluchte Scheiße."

Sie legt den Gang ein und fährt zügig los. „Ein paar Hundert Meter weiter rechts, Ecke Sächsische, gibt es einen Supermarkt. Da werde ich kurz aussteigen. Du bleibst im Wagen. Behalte die Personenschützer im Auge. Ich will mit der Frau verschwinden, dazu müssen wir sie abhängen. Wenn einer der beiden aussteigt und Anstalten macht, zu uns rüber kommen zu wollen, steigst du aus und redest mit ihm. Ich habe denen gesagt, ich solle was für die Frau im Supermarkt besorgen. Schmück es aus: Sie hätte ihre Tage oder braucht eine bestimmte Creme. Irgendwas. Lass auf keinen Fall zu, dass er rankommt und die Schweinerei sieht. Sonst komme ich mit der Frau nicht weg. Verstehst du mich?"

Bernatzki krallt seine Finger in seine Beine. „Ja."

„Verstehst du auch, warum ich das mache?"

„Nein. Ich meine …"

„Die Frau ist in dem Moment isoliert, in dem wir sie diesen Leuten überlassen, hilflos ohne ihren Mann. Entführung, Mord – jemand will mit allen Mitteln verhindern, dass die Geschichte rauskommt. Vielleicht bin ich bin ihre einzige Chance."

„Was willst du tun?"

„Wenn ich das wüsste. Ich muss erstmal mit ihr reden."

„Lass uns einfach in die Dienststelle ..."

„Wir sind da nicht sicher. Wer immer ihn umgebracht hat, kam nicht einfach zufällig vorbei."

Sie hält in der zweiten Reihe vor dem Supermarkt, so dass sie zum Eingang ein Stück zurückgehen muss. Die Hand leicht auf Bernatzkis Arm legend, sagt sie: „Es tut mir leid, was ich eben gesagt habe. Ich bin sehr direkt manchmal."

Er atmet tief ein. „Du kommst der Wahrheit ziemlich nahe. Ich ..."

„Okay", fällt sie ihm ins Wort und greift seinen Arm stärker. „Wir reden ein andermal drüber. Lass auf keinen Fall einen von denen reinschauen. Steigen sie aus, verwickle sie in ein Gespräch, bevor sie am Auto sind. Ich zähle auf dich."

Sie wartet sein Nicken nicht ab, steigt aus, winkt mit einer komischen Grimasse den Personenschützern zu und geht in den Supermarkt. Bei den Kassen findet sie den Nonfood-Bereich mit seinem Sammelsurium an Sonderangeboten: Sie rafft ein Küchenmesser, eine Plastiktischdecke, ein Damen-T-Shirt Größe S und ein Herrenhemd zusammen, zahlt in bar, packt alles bis auf das Messer in eine Tüte. Im Ausgang reißt sie das Messer aus seiner Verpackung. Sie wartet einen Moment, bis eine Kundin den Laden verlässt, hält sich links von ihr beim Hinausgehen auf den Gehweg und taucht in den Blickschatten der parkenden Autos ab. Sie kriecht zwischen einem Polo und einem Omega ans hintere rechte Rad des Audi, dessen Motor läuft. Sie sticht die Messerspitze in die Reifenflanke, lässt die Luft mit möglichst wenig Geräusch entweichen. Der Niederquerschnittreifen leert sich rasch. Sie zieht das Messer heraus, lässt es in die Tüte fallen, erhebt sich zwischen den Autos und geht um den Wagen der Personenschützer herum, lächelnd zu ihnen hinüber nickend, wie für ihre Geduld dankend, zu ihrem weißen BMW. Sie packt die Tüte in den Kofferraum, setzt sich ins Auto, wirft Bernatzki die flache Packung mit der geblümten Tischdecke hin und schaltet den Funk ab. „Leg ihm das über, er sieht nicht gut aus." Sie fährt los.

Bernatzki zerrt an der Plastikhülle der Tischdecke.

Die Personenschützer fahren ebenfalls los, fallen ab und bleiben stehen.

„Ups! Wir haben unsere Freunde in Schwarz abgehängt", sagt Schmitt. „Ich glaube, die haben eine Reifenpanne."

Bernatzki dreht sich um und schaut nach dem Audi. „Du bist unglaublich."

„Nun zu uns", sagt sie und biegt rechts ab. „Ich fahre jetzt Richtung Steglitz. Ich werde da in eins der Parkhäuser an der Schlossstraße fahren. Ich hole Bargeld am Automaten, rufe jemanden an, der Frau Muthberg und mich abholt, und dann trennen sich unsere Wege. Du fährst mit Muthberg zur Dienststelle und erzählst Schumann die ganze Geschichte. Keinem anderen, nur Schumann, klar? Er wird wissen, was zu tun ist."

Bernatzki hat es geschafft, die Tischdecke zu entfalten. Der Geruch von Plastik überlagert den süßlichen von Blut auf Ledersitzen. „Und du?"

„Mal sehen. Ich will erstmal mit Frau Muthberg an einen sicheren Ort. Frag nicht weiter", sagt Schmitt.

Er muss sich abschnallen, um die Tischdecke über den Toten drapieren zu können. Für Bernatzki sieht es sehr nach einer Leiche unter einem Tischtuch aus. Andererseits würde niemand, der von draußen hineinschaut, an so etwas denken.

Carla Muthberg regt sich. Sie schaut sich um, sieht das Blut, ihr beschmiertes Kleid, die Gestalt unter der Decke auf dem Sitz neben ihr.

Sie kombiniert.

Als sie losschreit, wirken ihre Augen nicht mehr müde.

***

Nachrichtenagentur ADD

EIL

Verteidigungs-Staatssekretär erschossen

Berlin (add) Der Staatssekretär im Verteidigungsministerium Walter Muthberg (51) ist heute in Berlin durch einen Kopfschuss zu Tode gekommen. Dies teilte das Landeskriminalamt (LKA) Berlin am späten Nachmittag mit. Details zu den Umständen der Tat hat das LKA zunächst nicht bekannt gegeben.
  add/akg/thu

EIL

(add-exklusiv) Terrorverdacht: Verteidigungsstaatssekretär erschossen

(ergänzt Meldung add 291)

Berlin (add) Der Staatssekretär im Verteidigungsministerium Walter Muthberg ist heute in Berlin durch einen Kopfschuss zu Tode gekommen. Dies gab das Landeskriminalamt (LKA) am späten Nachmittag bekannt. Quellen im Umfeld Muthbergs teilten der Agentur Deutscher Presse-Dienst (add) vertraulich mit, dass er seit Längerem von Islamisten bedroht worden sei. Die Todesdrohungen hätten im Zusammenhang mit dem Bundeswehreinsatz in Afghanistan gestanden. Muthberg sei nicht als Einziger bedroht worden, hieß es weiter.
  add/oja/thu

... bestätigten Mitarbeiter des Bundesinnenministeriums auf add-Anfrage unter der Bedingung der Anonymität, dass Muthberg von Islamisten bedroht worden war und seit einiger Zeit unter Bewachung von Kräften des Bundeskriminalamts gestanden habe.
  Bei den Drohungen habe es sich um Videobotschaften gehandelt, die unmissverständlich auf den Afghanistan-Einsatz der Bundeswehr bezogen waren. Bis auf wenige Ausnahmen hätten alle hochrangigen Mitarbeiter des Verteidigungsministeriums solche Drohungen erhalten. Auch einige hohe Bundesweh-

roffiziere seien betroffen. Das Bundesverteidigungsministerium wollte sich dazu auf Anfrage nicht äußern. ...
Verteidigungsminister Markus Schleekemper äußerte am Rande der Nato-Tagung in Brüssel gegenüber der ARD seine tiefe Bestürzung über Muthbergs Tod. „Walter Muthberg war mehr als nur ein Kollege. Wir sind seit rund 20 Jahren befreundet gewesen. Die Nachricht von seinem Tod hat mich tief erschüttert, und seiner Familie gilt meine tiefe Anteilnahme", sagte er.

Berliner Radio 26,3

„... Wie inzwischen bekannt wurde, handelte es sich bei einer der jungen Frauen um Annika Muthberg (20), die Tochter des Verteidigungs-Staatssekretärs Walter Muthberg. ... Ob es zwischen den Todesfällen einen Zusammenhang gibt, ist zur Stunde unbekannt ..."

***

LKA, Berlin-Tempelhof

Max Denzler vom Staatsschutz breitet die Arme aus. „Zuerst, liebe Herren Kollegen, dachte ich ja, dass ihr nicht alle Tassen im Schrank habt." Er zieht einen Plastikbeutel mit einem schwarzen Kästchen aus der Jackentasche. „Aber dann fanden wir tatsächlich das …", andere Tasche: drei Beutel, „… das …", Innentasche: zwei Beutel, „… und noch 22 weitere dieser lustigen kleinen Dinger in euren Büros." Er wirft den Inhalt seiner Taschen auf Schumanns Schreibtisch und lässt sich dann breitbeinig auf den Besucherstuhl fallen. „Da frage ich mich doch, was wir vom Staatsschutz falsch gemacht haben, dass ihr von der Bereitschafts-Kripo abgehört werdet." Er lacht meckernd. „Ich meine, wer will die Hühnerdiebetruppe schon abhören, wo sie so" – er malt Anführungszeichen in die Luft – „heikle Fälle bearbeitet. Und die nicht mal aufklären soll. Uhhh!" Denzler lacht.

Schumann wirft sich in seinem Stuhl zurück und imitiert den Ton des Staatsschützers. „Ja, uhhhh, wer will solche Idioten wie uns von der K-Aufnahme schon abhören? Antworten Sie aber bitte nur dann, wenn Sie sich dazu herablassen mögen."

Denzler läuft rot an und räuspert sich. „Na ja. Gut gut. Also die Dinger da" – er wedelt seinen Finger in Richtung der Beutel –, „sind allesamt Wanzen und Minikameras von minderwertiger Qualität. Diese Dinger kann man für ein paar Euro in jedem halbwegs sortierten Elektronikshop kaufen. Bei Amazon, Ebay, überall. Das Zeug ist legal, Leute damit auszuspionieren natürlich nicht."

Bernatzki lehnt im Türrahmen, die Hände in den Hosentaschen. „Irgendeinen Verdacht?", fragt er.

„Ja und nein. Nein: Der Empfänger ist passiv und anonym. Keine individualisierenden Kennzeichen, wie es etwa eine SIM-Karte wäre. Dennoch lassen sich Aussagen treffen. Das Signal ist relativ schwach. Wer immer mitgehört hat, muss entweder hier im Haus gesessen haben. Oder er hatte hier einen Verstärker, der das Signal weiter trug. Ein solcher Verstärker ist Profiware, teuer, braucht auf Dauer einen Stromanschluss, ist größer und nicht so leicht zu verstecken wie diese Minidinger hier. Außerdem spielt für die Reichweite eine Rolle, wie viel Wand um das Versteck herumsteht. Amateure sind so nicht geschult. Und die Sender waren ziemlich professionell versteckt. Okay. Falls ein Verstärker hier war, dann hat man ihn wieder rausgeholt. Auch das ist Profiarbeit. Die Nerven eines Profis braucht man auch für einen In-Job. Ich tippe aber auf Externe. Mit Verstärker."

Schumann zieht die Augenbrauen hoch. „Warum?"

Denzler lacht wieder sein Lachen. „Sie sehen es in Ihren Dienstplänen." Er zieht die Augenbrauen hoch und blickt in die Runde, als ob er ein Quizmaster wäre.

Mit beiden Händen schlägt Schumann auf seine Schreibtischplatte, dass die Beweisbeutel hüpfen. „Jetzt lassen Sie die Show und geben Sie uns verdammt noch mal die Informationen ohne Garnierung mit dem, was Sie Humor nennen", brüllt er.

Denzlers Gesicht tönt sich noch einige Nuancen tiefer. „Ich bitte um ... Ich wollte nicht ..."

„Ist gut. Auch ich habe mich zu entschuldigen. So ein Ausbruch, wissen Sie ..." Schumann unterdrückt ein Grinsen, als sich sein Blick mit dem Bernatzkis kreuzt. „Weiter bitte."

Der Ausbruch wirkt. Denzler wird sachlich. „Okay. Dies ist eine Behörde, in der praktisch jeder Schritt dokumentiert wird oder nachverfolgbar ist. Unsere Ermittlungen wären ohne dies wertlos. Alle arbeiten in einem Team. Die gesamte Doku zeigt klar: Wenn nicht ein ganzes Team organisiert falsch spielt, was sehr schwierig wäre und sehr unwahrscheinlich ist, gibt es keine Ungereimtheiten. Wäre auch dämlich, ausgerechnet jetzt aus der Reihe zu tanzen. Schließlich schauen wir nach so einem Mord unter unseren Augen mit Sicherheit genauer hin."

„Fingerabdrücke, DNS?", fragt Bernatzki.

„Wir haben noch keine Zeit gehabt, mit dem Mikroskop ranzugehen, aber wie es aussieht, sind die Dinger sauber wie gekärchert."

„Was wissen wir also über die oder den, der sie angebracht hat?"

„Es war ein Mann in Schwarz, Durchschnittsfigur, etwa einsfünfundsiebzig groß, der einen Hausausweis unserer Putzkolonne vorzeigte. Er putzte die Fenster von innen und konnte sich deshalb im Haus ungehindert bewegen."

„Und, was wissen wir über ihn?"

„Nichts. Ich würde gern sagen, dass wir sein Gesicht und seine Fingerabdrücke durch die verschiedenen Datenbanken jagen und schauen, was sich ergibt. Er wusste aber ganz genau, wo sich die Überwachungskameras in den Fluren befinden, und hielt den Kopf immer so, dass wir sein Gesicht unter dem Mützenschirm nicht sehen konnten ..."

„... und natürlich hat er keine Fingerabdrücke hinterlassen", schließt Schumann für Denzler den Satz. „Wir haben also nichts?"

„Doch. Auf die Sekunde genau können wir das nicht sagen, aber der Fensterputzer ist etwa eine halbe Stunde später hier gewesen, als die ersten Tatortermittler bei der toten Annika Muthberg ankamen. Es ist aus meiner Sicht naheliegend, einen Zusammenhang zu vermuten." Denzler zupft an seiner crèmefarbenen Jeans herum. „Wer ist eigentlich auf die Idee gekommen, nach Wanzen zu suchen?"

„Sibel Schmitt", antwortet Schumann.

Der Staatsschützer pfeift durch die Zähne. „Nicht schlecht. Wie kam sie darauf?"

„Sie hatte das Gefühl, dass der Mord am Staatssekretär so gut vorbereitet war, dass, wie sie es nannte, ein wenig technisch unterstütztes Gedankenlesen im Spiel gewesen sein musste", sagt Schumann.

Denzler hebt die Augenbrauen. „Und was glauben Sie?"

Schumann wirkt an einer Antwort wenig interessiert. „Eine Theorie ist so gut wie die andere. Es hat Drohungen gegeben, also liegt es doch zunächst nahe ..." Schumann wischt sich durchs verschwitzte Gesicht. „Wenn es Islamisten waren, wäre die Zeugin jedenfalls hier bei uns besser aufgehoben als irgendwo da draußen."

Denzler nickt. „Sie sind nicht der einzige, der das so sieht. Schmitt hat gerade jeden verdammten Verfassungsschützer und jeden Militärischen Abschirmdienstler am wohlgeformten Arsch, der seinen Dienstausweis noch weiter als zwei Meter tragen kann, ohne seinen persönlichen Referenten zu bemühen. Beim Großen Bruder herrscht Aufruhr. Dass Islamisten eine Polizeibehörde verwanzen, wäre aber echt neu. Und wie kommen die ausgerechnet auf Ihre Abteilung?"

Schumann und Bernatzki sehen Denzler ratlos an.

„Hat Frau Muthberg die Täter gesehen?", fragt Denzler.

„Sie schlief, als ihr Mann ermordet wurde", antwortet Bernatzki. „Niemand hat etwas gesehen. Schmitt und ich standen neben dem Auto, hinter unserem Wagen saßen Muthbergs Personenschützer in ihrem Auto und sahen auch nichts."

Schumann räuspert sich. „Wenigstens sagen sie das."

„Was wollen Sie damit ausdrücken, Kollege?", fragt Denzler.

Schumann nimmt seine Dienstwaffe aus der Schreibtischschublade, lässt das Magazin aus dem Griff gleiten, steht auf. „Setzen Sie sich mal bitte da hin, Bernatzki."

Bernatzki schaut verwundert, als er der Bitte folgt. Schumann stellt sich neben ihn: „Ich bin der Täter. Ich habe eine Waffe mit Schalldämpfer, deren Lauf ist noch zehn Zentimeter länger." Er zielt auf Bernatzkis Kopf. „Sie sehen mich jetzt im Profil. Was fällt Ihnen auf?"

Denzler zuckt die Achseln. „Was?"

„Es ist offensichtlich. Der Schütze muss genau hingesehen haben, wegen der Spiegelung der Scheibe. Er muss innegehalten haben, geschaut, gezielt haben. Vier, fünf, vielleicht zehn Sekunden lang. Wissen Sie, wie lang zehn Sekunden sind?" Er zielt noch immer auf Bernatzkis Kopf, wartet einige Augenblicke – man könnte langsam etwa von 21 bis 23 zählen: „Das waren jetzt vielleicht drei oder vier Sekunden. Zehn Sekunden sind in solchen Momenten eine Ewigkeit, nicht nur ein Fingerschnippen. Und die Kollegen vom BKA haben nichts bemerkt, dabei haben sie ihn im Profil gesehen, so wie Sie jetzt mich, die Waffe ebenso. Praktisch nicht zu verbergen. Wenn ich Bernatzki richtig verstehe, standen er und Schmitt auf der anderen Seite des Autos. Wenn der Schütze nah an der Scheibe stand, und das musste er, konnten sie nichts sehen, weil das Auto ihn verdeckte. Die Personenschützer hatten aber genau die richtige Position für den Panoramablick."

Denzler nickt. „Er könnte aber auch mit Links aus der Hüfte geschossen haben. Dann hätte er für jemanden, der hinter ihm steht, mit seinem Körper die Waffe verdeckt, oder?"

„Herr Kollege, dies ist kein Film. Wir wissen beide: Im wahren Leben braucht man eine Salve, um aus der Hüfte das Ziel irgendwie zu treffen. Zwei schnelle Schüsse praktisch durchs selbe Einschussloch, Ziel tot, aus der Hüfte? Nein." Schumann senkt die Waffe, während sich Bernatzki schnell erhebt. Schumann setzt sich, lädt seine Automatik und verstaut sie wieder.

„Sie wollen sagen, dass die Personenschützer drin stecken?"

„Ich will gar nichts sagen. Die Theorie, dass sie etwas damit zu tun haben, ist aus meiner Sicht nicht schlechter als die von den Islamisten, die völlig unbemerkt vor den Augen der Personenschützer einen hochpräzisen Drive-by-Mord begangen haben."

„Sie glauben, dass Schmitt Frau Muthberg besser hierher gebracht hätte", stellt Denzler fest.

Schumann verdreht die Augen. „Die Dienstaufsicht war hier, der Chef ruft jede halbe Stunde an ..." Er stoppt die Aufzählung, fährt in einem freundschaftlichen Ton fort. „Sie wissen doch selbst, was passiert, wenn Schmitt einen ihrer berühmten Alleingänge unternimmt. War es bei Ihnen nicht auch irgendwas mit einer Zeugin?"

Denzler zeigt ein halbes Grinsen. „Ja, war nicht komisch damals." Er wendet sich Bernatzki zu, dessen Gesicht Unkenntnis ausdrückt. „Meine Abteilung hatte dank Schmitt die Weltpresse am Hals wegen der drohenden Abschiebung einer 16-jährigen kurdischen Asylbewerberin, die hier gegen einen PKK-Typen ausgesagt hatte. Die Weltpresse und einen Shitstorm quer durchs Internet."

„Ich brauche so was nicht. Ganz und gar nicht", sagt Schumann.

Denzler spricht weiter zu Bernatzki, seine Stimme klingt rau. „Die Abschiebung wäre völlig legal gewesen. Glasklarer Fall. Schmitt ist diagonal da rein und hat totales Chaos angerichtet." Er räuspert sich und schaut Schumann an. „Ich bin nicht die Dienstaufsicht, und was Ihre LKA-Abteilung treibt, geht meine LKA-Abteilung im Prinzip nichts an, aber ..."

Schumann lässt einige Augenblicke verstreichen, doch Denzler spricht nicht weiter. „Na ja. Islamisten oder – äh – nicht: Solange wir nicht klar wissen, ob die Frau sicher ist, steht unsere Zeugin offiziell unter dem persönlichen Schutz unserer besten Mitarbeiterin. So habe ich das auch den Kollegen von der Dienstaufsicht gesagt."

„Schön." Denzler deutet auf den Tisch, die Plastikbeutel mit der Überwachungstechnik. „Die Abhörerei in Ihrer Abteilung jedenfalls rechtfertigt Ihre Haltung."

„Sehe ich auch so", sagt Schumann.

„Na gut", sagt Denzler. „So mag es denn sein." Er zupft wieder an seiner Hose herum. „Und wie geht die Fahndung nach diesem ‚Sultan' voran?"

Schumann zieht die Schultern hoch. „Nicht gut. Der Typ existiert nicht. Was wir über ihn wissen, reicht jedenfalls nicht, ihn zu finden."

„Na schön", sagt Denzler, sich plötzlich aus dem Stuhl abstoßend. „Ich muss dann weiter." Er sammelt die Beweisbeutel ein. „Wir melden uns, wenn wir etwas haben."

***

5

Berlin-Kreuzberg

Schmitt reibt die Kratzer an ihrem Unterarm und wundert sich nicht mehr, dass Carla Muthberg von ihren Bewachern ruhiggestellt wurde. Sie betrachtet die Frau, die im blutbefleckten Sommerkleid auf dem breiten Bett liegt, halb bedeckt vom roten Satinlaken. Sie sieht so friedlich aus, wie nur K.o.-Tropfen eine Frau aussehen lassen, die Kind und Mann verloren hat, weiß Schmitt.

Carla Muthbergs Haut ist grau im Abendlicht, das durch die Gardinen fällt, ihr Mund halb geöffnet.

Schmitt wendet sich dem breiten Spiegel neben der Badezimmertür zu. Sie will sich das nasse Haar kämmen, doch sie kann den Ekel vor der gebrauchten, nach altem Haarspray riechenden Bürste auf dem weißgelackten Schminktisch nicht überwinden. Sie fährt sich mit gespreizten Fingern durchs Haar.

Nicht bis 40 zählen, befiehlt sie sich – 40 Mal die Bürste durchs Haar ziehen, und du bist gut gekämmt, hört sie ihre Mutter sagen. Wenn ihre Mutter sie kämmte, zählte sie immer laut bis 40. Danach sah die kleine Sibel aus wie gestriegelt, und wenn ihr Haar nicht nass war, hatte sie das Bedürfnis, beide Hände durch ihren wie elektrisch aufgeladen knisternden Schopf zu wuscheln. Trotzdem zählte sie beim Kämmen stets bis 40. Mit 16 hörte sie damit auf. Sie denkt noch immer bei jedem Kämmen an die 40 Züge.

Die Hände im Haar, hält sie inne und mustert sich.

Der Onkel hat recht, ich bin zu dünn.

Hervortretende Wangenknochen, spitzes Kinn, riesige Augen. Sie zieht ein Gesicht, Falten um Mund und Augen, hohle Wangen: sieht Bambi, alt und knochig.

Jede Rippe zeichnet sich ab.

Wann hast du zuletzt gegessen? Gestern Currywurst, die du dann ausgekotzt hast. Davor … vorgestern Mittag, Pizza an irgendeinem Stand.

Eine Viertelpizza in drei Tagen, das reicht nicht. Du musst dich ans Essen erinnern, ärztlicher Rat. Wer kein Hungergefühl hat, muss nach dem Kalender essen, sagt Dr. Shrink. Jawohl, Herr Doktor.

Flüchtig hat sie das Bild ihres Therapeuten vor Augen, wie er sie immer anschaut, wenn er einen Rat erteilt: sorgenvoll, väterlich, zweifelnd.

Eigentlich heißt er Schneider.

Sie löst den Blick von ihrem Spiegelbild, holt mit so wenig Knistern wie möglich das T-Shirt aus der Supermarkttüte und zieht es an. Sie knotet sich das Handtuch um die Hüften. Noch ein prüfender Blick auf die Kratzwunden an den Unterarmen. Das wird ohne Verband gehen. Sie betrachtet die Narben weiter oben Richtung Armbeuge. Präzise parallele Schnitte. Trotz der Wärme spürt sie eine Gänsehaut im Nacken, als sie an das Gefühl denken muss, mit dem sie das Rasiermesser ansetzte. Sie reibt sich die Arme, um den Gedanken zu vertreiben, legt sich auf die freie Seite des Betts, das Kissen möglichst eng zusammenstauchend. Den Blick in den Spiegel an der Decke vermeidet sie, angelt nach der Fernbedienung. Sie zappt durch die Programme des stumm laufenden Fernsehers, bei NewsTV schaltet sie dann sehr leise den Ton ein.

Muthbergs Tod ist die Spitzenmeldung, die ständig im Laufband läuft, wenn der Sprecher andere Nachrichten vorliest. Keine Details, keine Hintergründe. Kein Wort über die Frau und Schmitt.

Gut.

Schmitt schaltet wieder auf Stumm und zappt weiter.

„Er ist wirklich tot, ich habe das nicht halluziniert", hört sie die Frau sagen.

„Es tut mir leid", sagt Schmitt. „Er ist tot."

Carla Muthberg setzt sich auf. „Trotz Personenschutz!"

„Profis. Im Vorbeifahren. Wahrscheinlich auf einem Motorrad. Ich habe auch nichts bemerkt."

„Er hatte gesagt, keine Polizei." Die Frau streicht ihr strähniges Haar zurück. „War vielleicht der Fehler."

„Wer hat das gesagt?"

„Walter ... eigentlich alle außer mir."

Mit klarem Blick sieht sie gut aus. Kantig und streng, eine Statue, denkt Schmitt. Sie fragt: „Warum keine Polizei?"

„Der Verfassungsschutz war sich nicht sicher, wo die Polizei in dieser Sache steht."

„Im Verhältnis zu Entführern?" Schmitt klingt entgeistert. „Was für eine wirre Geschichte. Und wozu diese Islamisten-Legende?"

Carla Muthberg steigen Tränen in die Augen. „Ich habe dasselbe gesagt, immer wieder. Warum wir nicht einfach an die Öffentlichkeit und zur Polizei gehen könnten, um Annika zu finden, wie jeder andere vernünftige Mensch auch. Sie haben mich ruhig gestellt, um das zu verhindern. Als Sicherheitsrisiko, für Annika, für Walter, für die ganze Familie." Sie birgt ihr Gesicht in ihren Händen.

„Das wird Sie nicht beruhigen", sagt Schmitt. „Aber ob mit oder ohne Polizei, spielt hier aus meiner Sicht keine Rolle. Die Typen, die das gemacht haben, hätten ihn früher oder später sowieso erwischt."

Die Frau blickt verwundert auf. „Wie kommen Sie darauf?"

„Wie es aussieht, war er ein unkalkulierbares Risiko für irgendjemanden. Das heißt Gefahr, bis das akute Problem vorüber ist. Je größer das Problem, desto größer die Gefahr. Hätte ich unrecht, wäre er nicht tot."

Carla Muthberg schaut an sich herab. Das fleckige Kleid. „Das ist sein Blut?"

Schmitt nickt nur. „Ich habe auf die Schnelle etwas für Sie gekauft. Sie können sich umziehen. Soll ich helfen?"

„Geht schon." Carla Muthberg erhebt sich unsicher, öffnet den Reißverschluss und zieht ihre Arme aus dem Kleid. Slip und BH sind frei von Blutflecken. Erschauernd schiebt sie das Kleid mit dem Fuß von sich. „Wo sind wir hier eigentlich?" Sie schaut sich um: Die Wände sind mit Teppich bespannt, die Spiegel an der Decke über dem Bett ...

„Im Bordell. Gehört meinem Onkel. Hier sind wir für den Moment sicher. Jedenfalls würde mich hier niemand vermuten."

„Warum?"

„Lange Geschichte. Mein Onkel rüstet uns aus, lange bleiben wir nicht. Gehen Sie jetzt duschen."

Carla Muthberg verschränkt die Arme vor ihrer Brust. „Ohne Sie wäre ich jetzt in den Klauen dieses schleimigen Dunker."

„Was hat er gegen Ihren Mann in der Hand?"

„Bitte?"

„Dunker. Der Typ hatte Ihren Mann praktisch in seiner Gewalt. Was hat er gegen ihn in der Hand?"

„Ich weiß nicht."

Schmitt angelt sich eine Zigarette aus der Packung auf dem Nachttisch. „Wir sollten keine Spielchen miteinander treiben. Das mit Ihrem Mann und Ihrer Tochter waren keine Islamisten, sondern Gangster. Eindeutig und unmissverständlich. Ihr Mann hat irgendwelche dunklen Geschäfte gemacht. Wenn Sie nicht geerbt haben, hat er gutes Geld damit verdient. Das Haus ... Allein das blaue Bild von Yves Klein dürfte mindestens so viel gekostet haben, wie normale Menschen für ihre Familienwohnung und ihr Auto zusammen zahlen. Ein Staatssekretär verdient so viel nicht."

Carla Muthberg schüttelt den Kopf, legt Zorn in ihre Stimme. „Was wagen ..."

Schmitt hebt die Hand. „Keine Drohgebärden. Wir haben hier Entführung mit indirekter Todesfolge, Freiheitsberaubung, Mord. Ihnen trachtet sogar der Verfassungsschutz nach der Gesundheit. Nach Schutz hat deren Fürsorge für Sie jedenfalls nicht ausgesehen. Wollen Sie da halbwegs ungeschoren rauskommen?"

„Sie stellen dieselben Fragen wie Dunker. Ich ..."

„Geben Sie mir eine Antwort: Wollen Sie da rauskommen?" Carla Muthberg behält die Arme vor der Brust. „Ja. Ich muss. Schon wegen Friedrich."

„Okay. Dann tun Sie, was ich sage. Regel Nummer 1: Offenheit. Was zum Teufel hat Ihr Mann getrieben, dass er sich und seine Familie zum Ziel machte?"

„Ich weiß es nicht." Sie hat Tränen in den Augen. „Ich war naiv. Sie haben sicher recht, wenn Sie sagen, dass ein Staatssekretär für all unseren Luxus nicht genug verdient. Ich habe nie drüber nachgedacht und nie gefragt." Sie hebt eine zitternde Hand vor ihr Gesicht und schluchzt. „Scheiße, wo hat er uns nur reingeritten? Alles ist kaputt, unser ganzes Leben."

Schmitt erhebt sich vom Bett, geht hinüber zu Carla Muthberg und nimmt sie in die Arme. Streicht ihr mit den Händen über Haar und Rücken. „Wenn wir irgendeinen Anhaltspunkt hätten, wäre das die halbe Miete. Die Typen wissen nicht, dass Sie nichts wissen, und da sie jetzt offenbar aufräumen wollen, kommt es auf eine Tote mehr auch nicht an. Wir müssen die also finden, ehe die Ihnen auf die Spur kommen."

„Warum haben die mich nicht gleich umgebracht?"

„Weil Sie erst durch mich, indem ich Sie mitgenommen habe, zur Gefahr geworden sind. Offenbar reichte denen die Obhut des Verfassungsschutzes und der Personenschützer als Sicherheit, dass Sie unter Kontrolle bleiben. Warum auch immer. Denken Sie nach: Bewahrt Ihr Mann irgendwo Unterlagen auf, die uns vielleicht verraten könnten, was ..."

Die andere schluchzt nur. Schmitt spürt an ihren Fingerspitzen das in Carla Muthbergs Haar gespritzte, inzwischen getrocknete Blut und die Hirnklümpchen. Sie öffnet behutsam ihre Arme. „Duschen Sie jetzt. Wir reden nachher weiter. Wird es gehen?"

Nickend löst sich die weinende Frau von ihr und geht ins Bad. Das Wasser beginnt zu rauschen. Schmitt legt sich auf ihre Seite des Betts. Mit den Füßen angelt sie nach der Tüte am Fußende, holt das Hemd heraus, entfernt die Plastikpackung, die Nadeln aus dem Stoff, entfaltet es, erhebt sich vom Bett und geht ins Bad.

„Ich lege Ihnen etwas zum Anziehen hin", ruft sie gegen das Rauschen des Wassers.

Als Carla Muthberg mit nassem Haar und im neuen Hemd aus dem Bad kommt, ist Schmitt auf dem Bett eingenickt. Carla Muthberg schaltet für einen Blick in den Spiegel das Licht ein. Schmitt schreckt hoch.

Muthberg hebt die Arme auf Schulterhöhe. „Lustiges Hemd." Es ist blau gestreift und hat einen weißen Button-Down-Kragen.

„Für Vierneunundneunzig im Supermarkt: top!" Schmitt lacht.

„Schauerlich. Voll Achtziger." Carla Muthberg hält inne, plötzlich kippt die Stimmung, zittert ihre Lippe. „Das hätte Annika gesagt."

Schmitt setzt sich auf. „Tun Sie etwas zur Aufklärung von Annikas Tod. Geben Sie mir die Unterlagen Ihres Mannes, oder sagen Sie mir, wo ich sie finden kann."

„Woher …" Die Frau fängt sich gerade noch. „Ich habe keine."

Schmitt tippt sich an die Stirn. „Mein Lügendetektor schlägt gerade Alarm. Sie haben eben auf die Frage nach eventuellen Unterlagen nicht sofort geantwortet. Das sagt mir: Sie wissen von Unterlagen, aber Sie wissen nicht, ob Sie mir vertrauen können. Daher haben Sie die Frage offen gelassen. Und jetzt lügen Sie."

Die andere schaut wie vom Donner gerührt.

„Keine Polizei, sagte Ihr Mann", fährt Schmitt fort. „Wie sich zeigt, hat der Mann vielleicht sogar recht gehabt. Kaum waren wir im Spiel, wurde er erschossen. Das werden wir noch zu untersuchen haben. Genau darum bin ich aber gerade gar nicht die Polizei. Im Moment setze ich meinen Job aufs Spiel, um Ihren Arsch zu retten. Verstehen Sie das?"

Carla Muthberg nickt. „Aber wer garantiert mir …"

Schmitt unterbricht: „Es gibt keine Garantie, ob es gut ausgeht. Weder für mich noch für Sie. Für solche Garantien wissen wir zu wenig. Ich bin mir aber sicher, dass wir einer Riesenschweinerei auf der Spur sind. Sowas kommt früher oder später ans Licht. Je früher, desto besser für Sie. Wenn wir aufgeklärt haben, worum es geht, gibt es absolut keinen Grund mehr, eventuelle Mitwisser zu erpressen oder umzulegen." Schmitt erkennt an den leicht sinkenden Schultern der Frau, an der Neigung ihres Kopfes, dass sie ihren Widerstand gerade aufgibt.

„Ich möchte über jeden Ihrer Schritte informiert sein und jederzeit mitentscheiden, was wir tun", sagt Carla Muthberg. Ihr letztes Stück Selbstbehauptung.

„Klar", sagt Schmitt, als wäre dies das Selbstverständlichste. „Und jetzt packen Sie aus."

„Er hat für mich Material an unserem Platz deponiert, schon in der Nacht, als Annika entführt wurde. Er war in Panik. Damit sollte ich zur Presse gehen, falls ihm etwas zustößt. Vor der Polizei und anderen Behörden warnte er. Sogar vor unseren Personenschützern."

„Und?"

„Nichts. Wenn er es da hingelegt hat, ist es noch da. Er lebte bis eben ja noch." Wieder glänzen Tränen in ihren Augenwinkeln.

„Ihr Platz, wo ist das?", fragt Schmitt schnell.

„Eine Bank am Wannsee, wo wir früher manchmal stundenlang gesessen haben", sagt Carla Muthberg und schluchzt.

„Okay. Es ist gleich ganz dunkel. Lohnt es sich, dahin zu fahren, und mit einem Griff haben Sie das Zeug? Oder müssen wir suchen?"

Die andere schluchzt noch. „Es gibt da einen Baum mit einem Loch. Wir haben mal rumgesponnen, dass man das als eine Art Liebesbriefkasten nehmen könnte, wenn man sich heimlich träfe."

„Romantisch", sagt Schmitt, und ihr Ton senkt die gefühlte Temperatur um einige Grad.

Carla Muthberg schaut sie fassungslos an.

„Gehen wir", ruft Schmitt eilig, da sie neue Tränen kommen sieht. Sie springt auf und greift ihre Jeans.

„Ich habe keine Sachen", sagt Carla Muthberg.

„Größe?"

„36."

„Ich habe 34. Das geht." Schmitt wirft ihr die Jeans hin. „Wir tauschen. Nehmen Sie die Hose und mein T-Shirt. Um nachts in den Wald und zurück zu fahren, reicht mir das Hemd."

„Sie sind verrückt."

„Ich weiß. Mein Onkel lässt uns Klamotten besorgen, aber einstweilen müssen wir uns behelfen. Ziehen Sie meine Sachen an, kein Problem." Sie zieht das T-Shirt aus und wirft es zur Hose.

Carla Muthberg nimmt beides und verschwindet im Bad.

Das Hemd fliegt durch den Türspalt. Schmitt streift es über, knöpft es bis auf die oberen beiden Knöpfe zu, rollt die Ärmel bis zu den Ellenbogen hoch, steigt in ihre Sandalen und versucht die Riemen des Schulterhalfters irgendwie über dem Hemd zu arrangieren. Murmelt schließlich „Scheißegal" und zieht die Lederjacke drüber.

„Wow, leggy", kommentiert Carla Muthberg Schmitts Aufzug, als sie aus dem Bad kommt.

„Kein Neid! Wir können immer noch tauschen."

Carla Muthberg wehrt ab. „Das könnte Ihnen so passen."

„Du", sagt Schmitt. „Du und Sibel."

„Carla."

Schmitt dreht sich rasch zur Tür. „Gehen wir."

Sie steigen zwei Treppen hinunter in ein Foyer mit unbesetzter Rezeption. An der Wand ein riesiges Foto der nackten Laetitia Casta in jung.

Schmitt geht voraus durch eine weiß lackierte Feuerschutztür in den Club, über die Tanzfläche, vorbei an der Bar, an der vier dünne Mädchen in Heels und G-Strings lehnen und die beiden Frauen gelangweilt mit den Augen verfolgen.

„Copacabana" von Barry Manilow spielt. Schmitt tänzelt im Rhythmus Richtung Hinterzimmertür.

Der schwere alte Mann sitzt hinter seinem Schreibtisch. Als die Frauen eintreten, hebt er die Fernbedienung und schaltet den Fernseher an der anderen Wand stumm.

„Onkel, das ist Carla."

Carla nickt ihm zu. Er sagt: „Prinzessin, in was ziehst du mich rein?"

Schmitt schluckt die Prinzessin. „Ich würde dich nicht behelligen, wenn es nicht um Leben oder Tod ginge."

Er nickt. „Es ist gut, dass du zu mir kommst."

„Ja." Schmitt wischt mit der Hand über ihre Narbe. „Wir müssen los. Ich brauche das Handy."

Er öffnet die Schreibtischschublade, holt ein Smartphone heraus. „Das ist ein türkisches Prepaidhandy. Es ist ein großes Guthaben drauf."

„Auf wen läuft es?"

„Es hat mit uns nichts zu tun. Wenn du es nicht mehr brauchst, wirf es in die Spree. Lass es jedenfalls so verschwinden, dass es wirklich weg ist. Und immer schön ausschalten ..."

„Ich weiß."

„Du bist zu dünn, schau nur deine Beine ..."

„Wir müssen gehen. Gibst du mir den Autoschlüssel?" Er wirft einen Schlüssel auf den Tisch. „Ein Fiat Multipla, blau, eine alte Gurke."

„Alle Papiere sauber?"

„Halter ist ein Strohmann, unbescholten und verschwiegen. Der Fahrzeugschein liegt im Handschuhfach."

„Ich danke dir."

„Decken und ein paar Sachen von deiner Liste liegen im Kofferraum, Kleider lasse ich morgen bringen. Ich habe zwei Mädchen getrennt zum Einkaufen geschickt, und dann sollen sie nicht gleich hierher zurückkommen, damit es nicht so auffällt. Wir legen die Sachen irgendwann in der Nacht ab, ich smse dir, wo. Geht am besten jetzt durch den Hof hinten raus. Das Auto steht dann links."

„Wieso hinten raus? Wird das Haus beobachtet?"

Er schüttelt den Kopf. „Nicht, dass ich wüsste. Aber sicher ist sicher."

„Wir müssen gehen", wirft Schmitt hin und wendet sich zur Tür. „Ich melde mich. Komm, Carla."

Der Hof hallt leise wider vom Geräusch einzelner Gespräche und Fernseher aus den Wohnungen oben. Durch offene Fenster fällt bläuliches Licht in die Nacht.

Carla sagt leise: „Was warst du so schroff am Ende, er hilft uns doch so sehr?"

Schmitt zischt: „Sein Mitgefühl kotzt mich an. Du ahnst nicht, mit wem du es zu tun hast."

Sie steigen bei den Mülltonnen über ein Mäuerchen und gehen über den Hof des Nachbarhauses und durch dessen Einfahrt auf die Straße.

„Er ist ein verdammter Kinderschänder, und das fromme Getue dreht mir den Magen um", erklärt Schmitt. Sie zeigt auf ihre Narbe. „Er hilft mir aus dem gleichen Grund, aus dem er mich mal tot sehen wollte: Es geht um die Ehre. Frag nicht weiter, von dem Thema wird mir übel."

Der Fiat ist rundherum verbeult, aber er springt gleich an.

Es ist Leben in der Stadt an diesem warmen Abend, aber sie kommen gut voran. Urbanstraße, Yorckstraße, B1 Richtung Potsdam.

Am S-Bahnhof Wannsee lotst Carla Schmitt nach rechts.

„Einen Moment", sagt Schmitt und hält. Sie zieht ihr Diensthandy aus ihrer Lederjacke und schaltet es ein, checkt ihre Mails und erstarrt. In ihrem Gesicht, getaucht ins bläuliche Licht des Handys, herrscht plötzlich Aufruhr, aber sie sitzt wie vereist.

„Was ist?", fragt Carla.

„Ein Video." Schmitts Stimme klingt leblos. Sie räuspert sich und atmet zweimal tief ein und aus, um sie zu festigen. „Meine Tochter, direkt vor ihrem Verschwinden. Vier Minuten später sollte ihre Klavierstunde beginnen." Sie hält Carla das Handy hin. Ihre Hand zittert.

Ein unscharfes Bild von einem schlanken blonden Mädchen in Jeans und weißer Steppjacke, gefolgt von einem Mann in hellbraunen Chinos und schwarzer Lederjacke. Unten links Datum und Zeit, auf die Zehntelsekunde genau: 16 Sekunden lang zeigt das Video, wie der Mann dem Mädchen folgt. Es endet damit, dass der Mann ihr so nahe ist, dass er mit der Hand fast ihren Unterarm berührt.

„Deine Tochter", sagt Carla tonlos. „Aber … Ist das dann der Entführer?"

Schmitt schüttelt den Kopf. Sie flüstert: „Ich weiß nicht. Woher …" Sie wischt sich die Augen. Schaut zum Seitenfenster hinaus. Wieder auf den kleinen Bildschirm. Ihre Hand umfasst das Handy so fest, dass dessen Kunststoffgehäuse knirscht. Sie atmet stoßweise. „Scheißescheißescheiße", flüstert sie.

„Sibel, ich …", sagt Carla.

Schmitt gibt sich einen Ruck. „Ja, entschuldige." Sie wischt sich mit einer kindlich trotzigen Bewegung die Tränen ab. „Wir sind schon ein Gespann, oder?"

Eine SMS wird angezeigt. Schumann teilt ihr mit, dass Wanzen gefunden wurden. Schmitt liest, starrt leer vor sich hin, bis der Bildschirm erlischt, legt den Kopf zurück an den Sitz und schließt die Augen.

„Was ist jetzt?", fragt Carla.

„Ich denke", sagt Schmitt. Äußerlich ruhig, atmet sie stoßweise, wie nach einer Anstrengung.

Schmitt löscht die Mailbox, alle SMS, die Kontakte, die Liste der Verbindungen in ihrem Handy.

„Einen Moment", sagt sie, steigt aus, überquert den Fahrdamm, holt aus und wirft das Telefon im weiten Bogen in das Dunkel unter den Bäumen im Garten einer Villa. Als sie zurück ins Auto steigt, schaut ihr Carla verwundert entgegen. „Kleiner Test", erklärt Schmitt und lässt den Wagen wieder an. Sie wischt sich eine Träne ab.

Der Kronprinzessinnenweg windet sich am Yachtclub und am Abzweig zum Strandbad vorbei Richtung Havelchaussee.

Der Duft von Grillfleisch hängt in der Luft, die Menschen genießen den warmen Abend am See.

„Hier links führt ein Sandweg zum Ufer", sagt Carla.

Schmitt parkt den Fiat schräg zwischen einem Mercedes und einem Golf. Die Sandalen lässt sie im Fußraum, als sie aussteigt, um zum Kofferraum zu gehen und in der Tasche, die ihr Onkel hat hineinstellen lassen, nach der bestellten Taschenlampe zu suchen. Sie findet ein kleines Maglite, mit dem sie einen winzigen Lichtfleck ins Unterholz am Straßenrand wirft. „Na ja", sagt sie. „Besser als nichts." Sie geht los Richtung Weg. „Einfach zum Seeufer runter?"

„Ja, ein ganzes Stück."

Der Lichtpunkt der Lampe tanzt ihnen voraus. Sie spüren den Hauch nicht, der die Baumkronen leise rauschen lässt. Von fern hören sie Lachen, Wasserplatschen, Reden, einen Zug rangieren, Motorräder aufjaulen, Singen.

Das leicht bewegte Wasser zwischen den Bäumen spiegelt den hellen Stadt-Nachthimmel wider. Halb von ihrem Lagerfeuer angestrahlt, halb sich als Silhouetten vor dem See abzeichnend, hocken und sitzen zwei Frauen und drei Männer im Sand, alle nackt. Ihre Kleidung liegt auf der Lehne der Bank, an der der Weg endet. Keiner von ihnen schaut zum Waldrand, als die beiden Frauen erscheinen.

Carla wendet sich einem Baum links der Bank zu, tastet weit hinauf. „Ich komme nicht ran. Irgendwas ist in dem Astloch, aber ich kriege es nicht zu fassen."

Schmitt leuchtet kurz am Baumstamm hoch und erhellt einen Spalt, der sich nach unten zu einem Loch weitet, etwa mit dem Querschnitt einer Faust. Sie tritt näher an den Baumstamm, stellt sich auf die Zehenspitzen und ertastet etwas, das in Folie eingewickelt ist. Sie zieht einen schlanken Zylinder hervor, etwa so lang wie eine geöffnete Hand. Im Licht der Taschenlampe glänzt die schwarze Folie, die den Behälter vor Nässe schützen soll. Schmitt steckt den Zylinder in ihre Jackentasche. „Lass uns gehen."

„He, ihr Hübschen, was macht ihr da?"

Schmitt leuchtet in das freundliche Gesicht des unrasierten jungen Mannes, der vom Lagerfeuer aufgestanden und nicht bemüht ist, sich zu bedecken.

„Ist eine Art Schatzsuche", sagt Schmitt und holt den Zylinder wieder hervor, zeigt ihn wie zur Erklärung und steckt ihn wieder weg. „Das Ding war in dem Baum da versteckt. Viel Spaß noch."

„Na denn, gut' Nacht."

Im Auto reicht Schmitt den Zylinder Carla. „Lass das Ding erstmal zu, wenn's geht."

Sie startet, dreht, nachdem ein entgegen kommender Wagen sie passiert hat, fährt zurück.

Schmitt parkt unter einer Laterne in Sichtweite der Stelle, an der sie das Handy in den Garten geworfen hat. „Gib her." Carla reicht ihr den Zylinder. Schmitt dreht ihn zwischen ihren Fingern und betrachtet ihn. „Na ja, ich glaube, die Spurensicherung würde hier nichts Unerwartetes finden." Sie reißt die Folie auf und stößt auf die gelbbraune Blechhülse für kubanische Montecristo-Zigarren, öffnet sie mit einem „Plopp": Gefaltete Dokumente ragen aus dem Behälter. Schmitt zieht sie vorsichtig heraus und legt sie aufs Armaturenbrett. Vom Boden der Hülse schüttelt sie einen USB-Stick in ihre Handfläche. „Das hilft uns nicht viel weiter im Moment."

Carla hat die Dokumente entfaltet. „Kontoauszüge", stellt sie heiser fest. „Für Kontoauszüge mussten mein Mann und meine Tochter sterben." Die Papiere fallen auf ihren Schoß, als sie die Hände vors Gesicht nimmt.

Schmitt greift danach und dreht sie ins Licht: Überweisungen an einen Thorsten Sittke, insgesamt 450.000 Euro in drei Monaten. Der Name des Kontoinhabers ist geschwärzt. „Hast du von diesem Sittke jemals etwas gehört? Oder seien es nur Andeutungen über irgendjemand, der substanzielle Zahlungen erhält?"

Carla schüttelt den Kopf.

„Mir sagt der Name auch nichts." Schmitt legt Carla die Hand auf die Schulter.

Zwei schwarze SUV, ein BMW und ein Jeep Cherokee, kommen die Straße hinaufgefahren, drehen, halten in zweiter Reihe vor dem Garten, in dem das Handy liegt.

Schmitt pfeift leise durch die Zähne. „Nicht schlecht. Gerade mal 25 Minuten. Wow."

„Den Autos nach könnten das die Typen sein, die Annika entführt haben", flüstert Carla.

„Bleib still."

„Verdammt, wir müssen doch was tun! Das sind Annikas Mörder." Carla kann nicht mehr flüstern, ihre Stimme überschlägt sich.

Schmitt zischt: „Sei still und komm runter, wenn du nicht wieder ruhig gestellt werden willst! Ich kann doch nicht diese ganze Armee da einfach auf Verdacht festnehmen."

Aus beiden Autos steigen zwei Männer in schwarzen Hosen und T-Shirts. Die beiden Männer aus dem ersten Wagen halten Messgeräte, laufen hin und her, stellen sich mit den Männern aus dem anderen Wagen zusammen, gestikulieren ruhig, zeigen in den Garten. Ein dritter SUV dreht und parkt, zwei weitere Männer steigen aus, stellen sich dazu.

Schmitt zieht das neue Handy hervor, schaltet die Kamera ein, stellt sicher, dass der automatische Blitz unterdrückt wird, stützt es aufs Armaturenbrett und schießt Fotos. Auf dem Handybildschirm erscheinen griesige Bilder. „Zu dunkel, Scheiße."

Sie drückt trotzdem immer wieder auf den Auslöser. „Kannst du die Nummernschilder lesen? Notier die Kennzeichen." Schmitt zieht einen Kugelschreiber aus ihrer Jacke und reicht ihn rüber. „Schreib's auf die Rückseite der Kontoauszüge."

„Es ist verdammt weit. Ein bisschen mehr Licht würde helfen …"

„Tja. Versuch's. Schon eine Nummer würde reichen. Die kommen ja offenbar aus demselben Stall." Schmitt drückt so oft den Auslöser, wie es die langsame Elektronik der Handykamera erlaubt.

Einer der Männer aus den SUV steigt über den Zaun in den Garten.

„Mutig", sagt Schmitt. „In dem Haus ist noch Licht. Die hätten offenbar kein Problem damit, entdeckt zu werden." Sie schaltet die Kamera auf Video um und wählt zu Gunsten der Lichtstärke die schlechteste Auflösung. „Hoffentlich können wir mit den Bildern überhaupt etwas anfangen."

„Ich habe jetzt die Nummer von dem ersten Wagen", sagt Carla, hält Schmitt den Zettel hin. „Schaust du mal, ob du das auch siehst?"

Schmitt kneift die Augen zusammen. „Kann sein, kann nicht sein."

Plötzlich sehen alle fünf Männer, die am Zaun des Villengrundstücks stehen, in ihre Richtung.

„Ach, du Scheiße", sagt Carla.

„Da sagst du was." Schmitt wirft ihr Handy in die Ablagekuhle der Mittelkonsole, lässt den Wagen an.

Die Männer besprechen sich gestikulierend, schon auseinander laufend. Die Besatzung des zweiten SUV beeilt sich, in den Wagen einzusteigen, in den dritten steigt nur ein Mann ein, die beiden übrigen Männer sprinten los Richtung Fiat, einer auf dem Gehweg, einer auf der Straße.

Sie haben Sekunden, davonzukommen.

Schmitt dreht das Lenkrad zum Anschlag nach links, bis die Servolenkung quietscht, und legt den Gang ein. Der Fiat rast quer über den Kronprinzessinnenweg, knallt auf der anderen Seite an den Bordstein und springt ein Stück über den Gehweg. Vollgas Richtung Wald. Die Verfolger verlieren sich hinter der Biegung.

Sie überholen einen Kleinbus, Schmitt schaltet das Licht aus, und mit aufblendender Lichthupe rasen sie ins Dunkel zwischen den Bäumen. Den Knick zur Havelchaussee nach Westen nimmt Schmitt mit einem so heftigen Schlenker, dass das ESP eingreift. Sie macht sofort nach der Biegung eine Vollbremsung und fährt, ohne die Lichthupe zu ziehen, über die Einfahrt eines Waldwegs nach links diagonal durchs Unterholz weit zwischen die Bäume, den Hebel der Handbremse hochreißend, damit die Bremslichter sie nicht verraten. Mit blockierten Hinterrädern rutscht der Fiat seitwärts und prallt mit seiner Flanke an einen Baum. Schmitt schlägt den Gang raus, aber der Motor ist schon abgewürgt.

„Wenn wir Glück haben, fahren die weiter", sagt sie.

Die beiden SUV eilen auf der Havelchaussee in der Tat vorbei, den Rücklichtern des Kleinbusses folgend.

„Die sind gut, aber so gut sind sie dann doch nicht", triumphiert Schmitt mit überschlagender Stimme, mit beiden Händen drei, vier Male das Lenkrad schlagend.

Carla ist hinter Atem. „Was sind das bloß für Typen?"

„Keine Ahnung. Vielleicht irgendein privater Wachschutz? Vielleicht Ex-Soldaten oder SEK-Polizisten. Jedenfalls wachsam wie die jungen Hunde. Nicht schlecht."

Carla keucht. „Das sind die Ninjas, wirklich! Die Autos sind auch dieselben, mit denen die Typen zu unserer Hütte kamen, um Annika zu entführen. Ich bin absolut sicher! Du musst mir glauben! Wir können doch hier nicht einfach sitzen und ..."

Schmitt bemüht sich um einen besonders sachlichen, ruhigen Tonfall. „Na ja, schwarze SUV ... Ich kann die Dinger jedenfalls nicht auseinanderhalten – ein fetter Geländewagen sieht aus wie der andere. Andererseits dürften so viele verschiedene Trupps dieser Art in unseren Fall nun auch nicht verwickelt sein." Schmitt drückt Carlas Hand. „Wir haben Fotos und Videos und die Autonummer. Wenn sie es sind, dann kriegen wir sie. Einstweilen sind die aber hinter uns her." Sie startet den Motor und legt den Rückwärtsgang ein. „Die werden schnell merken, dass wir abgebogen sind. Zeit, dass wir uns vom Acker machen." Sie steuert den Wagen wieder auf den Waldweg, schaltet das Licht ein und rangiert rückwärts auf die Havelchaussee. Vier, fünf Pkw stauen sich hinter ihnen. „Gut", sagt Schmitt. „Die Nachtschwärmer machen sich auf den Heimweg. Das gibt uns Deckung".

Schmitt fährt abermals zum Kronprinzessinnenweg, aber biegt Richtung Strandbad Wannsee nach rechts ab. „Ich glaube, es ist besser, nicht wieder an der Villa vorbei zu fahren."

„Wenn du hier weiterfährst, kommst du aber, glaube ich, wieder auf die Havelchaussee."

„Wenn ich die wäre, würde ich jetzt umdrehen und den Wald links und rechts der ersten 300 Meter Havelchaussee nach uns absuchen. Wir waren ja nur Sekunden unterwegs, weit können wir nicht sein." Schmitt biegt nach rechts in einen Waldweg ab. „Wir werden aber auf der Havelchaussee gar nicht mehr auftauchen. Wir fahren durch den Wald zum Hüttenweg." Der Wagen holpert durchs Unterholz an der aus einem groben Baumstamm bestehenden Fahrdammsperre vorbei. „Es ist ja nicht so, dass wir uns nicht zu helfen wüssten."

***

Berlin-Wilmersdorf

Es erscheint keine Nummer auf dem Display, als Bernatzkis Handy klingelt.
„Hallo", sagt eine Frauenstimme am anderen Ende.
„Schmitt! Wo ... wie ...?"
„Ich sagte, wir reden später. Jetzt ist Zeit."
„Klar ... Schließlich ist es mitten in der Nacht."
Schmitt lässt sich auf seinen Sarkasmus nicht ein. „Wanzen also."
„Ja."
„Und, reicht dir die Erklärung?"
„Erklärung?"
„Fürs Wetter natürlich ... Mensch: Für das, was unserem Schützling Muthberg passiert ist. Glaubst du, dass die durch Abhören unserer Dienststelle so nah herankommen konnten?"
„Schmitt, ich ..."
„Warum?"
„Was?"
„Ich frage dich: Warum? Warum hast du ihn ausgeliefert?"
„Ich ... Nein." Bernatzki kann das Telefon plötzlich kaum noch halten.
Er hört ihr Feuerzeug klicken. Sie atmet in den Hörer aus. „Es war kein Geheimnis, dass wir zu Muthbergs fuhren. Aber es war eine absolut spontane Aktion, ihn mitzunehmen."
„Das ... das Haus wurde auch abgehört."
„Und wenn?"
„Äh ... was?"
„Ich mache mich doch gut verständlich: Was hätte es denen denn gebracht, wenn das Haus abgehört wird?"
„Na, dann haben die gehört ..."
„Bernatzki: Du hast angehalten. Das Haus ist unwichtig. Du hast gehalten, und wir sind auf deine Initiative ausgestiegen."
„Ich wollte nicht hören, was er zu sagen hat, also hielt ich an. Wir haben doch darüber geredet."
„Du hast angehalten, weil es passte. Wir waren gerade maximal zehn Minuten unterwegs. In der Zeit hätte er nicht wirklich etwas verraten können. Ich bin zu dem Schluss gekommen, dass du dort halten solltest und auf jeden Fall gehalten hättest. Irgendeinen Grund hättest du gefunden. Dieser Grund war so dämlich, wie es jeder andere gewesen wäre."
„Ich ..."
Schmitt lässt sich nicht unterbrechen. „Der Ort war ideal. Die Straße breit, aber um die Zeit nicht besonders intensiv befahren. Keine störende Ampel, also

keine Wartenden im Stau, kaum Fußgänger, dichte Bäume, so dass zufällige Zeugen kaum zu befürchten waren. Du hast den Auftrag erhalten, als du bei Muthbergs telefoniert hast. Aber nicht die haben dich angerufen, du hast sie angerufen. Ich erinnere mich nicht, dass es geklingelt hat, bevor du rangingst."

„Der Vibrationsalarm …"

„Quatsch. Hätte es Alarm gegeben, hättest du dein Handy aktivieren müssen. Du hast es aber einfach ans Ohr gehalten und ‚Hallo' gesagt. Ich sah das, Dunker übrigens auch, aber die Irritation verflog in meiner Wahrnehmung, weil es keinen relevanten Zusammenhang gab. Nun gibt es ihn: Das vermeintliche Telefongespräch war dein Vorwand, wegzugehen und wirklich zu telefonieren. Lange. Wir haben alle auf dich gewartet. So hast du Zeit gewonnen für die Täter."

Sie hält inne. Ihm fällt nichts zu sagen ein. Schmitt fährt fort: „So weit verstehe ich, was passiert ist. Ich frage dich noch einmal: Warum?"

„Er sagte, dass Muthberg an einen sicheren Ort gebracht werden sollte, damit die Operation nicht gefährdet wird. Hätte ich gewusst, dass er erschossen wird …"

„Wer, ‚er'?"

Bernatzki seufzt. „Du hast richtig getippt, ich bin ein Aussteiger, der als Bulle eine Chance bekommt, ein ehemaliger V-Mann. Mein Kontaktmann hat mich vorgestern Abend angerufen und mich um diesen Dienst gebeten, dir … dir auf die Finger zu sehen und Muthberg daran zu hindern, die Schweinerei zu offenbaren, in die er verwickelt war. Er hätte damit die Operation gefährdet. Es geht um Rechtsterroristen. Die Ermittlungen laufen seit Jahren."

„Was hatte Muthberg damit zu tun?"

„Er schaffte das Geld ran."

„Nee, Mann, Muthberg war doch kein Nazi!"

„Ich weiß nicht genau, wie das zusammenhängt. Auf die Schnelle hat mir mein Kontaktmann nur gesagt, dass Muthberg da schon ewig drinsteckt. Alle möglichen Kriminellen und eben auch Nazis profitieren mit daran. Wenn er es hätte auffliegen lassen, wären die untergetaucht, und jahrelange Ermittlungen wären für die Katz' gewesen."

Bernatzki hört Verkehrsrauschen auf Schmitts Seite. Oder einfach das technische Rauschen der Verbindung. Sie atmet wieder in den Hörer. Er kann fast den Rauch riechen.

„Schwachsinn", sagt sie. „So ein Schwachsinn. Dafür bringt man den doch nicht um."

„Ich dachte ja auch, es geht nur darum, den ein paar Tage lang verschwinden zu lassen."

„Da stellt sich mir gleich die Frage, wie du eine Entführung okay finden kannst."

„Von Entführung war nie die Rede. Das Wort ist nicht gefallen."

„Was denn – ‚Schutzhaft'?", fragt Schmitt scharf. „Warum sonst so eine Aktion mit konspirativer Absprache und Halten an einer bestimmten Stelle?"

Bernatzki ringt nach Luft. „Ja ja, du hast ja recht. Ich hätte drüber nachdenken sollen. Aber ich habe als V-Mann so viel Quatsch einfach gemacht und nicht danach gefragt ... Ich war wie vom Panzer überfahren, als er da lag und alles war voll Blut."

„Das habe ich bemerkt. Deshalb habe ich mich dann ans Steuer gesetzt." Rauschen. Schmitt räuspert sich. „Ich nehme an, dass wir den Fall nicht zufällig bekommen haben. Vielleicht war es Zufall, dass wir Partner wurden. Aber diese Sache sollte dann bei uns landen. Kein Zufall nach Dienstplan und Geschäftsordnung, wie üblich."

Er zögert mit einer Antwort. „Sieht so aus. Die Plötzlichkeit, mit der ich dich an dem Morgen abholen sollte ..."

„Ein Mädchen, entführt und von Islamisten mit Quälereien in den Tod getrieben, das Armband meiner Tochter – sie haben mich ausgesucht, damit ich durchdrehe und genau in die Richtung renne, in die sie das Ding drehen wollen. Ich soll die Ermittlungen in den Teich setzen, und du bist dabei, um abzusichern, dass alles so läuft, wie sie sich das vorstellen. Sie haben mit meinem Wahnsinn und mit deinem Gehorsam gerechnet. Und sie rechnen noch immer damit: Ich bekomme Videos geschickt, die die Entführung meiner Tochter zeigen. Immerhin habe ich einen Tatort vollgekotzt." Sie atmet tief. „Die Frage ist wieder: Wozu das Ganze? Wie hängt alles zusammen? Für wen? Und warum geht jemand ein solches Risiko ein? Der Plan hat so viele Unbekannte!"

„Ich habe keine Ahnung", sagt Bernatzki.

„Ich weiß. Ich stelle die Frage auch nicht wirklich dir."

Er hört etwas rascheln und stellt sich vor, wie sie sich eine neue Zigarette aus der Packung holt und sie an der Kippe anzündet. „Und jetzt?", fragt er.

„Was jetzt?"

„Was geschieht mit mir? Ich meine, ... ich habe ..."

„Du hast deinen Job erwartungsgemäß erledigt."

„Aber wir müssen doch was tun! Der Mann ist ermordet worden! Unsere eigenen Leute hängen drin! Wir müssen doch ermitteln!" Bernatzki kommt sich vor wie ein Kind, das sagt: „Aber der Himmel ist doch blau, nicht grün!"

„Der Einzige, den wir problemlos ermitteln können, bist du. Und du wirst behaupten, dass dich dein Kontaktmann dazu gebracht hat, Muthberg seinen Mördern zu präsentieren. Schön. Versuch das doch mal zu beweisen! Bist du überhaupt sicher, dass du mal V-Mann warst? Was davon ist dokumentiert, und wo? Oder wird man einfach nur auf die Akte eines kleinen Nazis mit den üblichen Festnahmen und Jugendstrafen stoßen, der ausgestiegen und auf die Bewährungstour Bulle geworden ist und irgendwann dafür sorgt, dass ein Staatssekretär ermordet wird? Was würde daraus wohl gemacht?"

Er schnieft. „Mensch, Schmitt …"

„Was mich betrifft, so sehe ich kein Problem darin, das auf sich beruhen zu lassen. Ich kaufe dir ab, dass du nicht wusstest, dass er umgebracht werden sollte. Du hast deinen Leuten vertraut. Etwas anderes hast du nicht als V-Mann außer Vertrauen. Sie können dich ja jederzeit hochgehen lassen. Ich habe dir nichts vorzuwerfen. Aber …"

„Ja?"

„Hast du noch Verbindungen? Bist du verbrannt in deiner Szene oder einfach nur abgetaucht?"

„Abgetaucht. Mein Kontakt hat mir dabei geholfen. Ich konnte das ganze geblähte Gequatsche von arischer Rasse und nationalem Widerstand nicht mehr ertragen. Und dann hatte ich eine Freundin mit einem ordentlichen Leben, die war MTA und ihre Eltern waren Lehrer, die fand mein ganzes Leben und meine Kame … meine Kumpels einfach nur zum Kotzen. Sie hatte es nicht schwer, mir das klar zu machen. Ich glaube, ich bin einfach erwachsen geworden."

Schmitt lacht. „Ich wusste nicht, dass das bei Nazis auch vorkommt. Die meisten kommen in tausend Jahren nicht zur Vernunft." Sie lacht wieder. Kurze Stille, bevor sie fortfährt: „Hör zu, Bernatzki: Ich will, ich muss mehr wissen. Bring dich nicht in Gefahr, aber hör dich um. Geht das?"

„Meine Kontakte sind kalt, aber nicht abgeschnitten. Ich kann's versuchen. Hast du noch irgendwelche Anhaltspunkte, worum es geht?"

„Kann sein, dass ich bald mehr herausfinde, aber im Moment weiß ich auch nicht mehr als das, was du sagst. Klingt nicht gut, dass der Verfassungsschutz hinter dem Mord steckt. Bei Muthbergs hatte ich den Eindruck, dass Dunker sie abschirmt, nach Mordkomplott sah das nicht aus."

„Mein Kontaktmann ist vom Militärischen Abschirmdienst. Ich war bei der Bundeswehr, als ich als V-Mann angeworben wurde. Da sind die zuständig, nicht der Verfassungsschutz."

Die Verbindung rauscht. Bernatzki hört auf Schmitts Seite ein Motorrad fahren. „Schmitt? Bist du da?"

„Ja." Sie klingt abwesend. „Der MAD also – Muthbergs eigene Truppe. Du erinnerst dich, was er im Auto sagte?"

„Klar."

„Alles passt irgendwie zusammen. Aber es ist auch total lückenhaft. Ich wette, wir stoßen auf ein richtig großes Ding, wenn wir ein wenig herumwühlen. Ich meine so ein Ding, wie es sonst nur in schlechten Filmen vorkommt, die harmlos anfangen, und am Ende muss einer die Welt retten."

„Ich kann mal durch die Foren surfen. Wenn es da was gibt, werde ich es finden", bietet Bernatzki an.

„Noch was …"

„Ja?"

„Ich habe einen USB-Stick mit Dateien, die geprüft werden müssen, aber ich denke, es wäre nicht schlau, jetzt im LKA aufzutauchen und an meinen Rechner zu gehen."

„Wohl nicht. Soll ich das für dich machen?"

„Bitte. Wir treffen uns am U-Bahn-Eingang des Flughafengebäudes, Platz der Luftbrücke, in zweieinhalb Stunden. Bring mein Dienstnotebook einfach mit, wenn es irgend geht."

„Okay, meinetwegen. Du weißt aber schon, dass du verfolgbar bist, wenn du dich mit dem Ding in die Polizeinetzwerke einloggst."

„Ist klar. Kann ich mich auf dich verlassen?"

„Schmitt, ich …"

„Ich möchte dir vertrauen, aber dein Ex-Kontaktmann hat dich in der Hand, nachdem du Muthberg ans Messer geliefert hast. Er könnte dich unter Druck setzen."

„Ich ihn doch auch."

Schmitt lacht. „Das hatten wir schon: Wie kannst du deine Geschichte nachweisen? Er ist im Vorteil, und du hast absolut nichts. Das gibt mir zu denken."

Bernatzki schnaubt. „Du hast mich doch auch in der Hand."

„Auch wahr." Sie lacht. „Was für eine Scheiße."

„Ja."

„Hat Schumann dir in Bezug auf mich irgendwelche Anweisungen gegeben?"

„Ich soll das Handy eingeschaltet lassen, um keine Kontaktaufnahme zu verpassen. Und wenn du Kontakt zu mir aufnimmst, soll ich ihn informieren."

Schmitt bläst wieder in den Hörer. „Irgendwas Inhaltliches?"

„Nein. Nur dies."

„Dann sag' ihm, dass wir geredet haben. Dass ich dir gesagt habe, dass ich mit der Frau die Stadt verlasse. Und dass ich mein Diensthandy aufgegeben habe – zu unsicher."

„Okay."

„Kein Wort von unserem Treffen."

„Klar."

„Bis später."

Die Verbindung bricht ab.

***

Berlin-Frohnau

Schumann schlurft in seinen Pantoffeln in die Küche. Die Neonröhre flackert auf, spiegelt sich schlierig in den orangen Schranktüren. Gnadenloses Licht auf der grünlichen Arbeitsplatte. Spuren von Essen und Weingläser. Eine abgeschlagene Ecke.
   Schumann öffnet den Kühlschrank und gießt Milch in eine Tasse, füllt sie mit Wodka auf. Er setzt sich ächzend an den Tisch, nimmt das Telefon und wählt eine Handynummer.

Es klingelt. lange.
   Erinnerunen im Rhythmus des Summers.
   Wie der Innensenator Schumann anrief nach der langen Funkstille während der Affäre, die Schumann beinahe die Position gekostet hätte.
   Eigentlich ein Freund aus vielen Jahren gemeinsamer Parteiarbeit.
   Dann rief er plötzlich wieder an. Klang irgendwie peinlich berührt, sprach in selbst für seine Verhältnisse ungewohnt geschraubten Formulierungen: Es gebe, „ganz im Vertrauen gesagt, mein lieber Schumann", diesen Fall, der in einer großen Sache, einer Art Staatsaffäre, nur die Spitze des Eisbergs sei; eine Affäre kaschiere sozusagen die andere, und so solle das bleiben – zu viel Aufklärung, das werde er, Schumann, als politisch mündiger Mensch verstehen, schade manchmal der Sache insgesamt. Es sei sehr eilig, eine bestimmte junge Frau sei aus einem Hochhaus gefallen. Die Ermittlungen rollten nun an und könnten eine Art Tsunami auslösen, „wenn der Fall mit allen Implikationen und Hintergründen gelöst würde, verstehen Sie, mein lieber Schumann?"
   Was er, Schumann, als derjenige, dessen Abteilung diese Sache als erste auf den Tisch bekomme, tun könne, halte sich in Grenzen, sagte der Senator. Viel sei nicht nötig, „allenfalls etwas Verwirrung stiften", zumal von „gewissen Dienststellen im Bund unterstützend zusätzlich für Desinformation gesorgt" werde.
   Schumann hatte immer einen Sensor gehabt für politisch Heikles. Der schlug nun Alarm, zumal die politische Brisanz hier sogar explizit als das eigentliche Problem des Falls dargestellt wurde.
   Abwehr.
   Der Senator wurde giftig: „Unser gemeinsamer Freund, der Innenminister, möchte nicht, dass Sie doch noch die Karten auf den Tisch legen müssen – aber vergessen Sie nicht, dass wir über Unterlagen verfügen, aus denen klar hervorgeht, welche Summe geflossen ist, als Sie diesen Bauunternehmer vor Strafverfolgung schützten – all das schöne Geld für eine hässliche Scheidung." Hier

hatte der Senator eine Kunstpause gemacht, die ihre Wirkung bei Schumann nicht verfehlte. „Auch wenn es schlecht wäre für die Partei und die Regierung, der wir alle verpflichtet sind, und ich auch persönlich einiges zu verlieren habe, weil ich die Hand über Sie hielt: Unser gemeinsamer Freund, der in dieser Sache keineswegs eigennützige Ziele verfolgt, hat eine gewisse Vorstellung von Leistung und Gegenleistung ...", und gab ihm noch die Handynummer eines „vertrauenswürdigen Mannes", der die Fäden in dieser Sache sicher in Händen hält. „Sie müssten ihn kennen: Karlbacher, Dr. Karlbacher."

Schumann verstand.

Das Gefühl schnürt ihm noch immer fast die Kehle zu.

Als er Karlbacher zum ersten Mal am Telefon hatte, riefen die hohe Stimme und der eisharte Befehlston in Schumann das Bild eines blassen Mannes mit starren Augen hinter randlosen Gläsern wach, der gelegentlich in Versammlungen geredet hatte – Karlbacher ist Parteifreund, laut Internet-Eintrag wissenschaftlicher Mitarbeiter des Bundestags-Ausschusses für Verteidigung. Aber eigentlich zu alt, um wirklich nur eine kleine Nummer in der dritten Reihe zu sein ...

Dieses Bild Karlbachers sieht Schuman auch jetzt, als der sich meldet: „Hallo."

Gänsehaut. „Schumann hier. Schmitt hat sich bei Bernatzki gemeldet."

„Keine Namen." Der Mann klingt nicht schlaftrunken. „Was sagt sie?"

„Sie verlässt mit der Frau Berlin."

„Glauben Sie das?"

„Nein. Wenn sie fliehen muss, bleibt sie in der Gegend. Sie ist hier aufgewachsen und kennt sich aus. Wenn sie Berlin verlässt, dann niemals weiter als in den Speckgürtel." Schumann nippt an seiner Tasse.

„Irgendwelche bevorzugten Orte?"

„Nicht dass ich wüsste."

„Hat sie sonst noch etwas gesagt?"

„Sie hat ihr Handy aufgegeben."

„Das wissen wir schon."

Schumann stottert: „W-Wie ...?"

„Sie hat es in einen Garten geworfen. Unsere Leute haben dagestanden wie die Idioten."

„Das scheint öfters vorzukommen."

Der Mann am anderen Ende atmet tief ein, aber erhebt nicht seine Stimme. „Können Sie sich diesen Ton leisten? Sie haben uns mit dieser Frau einen unglaublichen Ärger gemacht."

„Mit Verlaub: Ihr ganzer Plan ist ein einziger Schwachsinn. Sie hätten das Mädchen nicht entführen dürfen. So fing doch alles an. Dann dieser Mord. Sie reiten sich nur immer tiefer in die Scheiße." Schumann muss innehalten, seine Kehle ist wie zugeschnürt.

Die Stimme des Mannes hat die Wärme einer Blechplatte, die an Beton schlägt: „Wir haben kein Mädchen entführt. Und diese Frau reinzubringen, absurd! Sie hätten diese Sache selbst übernehmen müssen, aber Sie wollten lieber Ihre Finger sauber halten. Und von welchem Mord reden Sie?"

Wird das aufgezeichnet?, denkt Schumann. Warum ist es ihm so wichtig, mich als für dieses Chaos Verantwortlichen hinzustellen? „Sie kannten ihre Akte und ihr Vorleben. Sie ist in bestimmten Situationen berechenbar unberechenbar."

„Dachten Sie."

„Dachte jeder. Immerhin war sie in der Klapsmühle. Ich bin ja wohl nicht dafür verantwortlich zu machen, dass meine Mitarbeiter sich *nicht* unprofessionell benehmen. Auch wenn ich damit gerechnet hatte, dass sie entgleist. Mit gutem Grund, wie Sie sehr wohl wissen. Schmitt hatte sich nie richtig im Griff. Ihr Profil passte, mehr konnte ich nicht sagen."

Der andere räuspert sich in einem Ton, der das Thema erledigt. „Haben Sie irgendeine Idee, wo die Frau ihren Schützling unterbringen könnte?"

Schumann löffelt Zucker in die Tasse, rührt um. „Sie wird nicht an Orte gehen, an denen sie sonst ist. Sie wird nach Möglichkeit in Bewegung bleiben, nie mehr als ein paar Stunden an einem Ort."

„Hat sie Freunde, bei denen sie unterschlüpfen kann?"

„So blöd ist sie nicht."

„Vielleicht ist sie so schlau, gerade zu ihren Freunden zu gehen."

„Sie würde Freunde nicht reinziehen." Schumann beobachtet, wie sich eine Spinne von der Küchenlampe abseilt. Anfangs ist ihr zuckender Schatten auf der zerkratzten Tischplatte riesig. „Hallo? Sind Sie noch da?"

„Ich werde nicht schlau aus Ihnen, Schumann. Ich frage mich, wo Sie stehen."

„Denken Sie, was Sie wollen. Wir würden gar nicht reden, wenn ich nichts zu verlieren hätte. Schmitt ist für jeden Chef eine Landplage. Aber ich mag sie."

„Sie muss eine Schwachstelle haben. Außer ihrer Tochter, meine ich."

„Sie ruht nicht."

„Was?"

„Sie ruht nicht. Wenn Sie sie jagen, hört sie nicht auf zu laufen. So wie sie ihre Tochter gesucht hat. Zwei Jahre ohne Schlaf."

„Das geht nicht."

„Sie wissen, was ich meine. Nennen Sie es ‚überfokussiert'." Die Spinne ist auf dem Küchentisch angekommen. Schumann stellt seine Tasse darauf. „Das heißt, früher oder später klappt sie unter dem Druck, den sie sich selbst macht, zusammen. Kein Mensch hält das aus. Erhöhen Sie den Druck, dann geht das vielleicht schneller." Schumann hebt die Tasse und nimmt einen großen

Schluck. Die Spinne ist unter dem konkaven Boden erstarrt. Mann und Insekt belauern einander. „Das sage ich Ihnen natürlich ohne jede Gewähr. Es war *Ihr* Risiko, sich vom Ausmaß ihres potenziellen Mangels an Stabilität abhängig zu machen. Ich habe nie einen Hehl aus Schmitts Intelligenz gemacht. Die Akte dokumentiert das übrigens auch." Schumann bläst über den Tisch. Die Spinne zuckt auf, eilt zur Tischkante, verschwindet. Er stellt die Tasse ab.

Der Mann sagt: „Na gut, uns wird schon etwas einfallen."

„Noch mehr Improvisation? Als Polizist rate ich Ihnen, es nicht auf noch mehr Leichen ankommen zu lassen."

Ein Schnaufen. „Sie wissen, was auf dem Spiel steht."

„Nicht wirklich", beeilt Schumann sich einzuwerfen. „Genau genommen habe ich keine Ahnung."

„Dann hoffe ich, dass ich Sie wenigstens nicht daran erinnern muss, was für *Sie* auf dem Spiel steht. Was für ein erbärmliches Ende Ihre Karriere fände, wenn die Unterlagen Ihres Nummernkontos auftauchen würden. Falschaussage unter Eid, Strafvereitelung, Bestechung, Steuerhinterziehung. Ich rate Ihnen, uns nicht im Weg zu stehen."

Schumann will wieder nach der Tasse greifen. Zieht seine Hand zurück, als er sie zittern sieht. „Sie können nicht einfach ..."

„Wir können alles, seien Sie sicher. Gerade in Fällen, bei denen es ums Ganze geht."

Schumann versucht vergebens, seine Heiserkeit wegzuräuspern. „Kann ich Sie weiter unter dieser Nummer erreichen, falls ich etwas für Sie habe? Ich meine, ich bin immerhin Ihre Verbindung ins LKA ..."

Bedeutet das Schnaufen seines Gesprächspartners Amüsement? „Wenn Sie uns nützlich sein wollen, rufen Sie mich gern jederzeit an."

„Was wird mit Schmitt? Ich muss sie ja führen, so oder so ..."

„Wie nehmen Sie Kontakt auf?"

„Im Moment gar nicht. Ich habe ohne das Diensthandy keine direkte Verbindung mehr zu ihr."

„Brillant", kommentiert der Mann Schumanns Erklärung im Ton von: Das ist dumm und arm. „Schmitt ist also allein da draußen, und Sie bekommen sie schon deshalb nicht mehr in den Griff, weil Sie die Verbindung verloren haben?"

Schumann stammelt: „Wenn ... wenn Sie das ... so ... so sehen wollen."

Das Gespräch endet mit einem Knacken.

***

Berlin-Tempelhof

Bernatzki erschrickt, als Schmitt aus der Deckung eines Pfeilers tritt. Das trübe Licht lässt ihr Gesicht einen Moment lang hart und alt aussehen. Selbst ihre Stimme klingt so. „Du hast die gesehen."

Er nickt. „Drei Typen in zwei schwarzen SUV, wenn du die meinst."

„Allerdings."

„Ein paar von Muthbergs' Ninjas."

„Sehe ich auch so." Schmitt zieht Zigaretten aus ihrer Jackentasche, schüttelt eine halb aus der Packung, greift sie mit den Lippen. „Schön dreist, so vor dem LKA herumzulungern. Die hoffen wohl, dass ich irgendwann dämlich genug bin, mit Frau Muthberg da aufzutauchen. Dass die Leute zum Lungern abstellen können, zeigt uns, dass das eine große Truppe sein muss. Haben die dich erkannt?"

Bernatzki grinst und tippt an seine Lonsdale-Basecap: „Ich bin inkognito hier."

Schmitt verzieht keine Miene. „Wenn die richtig gut wären, würden die dir auf Schritt und Tritt folgen."

„Die denken doch, ich bin ihr Depp."

„Die sind stark. Ich habe gestern Abend mein Diensthandy eingeschaltet und in einen Garten geworfen, und stell dir vor, wer eine halbe Stunde später da war?"

Er pfeift leise zwischen den Zähnen.

Schmitt zündet die Zigarette an. „Muthberg hat seiner Frau einen USB-Stick hinterlassen, nach dem Motto: Wenn mir was passiert, geh zur Presse. Ich werte das Zeug aus, sobald ich kann, und ich lasse es dir auf einem sicheren Kanal zukommen, damit du die Details durch die Datenbanken jagen kannst. Schau öfter mal bei Facebook, ob du eine Mitteilung hast."

Bernatzki nickt und hält ihr eine graue Tasche hin: „Hier, das Notebook. Netzteil liegt bei."

„Hat dich jemand gesehen?"

„Um die Zeit? Nur der an der Pforte, und der schlief fast. Um den Bereitschaftsraum habe ich einen Bogen gemacht."

„Gut. Danke." Mit der Zigarette zwischen den Lippen öffnet Schmitt die Tasche, schaut kurz hinein. „Du musst mit Schumann aufpassen." Sie hängt sich die Tasche über.

„Ich dachte …"

Sie macht eine Handbewegung, als wollte sie abschwächen, was er nun denken mag. „Sei einfach nicht zu vertrauensselig. Das würde ihn vielleicht ... überfordern. Ich möchte nach neuen Verbindungen Ausschau halten."

„Wer soll das sein?"

Sie kneift einen Moment lang die Augenlider zusammen, als würde der Rauch sie plötzlich reizen. „Weiß der Geier. Das ist schlimmer als Paranoia: Wenn du denkst, alle sind hinter dir her, bleibt immerhin keine Frage offen. Denkst du das nicht und suchst den potenziellen Verbündeten, musst du erst einmal die Konstellationen klären."

„Umso mehr danke ich dir für dein Vertrauen", sagt Bernatzki. Seine Stimme ist plötzlich rau.

„Glotz' nich' so verklärt", berlinert sie: „Wir beide haben verdammt viel zu verlieren bei diesem Scheiß. Das schweißt zusammen." Sie macht eine wegwischende Geste. „Mal was anderes: Ich will mit deinem MAD-Kontakt reden. Ich will ihn sehen. Kannst du das arrangieren?"

Bernatzki zieht seine Schultern hoch. „Das wird ihn nicht freuen."´

Schmitt senkt ihre Mundwinkel. „Ist mir recht. Sag ihm, er soll heute Nachmittag zwischen halb drei und drei in Tiergarten sein. Ich werde dich anrufen, um mitzuteilen, wo ich ihn treffen will. Er wird es nicht weit haben, egal wo er gerade in Tiergarten ist."

Bernatzki schüttelt in offenkundiger Missbilligung den Kopf. „Was soll das? Du bringst dich in Gefahr, völlig unnötig. Ihr könntet telefonieren."

Schmitt dreht sich ins Licht. Für einen Moment hat Bernatzki den Eindruck, als würde der Widerschein der Lampe als Leuchten von ihrem Gesicht ausgehen. „Ich will dem Kerl in die Augen sehen, wenn er mir erzählt, warum er dich zum Handlanger für Muthbergs Mörder gemacht hat", sagt sie. „Wie kannst du Kontakt zu ihm aufnehmen?"

„Per Handy. Ich rufe an, er ruft zurück. Er geht nie direkt dran. Und wenn er mich anruft, wird nie eine Nummer angezeigt."

„Was ist er für ein Typ?"

„Er heißt Schilling. Oder nennt sich so." Bernatzki stockt. „Ich ... ich verstehe es auch nicht." Er steht da, als ob er auf eine Antwort oder einen Hinweis wartet.

Schmitt raucht und schaut aufmunternd, die Augenbrauen gehoben.

„Ich hab ihm viel zu verdanken", sagt Bernatzki.

Sie wendet sich ihm um ein paar Zentimeter zu, sieht ihm in die Augen. „Wie haben sie dich angeworben?"

Bernatzki weicht mit einer schrägen Kopfdrehung aus, blickt zu Boden wie ein schüchterner Junge. „Ich hatte mich beim Bund verpflichtet und war in der Grundausbildung. Da tauchte Schilling auf, in Uniform. Er wusste sehr genau, was ich mit meinen Kameraden in meinem Dorf in Hessen und dann später hier in Berlin getrieben hatte und wie tief ich in der Szene drinsteckte."

„Hat er dir Geld geboten oder dich erpresst?"

Er grinst, den Kopf schräg, schaut Schmitt nicht ins Gesicht. „Er hat mich umgarnt. Er nannte mich Kamerad, appellierte an mein Ehr- und Nationalgefühl. Ich habe keinen Cent bekommen. Er war auch sehr … väterlich."

Schmitt lacht leise. „Du hast dich einwickeln lassen." Sie senkt ihre Stimme und sagt knödelnd und mit rollendem R: „Wär mössen die Böwögong sauber halten, Mann. Sie sänd einär von den Bästön, daher spröche äch Sie an: Informären Sie mäch öber göwässä Elemente, die ons in Värrof bringen!"

Bernatzki bleibt ernst. „So ähnlich. Schilling hat viel geredet mit mir, ernsthaft, meine ich, nicht wie mit einem Jungen."

„Du hast die Wertschätzung genossen."

Achselzucken. „Als ich anfing, drüber nachzudenken, was ich da eigentlich treibe, hing ich schon zwischen den Fronten. Als ich aussteigen wollte, hat er mir den Weg geebnet."

Schmitt schüttelt den Kopf. „Umso seltsamer, dass er dich nun mit hohem Risiko gegen Muthberg eingesetzt hat." Sie zündet eine neue Zigarette an der Glut der alten an, schnippt die Kippe an das „Riot Gurrrlz"-Graffiti an der Wand neben dem U-Bahn-Eingang, atmet aus und schaut dem Rauch hinterher. „Wie auch immer: Er ist im Moment unsere einzige Verbindung zwischen Muthberg und … und … wem oder was auch immer. Er wird nicht begeistert sein, mich zu treffen. Sag ihm, dass ich dich bedrohe, und dass du dich mannhaft geweigert hast, ihn preiszugeben, aber der Druck sei zu groß geworden. Gib dich emotional, reg dich auf, weil er dich für den Mord eingespannt hat. Und wenn er trotz allem nicht mit mir reden will, sag ihm, dass ich ihn hochgehen lasse für den Mord an Muthberg, wenn er nicht spurt."

„Du sagst selbst, dass wir nichts in der Hand haben …"

Sie zeigt beim Grinsen Zähne. „Du musst ihm ja nicht auf die Nase binden, wie ich das juristisch einschätze. Die halten mich für ein unkontrolliertes menschliches Wrack, eine emotionale Irre. Darauf lässt sich aufbauen."

Bernatzki muss lachen: „Ich sage also, dass du in einem völlig ausgeflippten Ton damit drohst, zur Presse und zur Linken und den Grünen zu gehen."

„Siehst du, geht doch." Schmitt schaut zwischen den Pfeilern hindurch über den Platz der Luftbrücke, presst im Luftzug fröstelnd ihre nackten Beine aneinander. „Kennst du einen Thorsten Sittke?"

Bernatzki schaut überrascht auf. „Thor! Wie kommst du auf den?"

„Du kennst ihn."

„Nicht persönlich. In der Szene kennt man ihn, weil er im Internet Thors Forum betreibt, so eine Art Schwarzes Brett für Nazis. Wie kommst du auf ihn?"

„Irgendwer hat Geld an ihn gezahlt. Hoch sechsstellig. Muthberg hat das dokumentiert und die Dokumente für den Fall, dass ihm was passiert, seiner Frau hinterlassen."

„Von wem kam das Geld?"

„Weiß nicht. Es gibt nur eine Kontonummer, der Absender ist geschwärzt. Ohne Gerichtsbeschluss sehe ich kaum Wege, das zu ermitteln."

„Ich auch nicht."

„Muthberg hielt es offenbar für einen wertvollen Hinweis. Mal sehen, was das Material noch erbringt. Zum Staatsanwalt können wir immer noch gehen. Aber dazu will ich erst wissen, wie die Interessenlage liegt. Ein Angriff aus dem Nichts reicht mir vorläufig." Schmitt zieht an ihrer Zigarette, saugt den Rauch tief ein. „Gleich wird es hell. Wo hast du geparkt?"

„Paradestraße."

„Dann geh jetzt zurück zu deinem Auto, oder besser nimmst du die U-Bahn, dass du nicht wieder an den Typen in den schwarzen Autos vorbei musst. Danke dir." Sie tritt hinter den Pfeiler zurück.

„Übrigens möchte Schumann dich dringend sprechen", will Bernatzki noch loswerden.

Keine Antwort. Er beugt sich vor, geht zwei Schritte, blickt die leere Straße entlang, auf den Platz, die Gehwege. Kämpft, mit einem Grinsen über sich selbst, den Impuls nieder, sich rasch nach Schmitt umzudrehen. Er zieht sich die Kappe vom Kopf und stopft sie in seine Jackentasche, als er zur U-Bahn geht, um eine Station weit zu seinem Parkplatz zu fahren.

***

Berlin-Kreuzberg

Die Tasche mit ihrem Notebook über der Schulter, die Sandalen in der Hand, schlendert Schmitt ein Stück den Gehweg der Kreuzbergstraße entlang und stellt sich an den Straßenrand. Die Sonne ist gerade aufgegangen und bescheint die oberen Geschosse der Mietskasernen.

Zwei junge Männer in farbverschmierten weißen Overalls überqueren die Fahrbahn. Der eine pfeift durch die Zähne und ruft: „He, Süße, harte Nacht jehabt?"

„Nischt als Arbeet", antwortet sie.

„Ick tät noch wat wagen mit dir."

„N'andamal vielleicht, Süßa."

„Ick komm drauf zurück."

Sie sieht den Männern flüchtig nach. Sie gehen weiter Richtung Osten, blicken nicht zurück.

Der Fiat nähert sich aus Richtung Mehringdamm. Schmitt hebt ihre Hand. Carla hält, und Schmitt steigt auf den Beifahrersitz.

„Du warst verdammt lang unterwegs", klagt Carla. Sie ist Runde um Runde gefahren. Nie an einem Fleck bleiben, wenn du verfolgt wirst, hatte Schmitt gesagt.

„Ich musste die Lage sondieren." Schmitt lässt die Sandalen in den hinteren Fußraum fallen und legt die Notebooktasche auf den Rücksitz. „Unsere Freunde in den schwarzen Autos warten auf uns beim LKA. Sicher auch an deinem Haus und meiner Wohnung."

Carla wischt sich die Augen. „Ich bin zum Umfallen müde – diese elende Kurverei."

„Ich könnte auch einen Kaffee gebrauchen. Fahr los."

„Sag mir erstmal, wo ich hinfahren soll."

„Egal, nur nicht am LKA vorbei, wo die Typen stehen. Irgendwo werden wir schon einen Fastfoodladen finden, wo wir um die Zeit etwas kriegen."

Im „Neuköllner Burger-Amt, Dienstzeit 0 bis 24 h" gibt es free Wifi. Schmitt sendet Bernatzki die Dateien vom USB-Stick auf sein Facebook-Profil. Sie öffnet ein Dokument nach dem anderen, liest konzentriert, während Carla Milchkaffee, Juice, Croissant, Rührei und schließlich auch Schmitts Obstsalat frühstückt.

„Dein Kaffee ist kalt", bemerkt Carla schließlich, nachdem sie einige Minuten lang aus dem Fenster gestarrt hat. Vor dem Fenster balanciert eine Prozession früher Anzugträger ihre Coffee-to-Go-Becher zur U-Bahn.

Schmitt wendet den Blick nicht vom Bildschirm. „Das Material ist wirr. Aber eins wird klar: Dein Mann war in eine riesige Scheiße verwickelt", sagt sie langsam. „Wenn ich es richtig verstehe, fing es an, als er in Ex-Jugoslawien stationiert war."

Carla ist wieder wach. „Da war er unfassbar jung."

„Das erklärt vielleicht seinen Schwachsinn." Schmitt zückt ihre Zigaretten und zieht eine aus der Packung. „Wenn ich es richtig verstehe, hat er damals einen Weg gefunden, die Transporte der Bundeswehr für den Drogenschmuggel zu nutzen."

Carla zischt: „Niemals. Drogen lehnte Walter total ab. Dass sie gerade bei Auslandseinsätzen ein gewisses Problem sind, hat ihn immer beschäftigt."

Schmitt sieht ehrliche Empörung und Verwunderung in Carlas Gesicht. „Kann ja sein. Er hat auch selbst keine genommen. Und wie ich das sehe, ging es auch nicht darum, Soldaten mit Drogen zu versorgen. Er hat erst im kleinen, dann im großen Stil der Balkan-Mafia geholfen, Drogen nach Mitteleuropa zu schaffen."

„Ich glaub's nicht", sagt Carla.

„Ist aber so." Schmitt tastet ihre Jacke ab, findet das Feuerzeug und spielt damit auf der roten Tischplatte, die Zigarette in der anderen Hand. „Der Verfassungsschutz hat es ermittelt und deinen Mann damit konfrontiert. Das Dossier haben wir hier. Demnach wird nicht viel von der Ausrüstung der Bundeswehr von Auslandseinsätzen wieder zurückgeschafft nach Deutschland. Zu teuer. Die haben scharf kalkuliert: Einen gebrauchten Lkw dort abzurüsten und zu verkaufen, ist günstiger, als das Ding hierher zurück zu schiffen. Aber es gibt Rücktransporte von Waffenkomponenten, Elektronik, von teuren Panzerfahrzeugen und Spähwagen, und es gibt sowieso regelmäßig Truppentransportflüge runter, die dann wieder retour fliegen. Viel kontrolliert wird da wohl nicht, oder die verstauen die Drogen in verschweißten Hohlräumen. Alles, was es sonst braucht, sind Zivilmitarbeiter, die sich einig sind. Jeder Aufwand lohnt sich: Die Gewinnspanne ist riesig, da bleibt für jeden in der Transport- und Verarbeitungskette was hängen. Je nach Qualität kann ein Kilo unverschnittenes Heroin am Markt bis zu 2,5 Millionen Euro Umsatz bringen, die Herstellung kostet praktisch nichts. Das lohnt sich, zumal wenn man über eine sichere Logistik verfügt."

Carla wischt mit einer heftigen Handbewegung ihren Kaffeebecher vom Tisch und schrillt: „Du meinst, ich war über 20 Jahre lang mit einem Drogenhändler verheiratet?"

„Sieht so aus. Er wollte am Ende aber aussteigen." Schmitt sieht sich um, die Augen zu Schlitzen verengt gegen die Reflexionen der Morgensonne auf den Chromrahmen der roten Polsterstühle. Das Restaurant hat sich belebt, seit sie hier sind. Niemand reagiert auf Carlas Ausbruch. Die Kaffeemaschine rauscht und zischt.

„Warum plötzlich aussteigen, nach all der Zeit?", fragt Carla und taucht unter den Tisch, um den Becher aufzuheben.

„Ich habe das bisher nur überflogen, also grob: Der Afghanistan-Einsatz hat das Geschäft noch vergrößert, sie konnten nun das Heroin quasi direkt beim Hersteller beziehen. Gleichzeitig zerfiel Jugoslawien, in den neuen Staaten professionalisierte sich die Mafia. Es gab in dem Segment, mit dem dein Mann Geschäfte machte, einen Machtkampf, in dem die Moslems aus Bosnien und dem Kosovo Serben und Kroaten unterlagen. Firmengeflechte entstanden. Serben hier, Kroaten da. Neben den Logistikfirmen zum Beispiel Wachschutz-Unternehmen, die wiederum ehemalige Bundeswehrsoldaten beschäftigen. In den Unterlagen taucht eine Firma Top Security auf. Schon mal gehört?"

Carla schüttelt den Kopf. „Mein Gott ... War es Walter zu groß geworden?"

„Nein, das war nicht der Grund. Irgendwie scheint das Geld von den nationalistischen Serben oder Kroaten über dieses Netzwerk in die deutsche Neonaziszene geflossen zu sein. Ich habe anhand der Dokumente nicht nachvollziehen können, wie und wohin. Ich habe auch noch nicht alle Dokumente gesehen. Das war es jedenfalls, was dein Mann nicht mehr mitmachen wollte: Er wollte nicht mehr hinnehmen, dass seine Handelspartner rechten Terror in Deutschland finanzieren. Zumal er von einem geplanten Anschlag Wind bekommen hat."

„Was?"

„Hierzu gibt es nur eine Mail, die er von einem Journalisten bekommen hat. Kreutz heißt der, große Nummer. Du erinnerst dich an die Immobilienaffäre in Leipzig? Die Parteispendengeschichte vor zwei Jahren? Das war Kreutz. In seiner Mail an deinen Mann machte er kaum mehr als die Andeutung, dass er von dem Drogenschmuggel über die Bundeswehr-Transporte weiß und herausgefunden hat, dass ein Teil der Erlöse abgezweigt und direkt rechtsextremistischen Gruppen zugeleitet wird. Der Hammer ist, dass der Militärische Abschirmdienst nicht nur Bescheid wusste, sondern mitmachte: Laut Kreutz nutzten die das Geld für besonders gewagte V-Leute-Aktionen jenseits der parlamentarischen Kontrolle über den Behörden-Etat. Ergebnis einer dieser Aktionen ist, dass Nazis jetzt wohl über die Zutaten für eine Schmutzige Bombe verfügen, die mit dem Geld aus den Drogengeschäften beschafft worden sind. Da hat dein Mann kalte Füße gekriegt."

„Er und Annika mussten sterben, weil er plötzlich seine Moral entdeckt hat?" Carla zittert, hat Tränen in den Augen. Zwei Frauen, die nach Kaffee anstehen, schauen zu ihnen herüber. Schmitt blickt gelassen zurück. Sie berührt Carlas Arm mit den Fingerspitzen. Ruhig sagt sie: „Ich weiß, wie du dich fühlst. Aber du musst dich beruhigen, wenn wir hier sitzen bleiben wollen."

„Dieser Idiot hat uns alles kaputtgemacht", heult Carla kaum leiser. „Drogen, Heroin, Bombe! Was für ein Scheißheuchler er ist!" Sie hebt die Hände vor ihr Gesicht. „Es ist alles so sinnlos. Wozu noch wegrennen? Sollen sie mich doch auch umbringen."

Schmitt greift Carlas Unterarm so fest, dass ihre Fingerknöchel weiß werden, und zischt: „ICH. WILL. DASS. DU. LEISE. BIST!" Sie legt allen Nachdruck in ihre Worte. Sie verhärtet ihren Blick. Dann zittern ihre Lippen. Und Schmitt bricht selbst in Tränen aus.

„Und warum weinst *du* jetzt?", fragt Carla so verwundert, dass ihr Tränenstrom versiegt. Sie reibt sich den Arm, als Schmitt loslässt und sich fasst.

„Ich bin müde. Und du ahnst nicht, wie sehr ich mit dir fühle. Mir ist doch selbst zum Heulen. Ich hab eben kurz meine Mails gecheckt. Sie haben mir noch ein Video geschickt. Von Sheri. Der Mann aus dem Video von heute Nacht stößt sie in einen weißen Transporter."

„Und? Kennst du den Mann?"

„Nein. Die Qualität ist zu schlecht. Ich erkenne mein Kind, das ist alles." Schmitt schaut die Zigarette in ihrer Hand an, als ob sie zum ersten Mal eine sähe, nimmt das Feuerzeug und zündet sie an. „Die Frage ist eine andere: Warum ich das Video jetzt geschickt bekomme?" Schmitt saugt heftig an der Zigarette, inhaliert tief und lässt beim Sprechen den Rauch über ihre Unterlippe fließen. „Warum hat der Verfassungsschutz die Sache ermittelt, aber nichts unternommen? Warum hat er euch überwacht und daran gehindert, die Polizei zu rufen? Und für wen wurde dein Mann umgebracht?"

Eine junge Frau im kurzen blau-roten Kleidchen mit „Burger-Amt"-Logo auf der Brust ist noch nicht ganz am Tisch, als Schmitt ihr den Kopf zuwendet und scharf „Was?", fragt.

„Verzeihen Sie", sagt die Blondine erschrocken. „Das Rauchverbot …"

„Oh …" sagt Schmitt zerstreut, zerreibt die Glut zwischen Daumen und Zeigefinger, wirft die Kippe in die Obstsalatschüssel. „Verzeihung, ich …"

„Danke, schon gut." Die Frau wendet sich irritiert ab. Carla reibt die Fingerspitzen ihrer rechten Hand gedankenverloren in ihrer linken Handfläche.

Schmitt wartet, bis die Kellnerin sicher aus Hörweite ist, ehe sie weiterspricht. „Immerhin habe ich auf eine dieser Fragen eine halbwegs stimmige Antwort: Ich glaube, die wollen, dass ich durchdrehe, deshalb das Video. Der Fall ist bei mir gelandet, damit er nicht aufgeklärt wird, sondern bestenfalls im totalen Chaos versandet. Ein totes Mädchen, das entführt und gefoltert wurde", sie lacht bitter, „von Islamisten! Die haben sich exakt die Polizistin ausgesucht, die bei ‚gefoltertes, missbrauchtes Mädchen', bei ‚entführt' und bei ‚Islamist' sicher ausrastet. Nach allen Regeln der Psychologie hätte ich den Köder schnappen und den Fall sauber in den Teich setzen müssen. Nach der Hintertreppen-Psychologie irgendwelcher Arschlöcher jedenfalls."

„Und wie kommen die darauf?"

Schmitt zögert. „Bis vor ein paar Monaten hab ich jede Menge Speed genommen. Das Zeug bringt Leistung, macht einen aber auch aggressiv und paranoid. Ich hab mit vollen Händen Speed eingeworfen und gesoffen. Ich habe Leute verprügelt und Fälle vermasselt, weil ich leicht zu triggern war. Andere Fälle habe ich gerade deshalb gelöst, weil ich Tag und Nacht dran arbeitete. Unberechenbar und angiffslustig. Ich hab fast 15 Kilo abgenommen und suchte ununterbrochen nach meiner Tochter."

Carla schaut ohne Verständnis. Ihre Warumfrage ist noch offen.

„Was hat das mit Islamisten und mit Missbrauch zu tun?"

Schmitt schaut voller Abwehr zurück. Schüttelt den Kopf. Doch die Abwehr lässt unter Carlas unschuldig fragendem Blick nach. Schmitt atmet ein. Schließt die Augen. Spricht sehr leise und schnell. „Sheri ist *mein* Kind. *Meins* allein. Ein Teil von mir. *Ich* wollte sie. Einen Vater hat sie nur technisch. Er war ein schüchterner Junge, einen Kopf kleiner als ich, der mich in der Schule immer anstarrte. Ich hab ihn besucht bei seinen deutschen Rustikale-Schrankwand-Eltern und ihn in seinem ‚Bravo'-Poster-Zimmer besprungen. So war ich eigentlich nicht. Ich dachte selber: Hure. Beschmutzt war ich aber sowieso schon lange. Als mein Vater tot war, kam mein Onkel mit seinem Scheißgeld und kaufte mich für seinen ältesten Sohn Djamil, mit dem er mich dann teilte. Meine Mutter wusste, dass das falsch ist, das Eheversprechen für ein Kind. Ob sie gewusst hat, dass sie mich vögeln, weiß ich nicht. Geahnt haben muss sie es, bestimmt. Ich kam manchmal so zerschlagen und schweigsam von denen nach Hause – sie guckte nur so und schwieg. Und sie schwieg auch, wenn ich wieder hinging. Wer weiß, warum. Wie es war mit ihr, als sie jung war. Ich habe nicht mehr mit ihr geredet, seitdem sie versuchte, Djamil in Schutz zu nehmen, nachdem er mir das Gesicht zerschlagen hatte." Sie öffnet die Augen und zeigt auf die Narbe in ihrem Gesicht. „Das ist sein Andenken. Als ich aus dem Koma erwachte, war ich frei. Mit Sheri in meinem Bauch."

Carla schaut Schmitt mit runden Augen an, schockiert, betroffen.

„Soll ich aufhören?", fragt Schmitt, wie erwachend. „Ich habe das bisher niemand erzählt, nur meinem Ex-Mann."

„Es ist … ich will es wissen. Wenn du … kannst", stammelt Carla.

Schmitt räuspert sich. „Ich war mir fremd gewesen. Erst Sheri brachte mich zu mir. Ich wusste vorher nicht, wer und wie ich war. Es gibt einen Bruch, vor und nach dem Koma. Zwei Brüche: Vor und nach der ersten Vergewaltigung, den Bruch gibt es auch. Drei Brüche: Vor und nach dem Punkt, als mir klar wurde, das ist Vergewaltigung. Ich war nicht wie meine Eltern oder wie Sheris Vater und seine Eltern, das war mir alles total fremd. Das brave, mal verprügelte, mal verwöhnte Bumshäschen meines Onkels und meines Cousins ekelte mich. Ich war dieses Häschen ... total durcheinander. Zweimal, dreimal habe ich mich von dem armen Jungen beschlafen lassen, bis ich das Gefühl hatte: Treffer, und der Test dann endlich positiv war. Vorher hatte ich die Pille weggelassen und genau studiert, wann im Zyklus man sich befruchten lassen muss, um sicher schwanger zu werden. Er war im Himmel. Als ich schwanger war, habe ich sofort mit ihm Schluss gemacht."

„Hat deine Familie kapiert, dass die Schwangerschaft kein Leichtsinn war?", fragt Carla leise.

„Es gab nicht viel zu rätseln für meine Familie. Ich schrie es heraus: Als Hure muss ich meinen Cousin nicht heiraten! Meinen Cousin, der mich missbraucht seit Jahren und mich für sein Eigentum hält! Der mich schlug und drohte, meine Mutter mit ihren drei Kindern mittellos fallen zu lassen, wenn ich nicht weiter mitspiele. Sie hat mir eine Ohrfeige gegeben und wollte nichts mehr hören. Später kam sie an und schlug eine Abtreibung vor, heimlich, wegen der Ehre. Aber ich war entschlossen, meinen Bauch und das Kind herumzutragen, so dass alle ‚Hure' denken sollten. Eine Hure konnte er nicht heiraten mit seiner Scheißehre. Zuhälter kannst du sein, Kinderschänder auch, aber eine Hure heiraten – niemals. Deshalb hat er mir das Gesicht zerschlagen. Eigentlich wollte er mich töten. Ich hätte blind sein können oder tot, aber ich hab nur immer diese Schmerzen, manchmal so, dass ich es nicht aushalte. Er dachte, ich bin tot, so zerschlagen wie mein Schädel war, aber ich war bloß bewusstlos. Dann habe ich Sheri bekommen und die Schmerzen vergessen."

„Wie alt warst du, als ..."

„Zwölf. Sie fingen damit an, nachdem ich meinem Cousin versprochen worden war. Sie mussten nicht Gewalt anwenden. Ich dachte, dass ich ihm gehöre, meinem Cousin. Er war schon 19, also wusste er, was er tat. Und der Onkel war immer der Patriarch gewesen. Eine Autorität in der Familie, auch als mein Vater noch lebte. So war ich erzogen. Einerseits ganz offen, andererseits vollkommen traditionsverbunden. Ich musste nicht Kopftuch tragen, das war kein Thema bei uns. Aber was der Onkel wollte, war Gesetz. Über den Widerspruch hat wahrscheinlich niemand nachgedacht."

„Warum hast du nichts – unternommen?"

„Ja", sagt Schmitt und schaut in das Restaurant wie über eine ruhige Ebene. „Warum? Anfangs fand ich normal, was sie mit mir machten. Sie haben es auch ganz selbstverständlich getan. Sie haben mir nicht gesagt, dass ich schweigen soll. Sie haben mich nach nichts gefragt, um nichts gebeten. Plötzlich küsste Djamil mich und fasste mich an und zeigte mir, wo und wie ich ihn anfassen sollte. Das ekelte mich. Es hat auch wehgetan. Aber es hat einige Zeit gedauert,

121

bis ich dummes Stück begriff, dass nicht richtig war, was mir passierte. Ich fing dann an, mich zu wehren. Massiv zum Teil. Sie verprügelten mich und drohten, uns ins Elend zu stoßen. Es kann nicht sein, dass niemand meine Verletzungen sah. Aber niemand half mir. Wenn ich gefügig war, lasen sie mir die Wünsche von den Lippen. Ich hasste sie. Fühlte mich schmutzig und schuldig, hatte auch Angst. Hasste sie noch mehr. Aber getraut, was zu sagen, habe ich mich nicht. Es war leichter, schwanger zu werden und Tatsachen zu schaffen."

„Musste nicht deine Mutter zustimmen, dass du die Pille verschrieben bekamst?"

Schmitt lächelt bitter. „Der Mann ist Zuhälter, der beschafft sich die Pille für seine Illegalen aus Osteuropa, die auch mal ohne Gummi arbeiten sollen, sonst auch ohne jede Schwierigkeiten. Auf eine Packung mehr oder weniger kommt es nicht an."

„Und deine Mutter und deine Geschwister, was ist eigentlich aus denen geworden, nachdem ... nachdem Du ...?"

„Alles gut. Die Familie ist heilig, weißt du? Meine Geschwister stehen inzwischen auf eigenen Füßen, für meine Mutter zahlt mein Onkel immer noch." Sie tappt mit den Nägeln auf den Tisch. „Das war's."

„Mein Gott", sagt Carla und will Schmitts Hand nehmen, die zurückzuckt.

„Lass den aus dem Spiel." Schmitt zieht die Schultern hoch, rutscht an die Stuhlkante, schneidet mit der flachen Hand durch die Luft. „Sheri ist jedenfalls mein Leben. Mein Antrieb. Das Jurastudium, meine Arbeit: Sie soll kein Opfer als Mutter haben, sie soll selbst keins werden. Dann ist sie verschwunden. Ich suchte sie, bis ich total am Ende war, und noch immer weiter. Dann kam der Absturz. Mit Filmriss, Psychiatrie und allem Drum und Dran. Und jetzt bin ich wieder da." Sie nimmt sich eine neue Zigarette, aber nicht das Feuerzeug. „Absturz ist leicht gesagt. Vor Sheris Verschwinden hatte ich schon ... ähm ... *speziell* auf Missbrauch und so reagiert. Deshalb war ich so erfolgreich bei der Sitte, aber auch ... sagen wir, etwas übermotiviert. Dann verschwand Sheri, und ich ... ich spitzte mich zu. Davor, dass ich nicht rausflog, schützte mich allein mein Erfolg. Ich bin gut, richtig gut. Aber es gab eine Serie von Beinahe-Abstürzen und Gerade-nicht-Totaldurchdrehern vor dem Vollabsturz. Es sah zwischendurch immer nach einer Stabilisierung aus, doch es war ein labiles Gleichgewicht. Die dachten wohl, dass sich nichts geändert hat. Euer Fall, Carla, hat in meiner Abteilung nichts verloren. Eigentlich hätten wir ihn nach den ersten Schritten an eine Mordkommission abgeben müssen. Statt aber bei irgendwem in meiner Abteilung zu landen, der gerade frei ist, um dann weitergereicht zu werden, hat der Fall, als er akut wurde, sogar auf mich gewartet. Ich war doch beurlaubt. Und dann holen die mich ein paar Minuten, ehe ich zu deiner Tochter gerufen wurde, wieder in den Dienst. Für mich ist völlig klar: Ich habe den Fall, um ihn zu verficken, aus keinem anderen Grund. Dass ich ihn nicht ruiniere, war aber spätestens in eurem Haus klar. Irgendjemand muss jetzt schwer enttäuscht sein."

„Wer?"

Schmitt schüttelt den Kopf. „Keine Ahnung. Irgendein hohes Tier. Mein Chef hat es nur angedeutet. Mindestens der Innensenator, denke ich."

„Und warum macht der so was?"

„Sag du's mir? Immerhin war *dein* Mann Politiker."

„Er war Soldat."

„Der Innensenator – oder wer auch immer – macht so was, damit man korrupten Soldaten wie deinem Mann nicht auf die Spur kommt. Die Frage ist: Für wen? Und wer bringt ihn dazu? Um die Frage selbst zu beantworten: Im Hintergrund all dessen finden wir bestimmt denselben, der deinen Mann hat ermorden lassen. Wir wissen nicht, wer es ist, aber wir wissen schon ein wenig über ihn: Er ist kein Moslem. Oder wenn doch, dann spielt es keine Rolle. Und er ist in Panik, weil er in der Drogen- *und* in der Bombengeschichte drinsteckt. Und er ist exzellent vernetzt."

„Er kennt unsere Schritte."

Schmitt schüttelt den Kopf. „Ich meine mit gut vernetzt eher: Er hat Macht. Er hat die Macht, Polizei und Geheimdienste zu manipulieren, Wanzen im LKA auszulegen und diese Typen in den schwarzen Autos loszuschicken und Leute umbringen zu lassen. Andererseits ist es ihm entglitten. Er wollte bestimmt nicht deine Tochter töten. Ihr Tod hat alles durcheinander gebracht."

Carla steigen wieder Tränen in die Augen. Sie wischt sich das Gesicht. „Aber jetzt haben wir Walters USB-Stick. Müsste es jetzt nicht vorbei sein?"

Schmitt lässt die Zigarette wie einen Tambourstab zwischen ihren Fingern rotieren. „Von dem wissen sie nichts, einerseits. Und andererseits hilft uns das Ding kaum weiter: Die Sache ist ein Hammer, aber so dramatisch ist sie auch wieder nicht. Was wäre denn, wenn es jetzt herauskäme? Fast alle Beteiligten können sich mit Nichtwissen rausreden, solange sie stillhalten. Die Typen, die die Drogen in irgendwelchen Lkw-Teilen verstecken, sind anonym und wissen gar nichts voneinander oder von euch. Der Einzige, der richtig in Schwierigkeiten geraten wäre, ist dein Mann."

„Aber die Sache mit der Bombe würde bekannt."

Schmitt nickt. „Da liegt wohl der Punkt: Wenn man doch irgendwo im System weiß, dass ein Bombenanschlag vorbereitet wird, warum musste dein Mann Angst haben, dass es ohne ihn trotz aller Geheimdiensterkenntnisse nicht rauskommt? Und warum geht man das Wagnis ein, ihn zu ermorden, um es zu unterdrücken? Das muss doch zwangsläufig einen Riesenkrawall geben! Warum nimmt man das in Kauf?" Schmitt bewegt die Zigarette zwischen ihren Fingern, dass das Papier knirscht. „Nein, da ist noch irgendwas, das wir nicht ergründet haben."

„Hm."

Sie schauen aus dem wandhohen Fenster. Ein Bus hält am Straßenrand, dahinter entsteht ein kleiner Rückstau von Spurwechslern. An einem Kiosk nahe dem Fahrdamm beginnt ein Mann, die Aufsteller mit den Zeitungsschlagzeilen auf den Gehweg zu räumen.

Der Mord an Walter Muthberg ist überall Aufmacher.

Die Luft ist klar. Das Licht der Sonne malt einen Regenbogen in die Fontäne aus dem Straßenreinigungswagen, der langsam vorbeirollt. Alle Plätze im Diner sind nun besetzt. Die Schlange an der Kaffeebar reicht bis zur Tür. Schmitt steckt sich nervös die Zigarette zwischen die Lippen und klappt das Notebook zu. „Lass uns weiterziehen. Wir sitzen hier schon viel zu lange."

***

6

Irgendwo in Brandenburg

„Dies wird das größte Fanal der Bewegung seit dem Ende des Weltenbrands am 8. Mai 1945", ruft Thor und kratzt sich den Bauch.

Die Aktivisten des Nationalen Widerstands haben von seinem Geld drei Transporter gekauft. Einen schwarzen Mercedes 407 D, rund 40 Jahre alt, einen weißen, nicht viel jüngeren Ford Transit Fensterbus, er trägt noch die Werbung eines türkischen Gemüsehändlers aus Fürstenwalde/Spree, einen roten VW-LT Fensterbus, an dem der Lack nur noch da glänzt, wo früher die Buchstaben für den Schriftzug „FEUERWEHR Tel. 112" geklebt hatten.

Drei Kleinbusse, schwarz, weiß und rot wie die Reichsflagge, wie die rote Flagge der Partei mit dem schwarzen Hakenkreuz im weißen Kreis.

„Die Zecken und die Juden und die Fremden, die sie als Parasiten am Volkskörper dulden, werden ihr böses Erwachen erleben. Blut wird fließen, Angst und Schrecken werden herrschen, und die Botschaft wird sein: Wir sind wieder da. Wir sind mächtig und stark. Wer nicht mit uns ist, ist gegen uns", deklamiert Thor mit überschlagender Stimme. Gestern Abend hat er den russischen Metallkoffer gebracht. „Nun seid ihr an der Reihe, Geschichte zu schreiben."

Er sitzt im zerschlissenen Gartenstuhl, während die anderen schweigend die Arbeit aufnehmen.

Sieben Aktivisten, von denen die Welt hören soll:

Kevin Jankowicz, 27, aus Brandenburg/Havel, Maurer, arbeitslos, Gruppenführer von Kersten Prutzke, 31, Versicherungsvertreter aus Werder/Havel, und Jasemine Bauer, 24, Erzieherin aus Werder/Havel, sowie Kevin Meyer, 34, Handelsvertreter aus Eberswalde, Gruppenführer der Zwillinge Mario und Kevin Hanke, 26, arbeitslose Kfz-Mechaniker aus Eberswalde, und dem arbeitslosen Elektriker Sergej Popov, 42, aus Storkow.

Popov träumt davon, dass sie mit einem eigenen Plakat gesucht werden würden: „TERRORISTEN!" Wie die von der Rote Armee Fraktion, jahrzehntelang.

„Nur mit dem Unterschied, dass das Volk uns nicht verraten wird, wenn es soweit ist."

Er hört schon den Jubel der Volksgenossen. Und die Klagen und das Stöhnen der Zecken. Kommunisten wie sein Vater, Andersrassige.

Jankowicz und Popov haben wie selbstverständlich die Führung der Gruppe übernommen. Der eine hat sich in den Tagen ihrer Zusammenarbeit als Organisationstalent profiliert, der andere als Bombenbauer mit Fingerspitzengefühl.

Sie haben: mehr als eine Tonne Sprengstoff, Zünder, 60 leere Gasflaschen, 60 Koffer, scharfkantigen Metallschrott, Schrauben, Schnittreste von Eisenträgern, Stahltraversen, Eisenbeschläge, dazu nadelspitze Ninjasterne aus dem Kampfsportbedarf, Rasierklingen, Stahlkugeln aus den Lagern alter Waschmaschinen.

Und natürlich die von der Radioaktivität ihres Inhalts warmen Röhrchen aus dickem Glas. Harmlos aussehendes Pulver aus der Wiederaufbereitung von Brennstäben russischer Atomkraftwerke. Plutonium. Besser: Plutoniumdioxid.

„Wir werden halb Kreuzberg in eine No-Go-Area verwandeln. Eine Todeszone mitten in Berlin. Eine Multikultitodeszone. Die Zecken werden merken, dass ihre Regenbogenfahnen nichts ausrichten gegen einige entschlossene Sturmtruppler", lallt Thor, matschig vom Feiern mit den Kameraden und von seinem alkoholischen Frühstück. Er stellt die Kornflasche mit so viel Wucht ab, dass sie fast auf dem Tisch zerschellt.

„In knapp 60 Stunden werden wir die Welt verändern", nuschelt Popov.

Sie schleppen die Koffer aus dem Haus zu den Transportern, die in der prallen Sonne auf dem schrundigen Pflaster des Hofes stehen.

In jedem Koffer: eine stählerne Gasflasche, eingebettet in groben, scharfkantigen Schrott. In jeder Gasflasche: Metallklein, Ninjasterne, Rasierklingen, ein Klumpen Sprengstoff. Bei demontiertem Ventil behutsam gefüllt von Bauer, mit Zündern versehen und verkabelt von Popov, fest verschlossen und abgedichtet von einem der Hankes.

Zuletzt: einige Krümel von dem Zeug aus den trüben Gläsern, von Bauer in die ansonsten bereits bestückten Koffer gestreut. Der Sprengstoff wird in den Gasflaschen schlagartig Druck aufbauen, sie werden mit ungeheurer Wucht explodieren, nadelscharfe Metallfragmente und den groben Schrott mit dem strahlenden Pulver weit in den Umkreis schleudern. Splitterbomben, die alles zerfetzen und vergiften, was in ihrer Nähe ist.

Bauer hat ruhige Hände, benutzt einen Mokkalöffel, Röntgenschutz-Handschuhe, Gesichtsmaske. Sie spürt die Wärme der Gläschen durch die Handschuhe. Sie achtet darauf, dass nichts von dem Pulver an die Außenseite eines Koffers gelangt. Wenn Jankowicz die Koffer verschlossen hat, sind sie sicher. Alle Handgriffe sind eingeübt. Sie arbeiten systematisch. Fabrikmäßig.

Popov möchte, dass die Transporter in der Reihenfolge ihres Explodierens geladen werden.

Also zuerst der schwarze Mercedes. Koffer für Koffer. Am Ende werden sie ans Handy angeschlossen. Ein Fingerdruck auf den Einschaltknopf des Telefons, und die Bombe ist scharf. Dann reicht ein Anruf, um die Explosion auszulösen.

Bauer, Prutzke und Meyer bauen die Webcams in die anderen beiden Lkw ein. Die zierliche Bauer kauert im Fußraum und fädelt die Drähte durchs Armaturenbrett zum Sicherungskasten des Transit, Prutzke schraubt den Kamerafuß aufs Armaturenbrett.

Thor döst im Gartenstuhl, Flasche in der Faust.

Übermorgen werden sie die Transporter bei Sonnenaufgang an ihre Plätze stellen. Vor Monaten haben sie sich dazu Marktstandplätze zum Multikulturellen Straßenfest des Bergmannstraßenvereins in Kreuzberg gesichert.

Drei verheerende Autobomben, drei unscheinbare alte Transporter zwischen den Türkenschüsseln der Marktleute.

Der schwarze Wagen am westlichen Ende wird verhältnismäßig wenig Schaden anrichten. Die unmittelbare Druckwelle wird vielleicht zwanzig, dreißig Meter weit reichen. Dieser Bereich ist die Todeszone, an seinem Rand wird es schwer bis mittelschwer Verletzte geben.

Nach der ersten Schocksekunde werden alle hinrennen. Feuerwehr, Rettungswagen, Polizei, Gaffer. Auf der anderen Straßenseite steht der weiße Transit, und die Webcam auf seinem Armaturenbrett zeichnet alles auf. Dank ihrer werden sie live verfolgen können, wann die passende Zeit ist, die Koffer im Transit zu zünden. Volle Ladung. Die Todeszone reicht von Hauswand zu Hauswand, siebzig, achtzig Meter die Straße runter, in beide Richtungen. Ein Massaker, dreißig, vierzig Tote, Hunderte Verletzte durch herumfliegende Metallteile und Glasscherben.

Es wird zu einer Panik kommen. Alle werden durcheinanderlaufen, ratlos. Die Polizei wird versuchen, herauszufinden, ob noch eine Bombe da ist.

Am östlichen Ende des Marktes steht der rote VW. Es ist damit zu rechnen, dass sich dort Menschen ansammeln werden, die aus der Gefahrenzone im Westen herübergeflohen sind. Wie auch immer: Die Webcam des VW läuft. In einem geeigneten Moment: Bumm – dieselbe Wirkung wie beim Transit. Beides sind Fensterbusse, sie bieten der gewaltigen Sprengkraft der Koffer in ihrem Inneren so gut wie keinen Widerstand.

Wie lange es wohl dauern wird, bis die Zecken merken, dass die Gegend verstrahlt ist?

Einige Milligramm Plutonium würden für jeden reichen, ihn umzulegen. Deutlich weniger davon führt irgendwann zu Krebs, wenn es in den Körper aufgenommen wird.

Plutonium in Wunden, eingeatmet, als Fallout in den Wohnungen mit den eingedrückten Scheiben, überall.

Die Bergmannstraße, "one of the nicest down-to-earth places to explore and enjoy the diversity of Berlin", wie es an einer Stelle im Internet und an vielen anderen ähnlich heißt, wird Sperrzone sein. Halbwertzeit: ewig.

Dies wird der exemplarische, symbolträchtige Ort sein, an dem Multikulti gefeiert wurde und schließlich endet. Where diversity died for good.

Thor stößt Bier, Korn und Frühstücksbrötchen auf, schluckt, trinkt den Rest aus der Flasche gegen sein Sodbrennen. Der Alkohol hat seinen Kopfschmerz vertrieben. Er hebt sich mit den Armen aus dem Stuhl, nickt Popov zu, schlurft, auf Bauers Hintern starrend, breitbeinig zum Hoftor. Es wird Zeit, weiterzuziehen. Wenn er nur den verdammten Autoschlüssel fände.

***

Berlin-Mitte

Um 14:25 Uhr steigt Schmitt an der Wilhelmstraße/Ecke Behrenstraße aus dem Fiat.
Sie wirft die Tür zu, und Carla Muthberg fährt sofort wieder an.
Schmitt geht langsam Richtung Holocaust-Mahnmal. In einem Souvenirshop kauft sie eine große Sonnenbrille in Wayfarer-Form und ein schwarzes, mit kleinen, silbernen Brandenburger Toren gemustertes Tuch, das sie wie einen Turban um ihren Kopf windet. Sie trägt ein kurzes schwarzes Kleid aus der Hilfslieferung ihres Onkels und Carlas flache Flipflops, um nicht schon aufzufallen, indem sie alle überragt: Unter Sonnenbrille und Tuch als elegante Touristin in Schwarz getarnt, verlässt sie den Laden, überquert die Straße.
14:35 Uhr. „Darf ich mal Ihr Handy für ein Ortsgespräch benutzen?" Schmitt nimmt die Sonnenbrille ab und lächelt mit tiefem Blick einen älteren Mann an, der gerade ein Foto macht. Etwas verlegen und verdattert nickt er, reicht ihr das Handy.
Schmitt wählt Bernatzkis Nummer. „Ich warte bis 15 Uhr am Holocaust-Mahnmal auf deinen Kontaktmann. Er soll sich im Zentrum des Stelenfelds aufhalten."
14:47 Uhr – unter 110 Notruf einer Frau, die sich als Carla Schmidt „mit De-Te" aus Königs Wusterhausen identifiziert und ein Handy aus Österreich benutzt: „Ich bin am Holocaust-Mahnmal. Eben sind hier sechs schwarze Geländewagen aufgefahren, besetzt mit jungen Männern. Die stehen jetzt zwischen den Touristenbussen, und die kahl rasierten Typen, die aussteigen, sehen aus wie die Neonazis bei uns im Städtchen. Das muss ja nichts heißen, aber ich finde das bedrohlich."
14:55 Uhr: Unruhe am Holocaust-Mahnmal. Zahlreiche Polizisten in Uniform eilen zu Fuß und mit Blaulicht in Kleinbussen zum Denkmal. Sie nähern sich gezielt schwarzgekleideten jungen Männern, die in kleinen Gruppen herumstehen, und einigen am Straßenrand im Parkverbot abgestellten schwarzen SUV, bei denen weitere junge Männer in Schwarz stehen. Die Polizisten verteilen sich – die einen kontrollieren die Verdächtigen, die anderen sichern die Kontrolle ab. Passanten und Touristen bleiben stehen, schauen, kommen näher, heben ihre Handys und Kameras, knipsen und filmen. Die sichernden Polizisten breiten die Arme aus, versuchen die Menge abzudrängen. Fragen, Diskussionen, Unruhe.
14:56 Uhr: Die schlanke Frau in Schwarz erhebt sich von ihrem Stuhl im Straßencafé an der Cora-Berliner-Straße, verabschiedet sich von ihrem österreichischen Tischnachbarn, schlendert hinüber zum Stelenfeld des Mahnmals, verschwindet in einer der Gassen zwischen den Beton-Monolithen, aus denen zahl-

reiche Menschen an die Straße eilen, da weitere Polizeiwagen sich mit eingeschalteter Sirene nähern.

14:57 Uhr. Der grauhaarige Mann im grauen Anzug, schlank, athletisch, steht etwa in der Mitte des Denkmals. Er hält sich in Deckung einer Stele und versucht, drei der Gänge des Denkmals im Blick zu behalten.

Die Frau sieht er nicht kommen.

„Hallo, Herr Schilling", sagt eine tiefe Frauenstimme dicht an seinem Ohr, während sich etwas rechts in seinen Rücken bohrt. „Cool bleiben, oder ich benutze Ihr Jackett als Schalldämpfer und schieße ein Loch in ihre Niere."

„Wie kommen Sie darauf, dass ich der bin, den Sie treffen wollen?"

„Sie tragen zwischen den Touristen bei 30 Grad im Schatten diese Bürohengst-Uniform von Boss, Seidensticker und Tie Rack, Sie sind der Einzige, der nicht gaffen ging, als die Polizeiwagen heranfuhren. Und dass Sie sich nicht in die Hose machen, obwohl ich Sie mit dem Ding hier kitzle, ist mir Bestätigung genug."

„Und jetzt?"

„Jetzt taste ich Sie ab, und wenn Sie sauber sind, gehen wir irgendwo hin, wo wir in Ruhe reden können."

„Ich bin unbewaffnet", sagt er.

„Sicher ist sicher."

Ihre Hand berührt ihn leicht an Brust und Rücken, an Oberschenkeln, Bauch, im Schritt, er spürt ihren Fuß über seine Waden streifen.

„Keine Brieftasche, kein Portemonnaie, kein Ausweis?", haucht Schmitt in sein Ohr, als sie die zwei zusammengeclipten Fünfzig-Euro-Scheine, die sie in seiner Innentasche gefunden hat, an ihren Platz zurückschiebt.

Er antwortet: „Ich reise mit leichtem Gepäck."

Sie lässt von ihm ab.

„Jetzt Sie", sagt er. „Wenn Sie verkabelt sind, endet unser Gespräch hier."

Sie dreht sich an die Stele, dass ihre Waffenhand zwischen ihrem Rücken und dem polierten Beton verborgen ist. „Der Reißverschluss ist an der Seite", sagt sie und hebt den linken Arm. „Wenn Sie etwas versuchen, erschieße ich Sie."

Er tritt sehr dicht neben Schmitt, öffnet das Kleid, schiebt beide Hände hinein, betastet mit der einen Hand ihren Rücken, mit dem anderen Brust und Bauch. Er schließt das Kleid, sie senkt den Arm. Er greift mit beiden Händen unter das Kleid, hebt es an, um das aus einer Nylonstrumpfschlinge improvisierte Halfter an ihrem Bein anzuschauen, streicht über das Tuch, das ihr Haar bedeckt, greift ihren Nacken hinauf unter das Tuch an die Rolle, in der sie ihr Haar zusammengefasst hat. Er senkt die Hände. „Danke."

Schmitt verschränkt die Arme, so dass die Waffe bedeckt ist. „Bleiben Sie links von mir und legen Sie den Arm um mich. Wir gehen Richtung Wilhelmstraße. Klar?"

„Ich bin noch immer unbewaffnet", sagt er, als sie losgegangen sind. „Ist es wirklich nötig, auf mich zu zielen?"

„Ich habe 21 Männer in sechs schwarzen Wagen gezählt, durchtrainierte Typen und schwarze Autos wie die, die gestern meinem Handysignal folgten. Was meinen Sie: Sollte ich Ihnen vertrauen?"

Sie spürt, wie er sich anspannt, als er, zwischen den Stelen auftauchend, die Polizeiaktion am Denkmal überblickt und interpretiert hat, und raunt nah an seinem Ohr: „Irgendjemand wird wohl 110 angerufen haben, weil er solche nazimäßigen Typen in schwarzen SUV kommen und sich ausgerechnet hier versammeln sah."

„Sie beeindrucken mich, Schmitt", antwortet er mit einem werbenden Unterton.

„Vielleicht hätte ich Unterwäsche anziehen sollen." Ihre Stimme klingt nun schärfer. „Aber ich dachte ja, Sie machen sich nur an junge Nazis ran." Sie verlangsamt ihre Schritte. „Wir gehen da vorn rechts in die Bar."

„Okay."

Die Tafel am Eingang annonciert die Happy Hour. Im klimatisierten Dämmer der in Grau und Braun gehaltenen Lounge langweilt sich die Barfrau allein. Schmitt setzt sich auf eines der tiefen Sofas, schüttelt die Flipflops ab, legt die Sonnenbrille auf die Armlehne und zieht die Beine auf das Lederpolster. Sie lässt ihre Waffe hinter ihrem Rücken zwischen die Kissen gleiten, klopft mit der Hand neben sich, und der Mann setzt sich etwas steif an die Kante. Die Barfrau nähert sich mit einem Lächeln auf den passend zum Graubraun ihres kurzen Kostüms geschminkten Lippen.

Schmitt lächelt ebenfalls. „Champagner bitte."

„Eine Flasche?"

„Demi bouteille."

Die Barfrau wendet sich ab, und Schmitt sagt leise: „Entspannen Sie sich, sonst denkt die Frau noch, Sie sind so verkrampft, weil ich auf Sie ziele."

„Was wollen Sie von mir?" zischt der Mann, während er sich an die Lehne sinken lässt, auf der sie locker ihren Arm lagert. Sie greift seinen Nacken mit ihren Fingerspitzen und drückt gerade so weit zu, dass er noch keinen Schmerz spürt. Er windet sich nicht aus ihrem Griff, weil die Barfrau sich gerade mit Champagner und Gläsern nähert. Schmitt lockert den Druck, dass es eine fast zärtliche Berührung ist.

Die Barfrau öffnet die Flasche, füllt die gekühlten Schalen, stellt die Flasche in den Kühler und geht.

Schmitt nimmt ihre Schale am Stiel auf und prostet dem Mann lächelnd zu, die andere Hand zurückziehend. Seine Mundwinkel hängen, er sitzt wie angefroren. Schmitt hebt ihr Glas höher. „Genießen Sie den Schampus, immerhin werden Sie ihn bezahlen."
Er nimmt seine Schale. „Verdammt, kommen Sie endlich zur Sache." Er trinkt in einem Zug aus und winkt der Barfrau ab, die sich schon in Bewegung setzt, nachzuschenken.
Schmitt nippt an ihrem Glas. „Gut, komme ich zur Sache: Ich verstehe, dass Sie Bernatzki als V-Mann angeworben haben. Er ist augenscheinlich nicht blöd, dabei selbstunsicher und mit Charme und Autorität leicht zu gewinnen." Sie trinkt einen kleinen Schluck, stellt die Sektschale auf den Glastisch. „Ich verstehe auch, dass Sie ihm den Ausstieg erleichtert haben – Ausbildung und Job bei der Polizei, die Legende vom Einsatz in Marburg." Sie beugt sich vor und vertieft den Augenkontakt mit dem Mann. „Ich verstehe aber nicht, warum Sie ihn gestern zu diesem unglaublich dreisten Mord missbraucht haben."
Schilling schaut sich um, als ob er erwarte, dass aus der Tiefe der Bar ein Ungeheuer auftaucht, durch den schwarzmarmornen Tresen bricht und sich aus einer Welle berstender Barhocker auf ihn stürzt.
Schmitt achtet darauf, ihn ruhig, mit nicht zu sehr geöffneten Augen anzusehen. „Wir sind allein. Was Sie mir sagen, dient ausschließlich meinen Ermittlungen nach dem Tod von Annika und Walter Muthberg. Ich will Sie nicht in die Pfanne hauen. Vielleicht brauche ich Sie sogar als Verbündeten. Wir sind jedoch vorhin gefilmt worden, als wir das Stelenfeld verlassen haben. Wir werden herausfinden, wer Sie sind, auch wenn Sie nicht Schilling heißen, und auch Ihre schwarze Sturmabteilung in den großen schwarzen Autos ist von heute an keine Schattenarmee mehr. Wir haben Bernatzkis Handy-Verbindungsdaten und die Nummer, unter der Sie erreichbar sind. Sie selbst haben in der Hand, ob Sie offen reden wollen oder ob Sie es darauf anlegen, zuzuschauen, wenn wir die Schlinge langsam zuziehen."
Er greift sich ans Ohr, zieht die Hand mit einer unsicheren Geste wieder zurück, verlagert seinen Oberkörper, als Schmitt ihren Arm wieder auf der Lehne lang macht. Beim Versuch eines Lächelns bilden sich senkrechte Falten unter seinen Wangenknochen. „Glauben Sie nicht, dass Sie sich überschätzen? Es mag sein, dass ich selbst wenig davon halte, was geschehen ist. Es mag sogar sein, dass auch ich gestern nicht wusste, was die Konsequenz meines Gesprächs mit Bernatzki sein würde und dass ich bedaure, ihn da hineingezogen zu haben. Aber es ist ganz sicher so, dass mir bewusst ist, dass es bei dieser Sache um mehr geht als um individuelle Schicksale. Das wird auch Ihrer Dienststelle rechtzeitig klar werden." Er zieht den Kopf ein und beugt sich mit hochgezoge-

nen Schultern vor, als Schmitts Finger sich bei diesem letzten Satz knirschend ins Leder der Lehne verkrallen.

Ihre Augen fixieren ihn steinkalt, sie spricht mit kaum hörbarer Stimme: „Sie glauben, ich frage im Ernstfall meine Dienststelle, ehe ich Ihr Lügengebäude abfackele? Sie glauben, ich brauche dazu tatsächlich die Polizei?"

Er lehnt sich wieder zurück, einige Zentimeter weiter aus Schmitts Reichweite, beide Hände erhoben zu einer Pfarrergeste der Begütigung und des Miteinbeziehens. „Wir müssen uns nicht streiten. In gewisser Weise sind wir beide Opfer dieser … dieser Entwicklung. Ich würde Ihnen vielleicht sogar die Hintergründe darlegen, wenn ich das könnte. Es ist aber besser, den Mund zu halten. Ich rate Ihnen: Bringen Sie die Frau zurück, und überlassen Sie den Fall denen, die dafür zuständig sind. Diese Sache ist zu groß für Sie."

Schmitt beugt sich ihm entgegen. „Sollten wir vielleicht lieber über Thor reden? Thorsten Sittke?"

Für eine Sekunde entgleisen seine Gesichtszüge. „Wie kommen Sie auf den?"

Schmitt fixiert ihn. „Sie sagen, ich soll den Fall denen überlassen, die zuständig sind. Reden wir also über den Fall: Muthberg wurde getötet, weil er die Zahlungen an Sittke aus internationalen dunklen Geschäften offenbaren wollte. Er fühlte sich bedroht, deshalb hat er seiner Frau eine komplette Dokumentation hinterlassen. Falls Sie es wirklich nicht wissen sollten, dann sage ich Ihnen jetzt, dass Muthberg alles in Bewegung setzen wollte, um einen Anschlag, von dessen Vorbereitung er erfahren hatte, zu verhindern. Einen Anschlag mit einer Schmutzigen Bombe, finanziert aus den Drogendeals, die Muthberg und seine Leute über die Logistik der Bundeswehr abwickelten. Seiner Kenntnis nach ist der Anschlag von hochrangigen Typen wie Ihnen und ihren V-Leuten in der Naziszene vorbereitet worden, denen ihr Komplott nun entglitten ist." Sie nestelt ihre Waffe aus der Sofafalte und schiebt sie sich unter dem Kleid in die Strumpfschlinge an ihrem Schenkel. „Na? An wen soll ich mich damit wenden?"

Von Schilling ist alle Härte abgefallen. Er wischt sich die Stirn, den Mund. „Ich … ich … Sie ahnen ja gar nicht …"

Schmitt schlüpft in ihre Sandalen, greift die Sonnenbrille und erhebt sich. Sie zieht einen Zettel aus der Tasche an der Seite ihres Kleids und wirft ihn auf den Tisch, dass er vor Schilling zu liegen kommt. „Mir ist scheißegal, was aus Ihnen wird. Sie entscheiden, wo Sie stehen und wen Sie decken, wenn die Bombe hochgeht – und das wird passieren, so oder so. Wenn Sie kooperieren wollen, wenden Sie sich an diese Mailadresse. Die ist anonym und sicher, Offshore-Provider, keine Spuren." Auf dem Weg zum Ausgang winkt sie der Barfrau. „Der Herr zahlt."

Schilling nimmt den Zettel und schaut darauf, als ob die handgeschriebene Adresse darauf seine Fragen beantworten könnte. Dann springt er plötzlich auf. „Frau Schmitt!" ruft er. „Einen Moment!"

Schmitt dreht sich um und wartet, während er zwei Fünfziger über die Theke reicht und die Quittung für die Spesenabrechnung und Wechselgeld entgegennimmt.

„Was ist noch?", fragt sie leise, als sie gemeinsam hinausgehen.

Schilling schaut sich um. Am westlichen Ende der Straße steht das Knäuel Touristen, Polizisten und schwarz gekleideter junger Männer, das sich am Denkmal gebildet hat. Sonst ist alles ruhig.

Schilling legt Schmitt den Arm um die Schultern wie einer Geliebten, mit der er gerade von einer Happy Hour kommt, und drückt sie an sich. Das Gesicht in dem Tuch, das ihr Haar bedeckt, ein Ohr an ihren Kopf gedrückt, flüstert er direkt an ihrem Gehörgang: „Wir werden beobachtet. Ich werde beobachtet."

Schmitt dreht sich, so dass sie wie in einer Umarmung stehen.

Seine Lippen berühren ihre Hörmuschel. „Schweigen Sie – ich habe ein Ding im Ohr, das jedes Wort überträgt. Es ist extrem dringlich, dass wir etwas tun, weil Sittke außer Kontrolle ist. Diese Sache ist heiß, es brennt lichterloh, aber mir sind die Hände gebunden. Die haben mich mit Ihnen reden lassen, um Sie auszuhorchen und Ihnen vielleicht auch auf die Spur zu kommen. Sie ahnen nicht, mit wem Sie sich anlegen. Ich konnte nicht vermeiden, dass die Kerle gerufen wurden, die sie meine ‚Sturmabteilung' nennen. Und wenn Sie denken, Sie seien die nun los, haben Sie sich geschnitten. Ich kann nichts für Sie tun, und Sie sollten mich nicht mehr anrufen: Die Bernatzki-Nummer ist nicht sicher. Verstanden?"

Schmitt nickt, den Kopf an seiner Schulter. Ihr fallen tausend Fragen ein, aber er hat dieses Ding im Ohr …

Der Mann verliert jede Spannkraft, rutscht an ihr herab, kippt hintenüber ans Haus, ein Loch in der Stirn, über dem Außenwinkel des rechten Auges, knickt nach vorn ein.

Schmitt hat den Schuss nicht gehört.

Sie springt mit einem unterdrückten Schrei zurück, duckt sich schwer atmend in die Deckung eines parkenden Autos, blickt hinüber dorthin, wo der Schuss hergekommen sein muss.

Eine Sandsteinfassade, sechs Stockwerke ohne jede Bewegung, nichts und niemand, in keinem der schmalen Fenster, nichts an der Balustrade vor dem Flachdach.

Sie nimmt den Zettel mit ihrer sicheren Mailadresse aus seiner Westentasche, blickt sich erneut lauernd um. Nichts. Versucht, ihm das Ding aus dem Ohr zu

ziehen, das er während ihres Gesprächs in der Bar öfters berührt hat. Es steckt zu tief im Gehörgang.
 Das Gefühl wachsender Bedrohung kriecht ihren schwitzenden Leib hinauf und wird übermächtig. Sie folgt dem Impuls und läuft geduckt an den parkenden Autos entlang Richtung Osten. Blickt zu dem Haus hinüber, als die Deckung endet – weiterhin nichts –, spurtet zur Ecke, überquert ruhigeren Schrittes die Wilhelmstraße, weiter Richtung Unter den Linden.

15:08 Uhr. Ein Mann in Schwarz, das Basecap tief ins Gesicht gezogen, überquert hinter Schmitt die Straße, bückt sich ohne einen Seitenblick auf den Toten nach dem Projektil, das durch dessen Kopf an die Hauswand geschlagen und daran abgetropft ist. Er steckt es ein und geht davon, ohne sich umzudrehen.

Das Tuch von ihrem Haar windend, schlendert Schmitt die Straße entlang, vorbei an der vom Autoverkehr abgesperrten britischen Botschaft, über den Pariser Platz mit seinen träge ihren Führern lauschenden Touristenansammlungen. Ein paar junge Kerle aus einer Schülergruppe pfeifen Schmitt nach. Einer ruft: „Hey Schneewittchen, super Fahrgestell, was hast du in der Bluse?"
 Sie dreht sich um, zeigt den Mittelfinger. Die Jungen johlen.
 Ein gut trainierter Mann, schwarzes T-Shirt, schwarze Hose, helle Jacke, der gerade aus dem Schatten des Hotels Adlon auf den Platz getreten ist, wendet sich plötzlich dem Brandenburger Tor zu.
 Das Tuch weht im Wind zwischen Schmitts Fingern, als sie leichten Schrittes in den Schatten des Abgeordnetenhauses an der Ecke zur nördlichen Wilhelmstraße eintaucht und in den tief eingeschnittenen Eingang zu den Büroetagen von Nummer 61 abbiegt.
 Der Mann mit der hellen Jacke folgt im Laufschritt, als er sie aus dem Blick verliert. Eilig biegt auch er in die Nische vor der Glastür zum Treppenhaus der Wilhelmstraße 61 ein.
 Schmitt erwartet ihn direkt am Beginn der Passage zur Tür, gespannt wie eine Bogensehne. Sie rammt ihm die Knöchel ihrer Rechten gegen die Nase. Er wankt, reißt mit einem kehligen Geräusch schmerzvoller Überraschung beide Hände hoch, aber ohne die Kraft zur Verteidigung. Sie fängt ihn an seinen Schultern auf, dreht ihn zur Wand, das Tuch fest um seinen Hals windend, und schlägt seine Stirn so heftig an den hellen Sandstein, dass sie das dumpfe Wummern durch die Sohlen ihrer Sandalen an den Füßen spürt. Seine Knie geben nach, Nasenblut spritzt auf seine Jacke und an die Wand neben dem Türrahmen. Schmitt presst ihn an die Wand, die Tuchschlinge fest im Griff, während sie mit der anderen Hand seine Taschen durchsucht. Sie lässt ihn los, um die Hände frei zu haben. Eine Blutspur zieht sich an der Wand hinunter, als er zu

Boden geht. Er liegt röchelnd, mit halbgeöffneten Augen. Sie stöbert durch die Fächer seines Portemonnaies. Seinen Dienstausweis der Firma Top Security schiebt sie in die Tasche ihres Kleides, ebenso sein Handy. Sie bückt sich nach ihrem Tuch, doch als sie sieht, dass es mit Blut bespritzt ist, lässt sie es liegen, noch immer locker um seinen Hals gewunden. Das Portemonnaie legt sie neben dem Kopf des Mannes ab, der sich gerade sammelt und grunzend versucht, nach ihren Beinen zu greifen. Schmitt ist schneller als seine ungenauen Bewegungen.

15:15 Uhr: Die schlanke Frau in Schwarz tritt aus dem Eingang Nummer 61 wieder auf die Wilhelmstraße, überquert, dabei gelegentlich die Abschürfungen an den Knöcheln ihrer Linken betrachtend, den Pariser Platz, spaziert an der britischen Botschaft vorbei, östlich in die Behrenstraße. Sie winkt einem Fiat, der ihr auf der Fahrbahn entgegen kommt. Das Auto stoppt, sie steigt ein. Im Wegfahren wird der Fiat von einem Polizei-Kleinbus überholt, der mit Blaulicht, aber ohne Sirenensignal in Richtung Holocaust-Denkmal abbiegt.

„Was?", fragt Carla. „Du wirkst, als ob man dich mit einem Elektroschocker angegriffen hätte."

„So ähnlich. Bernatzkis Kontaktmann ist in meinen Armen erschossen worden." Schmitt aktiviert das Handy ihres Verfolgers, sucht die Anrufliste.

„Nein", sagt Carla mit dem Unterton des Entsetzens und schaut zu Schmitt hinüber.

„Achte drauf, wohin du fährst", befiehlt diese und erklärt: „Es ist eine saubere Scharfschützenarbeit, chirurgisch: Die Kugel ist keine zehn Zentimeter an meinem Kopf vorbeigeflogen. Und auch er wollte reden."

„Aber ..."

„Immer wieder taucht dieser Thor oder Sittke auf. Die Grundstimmung ist Panik, totales Chaos. Ich bin sicher, dass ich nur deshalb noch lebe, weil sie sich davon versprechen, an dich heran zu kommen."

„Und wenn sie mich erwischen würden?"

Schmitt schaut vom Handydisplay auf und zu Carla hinüber. „Sie würden dich foltern, bis sie sicher wären, jedes Stückchen Information aus dir herausgeholt zu haben, das dein Mann mit dir geteilt haben mag. Dann würden sie dich töten." Sie blickt nachdenklich hinaus auf die Straße. „Wir sind abgehört worden. Wer immer am anderen Ende saß, weiß nun von den Unterlagen, die dein Mann hinterlassen hat."

Ein Golf schert vor dem Fiat aus einer Parklücke aus. Carla bremst scharf, würgt den Wagen ab, bekommt ihn nicht sofort wieder in Gang.

„Scheiße", sagt Schmitt. „Soll besser ich fahren?"

Der Motor jault auf, der Wagen nimmt mit einem Quietschen der Antriebsräder wieder Fahrt auf, „Geht schon", sagt Carla einige Töne zu hoch. „Und was heißt das?"

„Der Druck steigt. Auf uns, aber auch auf *die*."

Carla legt mit einem Krachen den dritten Gang ein. „Wohin fahren wir eigentlich?"

Schmitt antwortet nicht sofort. Sie smst die Kontakte des Handys an die Adresse eines ihrer Social-Media-Profile. Sie nimmt den Akku aus dem Mobiltelefon und wirft beides ins Handschuhfach. „Weißt du, wo Ludwigsfelde ist?"

„Ungefähr."

„Mein Onkel sagt, wir können da in einem Lager unterkommen, das er seit Jahren nutzt. Einfach immer nach Süden halten. Immer geradeaus."

„Können die das Versteck nicht über ihn herausfinden?"

„Erst einmal müsste man auf die Idee kommen, mich überhaupt bei ihm zu suchen. Und dann würde er das Versteck selbst nicht nutzen, wenn man darüber an ihn herankäme. Keine Sorge, da sind wir sicher."

***

Berlinseiten.de

Mord – Fahndung nach Berliner Polizistin

Die Berliner Kriminalpolizistin Sibel Schmitt wird im Zusammenhang mit dem Mord an einem Mitarbeiter einer hochrangigen Regierungsdienststelle in Mitte gesucht. Der Mann, dessen Funktion nicht näher beschrieben wurde, war am Nachmittag in der Nähe des Holocaust-Mahnmals unter ungeklärten Umständen auf offener Straße erschossen worden. Schmitt (s. Archiv-Foto) ist dunkelhaarig, hat braune Augen und wirkt jünger als ihr Alter, 36. Sie ist 1,82 Meter groß, sehr schlank und hat eine auffällige Narbe von ihrer linken Wange bis zur Stirn. Als sie zuletzt gesehen wurde, trug sie ein schwarzes, ärmelloses Kleid. Sie sei bewaffnet und gefährlich, hieß es. Hinweise nimmt jede Polizeidienststelle entgegen.

***

LKA, Berlin-Tempelhof

Bernatzkis Ton ist flott. „Heil Hitler, du Arschloch, hier ist Bernie."
Kamenzers Stimme hat sich nicht verändert. Er klingt versoffen, obwohl man ihn nie betrunken sieht. „Heil Hitler. Mann Bernie, ewig nichts gehört! Wo warst du so lange?"
„Ich hatte eine Riesenscheiße am Bein, musste im Ausland unterschlüpfen. Ist inzwischen erledigt. Und bei dir?" Bernatzki stellt sich vor, wie Kamenzer in schwarzen Jeans und Kapuzenjacke in seiner Vorstadtbude in Erkner hockt, auf dem Sofa unter der Reichskriegsflagge, die Schrankwand mit dem Nazinippes in den Regalen: Hitlerbüste, SA-Standarte, Orden. Kamenzer war früher Skinhead, wurde ein Autonomer Nationalist der ersten Stunde, hat seine eigene Band und einen CD-Versand, ist in der Szene bekannt wie kaum jemand außer vielleicht Thor.
„Wie immer."
Bernatzki hört nach der herzlichen Begrüßung nun Vorbehalt in Kamenzers Stimme. Es ist etwa zwei Jahre her, dass sie einander zuletzt gesprochen haben. Zuvor hatten sie viel Zeit miteinander verbracht.
Er gibt sich unberührt vom misstrauischen Ton des anderen. „Ich war bei serbischen Kameraden. Mann, die sind total hart drauf. Hast du dir mal von denen Geschichten aus dem Krieg erzählen lassen? Ey, ich sage dir ..."
Kamenzer hatte auf einer seiner indizierten CDs über Massenvergewaltigungen an moslemischen Frauen gerappt, weiß Bernatzki.
Kamenzer springt nicht auf das Thema an. „Jaja", sagt er kühl.
„Also ich rufe nur an, um zu sagen, dass ich wieder in der Gegend bin. Liegt irgendwas an in der nächsten Zeit, ein Konzert oder so?"
„Wir ziehen so rum", antwortet Kamenzer.
„Wär' echt super, wenn du mich anrufen oder anmailen würdest, wenn du mit deiner Band irgendwo auftrittst. Diese Abende waren immer geil."
„Ja, mache ich."
„Ne Frage noch: Ich suche Thor. Das Arschloch schuldet mir Geld und reagiert nicht auf meine Mails."
Kamenzer nach Thor/Sittke zu fragen, ist ein langer Schuss. Die beiden kennen einander, aber nicht besonders gut. Andererseits ist Kamenzer gut vernetzt.
„Keine Ahnung, wo der sich rumtreibt. Du sagst doch selbst, der ist ein Arsch. Der findet uns zu links, meint, dass die Autonomen Nationalisten sich zu wenig vom schwarzen Block unterscheiden. Scheiß auf den."
Das klingt ehrlich.
„Irgendeine Idee, wen ich fragen kann? Ich bin echt total klamm."

„Was hast du plötzlich mit dem am Hut?"
„Nichts. Er hatte mich um Geld angehauen, und immerhin ist er ein Kamerad. Hätte er dich fragen sollen?"
„Der kann mich mal."
Bernatzki atmet tief ein und bemüht sich um Leichtigkeit. „Hab gehört, dass Thor mit einem Trupp abhängt, der das ganz große Ding plant. Ein Bombenanschlag oder so. Hast du davon gehört?"
Drei, vier Sekunden Stille.
In einem überraschten und empörten Ton fragt Kamenzer: „Wer hat dir denn *das* gesteckt?"
„Hab's halt gehört."
Abermals Stille. „Nee, weißt du. Also ... Also nein, du glaubst den Scheiß doch nicht etwa?"
„Was weiß ich. Okay, danke. Wenn du was hörst, schick mir eine Mail oder eine SMS. Ich brauche das Geld dringend."
Bernatzki kappt die Verbindung und lehnt sich zurück in seinem Bürostuhl. Seit Stunden telefoniert er seine alten Kameraden ab.
Das Schreibtischtelefon klingelt. „Herr Denzler ist jetzt zu sprechen", sagt eine Frauenstimme.

Bernatzki klopft, und auf Denzlers knappes „Ja" hin öffnet er die Tür. „Herr Denzler, ich ...", beginnt er und unterbricht sich, als der andere mit einem warnenden Blick den Zeigefinger vor seine Lippen hält und den Kopf schüttelt. „Kommen Sie rein, setzen Sie sich", sagt Denzler, und Bernatzki schiebt sich ins Büro des Staatsschützers.
Bernatzki setzt sich auf einen Stuhl mit Blick zum Fenster, vor dem sich eine sonnenbeschienene Baumkrone in der Nachmittagsbrise wiegt. Denzler öffnet den Wandschrank und drückt auf einen Knopf an einem kleinen dunkelgrauen Kasten. Ein rotes Licht glimmt auf, springt nach einer Sekunde auf Grün.
„Störsender gegen Wanzen", erklärt Denzler. „Gibt's in jedem Elektronikshop. Erzeugt Rauschen und Knattern auf allen üblichen Frequenzen. Verboten, weil er auch Handysignale stört, aber jetzt können wir sicher reden." Er lehnt sich an die Fensterbank, so dass Bernatzki gegen das Licht sehen muss. „Was ist?"
„Ich bin bedroht worden", sagt Bernatzki. „Schmitt hat mir geraten, mit Ihnen darüber zu reden."
Denzler nickt. „Was hat sie Ihnen gesagt?"
Bernatzki grinst verlegen. „Wir haben gechattet, auf Facebook. Sie meint, Sie seien ein Arschloch, aber schlau und manchmal überraschend verlässlich. Ich soll meine Informationen mit Ihnen teilen."

Denzler lacht. „Schmitt und ich haben beschlossen, dass Zusammenarbeit uns beide weiterbringt." Er wird ernst. „Also. Was gibt's?"

„Ein Typ sagte mir am Handy, dass ich sehr gefährlich lebe, wenn ich weiter recherchiere", erklärt Bernatzki. „Interessant ist: Der hatte meine alte Handynummer, und er wusste, wonach ich recherchiere. Außerdem wollte Schmitt wissen, wer sie zur Fahndung ausgeschrieben hat. Ich konnte es ihr nicht sagen."

Denzler schüttelt den Kopf. „Ich lasse meine Leute gerade ermitteln, von wem die Mitteilung an die Redaktionen stammt, in der das behauptet wird. Natürlich fahndet niemand nach Schmitt – es gibt aus Sicht der Polizei gar keinen Ansatzpunkt für den Verdacht. Ich bin durch die angebliche Fahndung erst drauf gekommen, was da geschehen ist. Ein Mann ist auf der Straße erschossen worden, mehr weiß man noch nicht. War Schmitt überhaupt da?"

Bernatzki unterdrückt seine Überraschung, dass Denzler von dem Treffen nichts weiß. Er war davon ausgegangen, dass Schmitt ihn ins Vertrauen gezogen hatte. Zugleich wird ihm klar: Sie hat ihn nicht preisgeben wollen, ihn und seine Rolle bei der Ermordung Muthbergs.

Er schaut ausdruckslos an dem Staatsschützer vorbei. „Sie hatte den Mann wohl in der Muthberg-Sache getroffen, wenn ich sie recht verstehe. Ein MAD-Mann, der sich Schilling nannte. Er wollte reden, kam aber nicht dazu. Wie Muthberg. Natürlich hat sie ihn nicht erschossen."

Denzler hebt die Schultern in einer Geste der Ratlosigkeit. „Will man Verwirrung stiften? Schmitt unter Druck setzen, damit sie Fehler macht? Vielleicht kommen sie auch irgendwie an die Hinweise, die nach der Suchmeldung bei der Polizei eingehen, und hoffen so, die Frauen zu finden."

Bernatzki schüttelt sich, als ob er trotz der Sommerwärme frieren würde. „Wer, meinen Sie ..."

Denzler hebt wieder die Schultern. „Ich habe meine Netze ausgeworfen. Alles deutet darauf hin, dass der MAD das Zentrum des Chaos bildet, dass der Verfassungsschutz versucht, das Schlimmste zu verhindern und dabei nicht davor zurückschreckt, dem MAD hin und wieder auch in die Parade zu fahren, und zugleich kriegen es beide immer wieder mit Typen aus dem Umfeld dieser Firma Top Security zu tun, nach der Sie sich so intensiv in den Datenbanken umgetan haben, dass Sie sich diesen Anruf einhandelten."

Bernatzki nickt. „Auf Top Security sind die Autos zugelassen, die Schmitts Handysignal gefolgt sind, sie standen heute Morgen hier vor dem LKA. Und Schmitt sagt, am Holocaust-Denkmal sind die auch aufgetaucht, als sie den Mann da getroffen hat. Wenn wir dazu Näheres wissen wollen, sollen wir die uniformierten Kollegen fragen, sagt sie."

Denzler pfeift durch die Zähne. „Und während Sie mitten in den Recherchen steckten, erhielten Sie den Drohanruf."

„Genau."

„Und wie sieht es aus mit den übrigen Ermittlungen? Hat irgendeiner Ihrer Freunde etwas gehört?"

„Das sind nicht mehr meine Freunde, bitte", sagt Bernatzki mit einem bitteren Zug um den Mund. „Die Antwort ist Nein: Die Bombe ist allenfalls ein Gerücht, eine Scheißhausparole. Wenn sie überhaupt davon gehört haben."

„Und in den Foren?"

„Da wird viel aggressives Zeug geredet. Es gibt einen durch mehrere Foren verzweigten Debattenstrang, der von der 2011 aufgeflogenen Mördertruppe Nationalsozialistischer Untergrund eine Linie zieht zur Strategie von Al Qaida und von da aus zu allerhand Phantasien über Anschläge im Ausmaß des 11. September oder der Bomben von London 2005. Aber keine Spur von konkreten Plänen, auch in Thors Forum nicht. Wenn Muthberg recht hatte und ein Anschlag unmittelbar bevorsteht, dann haben wir ein massives Problem."

Unverständliches murmelnd, löst Denzler sich von der Fensterbank, wirft sich in seinen Schreibtischstuhl, stößt sich ab, nimmt die Beine hoch und lässt den Stuhl ausdrehen.

„Bitte?", fragt Bernatzki.

„Was für eine Scheiße", antwortet Denzler. Stößt sich erneut ab und summt: „Was für eine Scheiße, Scheiße, Scheiiii-heiii-sssseeee." Er bremst die Drehung. „Na gut. Niemand hat gesagt, dass es einfach wird. Dass Sie bedroht werden, ist schon einmal ein gutes Zeichen dafür, dass wir offenbar in die richtige Richtung ermitteln. Es zeigt aber auch: Wir dürfen nicht auf den amtlichen Kanälen weiterrecherchieren. Die haben Verbindungsleute hier im LKA."

„Und was tun wir also?", fragt Bernatzki.

„Mit Schmitt reden, dann schauen wir weiter." Das klingt nach Abschied, aber Bernatzki bleibt sitzen. Denzler legt seine Stirn in Falten. „Ist noch was?"

Bernatzki lächelt verlegen. „Ich weiß, was Sie von Ihnen hält – darf ich fragen, wie Sie zu Schmitt stehen?"

Denzler zeigt das halbe Grinsen, das Bernatzki bereits kennt. „Sie ist eine Nervensäge und eine Pest, immer mit dem Kopf durch die Wand." Er schwingt seine Faust, um die Metapher zu unterstreichen. „Unglaublich helle. Aber total politikunfähig, verbohrt, arrogant." Er sieht Bernatzki an, dass ihn die Antwort nicht zufriedenstellt. „Ich habe neulich die 16-Jährige erwähnt, die kurdische Asylbewerberin, die gegen einen PKK-Menschen ausgesagt hatte. Disziplinarisch war ich der gute Bulle bei der Nummer, Schmitt die Böse. Ein stures Luder, das mit einer Wahnsinns-Raffinesse gegen die eigenen Leute arbeitete, als sie sich auf dem Dienstweg nicht durchsetzen konnte. Viel nachzuweisen war ihr nicht, aber allen war klar, wer dahintersteckte. Sie badete die ganze Scheiße aus, während ich brav meinen Job machte. Ich bestand auf Abschiebung, natürlich,

Innensenator und -minister sowieso. Das war populär und auch legal. Das Mädchen blieb mit Schmitts Hilfe verschwunden und schickte jedem verdammten Politblogger tränenreiche Mails. Mitten im Wahlkampf. Es gab Demonstrationen." Er legt beide Hände flach auf den Tisch, wie um sich Halt zu geben. „Wissen Sie, was die türkischen Sicherheitskräfte mit einer PKK-Aktivistin anstellen können? Und PKK-Leute mit einer Verräterin?" Er schüttelt sich. „Das Mädchen studiert jetzt Soziologie. In Heidelberg." Denzler holt tief Luft. „Zurück zu unserem Fall: Gehen Sie bitte zum Ermitteln irgendwo hin, wo Sie sonst nicht sind. Ein Internetcafé vielleicht. Hier oder zu Hause sind Sie falsch. Wir bleiben in Kontakt."

***

Berlin-Charlottenburg

Hans-Eberhardt Kreutz hatte die Sache schon abgeschrieben. Der Tod eines Schlüsselinformanten ist einer der seltenen zu akzeptierenden Gründe, eine Recherche zu beenden. Doch nun an diesem Nachmittag: Ein Fahrradbote bringt ihm einen Brief mit der Adresse eines Internet-Telefondienstes und Login-Daten. „Diese Verbindung ist sicher. Loggen Sie sich bitte ein. Ich muss dringend mit Ihnen reden. Sibel Schmitt, LKA."

Genervt, aber auch von Neugier getrieben, loggt der Journalist sich ein und aktiviert die Verbindung. Eine tiefe, klare Frauenstimme: „Sibel Schmitt. Hallo Herr Kreutz. Gut, dass das geklappt hat. Ich möchte mit Ihnen reden über Walter Muthberg."

„Ich kenne Sie nicht", blafft er. „Was soll das Drama? Hätten Sie nicht einfach anrufen können?"

Sie ist nicht im Mindesten erschüttert. „Richtig, Sie kennen mich nicht. Googeln Sie mich. Ich habe eine E-Mail-Adresse eingerichtet." Sie nennt den Accountnamen. „Im Entwürfe-Speicher finden Sie einige Unterlagen, die Sie interessieren könnten. Verschlüsselt, das Passwort für alle Dateien und für den Mail-Account ist hekfile123, durchgehend klein und ohne Leer- oder Sonderzeichen ..." Sie macht eine Pause. „... Passwort hekfile123. Haben Sie das?"

„Ja ... hören Sie, ich ..."

„Ich rufe in drei Stunden wieder an."

Über die Recherche verpasst Kreutz, für sein Abendessen einzukaufen und vergisst auch sonst alles andere.

Die Unterlagen sind explosiv. Der Untersuchungsbericht des Verfassungsschutzes, den Schmitt ihm in Auszügen geschickt hat, ist Kreutz neu, allein dieses Dokument ist Gold wert: Es beschreibt im Detail den Drogenschmuggel in Bundeswehrtransporten aus dem Ausland, den Muthberg als junger Mann organisiert hatte. Das meiste weiß Kreutz schon – aber der Großteil seiner Erkenntnisse stammt von Informanten, die ihn nur für den Hintergrund informiert hatten. Um diese Leute zu schützen, konnte er das Material nicht veröffentlichen. Mit weiteren, am besten dokumentarischen Quellen würde er alle Informationen in einem Artikel verwenden können, ohne den Informantenschutz zu verletzen.

Kreutz Stimmung hebt sich weiter, als er die durch Schwärzungen teils unkenntlich gemachten Kontoauszügen zu den Zahlungen an den Neonazi Thorsten Sittke sieht: Schmitts Material vervollständigt seinen Teil des Puzzles. Er ballt die Faust. „Ja! Ich hab euch."

Fehlt nur noch der Sex. Keine Magazin-Story ohne.

Er grinst, als er die Fotos sieht, die in den Suchmaschinen auftauchen, wenn man Sibel Schmitt oder Sibel S. eingibt. Die verletzte Schönheit schaut mit großen Augen und sehr wach aus den Fotos. Kreutz surft durch die Berichte über Schmitt. Ihre entführte Tochter ist die Mutter in jung und hell, sie hat denselben Blick und denselben ausdrucksvollen Mund, der auf allen Bildern leicht lächelt. Die Mutter ist düster, sensibler im Ausdruck, die Tochter heiter, leicht. Wenn die Muthberg- und die Schmitt-Story zu verbinden sind, muss er in keiner Weise mehr mit den üblichen Dramatisierungs-Tricks für Attraktion sorgen. Schmitts Gesicht mit diesem Blick in Nahaufnahme auf dem Titel, und ein Magazin würde sich geradezu von selbst verkaufen. Passt.

Kreutz ist jetzt elektrisiert vom Potenzial der Geschichte. Es geht ihm immer so: Das Gefühl ist verwandt mit Verliebtsein. Eben wusstest du noch nichts von ihr, dann kommst du um die Ecke und siehst sie: die Story, die sich dir hingeben will. Du verfällst ihr mit Haut und Haar, bis sie erzählt ist.

An dieser Leidenschaft für den Journalismus ist seine Ehe gescheitert. Und auch seine Karriere. Ein Reporter wie Kreutz braucht einen Chefredakteur, der ihn machen lässt und für ihn die Kröten schluckt, die Deals macht und den Rücken hinhält. In der ersten Reihe ist er falsch.

Er meldet sich sofort, als exakt drei Stunden nach dem ersten Anruf sein Computer signalisiert, dass die Sprechverbindung wieder aktiviert ist.

„Schmitt", sagt die Frau am anderen Ende. „Wollen Sie reden?"

„Warum sollte ich?"

Sie lacht. „Walter Muthberg hat Sie für einen guten Journalisten gehalten. Ich kenne Ihren Mailwechsel. Er war beeindruckt von Ihrem Wissen. Aber als er sich schließlich dazu durchgerungen hatte, das Spiel nicht mehr mitzumachen und Ihnen die Story zu geben, war es zu spät für ihn. Die Story ist noch da. Sie wollen sie, oder?"

„Kommt drauf an, was Sie zu bieten haben."

Sie spricht schnell und präzise: „Wie ist es damit: Muthberg ist nicht von Islamisten ermordet worden. Und er wurde auch nicht von ihnen bedroht. Er nannte die Entführung seiner Tochter einen ‚Inside Job'. Und seine Ermordung war auch ein ‚Inside Job'. Ich weiß, dass ein Polizist den Tipp gegeben hat, wo und wann man ihn besonders gut erwischen kann. Er wusste nicht, dass man Muthberg umlegen würde, aber preisgegeben hat er ihn so oder so. Die Anweisung, was er zu tun hat, kam aus einem unserer Geheimdienste. Okay. Fürs Erste nur so viel. Nun sind Sie dran."

Kreutz' Herzfrequenz hat sich bei ihren Worten beschleunigt. Das Blut rauscht in seinen Ohren. „Was wollen Sie wissen?"

„Ich habe Angst um Frau Muthberg. Im Moment steht sie unter meinem Schutz. Sie war massiv unter Druck gesetzt worden, solange ihr Mann lebte, und ich fürchte, wenn sie nun wieder auf der Bildfläche erschiene, würde es sie ebenso wie ihn erwischen. Wir müssten publik machen können, was das verbindende Moment ist zwischen der Entführung ihrer Tochter, dem Drogenhandel ihres Mannes, dessen Ermordung, den rechtsextremistischen Gruppen und der Naziverschwörung. Muthberg musste sterben, weil er reden wollte. Wenn wir vollständig wissen, was er zu sagen hatte, und wenn wir es dem anhängen können, der hinter alledem steckt, ist der Spuk vorbei."

„Ich nehme an, Sie haben die Kontonummer des Überweisers an diesen Thorsten Sittke noch nicht prüfen können?"

„Dazu braucht es einen Gerichtsbeschluss. Das würde selbst dann länger dauern, wenn ich mich höchst amtlich darum kümmern könnte. Und angesichts der Lage bin ich mir unsicher, ob wir den Beschluss bekämen. Hier ist Politik im Spiel."

Er lacht. „Ohne Gerichtsbeschluss geht es auch. Man braucht halt die richtigen Verbindungen. Oder nur die richtigen Recherchetools. Es ist die Kontonummer der Firma Top Security. Kennen Sie die?"

„Die Firma taucht in diesem Fall immer wieder auf."

„Sie ist eines von mehreren Unternehmen im Zentrum eines Firmengeflechts in der Sicherheits- und Transportbranche. Die meisten dieser Unternehmen arbeiten überwiegend für die Bundeswehr, manche außerdem für andere Nato-Truppen. Sie wissen, wer vor etwa 20 Jahren die Gründer dieser Firma waren?"

„Ja, ich habe im Handelsregister nachgeschaut. Aber die Namen sagen mir erstmal nichts. Und es sind keine Leute mit Vorstrafen."

„Ein Herr Muthberg und ein Herr Schleekemper."

„Nein!"

„Doch, der seinerzeit künftige Herr Verteidigungsminister und sein Staatssekretär in spe höchstpersönlich."

Schmitt klingt verärgert. „Scheiße, nein. Von denen war nicht die Rede."

„Stimmt", antwortet Kreutz. „Sie stehen nicht im Register, weil sie nie Gesellschafter der GmbH waren. Die Firma wurde als GbR von den beiden Herren gegründet. Eine Gesellschaft bürgerlichen Rechts wird nicht registriert und hat keine Offenlegungspflichten. Muthberg ließ sich auszahlen, als die GmbH gegründet wurde und der Betrieb auf sie überging. Das war etwa zu der Zeit, als er bei der Bundeswehr Verantwortung im Bereich Beschaffung übernahm. Soweit, so anscheinend sauber. Fragt sich allerdings, wie es kommt, dass diese Firma und andere, die mit ihr verbunden sind, bis heute immer wieder die besten Geschäfte mit Bundeswehr und Verteidigungsministerium machen. Übrigens auch mit dem Militärischen Abschirmdienst. Interessanter ist der Minister. Schleekemper war ebenfalls nie Gesellschafter der GmbH. Antonia von Bernreuth und Friederike Sixtus, beide aus dem Kreis der Gründungsgesellschafter der GmbH noch heute dabei, sind jedoch Nichten des Ministers. Die eine war 17, die andere 15, als sie die Firma übernahmen. Ihre Mütter, die Schwestern Schleekempers, erhielten pauschal Stimmrechts-Vollmacht. Die haben sie noch immer, obwohl ihre Töchter längst erwachsen sind."

Schmitt entfährt ein Kehllaut der Missbilligung. „Ich möchte Ihnen nicht zu nahe treten, aber um als Juristin zu sprechen: Das riecht zwar nach Fisch, aber für eine Anklage würde es nicht reichen."

„Ganz richtig", bestätigt Kreutz. „Das würde nicht reichen, wenn ich nicht zahlreiche Belege dafür hätte, dass der Minister selbst diese Firma immer wieder direkt anwies, ihm Dienste zu erbringen. Die Familie nutzt Fahrzeuge, die auf Top Security zugelassen sind, die machen alle ihre Umzüge mit denen, nutzen deren Hausmeister zu besonders günstigen Konditionen als Handwerker. Man sollte annehmen, dass die Firma deshalb wenigstens in kleinem Umfang Zahlungen erhält ..."

„In der Tat."

„Das ist aber nicht so. Im Gegenteil. An Schleekempers Familie sind ansehnliche Summen geflossen, vor allem in geldwerten Leistungen, und auch an Muthberg, obwohl der eigentlich mit dem Unternehmen nichts mehr zu tun hat. Das geht bis heute so. Wir haben hier also eine direkte Linie zwischen einem Rechtsterroristen und dem Verteidigungsminister."

„Wie hart sind Ihre Belege? Gerichtsfest?"

Er gibt sich Mühe, das Defizit seiner Recherchen nicht schon durch seine Stimmführung zuzugeben. „Fest genug für einen gut formulierten Artikel."

Schmitt lässt sich nicht blenden. „Okay, also nicht hart genug. Sind die Belege dünn oder die Quellen schlecht?"

„Die Belege sind gut", sagt er vorsichtig.

„Aber sie verbrennen Ihre Quellen", setzt Schmitt nach. „Oder die Informationen sind nicht sauber beschafft, etwa im Sinne des Fernmelde- oder Briefgeheimnisses ..."

„Das liegt im Bereich des Möglichen."

„Und wenn Sie sie verwenden könnten, wäre dann eindeutig klar, dass die Überweisungen immer im Interesse des Verteidigungsministers lagen?"

Die Frau ist gut, denkt Kreutz. „Frau Schmitt, ich ..."

„Okay, also nicht. Andere Frage: Was wäre, wenn Typen aus dem Umfeld dieses Sittke Straftaten begehen würden?"

„Was meinen Sie, was dann wäre?"

„Für wen außer den unmittelbaren Opfern wäre ein Bombenanschlag ein Problem? Aus dem Mailverkehr zwischen Ihnen und Muthberg geht hervor, dass Sie Quellen haben, die das Schlimmste verhindern wollten. Ich sehe aber nur Andeutungen, was die Kernfrage der großen Verschleierungsaktion betrifft, in die wir alle reingeraten sind: Cui bono? Oder anders gefragt: Ist Ihnen eigentlich klar, dass Sie durch Ihre Kontaktaufnahme mit Muthberg und dem Verteidigungsministerium die Scheiße angerührt haben, in der ich jetzt stecke?"

Kreutz ist verwirrt. „Das kann nicht sein. Ich hatte mit Islamisten nichts zu tun."

„Ich weiß. Die Islamisten-Story ist aber wie gesagt Bullshit. Erfunden zur Verschleierung. Muthberg hatte bereits ohne Ihr Zutun gehört, dass seine frühere Firma über ihren Anteil an seinem florierenden Drogengeschäft an der Finanzierung rechtsextremistischer Aktivitäten in Deutschland beteiligt ist. Dann kamen Sie und sprachen davon, dass Geld aus diesen Deals für eine Schmutzige Bombe abgezweigt wurde. Da wollte er aussteigen. Er hat die Unterlagen selbst zusammengestellt. Offenbar in Eile oder flüchtig, denn einiges bleibt unklar. Vielleicht wollte er Ihnen alles zur Verfügung stellen und hat damit gerechnet, dass Sie die Informationen richtig deuten würden. Das hat er aber nicht mehr geschafft. Als Annika tot war, wollte er reden. Er wurde getötet, um die Islamisten-These noch ein wenig länger vor dem Platzen zu bewahren."

Kreutz stöhnt. „Und ich Depp dachte ..."

„Sie *sollten* denken, dass Muthbergs Tod mit der Geschichte nichts zu tun hat. Auch die Polizei wurde erstmal auf die falsche Spur gesetzt. Die war aber total schlampig gelegt. Da ist viel Improvisation im Spiel."

„Na ja klar, keine Zeit für gründliche Vorbereitung: Die haben es extrem eilig", erklärt Kreutz mehr sich selbst als Schmitt. „Dieser Sittke hat mit seinem Verschwinden Teile des Verfassungsschutzes und des MAD in helle Panik versetzt."

„Er konnte sich absetzen, weil er weiter Zahlungen erhielt, jenseits der Kontrolle einer dieser Dienststellen. Genau wegen dieser Zahlungen herrscht nun dieses Chaos. Jedenfalls hintertreibt irgendwer alle Versuche, die Sache möglichst schnell in den Griff zu bekommen. Und die Islamisten-Legende, die die in die Welt gesetzt haben, beugt schon einmal für den Fall vor, dass die Bombe hochgeht." Sie hält einen Moment lang inne, um die Information sacken zu lassen. „Muthbergs Kontoauszüge sind das Scharnier der ganzen Geschichte."

„Es scheint fast so", räumt er ein, innerlich so aufgewühlt, dass er „Ja, ja, ja!" schreien will.

Schmitt tastet sich vor: „Aber es reicht nicht für eine schnelle Veröffentlichung, oder?"

Er seufzt. „Wohl nicht."

„Dann haben wir eine neue Lage, was meinen Sie? Ihre Recherchen und meine Ermittlungen sind hier erstmal am Ende. Wir beide wissen viel, aber nicht genug ..."

Pause. Kreutz wartet. Er ist es gewohnt, Informanten reden zu lassen. Schmitt hält das Schweigen aus.

Sie will von mir hören, was sie als Nächstes sagt, interpretiert er, wenigstens im Ansatz.

Schmitt: „Wir müssen unsere Prioritäten neu setzen. Es ist Zeit, mit der Geheimniskrämerei aufzuhören. Was wäre, wenn Sie Ihre Informanten dazu brächten, mit mir zusammenzuarbeiten? Die ganze Scheiße ist doch erst eingekocht worden durch deren sinnlose Rivalität und ihr Schweigen. Wir haben jetzt genug, selbst ein paar Strippen zu ziehen."

„Ich bin kein Agent oder Aktivist. Ich bin Journalist", wehrt Kreutz schroff ab.

„Sie haben vorbildlich recherchiert. Aber die entscheidende Frage ist noch offen."

Kreutz lässt eine Art Grunzen hören. Er weiß, was sie sagen will.

Schmitt: „Wo soll die Bombe hochgehen, und wo ist sie?"

Kreutz grunzt wieder.

„Wenn das Scheißding existiert, und davon gehen wir wohl beide aus, müssen wir sie finden, bevor sie hochgeht. Notfalls mit allen Mitteln, oder? Es geht hier nicht nur um eine Story, Mann. Soll ich Ihnen den Begriff ‚unterlassene Hilfeleistung' erklären? Behinderung der Ermittlungen?"

Er atmet scharf aus und wieder ein. „Hören Sie, Mädchen, Informantenschutz ist mir heilig. Sie können mich mal mit Ihrer unterlassenen Hilfeleistung."

Schmitts Stimme klingt noch eine Nuance tiefer. „Und ich pisse auf Ihren Informantenschutz. Ich will diesen Anschlag verhindern. Menschenleben stehen auf dem Spiel."

Er räuspert sich. „Gut, nachdem wir das geklärt haben: An was denken Sie?"

„Ihre besorgten Informanten sind fast so exponiert wie ich. Jeder von denen hat Angst, zugleich sitzt jeder von ihnen wahrscheinlich auf Detailwissen, das er unter normalen Umständen niemals teilen würde. Jeder könnte seinen Teil des Puzzles an die Teile der anderen legen. Inoffiziell, natürlich. Wir alle stecken in derselben Lage. Sie sind der Einzige, der von allen weiß und sie deshalb vernetzen kann. Sie tun denen einen Gefallen, jede Wette."

Er muss ihr recht geben: Warum sollten die hohen Herren ihn mit Informationen versorgt haben, wenn es nicht brennen würde? Ein Anruf kostet wenig. Aufregung rauscht in seinen Ohren: eine Staatsaffäre! „Ich kriege Ihre Seite der Story, exklusiv", pokert er.

„Bezahlung bei Lieferung", antwortet Schmitt.

„Gut. Ich rufe meine Informanten an und rede mit ihnen. Keine Garantien."

„Sie, ich und diese zwei, drei Typen haben im Moment die Macht über Krieg und Frieden in unserem Land. Habe ich recht?" Er hört das metallische Klicken eines Feuerzeugs. „Wenn die die richtigen Informationen zusammen haben, dann haben sie die Macht und den Apparat, die Dinge zu regeln. Beenden sie es nicht, werden sie früher oder später wie Muthberg enden: Islamisten. Mindestens werden sie erpressbar, denn wenn die Bombe hochgeht, hat besser keiner von denen vorher davon gewusst, oder?" Sie lacht bitter und sagt: „Ich weiß auch noch nicht wirklich, warum ich Ihnen nicht misstraue. Ein Journalist, der sich mit diesem Thema beschäftigt, müsste sich doch auch in höchster Gefahr befinden."

„Die haben doch Muthberg erwischt, und ich hatte die Islamisten gefressen – damit war das doch erstmal erledigt."

„Bringen Sie Ihre Informanten dazu, mit mir zusammenzuarbeiten und ihre Informationen zu teilen, und Sie kriegen die Geschichte rund. Und sichern Sie sich ab. Benutzen Sie sichere Kommunikationswege, lagern Sie Ihr Material aus."

„Sowieso. Alles sicher gespeichert, mit automatischer Veröffentlichung im Internet, falls mir etwas geschieht und ich länger nicht mein Passwort eingebe."

„Passen Sie trotzdem auf sich auf. Und auf Ihre Informanten."

„Okay. Wo kann ich Sie erreichen?"

„Gar nicht. Kontaktieren Sie Max Denzler beim LKA. Wir arbeiten zusammen. Sie erreichen ihn über das E-Mail-Fach, mit dem ich Ihnen die Akten übermittelt habe. Legen Sie Ihre Nachrichten an Denzler darin als Entwurf ab."

„Denzler?" Kreutz klingt ungläubig.

„Wieso nicht? Haben Sie was gegen ihn?"

Kreutz denkt kurz nach. „Nein. Er ist karrieregeil und hat einen Humor, der an Körperverletzung grenzt. Aber ich denke, er ist sauber."

„Also Denzler."

„Gut."

„Herr Kreutz?"

„Ja?"

„Ich muss Sie nicht an Ihre Verantwortung erinnern, oder? Sie können mich nun ausliefern."

„Sie werden mir wohl oder übel vertrauen müssen."

„Und vertrauen Sie mir bitte, dass ich immer einen Plan B habe." Sie klingt fest und selbstbewusst, als sie das sagt.

„Aus meiner Sicht ist das okay. Keine Sorge", sagt er.

„Und noch was, Herr Kreutz ..."

„Bitte?"

„Für das ‚Mädchen' vorhin kriegen Sie irgendwann eine Abreibung." Schmitt beendet die Verbindung.

Kreutz lacht. Er kann sich Schlimmeres vorstellen.

***

Nachricht des Journalisten Hans-Eberhardt Kreutz an Max Denzler (im „Entwürfe"-Fach einer Webmail-Adresse hinterlegt)

Hallo Herr Denzler,

ich habe nach meinem Gespräch mit Frau Schmitt einer Reihe Personen die Koordinaten dieses Mailfachs gegeben, so dass sie sich miteinander und mit Ihnen in Verbindung setzen können – wenn sie wollen, auch anonym. Die Herren schlagen einen Conference-Call per verschlüsselte Internet-Telefonie vor. Am liebsten würden sie sofort mit Ihnen reden.

Zur Lage: Die Rede ist von einer „autonomen Steuerung, die einem Putsch von Kräften innerhalb des Systems gleichkommt". Ein gefährlicher Trupp, der mit Geheimdienst- und Nahkämpfermethoden sowie mit Heckenschützen arbeitet. Koordinator scheint ein früherer Referent des Verteidigungsministeriums zu sein, der in dessen Partei bestens vernetzt ist. Der Typ arbeitet jetzt offiziell für den Bundestag.

Der Verfassungsschutz ist einerseits ernsthaft bemüht, die Bombengeschichte aufzuklären. Andererseits tut er alles, um sein eigenes Scheitern bei der Führung des V-Manns Thorsten „Thor" Sittke zu verschleiern. Daher spielt er bislang das Spiel mit, Islamisten vorzuschieben – schon für den Fall, dass die Bombe nicht rechtzeitig gefunden wird.
Ich melde mich wg. Nachfragen und Bestätigungen.

Grüße

hek

***

LKA, Berlin-Tempelhof

„Hallo, Bernatzki hier. Ich hoffe, ich habe dich nicht geweckt?"
„Nein", sagt Schmitt mit sehr gedämpfter Stimme. „Ich komme nicht zur Ruhe. Und ich habe mit deinem Anruf gerechnet."
„Denzler sagt, ich soll dich anrufen, ehe er mit mir die Details meines Einsatzes durchgeht."
„Ich will Dir noch einmal erklären, wo wir stehen. Sekunde, gleich kann ich reden, ohne Carla zu wecken."
„Es war deine Idee, mich wieder als V-Mann loszuschicken, sagt er."
Es raschelt in der Leitung, dann sagt Schmitt mit normaler Stimmstärke: „Bist du auf einer sicheren Leitung?"
„Denzler hat mir eine neue SIM gegeben. Ich steh auf dem Parkplatz."
„Gut. Also hör zu: Du bist kein V-Mann mehr, sondern Polizist und gehst undercover in diesen Einsatz. Denzler und ich haben eben noch einmal lange geredet. Wir haben die verschiedenen Typen in den Geheimdiensten, die mit diesem Fall Probleme haben, dazu gebracht, sich mit Denzler zu vernetzen und auszutauschen ..."
„Das hat Denzler mir schon erzählt. Er sagt, die Untergrund-Gruppierung, zu der ich gehen soll, ist aus Sicht dieser Leute wahrscheinlich die einzige schnelle Verbindung zu Thor Sittke, und Thor ist die einzige Verbindung zu der Bombe."
„Das ist das Ermittlungstechnische, richtig. Das, worum wir dich bitten, ist sehr gewagt. Tatsächlich bist du unser Blitzableiter. Ich möchte, dass du weißt, worauf du dich einlässt. Denzler hält es übrigens für falsch, dir das zu sagen. Aber ich will nicht so arbeiten wie ein Geheimdienstler – Menschen als Kanonenfutter ..."
Ihr Satz endet auf einer so hohen Note, dass Bernatzki mit seiner Frage einen Moment zögert in Erwartung einer Fortsetzung. „Blitzableiter?"
„Wir müssen schnell handeln. Ziel der Aktion ist, diesen Thor und die Bombenbauer zu finden. Das ist sehr gewagt und schlecht vorbereitet. Aber wenn wir auf Nummer Sicher gehen würden, kämen wir wahrscheinlich nicht schnell genug weiter. Wenn überhaupt. Andere Ansatzpunkte haben wir nicht."
„Was heißt das für mich?"
„Du musst mit Verrat rechnen, der deine Tarnung gefährdet. Wenn es dazu kommt, können wir ihn nicht vermeiden. Unter Umständen bringt er uns sogar weiter – kennen wir das Leck, haben wir auch einen Ansatzpunkt für weitere Ermittlungen. Ich weiß, wie bescheuert das klingt, aber es ist, wie es ist."
„Gibt es keinen anderen Weg?"

„Denk drüber nach."

„Wieso seid ihr so sicher, dass es die Bombe gibt? Unter Nazis gilt das als Gerede. Nachher gehe ich umsonst da rein."

„Die Geheimdienstler sind sich sicher. Einerseits haben einige von ihnen den Scheißdreck selbst angezettelt, zum anderen gab es auch eine Lieferung Plutonium – das haben sie von den Russen."

Bernatzki hat Muthberg ans Messer geliefert. Ohne es zu wollen. Der Mord ist Höhepunkt seiner Nazi-Karriere gewesen, die er für längst beendet gehalten hatte. Seine Schulter brennt plötzlich, als wäre das Tattoo der Reichskriegsflagge gerade erst weggelasert.

Ich kenne mich in der Szene aus. Ich weiß, wie Nazis reden und denken. Auf die Schnelle gibt es keine Alternative. „Es ist meine Pflicht, mich dem zu stellen", sagt er.

Sie spricht schnell und rhythmisch. „Nein. Du machst es freiwillig. Vergiss die ganze Nazischeiße mit Heldentum und Opfergang. Wenn es schief geht, wirst du schlicht verheizt. Wenn es gut geht, wirst du vielleicht nicht gefeiert. Vielleicht beides."

„Nazischeiße mit Heldentum und Opfergang" – Bernatzki fühlt sich ertappt, aber auch seltsam erleichtert. „Beides?", fragt er. „Wie geht das?"

„Du wirst verheizt, und es geht gut, aber man scheißt auf dich."

„Gute Aussichten." Es sollte mir schlechter gehen jetzt, denkt er. „Ich bleibe dabei: Ich mach's."

„Sicher?"

„Ich mach's."

„Okay. Denzler gibt dir die Koordinaten. Er ist dein Kontakt. Ansonsten musst du deinen Arsch allein absichern. Von der ersten Sekunde an. Keine Kavallerie, die galoppiert kommt, wenn du Hilfe rufst. Wenn die Gruppe vorab über dich informiert wird, musst du mit sofortiger Liquidation als Verräter rechnen. Auch später kann das jederzeit passieren. Die Geheimdienstmänner, mit denen wir zusammenarbeiten, warnen eindringlich vor diesen Typen: Dieser Thor baut die Gruppe seit Jahren als Schläfer auf, die sind empfindlich und gefährlich wie Hornissen. Du musst schneller und schlauer sein als alle anderen."

„Ich wünschte, du könntest mit mir da rein."

Schmitt klingt amüsiert, als sie sagt: „Ja, mich würde auch mal interessieren, wie die auf 'ne Türkin reagieren."

„Du bist ... du siehst so viel ... so viel mehr als ich, meine ich. Ich bin nicht so schnell. Und nicht so hart."

„Du schaffst das. Du darfst keinen Moment lang nachlassen. Zur Not bin ich in der Nähe, geografisch. Aber ich bin allein, und ich kann dir nicht den Rücken decken, wenn du außer Sicht bist. Trau nichts und niemandem, auch nicht der Ruhe."

„Kann ich Denzler trauen? Traust du Denzler?"

Schmitt atmet tief ein und wieder aus, so laut, dass Bernatzki es durch die Leitung fast als Seufzen hört. „Solange ich lebe, kannst du ihm trauen", antwortet sie langsam.

„Was ...?!"

„Solange ich lebe, kannst du ihm trauen", wiederholt sie.

Bernatzki kaut auf seiner Unterlippe, während er Schmitts Antwort sacken lässt. Sie ändert nichts an seiner Haltung. „Wie weiß ich, dass du lebst?"

„Du hast meine Handynummer."

„Okay."

„Alles klar? Alles gut?"

„Nein. Ja. Wird schon."

„Viel Glück."

„Dir auch."

***

7

Ludwigsfelde, Brandenburg

Kopfschmerzen halten Schmitt wach, die Gedanken kreisen. Carla atmet ruhig auf der Matratze neben ihr.

Jetzt ist Schmitt sich sicher, dass sie etwas gehört hat. Manchmal hört sie Geräusche, wenn ihre Kopfschmerzen sich bei Dunkelheit oder geschlossenen Augen in Licht-Auren und Farbschlieren entladen: eine optische Halluzination, die akustische erzeugt.

Das Geräusch, das sie nun zum dritten Mal hört, passt nicht zu den Bildern: Es ist eine Schwingung, die sich durch die Armierungen des Betonbodens zu übertragen scheint, so fein, dass Schmitt die Schwingung nicht spürt, aber als dumpfen Bass sehr leise hört. Jemand von einigem Gewicht schleicht durch das Gebäude oder wenigstens sehr dicht daran entlang, ist Schmitt sich sicher. Sie schließt ihre Augen und presst die Finger auf die Lider, um die visuellen Kopfschmerzen zu unterdrücken. Die Bilder lassen nach, aber sie bleiben heller als das Dunkel der Halle, in das durch die hohen trüben Fenster nur das Licht entfernter Straßenlaternen dringt.

Schmitt ist blind.

Sie tastet nach Carla, presst ihr die Hand auf den Mund und kneift gleichzeitig die Nase zu. Carla fährt mit einem erstickten Geräusch aus dem Schlaf. „Psssst. Ich lasse jetzt los, okay?" sagt Schmitt sehr leise an ihrem Ohr. Carla nickt. Schmitt lockert ihren Griff. „Ich glaube, jemand ist hier", flüstert Schmitt. „Du musst dich verstecken. Nimm die Notebooktasche mit und komm unter keinen Umständen raus, egal, was passiert, oder was mir passiert. Auf keinen Fall! Denk immer dran, dass sie hinter dir her sind, nicht hinter mir. Kapiert?"

Carla nickt unter Schmitts Hand.

Die Schrittgeräusche sind erstorben.

„Schnell!"

Das Klingeln einer Schnalle der Tasche, das Rascheln der Decke, die Carla beiseite schiebt, ihres T-Shirts, als sie sich bewegt: Schmitt kommt es laut vor.

Die Vibrationen, die von Carlas Gehen auf bloßen Füßen ausgehen, hören sich anders an als jene, die sie eben gehört hatte. Zugleich leichter und konkreter.

Sie erkennt: Wer immer naht, ist noch draußen. Er hat das Schleichen geübt. Und er ist schwerer als Carla.

Schmitt presst erneut die Finger gegen ihre geschlossenen Augen und verflucht ihre Kopfschmerzen. Sie schaut an sich herunter und bewegt ihren Arm vor ihrem Körper. Ein Streifen Dunkelheit bewegt sich vor einem Lichtfleck, der ohne diese Bewegung im Feuerwerk des Kopfschmerzes untergegangen wäre. Der helle Fleck ist ihr T-Shirt.

Sie braucht Licht. Oder muss mindestens eins werden mit der Dunkelheit.

Der nächste Lichtschalter ist auf die Schnelle unerreichbar.

Sie zerrt sich das Shirt vom Körper, streift den ebenfalls weißen Slip ab. Ertastet ihr Schulterhalfter neben ihrer Decke und legt es an, zieht ihre Waffe, lädt durch – das Geräusch erscheint ihr ohrenbetäubend –, entsichert sie und steckt sie wieder in das Halfter.

Da: unverkennbar das Geräusch von etwas Großem aus Metall, das sehr langsam bewegt wird.

Kein Zweifel, die größere Schiebetür der Halle, die zur Einfahrt.

Die Decken des Nachtlagers rafft Schmitt zusammen auf einen Haufen. Geht gebückt in die Gasse zwischen die Exportkisten, Richtung Mitte der Halle, genau dem Geräusch an der anderen Wand entgegen. Dahin, wo sich sehr leise die Schiebetür öffnet.

Sie spürt den Luftzug auf ihrer schweißfeuchten Haut.

Der Duft alten Öls steigt ihr in die Nase – die offenen Paletten mit den gebrauchten Motoren. Schmitt erinnert sich, dass sie kaum hüfthoch sind. Sie lässt sich auf den Bauch nieder, robbt in den Zwischenraum zwischen zwei Paletten und weiter in die Deckung des Kartonstapels, der daneben, wie sie weiß, etwa drei Meter hoch aufragt. Mit der Stirn stößt sie dagegen.

Sie stoppt, hält die Luft an.

Die Schritte, die sie anfangs gehört hat, sind näher gekommen. Kleidung raschelt. Sie hört jemanden atmen: ein Mann mit großem Lungenvolumen.

Schmitt schließt wieder die Augen und presst die Finger dagegen.

Verdammtverdammtverdammt!

Sie zückt ihre Waffe und zielt, auf dem Bauch liegend, in die von Lichtschlieren verhängte Dunkelheit. Sterne tanzen vor ihren Augen. Sie gibt das Zielen auf.

Sie spürt eine weitere Vibration, mit dem ganzen Körper. Das ist nicht derselbe Mann: dieser ist genauso schwer, aber nicht trainiert. Er tritt mit der Ferse auf, nicht mit dem Ballen.

Es sind zwei. Der zweite Mann betritt gerade die Halle.

Der erste Mann ist drin, er nähert sich langsam. Schmitt schätzt, dass er in vier, fünf Schritten den Kartonstapel passiert hat. Schaute er dann nach rechts, würde er sie liegen sehen.

Schmitt, unsicher, ob das Licht dazu reicht, streicht mit den Fingerspitzen rückwärts entlang der Kartonflanke des Stapels. Kriecht langsam nach hinten, bis sie die hintere Ecke des Stapels erreicht. Sie rollt sich hinter den Stapel, erhebt sich lautlos, lauscht, gebückt, mit angehaltenem Atem.

Sie erinnert sich der Transportkistenlatten, die auf der anderen Seite des Kartonstapels herumliegen. Solide, meterlange Latten. Zwei zusammengenommen, mit beiden Händen sicher umfasst und schnell bewegt: Das hat eine gute Hebelwirkung und ausreichend Schlagkraft, um einen Mann flachzulegen.

Sie lauscht. Nichts.

Nach ihrer inneren Karte, die sie bei Licht von der Halle angelegt hat, reicht die Deckung des Kartonstapels fast bis zu den Latten. Es sind vielleicht noch drei, vier Schritte.

Ihre Hand streift zur Orientierung leicht an den Kartons entlang.

Erster Schritt.

Zweiter.

Der Kartonstapel endet.

Schritt drei.

Sie hört das Sirren zu spät. Zwei Latten zusammengefasst, schnell bewegt, haben eine gute Hebelwirkung und ausreichend Schlagkraft, um eine Frau flachzulegen. Sie duckt sich reflexhaft von dem aggressiven Bewegungsgeräusch weg. Das Holz kracht nicht an ihren Kopf, sondern auf ihre Schulter. Sie hört darin etwas brechen und spürt den Schmerz in ihren ganzen Körper strahlen. Ihre Dienstwaffe geht zu Boden und rutscht davon.

Schmitt kann sich nicht darum kümmern, dass sie verletzt ist und entwaffnet.

Auch die Latten sind auf den Beton geschappert.

Das gibt Hoffnung: Der Schläger ist ungeübt, hat seine Kraft nicht im Griff, so dass die Wucht des Schlages ihm die Latten aus den Händen getrieben hat.

Sie springt, zugleich die Beine zu mächtigen Kicks ausholend, in die Richtung, aus der die Latten geführt worden sind. Sie stößt mit dem rechten Schienbein so heftig gegen etwas Hartes, wo sein Kopf sein müsste, dass sie glaubt, ihr Bein breche. Sie fällt und hört, wie der Mann, dessen Kopf mit aufgesetztem Nachtsichtgerät sie getroffen hat, ebenfalls zu Boden geht.

Schmitt rollt sich nach hinten ab, kommt auf die Füße, bewegt sich schnell wieder nach vorn, bis sie den Liegenden mit dem linken Fuß erwischt. Sie tritt mit aller Kraft zu. Sie trampelt auf dem weichen, warmen, in Stoff gehüllten Körper herum, konzentriert sich bei jedem Tritt auf den Gedanken: Im Inneren dieses Körpers liegt das Ziel deiner Energie – um sicherzustellen, dass sie sich aufs Töten richtet.

Mit einigen blauen Flecken soll es nicht getan sein.

Als sie spürt, dass seine Körperspannung nachlässt, beugt sie sich über ihn, tastet mit fliegenden Händen nach seinem Kopf und dem Nachtsichtgerät.

Sie spürt hinter sich eine Veränderung, duckt und dreht sich dem entgegen, was sich nähert. Ein heftiger Schlag trifft die rechte Seite ihres Brustkorbs, wo sie den Arm nicht zur Deckung hochnehmen kann, und treibt die Luft aus ihren Lungen.

Sie weiß sofort: Das ist ein erfahrener Kämpfer.

Mit aller Kraft tritt sie nach dem Angreifer, doch in der Höhe, in der sie seinen Kopf zu treffen erwartet, trifft sie etwas, das sich nach einem sehr soliden Unterarm anfühlt.

Dieser Gegner ist ihr allein durch seine Größe und sein Gewicht so überlegen, dass sie keine Chance gegen ihn hat. Es sei denn, sie bläst ihm gleich das Licht aus. Sie versucht, höher zu kicken. Zwei, drei Mal. Würde sie seinen Kopf erreichen, müsste ihn die Wucht der Kicks zumindest kurz benommen machen. Aber er deckt sich und weicht blitzschnell aus. Auch er hat ein Nachtsichtgerät. Seine Tritte und Schläge finden ihr Ziel. Sie weicht zurück. Ihre Flucht endet nach ein paar Schritten am Kartonstapel.

Wieder versucht sie einen Kick weit nach oben. Er schafft es, ihr Bein in der Luft zu packen, und wirft sie mit einer schnellen Bewegung auf den Rücken. Wissend, was jetzt kommt, schnellt sie zur Seite, wird jäh vom Kartonstapel gestoppt. Sie schützt ihren Kopf und rollt sich zusammen.

Die Tritte haben die Wucht einer Dampframme. Er tritt immer wieder in ihre Nierengegend, und der Schmerz lässt sie ihre Deckung öffnen, um ihm nicht den richtigen Winkel zu bieten. Er trifft ihren Bauch, ihre Brust. Sie kauert sich zusammen, kommt auf die Füße, richtet sich an dem Kartonstapel auf.

Nun setzt er wieder seine Fäuste ein. Sie findet zwischen seinen Treffern keine Möglichkeit zur Abwehr. Gesicht, Hals, Brust, Bauch. Sie rutscht an den Kartons wieder runter, kraftlos, den unverletzten Arm zur Deckung irgendwie vor ihrem Körper haltend. Er trifft mehrfach schwer ihren Kopf, und noch mehr Sterne explodieren in der Dunkelheit vor ihren Augen.

Eine große Hand mit der Kraft eines Schraubstocks schließt sich um ihren Hals. Drückt ihr die Luft am Kehlkopf ab, während sich Daumen und Mittelfinger tief und schmerzhaft in die Seiten ihres Halses bohren. Der Mann greift mit der anderen Faust in ihr Haar und schleift sie rücklings über den Boden. Sie versucht, mit den Beinen nachzudrücken, mit dem gesunden Arm nach seinen Unterarmen zu greifen, um den Zug zu lindern. Erfolglos. Mehr als Kratzer zu hinterlassen, schafft sie nicht.

Er zieht sie mit gewaltiger Kraft auf die Beine, auf die Zehenspitzen. Sie spannt die Halsmuskeln an, aber es ist zwecklos, nach Luft zu ringen. Sie tänzelt verzweifelt auf den Zehen, den Mund aufgerissen. Hebt die Arme. Den rechten bekommt sie nicht nach oben. Schmerzimpulse schießen durch ihre Schulter, als sie es aus reiner Not weiter versucht. Mit der linken Hand greift sie nach seinen Armen, seinen Händen, um sich irgendwie aus dem Griff zu lösen. Sie hebt ein Bein, um sich von dem Kerl abzustoßen. Trifft seinen Körper, aber nicht frontal.

Wenn sie nur etwas sehen würde!

Sie legt all ihre schwindende Kraft in ihre Kicks. Bis sie bemerkt, dass ihre Beine nur noch zucken.

Ich!

Will!

Luft!

Ein Licht erscheint. Das Licht ist kalt und klar, es entsteht zwischen ihren Augen und hat die Tiefe der Unendlichkeit.

Als sie zu sich kommt, hat der Typ sie in die Werkstatt-Ecke der Halle geschleppt, ist das Licht angeschaltet. Er zerrt sie an ihrem Haar auf die Beine. Er ist mindestens einen Kopf größer als sie und viermal so schwer. Dunkel, kahl geschoren, schlecht rasiert, eisige schwarze Augen. Wieder versucht sie verzweifelt, den Zug mit ihrem beweglichen Arm zu mildern. Er schafft es, sie mit einem Arm so hoch zu ziehen, dass sie auf den Zehen tänzelt. Er schiebt sie mit solcher Wucht rückwärts gegen eine große Transportkiste, dass ihr Hinterkopf schwer dagegen schlägt. Ihre Kopfhaut fühlt sich an, als müsste sie jeden Moment nachgeben. Verzweifeltes Wimmern.

In der anderen Hand hat er so etwas wie eine große Pistole, die an einem Kabel hängt. Ehe Schmitt kapiert hat, was es ist, drückt er ihr das Ding ins Gesicht. Er peilt das Auge an, aber irgendwie schafft sie eine Kopfbewegung. Er schießt. Knapp unterhalb ihres Wangenknochens rammt der Tacker eine Klammer in ihr Fleisch, die sich durch ihre Wange und tief in ihren Oberkiefer bohrt. Sie schmeckt Blut. Er tackert ihr Haar mit mehreren Klammern an die Kiste. Bis sie bemerkt, dass das Krächzen, das sie hört, aus ihrer eigenen, noch immer verengten Kehle kommt, hat der Typ ihren guten Arm genommen und gegen die Kiste gedrückt, an der sie hängt.

Sie sieht seinen Unterarm. Seine Tätowierung, die einen Raubvogel zeigt, der ein rot-weiß kariertes Wappen hält.

Sie legt so viel Muskelspannung in ihre Gegenwehr, wie sie aufbringen kann. Sie tritt mit rechts, trifft ihn, aber nicht gut.

Sie schwankt und erhöht so den Zug auf ihre Kopfhaut.

Er tackert ihre Hand weit oben an die Kiste. Zwei, drei, vier Klammern jagt er durch die Handfläche ins Holz.
Drückt ihr das Pistolending gegen die linke Brust. Peng. Zwischen die Brüste: Peng. Da capo: Peng. Sie hört das Brustbein knirschen, als sich die Klammern hineinbohren. Aber da schießt er schon eine weitere Klammer ins sensible Fleisch ihrer linken Brust.
Er nimmt den verletzten Arm. Dreht und biegt ihn hoch, bis Schmitts Kehle ein Quietschen entfährt, und noch ein wenig weiter. Fixiert ihn mit zwei, drei, fünf Klammern durch die Hand an der Kiste.
Schmitt spannt ihre Arme an, um den Zug auf ihre Kopfhaut zu lindern.
Die Spannung in ihrem rechten Arm lässt die verletzte Schulter dumpf knacken.
Sie ist so beschäftigt, Blut gurgelnd um Linderung zu kämpfen, dass sie den anderen Mann nicht kommen sieht. Er wankt um den Kartonstapel heran, die Hand auf seine am Knochen geplatzte linke Wange pressend, das Hemd rot vom Blut aus der Wunde und aus seiner Nase, auf der noch die Kunststoffschiene klebt, mit der die letzte Fraktur gerichtet wurde. „Ich bringe die Hure um", zischt Schmitts Cousin, holt aus und rammt ihr die Faust ins Gesicht. Sein Siegelring bohrt sich durch die Haut bis zu ihrem Stirnbein. Blut strömt in ihr linkes Auge.
Der andere Mann zerrt ihn zurück. „Du kannst sie haben vielleicht später", sagt er mit schwerem Balkan-Akzent. „Aber erstmal ich ihr will Fragen stellen." Er greift Schmitt fest an die unverletzte Brust. Er hebt den Arm lässig, hält ihr den Tacker an den Körper und schießt eine Klammer durch die Haut in ihren Hüftknochen. „Wo ist andere Frau?"
Sie flüstert: „Such' sie doch, Wichser."
Er tackert den Riemen ihres Halfters an die verletzte Schulter. Lässt den Arm sinken und schießt eine Klammer in ihr linkes Knie. „Wo ist Frau?"
Schmitt lacht. Es klingt wie ein verunglücktes Stöhnen. „Sag mal: Lässt du Bullen etwa leben, die du gefoltert hast?"
Er tackert ihr Halfter rechts an ihrem Brustkorb an eine Rippe. „Nein. Sie spezielle Behandlung bekommen."
Sie lacht wieder. „Du ... wie Yoda ... redest. Kennst ... du ... ‚Star Wars', Arschloch?"
Der Typ knirscht mit den Zähnen. Mahmoud nimmt eine der Latten auf, rammt deren Ende mehrfach heftig in Schmitts Magengrube, an ihre Brust, und bietet an: „Lass mich, ich bringe sie zum Sprechen." Er trifft in einer plötzlichen Aufwärtsbewegung ihren Mund.
Schmitt gibt ein Husten oder Würgen von sich. Blutfäden ziehen sich von ihrer Unterlippe.

Der andere schüttelt den Kopf, schiebt Mahmoud weg. „Sie mir gehört bis ich Information habe."

Mahmoud bleibt dicht bei ihr stehen, angespannt, die Latte erhoben.

Der Große legt den Tacker ab und greift nach einer Art Kanister, auf den so etwas wie eine Düse montiert ist. „Schau, was ich habe gefunden", sagt er. Er drückt einen Knopf an der Düse, ein scharfes Zischen ist zu hören. Als er sein Feuerzeug an die Düse hält, erkennt Schmitt die Lötlampe. Die Flamme rauscht boshaft, sie ist im Kern blau und außen gelb. „Jetzt es wird ernst, Schlampe", sagt der Mann und nähert das Feuer ihrem rechten Ellenbogen.

Ihre Muskeln zucken im Fluchtreflex. Die verletzte Schulter knirscht.

Schmitts Atem geht stoßweise.

Langsam streift er mit der Flamme die Innenseite ihres Oberarms entlang und nimmt sich Zeit mit der Achselhöhle.

Schmitt wimmert.

Er stoppt die Gaszufuhr und drückt die heiße Düse seitlich an ihren Brustkorb. Ihre Haut verbrennt mit einem Zischen. Schmitt entfährt ein Schrei.

„Wo ist Frau?", fragt er, mit der Düse über ihre Brüste streifend.

Sie sagt: „Fick dich, Hurensohn."

Mahmoud rammt ihr das Ende der Latte in den Leib. „Du musst Respekt lernen." Der zweite Stoß trifft sie am Rippenbogen und nimmt ihr die Luft. Schmitt hustet, kann nicht einatmen. Aus ihrem aufgerissenen Mund dringt ein Pfeifen.

Der Große drängt Mahmoud mit seiner Pranke zurück und entzündet wieder die Gasflamme.

Er setzt tief an. Zwingt sie mit der Flamme, mal das eine, mal das andere Bein abzuspreizen und so den Zug auf ihr Haar zu erhöhen. Auf Zehenspitzen versucht sie, der Flamme auszuweichen und einen halbwegs sicheren Stand zu finden. Zugleich empfindet sie die Entwürdigung, die in diesen Bewegungen liegt. Er streift langsam ihren Leib hinauf, über den Nabel, zwischen ihren Brüsten hindurch hoch zu ihrem Gesicht. Sie schließt die Augen vor dem aggressiven Rauschen und der aufsteigenden harten Hitze der Flamme, die sich ihrer linken Wange nähert.

Seine freie Hand drückt ihren Kopf gegen die Kiste. Die Hitze konzentriert sich auf ihre linke Augenhöhle. „Auge wird gekocht genau wie Ei", sagt er. „Wie Eiweiß."

Der Schmerz wird unerträglich. Schmitt riecht, dass ihre Wimpern und die Augenbraue brennen.

„Wo … ist … Frau?"

Sie will den Kopf drehen, trotz der Klammern, die ihr Haar halten, aber seine Pranke ist wie ein Schraubstock. Sie schreit: „Gerade … stand … sie da … rechts am Ausgang … mit … meiner … Dienstwaffe … und zielte … auf euch."

Die Flamme dreht sich von ihr weg, und Schmitt entfährt ein Stöhnen der Erleichterung.

Carla drückt ab. Wieder und wieder und wieder. Bis die Waffe nur noch klickt. Mahmoud geht gleich zu Boden, der Riese lässt die Arme sinken, die Lötlampe kracht auf den Beton, er klappt zusammen wie eine Marionette.

Carla steht, die Waffe noch immer im Anschlag, aber sie drückt nicht mehr ab. Sie steht da und zittert, als ob sie in Slip und T-Shirt im Schnee stünde und nicht in einer stickigen Lagerhalle.

„Carla!", ächzt Schmitt.

In Carla kommt Bewegung. Die Waffe poltert aus ihrer Hand. Sie zieht eine der kleineren Kisten heran, so dass Schmitt darauf steigen kann, um den Zug auf ihr Haar und ihre Arme zu mindern. Schmitt beruhigt ihre Atmung und entspannt sich ein wenig.

„Ich rufe den Notarztwagen", sagt Carla.

„Nein", krächzt Schmitt. „Keine Polizei. Es sei denn... Schau erstmal, wie es den beiden Männern geht."

Carla beugt sich erschauernd erst über den größeren, der direkt vor Schmitt liegt. Er ist von mindestens vier Kugeln in den Oberkörper getroffen worden. Sie fasst ihm an den Hals und versucht, den Puls zu ertasten. „Der hier ist tot."

„Das ist wahrscheinlich der Typ, der deine Tochter eingesperrt und misshandelt hat", erklärt Schmitt. „Seine Tätowierung passt zu einer Beschreibung, die wir haben."

Carla schaut ihm ins Gesicht, als ob sie in seinen halb geschlossenen toten Augen etwas lesen könnte. „Wer ist er... Warum...?" stammelt sie und fällt neben der Leiche auf die Knie.

„Ich weiß nicht. Vielleicht findet die Polizei es heraus, wenn sie seine Leiche untersucht." Schmitt hustet. „Wie geht es dem anderen?"

Carla starrt schluchzend, mit halb erhobenen Händen als wollte sie auf ihn losgehen, den Leichnam des Mannes an, der Sultan genannt wurde.

„Carla?" ruft Schmitt. „Schaust du mal, wie es dem anderen geht?"

Carla fährt hoch auf wie eben frisch geweckt, erhebt sich, beugt sich über Schmitts Cousin. Sie hört ihn atmen. „Der lebt."

„Wo ist er getroffen?"

„An der Schulter."

„Läuft da Blut raus?"

„Nicht viel."

„Schau nach weiteren Schussverletzungen."

Carla bewegt Mahmoud mit dem Fuß, so dass er auf dem Rücken zu liegen kommt. „Ich sehe keine."

„Dann geht es ihm gut genug. Fessle seine Hände und seine Füße, damit es keine Überraschungen gibt. Da vorn bei den Kartons liegen mehrere Rollen Paketband."
„Aber du ... Ein Notarzt könnte ..."
„Ich komme klar. Und es wird sicher nicht lange dauern, bis ich einen Arzt sehen kann. Für das Arschloch da wird es eine Lösung geben. Wenn du jetzt den Notarzt rufst, kommt auch die Polizei. Wir mitten drin. Ich wüsste ehrlich gesagt derzeit nicht zu sagen, wer auf unserer Seite steht. Außerdem wird es Riesenermittlungen wegen dieser Schweinerei hier geben. Medienberichte ohne Ende. Wir würden völlig die Kontrolle verlieren. Das geht nicht, solange wir nicht sicher sind, dass dir nichts geschieht." Schmitt hustet. „Verschnüre den Typen, dann hilf mir hier runter. Im Wandschrank im Glaskasten gibt es Werkzeug. Eine Zange ist sicher dabei."

Die Klammern mit der Zange aus Schmitts Haar und aus ihren Händen zu ziehen, ist nicht so mühsam, wie Carla befürchtet hat. Sie befreit erst den verletzten Arm, dann den guten. Schmitt atmet schwer, bleibt sonst ruhig. Als ihr Haar frei ist, steigt sie mit zitternden Knien von der Kiste und sinkt zu Boden. Sie sitzt in einer Haltung völliger Erschöpfung, gebeugt, die Beine abgespreizt, ihre Augen sind fast zugeschwollen. Das Blut aus der Wunde an der linken Augenbraue fließt nicht mehr. Die Flamme hat sie verschlossen.
„Was ist? Soll ich nicht doch den Notarzt rufen?", fragt Carla.
Schmitt schüttelt den Kopf. „Nur eine Minute. Du kannst ein Tuch nass machen. Ich brauche was zum Kühlen, sonst schwellen meine Augen ganz zu." Sie schließt die Lider. Sie tastet mit der guten Hand nach der Klammer in ihrem Gesicht, strafft sich, packt sie fest mit drei Fingern und zieht sie heraus. Ohne zwischendurch zu pausieren, entfernt sie mit präzisen Griffen die Klammern aus ihrer Brust, aus dem Knie, ihrer Hüfte, der Schulter, eine nach der anderen.
Sie entspannt sich, so gut sie kann.
Draußen erheben die ersten Vögel ihr Morgengezwitscher. Cousin Mahmoud gibt ein Röcheln von sich.
Carla kommt mit dem nassen Handtuch. Schmitt hilft ihr mit der guten Hand, es auf ihrem Gesicht zu arrangieren. „Danke. Bringst du mir das Handy, bitte. Es ist in meiner Jacke, und die liegt bei den Decken. Schalt es ein, ich sage dir dann die Nummer."
Carlas Hände fliegen so sehr, dass sie Schwierigkeiten hat, in die engen Taschen von Schmitts Lederjacke zu greifen. Sie findet das Handy und schaltet es ein, während sie zu Schmitt geht.

Schmitt nennt ihr eine Mobilnummer und streckt den guten Arm aus. Sie zittert nicht. Carla wählt und gibt Schmitt das Telefon. Ihre Finger sind geschwollen, doch schließt sich die blutige Hand sicher um das Telefon.

Sie zählt elf Klingeltöne.

„Ich bin's", sagt sie, als sich ihr Onkel schlaftrunken meldet. „Dein Sohn hat uns an deinem sicheren Ort einen Besuch abgestattet. Er findet nicht allein nach Hause."

Atmosphärisches Rauschen.

„Lebt er?", fragt Schmitts Onkel gerade bevor sie fragen will, ob er noch da sei.

„Er braucht dringend einen Arzt. Hol ihn ab. Am besten gleich."

„Was ...?"

„Er hat uns an den Typen verkauft, den ihr Sultan nennt."

„War der auch da?"

„Er ist noch da. Um ihn brauchst du dir keine Sorgen zu machen. Du sollst nur den Sondermüll rausbringen, bevor die Gebäudereinigung kommt."

„Ich bin gleich da."

„Okay."

Schmitt reicht Carla das Handy. „Mach es sofort aus, bitte." Sie tastet ihre verletzte Schulter ab. „Fühlt sich nicht gesplittert an. Keine offenen Wunden. Würde sagen, ein sauberer Bruch des Schlüsselbeins. Hilf mir mal aus dem Halfter."

Danach erklärt sie Carla, wie der verletzte Arm mit Paketklebeband zu fixieren sei. Carla legt eine Schlinge Tape um das Handgelenk, Schmitt zieht den Arm selbst in Position und befestigt ihn mit der ersten Länge Paketband an ihrem Bauch. Sie hebt den gesunden Arm, so dass Carla das Tape, vom Handgelenk ausgehend, ungehindert weitere vier, fünf Mal um den verletzten Arm und Schmitts Oberkörper winden kann. Carla stützt die Verletzte auf dem Weg zum Glaswändebüro, wo der Verbandskasten an der Wand hängt. Schmitt lässt sich auf einen Stuhl fallen. Carla desinfiziert alle Wunden und klebt Pflaster darauf. Schmitts Handflächen verbindet sie mit Mull und elastischer Binde.

Plötzlich atmet sie stoßweise, schluchzt, geht neben Schmitts Stuhl in die Hocke, birgt ihr Gesicht in den Händen, heult. „Verdammte Scheiße. Ich habe einen Menschen erschossen. Verdammt noch mal. Alle sind tot! Und wofür? Was für eine Scheiße!" Ihre Stimme überschlägt sich. „Es wäre besser, wenn ich tot wäre. Dann wäre auch Friedrich sicher. Und du, warum tust du das für mich? Du hast doch mit der ganzen Scheiße persönlich gar nichts zu tun!"

Schmitt streicht ihr übers wirre Haar. „Weil ick een Bulle bin, Süße", sagt sie mit so tiefer Stimme wie möglich im Berliner Schnodderton. „Dit is meen Job."

Carla schüttelt schluchzend den Kopf. „Du hättest mich nicht aus der Schusslinie nehmen müssen. Du kriegst wahrscheinlich sogar Ärger deshalb. Das hast

du gestern selbst gesagt. Außerdem: Ich wäre eben beinahe abgehauen, und die hätten dich totgeschlagen. Ich bin es nicht wert!"
„Du bist aber geblieben, und du hast geschossen. Du hast mein Leben gerettet." Schmitt hat das surreale Gefühl, in einer Filmszene gelandet zu sein, wie sie da sitzt, zerschlagen, nur mit dem Tape bekleidet, das ihre geschundenen Knochen zusammenhält. Die Frau tröstend.
Was für ein absurder Dialog, denkt sie.
„Ohne mich wärst du nie in die Lage gekommen", sagt Carla.
„Und du nicht ohne mich", entgegnet Schmitt. „Schau, die haben mit meinem Wahnsinn gerechnet. Stattdessen war ich rational. Wir sind quitt." Sie muss husten, etwas sticht ihr scharf schräg unter den Rippenbogen. Sie schmeckt Blut. „Mach es nicht größer, als es ist. Du bist nicht nur mein Schützling, sondern auch Mittel zum Zweck. Ich brauche dich, damit sich die andere Seite bewegt und sich mit jeder Bewegung ein wenig mehr exponiert. Was hältst du davon, dass ich dich mitgenommen haben könnte, damit diese Bewegungen auffälliger werden, einen größeren Radius haben?"
Carla ist über diese Perspektive so überrascht, dass sie von einem Moment auf den anderen nicht mehr schluchzt.
Schmitt erhebt sich unsicher und schlurft mit kleinen Schritten zum Waschbecken neben der Tür. Aus dem Spiegel darüber blickt sie aus schmalen Sehschlitzen zwischen geschwollenen Lidern in vielfarbigen Augenhöhlen eine übel zugerichtete Frau an. Verbrennungen über Rötungen hinaus hat sie da, wo Sultan die heiße Lötlampe an ihre Haut gepresst hat, und ihr linkes Augenlid ist anders geschwollen und gereizt als das rechte, das nur mechanischer Gewalt ausgesetzt war. Links sind Augenbraue und Wimpern weggebrannt. Die Narbe ist kaum sichtbar unter den frischen Misshandlungsspuren.
Eine Fremde.
Sie betastet ihre geplatzte Augenbraue und die geschwollene Unterlippe mit den Fingerspitzen der beweglichen linken Hand. „Na Klasse", sagt sie. „Hilf mir mal, irgendwas anzuziehen."
Nur das Herrenhemd aus dem Supermarkt lässt sich über dem an ihren Körper geklebten Arm zuknöpfen.
Vor der Halle halten Autos.
Schmitt, an Sicherheit gewinnend, geht selbst zur Schiebetür. Das getackerte Knie fühlt sich nicht gut an, heiß und schwer. Aber sie kann gehen.
Als sie die Schiebetür öffnet, hilft gerade ihr jüngster Cousin Kemal ihrem Onkel aus seinem Mercedes in den Rollstuhl. Ein Mann, den sie nicht kennt, steigt aus dem Kleinbus hinter der Limousine.
Als der Onkel sitzt, schaut er auf und erschrickt. „Allah, wie siehst du aus, Kind. War er das?"

„Teils. Du kannst dich beglückwünschen zu einem solchen Prachtsohn."
Er winkt ab. „Wo ist er?"
„Von der Tür geradeaus, hinter den Kartons. Seid sanft zu ihm, er hat ein Loch in der Schulter. Fasst sonst nichts an. Ich rufe die Polizei, wenn wir weg sind."
Die beiden jungen Männer gehen in die Halle. Schmitt und ihr Onkel bleiben beieinander stehen. Die Vögel singen, die Morgensonne vergoldet die Baumkronen auf dem Nachbargrundstück. Alles könnte gut sein.
„Hast du eine Kippe für mich?" bricht Schmitt das Schweigen.
„Ich rauche nicht mehr", antwortet er, greift in seine Jacke und öffnet die Schachtel für sie, hält sie ihr hin. Sie hebt ihre Hand. Er sieht den Verband und die lädierten Finger und zieht für sie eine Zigarette aus der Packung, klemmt sie ihr zwischen die verschwollenen Lippen. Mit seinem goldenen Feuerzeug entzündet er erst ihre, dann seine Zigarette.
Sie sagt, den Rauch ausstoßend und die Zigarette ungelenk zwischen die Fingerspitzen nehmend: „Ich wäre jetzt tot, wenn dein Sohn unverletzt wäre. Ist dir das klar?"
„Ich habe nichts damit zu tun", sagt er düster.
„Das weiß ich." Sie betrachtet den blutverschmierten Filter ihrer Zigarette und leckt sich vorsichtig die Lippen.
„Sultan ist tot?", fragt er.
„Ja."
„Gut."
Sie rauchen, ohne einander anzusehen.
„Brauchst du einen Arzt?"
„Nicht sofort. Es wird gehen."
„Du willst meine Hilfe nicht."
„Keine Zeit. Wir müssen weg."
Schmitt hustet. Sie steckt sich die Zigarette in den Mund und betastet die Schwellungen an ihrem Hals, die der Würgegriff hinterlassen hat.
„Du traust deinen Leuten nicht?", fragt ihr Onkel.
„Nein. Sie hängen zum Teil tief drin. Solange ich nicht genau weiß, wer, wie und warum, muss ich untertauchen mit der Frau."
„Du kannst jederzeit zu mir kommen."
Schmitt lacht. „Siehst du ja."
„Ich weiß, dass du mir traust."
Sie nickt. „Weiß selbst nicht, warum. Aber du bist umgeben von Arschlöchern."
„Ich würde gern sagen: Sprich nicht so von meinen Söhnen. Aber ich fürchte, sie haben keinen Verstand. Du bist viel mehr mein Kind."
Sie lacht wieder. „Mal nicht den Teufel an die Wand."

Er schaut zu ihr auf. Erst verständnislos, dann empört, als er versteht. „Ich habe nie mit deiner Mutter …"

„Schon recht", unterbricht Schmitt und lässt ihre Zigarette fallen. „Ich verschwinde hier in zehn Minuten und rufe die Polizei, dass sie die Leiche rausholt. Wenn du noch was in der Halle hast, das die Bullen nicht finden dürfen, solltest du es jetzt mitnehmen."

„Habe ich schon rausgeholt, bevor du eingezogen bist."

„Das war klug, Onkel." Wieder lacht sie. Hinkt Richtung Tür. „Ich muss packen."

„Sibel?"

Sie bleibt stehen und dreht sich um. „Ja?"

„Es tut mir leid. Und ich danke dir. Er hätte es verdient, verhaftet zu werden. Danke."

***

8

Friedrichshöfen bei Königs Wusterhausen, Brandenburg

Bernatzki nimmt zu spät das Tempo zurück. Hinter dem Ortsschild blendet ihn der gelbe Radar-Blitz. „Scheiße."
Sein Astra Caravan holpert über das grobe Kopfsteinpflaster. Rechts und links am Anger hinter kurzgeschorenen Grünstreifen unter Eichen stehen sanierte Resthöfe betuchter Berlinpendler und unsanierte Resthöfe Einheimischer, die kleine Feldsteinkirche zwischen den Fahrbahnen, Kriegerdenkmal davor. Kein Mensch zeigt sich auf der Straße. An der ehemaligen Tankstelle mit den verstaubten Gebrauchtwagen lotst die Navigation Bernatzki nach rechts zwischen neuere Häuser und wieder an ein Ortsschild. „Sie haben Ihr Ziel erreicht": ein großes Haus ohne Nebengebäude mit „Zu vermieten"-Schildern in jedem Fenster im Erdgeschoss, das letzte Gebäude am Dorfrand. Hinter dem kahlen Grundstück beginnt der Wald, auf der anderen Seite der Straße zieht sich ein Feld den Hang hinauf bis an den Waldrand.
Ende der Welt.
Bernatzki schaltet die Zündung aus.
In der Ferne kreischt eine Säge.
Die Morgenluft strömt rau über Bernatzkis kurz geschorenen Schädel. Die Bürste steht einen Zentimeter hoch, der Bart ist ab. So geht er für Mitte Zwanzig durch. Jeans, weißes T-Shirt, schwarze Jacke, schwarze Sportschuhe: Er ist ein junger Rechter, adrett, sauber, einer von der bürgerlichen Sorte, kein Skin, kein Autonomer.
An der Klingel für den ersten Stock fehlt der Name. Bernatzki presst den Daumen darauf. Nichts. 14 Sekunden, bis der Summer die Tür freigibt, werden zur Ewigkeit. Die Treppe hoch. Bernatzki ist bereit. Er drückt den Knopf an der Wohnungstür und hat das Gefühl, als würden nur das dünne elektronische Piepsen in der Wohnung und sein Atem das Universum mit Geräusch erfüllen.
Etwas regt sich. Ob jemand durch den Spion blickt, ist nicht auszumachen. Die Tür öffnet sich.

Mendy Mattke. Bernatzki erkennt sie sofort. Sie sieht älter aus als auf dem Foto in ihrer Akte, runder, schlaffer, bleicher. Kalte graue Augen scannen ihn. Seine Nackenmuskeln straffen sich gegen den Fluchtreflex.

„Morgen", sagt er. „Thor schickt mich."

„Und?" Ihre Stimme klingt flach und hell wie die eines Kindes. Der Blick bleibt ausdruckslos. Sie könnte irgendeine Brandenburgerin um die Dreißig sein in ihrem Trainingsanzug und den weißen Socken, aber sie hat Augen aus Stein.

Er macht eine Handbewegung. „Soll ich wirklich, hier auf dem Treppenabsatz ...?"

„Wir wohnen hier momentan allein, niemand hört zu. Was will Thor?"

„Er lässt grüßen. Er teilt mich eurer Einheit zu."

„Wozu?"

„Er musste abtauchen. Da stellte sich die Frage, was ich mache. Er dachte, es wäre eine gute Idee ..."

„Komm rein." Sie tritt zur Seite. Er geht an ihr vorbei und bleibt im Flur stehen. Der ist dämmrig, als sie die Tür geschlossen hat. „Geradeaus ins Wohnzimmer", befiehlt die Frau.

Er zwingt sich, nach vorn zu schauen, obwohl er sie sehr dicht hinter sich spürt.

An der angelehnten Wohnzimmertür gibt sie ihm einen heftigen Stoß. Bernatzki kracht gegen die Tür, die aufschwingt und an die Wand schlägt. Er versucht sich mit einem großen Schritt abzufangen. Sieht eine Gestalt, sieht den Schlag kommen, strafft die Bauchmuskeln, nimmt die Arme hoch, dass sie ihm nicht gebrochen werden. Der Baseballschläger trifft ihn auf Nabelhöhe und nimmt ihm die Luft. Er knickt ein, geht zu Boden, während eine drahtige Frau in Jogginghose und T-Shirt mit radikalem Bürstenschnitt an einer und Ponyfrisur an der anderen Seite des Kopfes den Schläger wieder hebt, ausholt –

„Stop", sagt Mattke. Die andere hält inne, den Schläger erhoben. Bernatzki erkennt Meike Krenkow, gesucht wegen schwerer Körperverletzung und anderer Delikte.

„Mensch, Kameradinnen", presst Bernatzki raus, sich auf dem braunen Teppichboden krümmend. „Das hätte ich mir anders vorgestellt."

„Nochmal von vorn", sagt Mendy Mattke und lässt sich von Krenkow den Schläger reichen. „Wer bist du, woher kommst du, wer schickt dich und warum?" Sie setzt ihm das Ende des Schlägers ans Kinn und drückt.

Bernatzki will den Kopf unter dem Knüppel wegdrehen. Sie setzt das Ding an seinem Hals an.

„Ich heiße Bernie, so nennt mich Thor. Thor sagt ..."

Sie drückt fester, dass er husten muss. „Das ist Scheiße. Thor würde uns keinen Fremden auf den Hals schicken, ohne uns vorzuwarnen."

Er versucht, mit den Händen den Knüppel abzudrängen. Zwecklos: Er greift ins Leere, sie stößt nach.

Bernatzki denkt: Gut, sie sind nicht gewarnt. Punkt für mich. Mit einer Geste der Unterwerfung, der Frau die Handflächen zuwendend, sagt er hastig. „Okay okay, du hast recht. Thor war plötzlich verschwunden, und ich sah im Forum, dass ihr einen Bankraub plant. Da dachte ich ..."

Sie nimmt tatsächlich den Schläger etwas zurück. „Was weißt du von dem, was wir ins Forum stellen?"

„Alles. Ich bin Thors System-Administrator. Ich bin der Einzige neben Thor, der alles sehen kann, auch im Keller. Ihr seid Helden." Stundenlang hat er das Material gelesen, das der Verfassungsschutz im Forum seines V-Manns sammeln konnte.

„Wo ist Thor?"

„Ich hatte gehofft, ihr wisst das. Der Arsch schuldet mir Geld für meine Arbeit. Ich hab 'ne Frau und 'n Kind. Da verschwindet er einfach."

Der Knüppel nähert sich wieder Bernatzkis Kehle. „Wenn du siehst, was wir ins Forum schreiben, weißt du, dass wir auch kein Geld mehr kriegen."

„Das muss nicht heißen, dass ihr nicht wisst, wo er ist. Ich brauche das Geld dringend. Die Karre draußen ist nicht abgezahlt, die Miete ... Ich stecke in der Scheiße, Thors Forum war ein Vollzeitjob, jahrelang habe ich für den Kameraden gearbeitet. Dann zahlt der erst monatelang nicht, und jetzt ist er einfach weg. Ich muss ihn finden, sonst sitze ich mit meiner Familie auf der Straße." Er grinst. „Außerdem dachte ich, wenn ihr n' Bankraub macht, könnte ich vielleicht einsteigen. Wozu habe ich jahrelang – äh – Wehrsport gemacht?! Plan B, klar?"

Sie lässt den Schläger sinken, schüttelt den Kopf. „Du bist entweder sehr mutig oder sehr blöd. Weißt du nicht, wer wir sind?"

Bernatzki setzt sich ächzend auf. „Ihr seid Thors ganzer Stolz. Acht Kanakenbetriebe abgefackelt, einen davon dreimal. Mann, das hat Stil. Fast so gut wie der Nationalsozialistische Untergrund zu seiner besten Zeit, nur nicht tödlich. Aber was nicht ist, kann ja werden." Er lacht. „Man redet über euch."

Während Mattke keine Regung zeigt, grinst Krenkow geschmeichelt. Bernatzki kann nun den Aufdruck auf ihrem T-Shirt lesen: „Wir sind nicht die Zahlmeister Europas. NPD." Er zeigt darauf und sagt: „Ich war Parteitagsordner bei denen. Oben in Mecklenburg. Hab auch so'n Shirt."

Mattke fragt mit ihrer Kinderstimme: „Wer redet über uns?"

„Über die Brände! Alle Foren sind voll davon, wisst ihr das nicht? Diese Kanaken zu konfrontieren, dass ihr Profit in deutsche Hände umverteilt gehört, die Zündelei mitten am Tag, praktisch auf offener Straße, und zu verschwinden, ohne erkannt zu werden oder Spuren zu hinterlassen, das ist voll geil. Ihr macht Geschichte, das ist cool. Ihr werdet berühmt wie der NS-Untergrund."

Krenkow grinst. Mattke wischt das Lob mit einer Handbewegung beiseite.

„Wenn wir Thors ganzer Stolz sind, warum bekommen wir keinen verdammten Cent mehr?"

Bernatzki schaut nachdenklich, dann sagt er: „Wenn ihr dichthalten könnt, sag ich's euch. Er plant ein Riesending mit einer anderen Truppe. Seitdem klar ist, dass er an eine Ladung Plutonium aus Russland kommen kann, ist das sein Projekt Nummer Eins. Alles Geld fließt da rein. Höllisch teuer."

Sie ist noch immer misstrauisch. „Und was will er mit dem Zeug?"

„Mann, davon müsst ihr doch gehört haben. Schmutzige Bombe, davon ist doch schon lange die Rede."

Mattke wechselt einen Blick mit Krenkow. „Die Wunderwaffe."

Krenkow nickt.

„Tolle Sache, ja. Trotzdem Scheiße, dass alle anderen auf dem Trockenen sitzen. Ihr ahnt nicht, was in dem Forum los ist, seitdem Thor abgetaucht ist. Nicht zu verstehen, warum er nicht wenigstens für eure völkischen Familienfeste Geld rüberwachsen lässt."

Mattke stellt den Knüppel neben der Tür an die Wand. „Ich könnt 'nen Kaffee machen. Wir haben schon gefrühstückt, aber eine Stulle für dich wäre noch drin."

Bernatzki rappelt sich auf. „Kennt ihr mich eigentlich nicht aus Facebook? Bernie!?"

Krenkow und Mattke sehen einander an. „Tut uns leid. Facebook ist nicht so unser Ding. Ich bin Mendy. Das ist Meike. Setz dich."

Er lässt sich auf das geblümte Plüschsofa fallen. „Seid ihr nicht drei?"

Mattke und Krenkow wechseln wieder Blicke. „Stimmt. Hartmut ist unterwegs", sagt Mattke wieder um einige Grad kühler, mit einem prüfenden Blick. „Kaffee?"

Bernatzki schaut harmlos lächelnd zurück.

„Ja. Wär' gut."

„Stulle?"

„Nee danke." Brot würde ihm jetzt im Hals stecken bleiben.

Mattke erhebt sich, geht zur Tür. „Hilf mir mal, Meike", sagt sie und zieht die Tür hinter sich fest ins Schloss.

Auch klar, wer hier der Chef ist, denkt Bernatzki.

Er erhebt sich, geht die paar Schritte zum Fenster, schaut durch die Gardinen hinaus. Die Straße ist leer bis auf seinen Astra. Er dreht sich um und lässt den Blick über die Einrichtung streichen. Das Plüschsofa mit den Sesseln, die Schrankwand im altdeutschen Stil, die Tapete. Alles sieht sehr benutzt aus im schrägen Morgensonnenlicht. Ein Plakat an der Wand zeigt lachende Menschen in Trachten. „Familienfest der Nationalen Jugend Grenzwalde" steht darauf, mit einem Datum von vor zwei Jahren.

Die bewegen sich ganz normal, denkt er. Zwischendurch ziehen sie los und legen Feuer. Dann gehen sie mit Trachtenmädchen Sonnenwende feiern.

Warum man die gewähren lasse, wollte Bernatzki in der Nacht von Denzler wissen.

Denzlers Grinsen. „Die tun, was sie tun, bewegen sich in der Szene, man beobachtet sie dabei: Wer ihnen hilft, wer ihnen seine Identität für Behördengänge leiht oder seine Versicherungskarte, wenn sie zum Arzt müssen. Die Nazinetzwerke liegen da wie ein offenes Buch. Familienfeste, Bewerbungsberatung, Gefangenenhilfe, Jugendarbeit. Wenn du dich drauf einlässt, umfängt dich dieses Netz wie eine warme Decke. Kameradschaft, Sicherheit. Ausländerfreie Zonen. Alles vertraut und sauber. Sie kennen das Gefühl doch besser als ich. Die Netzwerke breiten sich aus wie Metastasen. Krebs an der Gesellschaft. Es geht im Kleinen los, wenn Kameradschaften eine Freiwillige Feuerwehr unterwandern oder Vereine gründen, um Kriegerdenkmäler zu restaurieren. Über die Holzhammerpropaganda sind die hinaus. Wie Sie in Ihrem Fußballklub, damals, und beim Bund. Sie haben sie auch gewähren lassen, oder? Scheiße haben Sie genug gebaut für ein paar Jahre Knast wegen Körperverletzung. Sie haben gemacht, was Sie gemacht haben, und Sie waren ein guter V-Mann, und jetzt sind Sie bei uns. Happy End. Ihre Kameraden, Ex-Kameraden, sind inzwischen auch auf dem Weg in die Mitte der Gesellschaft, ohne ihre Ansichten und Aktionen aufzugeben. Dieser Thor oder Sittke und seine Leute, die sind das Zentrum, und wir sind nah dran – Nazis gäbe es trotzdem, aber wir wüssten weit weniger über sie."

Was haben wir davon zu wissen, wie die Netzwerke aussehen, wenn wir sie weiter brandschatzen lassen?

„Güterabwägung. Vielleicht kommen auf einen Anschlag, den man zulässt, zehn, die man verhindert? Weil man zum Beispiel rausfindet, wie das Geld von den außer Kontrolle geratenen Seilschaften korrupter Politiker zu den Nazis abfließt."

Ab wann lohnt sich das? Und wie lange hält man still, bevor man einschreitet? Jetzt suchen wir eine Ladung Plutonium, wozu ist das gut?

„Ich sage Ihnen, wie es ist. Ich sage Ihnen nicht, dass ich das gut finde."

Ich habe das nicht gewusst, Denzler. Ich dachte, bei den Bullen gehöre ich zu den Guten.

„Tut mir leid, Bernatzki, echt. Wollen wir dann mal Ihren Einsatz weiter vorbereiten?"

Mattke trägt ein Tablett ins Zimmer. Bernatzki hat sie nicht kommen hören. „Was stehst du herum?", fragt sie. Der misstrauische Ton gefällt ihm nicht, aber sie hätte wohl kaum Kaffee gekocht, wenn sie seine Geschichte nicht kaufen würden.

Er setzt sich wieder aufs Sofa. „Ich hab' mal rausgeguckt. Ist ruhig hier."

Sie verteilt Tassen auf dem Tisch, stellt ein geblümtes Porzellanschälchen mit Keksen in die Mitte. „Genau richtig für uns." Sie lässt sich ihm gegenüber auf dem Sessel nieder.

Mendy Mattke, vergegenwärtigt sich Bernatzki, vorbestraft wegen gefährlicher Körperverletzung, nachdem sie eine Kabarettistin aus Israel fast totgeschlagen hatte. Mattke war 17 damals. Ein Jahr saß sie ab, hatte verschiedene Jobs, die sie immer wieder verlor wegen neuer Anklagen. Propagandadelikte. Dann verschwand sie im braunen Untergrund.

Er nimmt seine Tasse, nippt am Milchkaffee, nickt Mattke zu. „Und?"

„Und was?"

„Ihr habt euch doch in der Küche beraten, ob ihr mir helft."

„Wir kennen dich nicht", stellt sie fest.

„Dann lernen wir uns eben kennen."

Krenkow betritt den Raum, zielt beidhändig auf Bernatzki mit einer Waffe, die zwischen ihren langen Fingern klein aussieht.

Bernatzki springt auf, einen Schritt zum Fenster. „Verdammte Scheiße, bist du …?"

Er unterbricht sich, als die beiden anderen zu lachen beginnen. Krenkow wirft ihm die Waffe zu, er fängt sie. Eine Glock. „Kannst du mit so was umgehen?"

Bernatzki prüft, ob die Glock geladen ist, zielt auf das Plakat, lässt den Abzug klicken, wirft sie Krenkow zurück, setzt sich mit einem halben Grinsen wieder aufs Sofa. „Ihr seid schon Arschlöcher, mich so zu erschrecken, was? Klar kann ich mit einer Glock umgehen. Wieso?"

Mattke nimmt ein Stück Stoff vom Tisch und schiebt ihre Hand hinein. Ein Strumpfhosenfuß mit einem Augenloch. „Du kommst mit", bestimmt sie, schneidet mit einer Kinderschere, die sie von ihrer Sessellehne nimmt, das zweite Augenloch, legt die Schere weg und dehnt die Strumpfmaske zwischen ihren Händen.

Lass es nicht wahr sein, denkt Bernatzki, nach Luft ringend. Lass es nicht ausgerechnet heute sein!

„Schau an", bemerkt Mattke. „Eben noch groß geredet, und jetzt steht dir die Suppe in den Schuhen."

„Na ja, so'n Bankraub ist nicht ganz das Gleiche wie dem türkischen Gemüsehändler an der Ecke die Kasse zu klauen."

„Wehrsport", ruft Krenkow und lacht. Sie hat sich auf Mattkes Sessellehne gesetzt. Mattke sagt: „Du glaubst doch nicht, dass du hier so reinschneist, und wir geben dir mal eben Thors neue Adresse."

Schon klar, denkt Bernatzki. Erst muss ich die Pfoten in eurem Mustopf stecken haben. Sind wir Komplizen, sind wir zwangsläufig Freunde fürs Leben. Ein Zurück gibt es nicht.

Krenkow spielt mit der Glock.

„Wenn es dich tröstet, ich habe auch kein gutes Gefühl dabei", sagt Mattke. Sie wirft die Maske auf den Couchtisch. Im Licht der Morgensonne steigt eine Wolke glitzernder Staubteilchen auf. „Wir sind nicht trainiert für Überfälle."

Krenkow streicht über die Skinhead-Seite ihrer am Seitenscheitel geteilten Frisur, steht auf, wirbelt herum und zielt zweihändig mit der Glock auf Mendy. „Ist doch eigentlich ein gutes Ziel. Goldmann-Sachs, Oppenheim. Internationales Finanzjudentum. Die Menschen werden uns lieben dafür." Als der Lauf auf ihren Kopf zeigt, entblößt Krenkow ihre schiefen Zähne und zischt: „Gib das Geld raus, Sarah, oder ich blase dir den Schädel weg."

Mattke gibt ihr einen missbilligenden Blick.

Sie drückt ab. Klick.

Krenkow kneift ein Auge zu, zielt und drückt wieder ab. Klick. „Wir sind der Nationale Widerstand."

Bei „Nationaler Widerstand" hebt sie die Stimme, als ob sie zu einem Appellplatz voller Soldaten spräche. Sie deklamiert: „Wir haben bereits Großes geleistet. Wenn die Welt davon hört, werden uns Dankbarkeit und Verehrung sicher sein. Kleinliche Rücksichten sind unangebracht. Außerdem waren wir uns früher auch nicht zu fein für Überfälle."

Mattke schüttelt ihr strähniges Haar. „Wir sind ein Kommando, keine wilde Truppe. Ein Kommando handelt auf Befehl. Wenn die Zentrale sich nicht mehr meldet, haben wir ein Führungsproblem."

Bernatzki nickt. „Thor wäre jedenfalls nicht begeistert." Lahmes Argument! Er hört sich reden wie einen Fremden. Er spürt, wie die Lage ihm entgleitet wie von einer Welle weggewaschen.

Krenkow lässt sich neben Bernatzki aufs Sofa fallen, dreht die Glock in ihren Händen. „Was erwartet er, wenn er kein Geld schickt? Wir sind schließlich nicht irgendwer. Wir sind eine Kampftruppe, die sich zur Not nackt und mit verbundenen Augen im Urwald durchschlagen könnte. Nicht irgendwelche verweichlichte Juden, die vom Geldzählen einen krummen Rücken haben und hilflos sind, wenn es ein Problem gibt."

Klick.

„Hör endlich auf damit!" faucht Mendy. „Ich rede nicht von kleinlichen Rücksichten. Was, wenn wir beobachtet werden? Es dient unserer Sache nicht, wenn wir im Knast landen. Wir können dem System den Triumph nicht gönnen."

Krenkow berührt Bernatzki zutraulich am Bein. „So geht das seit Tagen. Sie dreht immer wieder die gleichen Runden."

„Ich kann sie verstehen", entgegnet Bernatzki. „So eine Bank ist keine Imbissbude. Die haben Wachen, Alarmanlagen, Kameraüberwachung. Man sollte es sich gut überlegen, da reinzugehen."

Krenkow zielt mit der Glock auf seinen Kopf. Bernatzki spürt ein Kribbeln in seinem Nacken, obwohl er weiß, dass die Waffe nicht geladen ist. Sie sagt: „Wir fressen seit Tagen nur noch Nudeln und saufen Leitungswasser. Der Tank ist leer. Was mich noch gestört hat, ist nun erledigt: Wir waren drei, einer im Auto, einer vorn am Schalter, einer an der Tür. Fehlte jemand zum Absichern des Raums."

Klick.

„Dafür haben wir jetzt dich, Kamerad."

Mattke greift seufzend nach dem anderen Strumpf auf dem Tisch und schneidet ihn zur Maske zurecht. „Zum Glück haben zwei Strumpfhosen vier Füße." Sie wirft die Maske in Bernatzkis Richtung, doch die bläht sich gegen die Bewegung, erschlafft und geht neben dem Tisch zu Boden.

Plötzlich spürt Bernatzki seine Müdigkeit. Er reibt sich die Augen. „Na gut, wann soll es also losgehen?"

Krenkow antwortet: „Wenn Hartmut mit der Karre kommt."

„Und wo? Ich kenne die Gegend nicht, sollte ich nicht erstmal …"

„Ist nicht weit. Und viel zu kennen gibt es nicht. Ist halt 'ne Bank."

Mattke springt auf und schaut aus dem Fenster. „Wo zum Teufel … Hartmut ist überfällig."

„Er braucht doch immer lang. In soner ruhigen Gegend ein Auto zu klauen, ist nicht so leicht." Krenkow zielt auf ihren Rücken.

Klick.

Sie dreht sich um, schreit: „Du sollst das lassen, Scheiße verdammte!"

„Ich geh' mal aufs Klo", verkündet Bernatzki und erhebt sich vom Sofa. „Äh … wo?"

„Flur, zweite rechts", sagt Mattke.

In Bernatzkis Schädel wirbelt ein Tornado. Schmitt anrufen, fragen, was tun, wegrennen, statt aufs Klo raus, ins Auto, wegnurwegnurweg.

Sie würde es tun, denkt er klar, als er die Badezimmertür abschließt, Schmitt würde alles tun, was zum Ziel führen kann.

Wahrscheinlich hätte sie Krenkow längst niedergeschlagen und würde so lange auf Mattkes Oberarmen knien und ihre Nasenwurzel mit den Knöcheln bearbeiten, bis sie wimmernd bittet, Thor verraten zu dürfen.

Vielleicht, vielleicht nicht.

Draußen fährt ein Auto vor. Bernatzki sieht nichts durch das Mattglas des Fensters.

Hartmut. Das wird Hartmut sein.

Er lässt die Hose runter, setzt sich. Tippt eine SMS an Schmitt und Denzler in sein Handy: „bankraub heute, muss mit, großer mist. weiß nicht wo/wann. festnahme der ns-gruppe danach an/in ihrem haus möglich. melde mich." Sendet. Löscht die SMS aus dem „Verschickt"-Speicher.

Er spült, wäscht sich die Hände.

Die Fliesen glänzen, Wasserhahn und Waschbecken sind frisch geputzt. Unter dem Glas mit drei fast neuen Zahnbürsten in Gelb, Rot, Blau liegt ein rundes Deckchen, außen rote Spitze, innen Hakenkreuz.

Ein ordentlicher Haushalt; Heil Hitler, hier putzt der General.

***

LKA, Berlin-Tempelhof

Schumanns Handy ist abgeschaltet, oder er telefoniert – jedenfalls aktiviert Denzler mit seinem Anruf die Mailbox. Nach dem Piepton sagt er: „Hallo Herr Schumann, Denzler hier, entschuldigen Sie die frühe Störung. Ich möchte Ihnen sagen, dass der Staatschutz sich auf dem kurzen Dienstweg den Herrn Bernatzki ausgeliehen hat. Es war keine Zeit für den Papierkram, ich reiche alles nach. Wir haben eine Nazi-Gruppierung in Südbrandenburg ausfindig gemacht, die uns eventuell bei der Aufklärung der Muthberg-Sache zur Hand gehen kann. Daher ist Bernatzkis Nazi-Kompetenz einstweilen bei uns gefragt. Die Aktion läuft etwa bis Mittag. Sie haben ihn also in ein paar Stunden zurück, versprochen. Danke für die kollegiale Hilfe. Rufen Sie mich zurück, falls Sie Fragen haben."

Er hat das Mobiltelefon gerade auf den Tisch abgelegt, als es mit einem Kling-Klang die eingehende SMS anzeigt. Denzler aktiviert den Bildschirm. „Bankraub, so eine Scheiße", murmelt er.

Das Handy klingelt.

Denzler nimmt es ans Ohr, atmet tief ein und sagt: „Hallo Schmitt. Schöner Mist, oder?"

***

Friedrichshöfen bei Königs Wusterhausen, Brandenburg

Als Bernatzki aus dem Bad kommt, steht ihm ein dürrer Kerl mit ungekämmtem Blondhaar gegenüber. „Wer bist denn du?", fragt er.
Bernatzki streckt die Hand aus: „Bernie."
„Meinetwegen", sagt der Dürre und geht an ihm vorbei Richtung Wohnzimmer, ruft: „Mendy, wer ist der Typ?"
„Ein Freund von Thor", hört Bernatzki Mattke anworten.
„Thor hat keine Freunde", sagt der Kerl, als Bernatzki gerade ins Wohnzimmer kommt.
Der Kerl: Hartmut Fuchs, zwei Jugendstrafen wegen Raub und Körperverletzung, zusammen 490 Tage soziale Arbeit für verschiedene Propagandadelikte, zweimal von Schulen geflogen, gute Noten, kein Abschluss. Wie seine Komplizen ist er nicht mehr mit einer Straftat in Verbindung gebracht worden, seit sie untergetaucht sind.
Fuchs packt den Baseballschläger und holt aus.
Bernatzki hebt beide Hände, lächelt, sagt: „Das hatten wir eben schon. Können wir reden, eh' du mich liquidierst, Kamerad?"
„Thor hat keine Freunde", wiederholt Fuchs.
Bernatzki behält die Hände oben. „*Sie* sagte ‚Freund'. *Ich* sagte ‚System-Administrator'."
Mattke: „Stimmt."
„Einen Administrator hat er auch nicht, du Penner. Jeder kleine verdammte Glatzkopf in unserer glorreichen Bewegung weiß, dass Thor alles selbst macht. Er ist stolz drauf." Fuchs tut einen Schritt in Bernatzkis Richtung.
Der weicht zurück. „Und was zum Geier macht dich zum Thor-Experten, Kamerad? Dass er dir erzählt hat, wie Klasse er am Rechner ist? Wenn ich er wäre, würde ich das dir Scheißer auch erzählen. Glaubst eh alles, was?"
Mattke greift ein. „Ist gut, Hartmut, der weiß wirklich Sachen, die du nur wissen kannst, wenn du das Forum in- und auswendig kennst. Wir sind doch auch nicht blöd." Sie klingt so, als müsste sie mit Fuchs öfter mal Geduld haben.
Der Schläger bleibt in Angriffstellung. „Was macht der Typ hier?"
Mattke und Krenkow schauen einander an. „Schnorren", sagt Krenkow. „Er kriegt wie wir kein Geld mehr von Thor und macht sich deshalb an uns ran."
„Ich arbeite für ihn. Ich habe Raten zu zahlen", ergänzt Bernatzki.
Fuchs lässt den Schläger einige Zentimeter sinken. „Admin, ja? Überzeuge mich."
„Dein Passwort im Forum ist Go4MendyMattke."

Jedes andere habe ich dreimal in der Dokumentation gelesen und sofort wieder vergessen, denkt Bernatzki.
 Fuchs wird rot und wirft den Schläger auf den Teppich. „Okay." Er schaut Mattke an, zeigt auf Bernatzki. „Kommt der mit?"
 „Zu viert geht es besser. Musst du zugeben."
 „Wir kennen den nicht. Wir können nicht mit einem Fremden ..."
 „Er ist ein Kamerad", stellt Mattke fest. „Schluss jetzt. Draußen steht ein geklautes Auto. Wir müssen los."

Fuchs hat einen Mercedes 190 gestohlen. Er sitzt gekrümmt hinterm Steuer. Trotzdem stößt sein wirres Haar an den Bezug des Schiebedachs.
 Er dreht sich nach Mattke um. Sein dünner Hals wirft Falten. „Alles klar?"
 „Klar."
 „Haben wir alles?"
 „Wie immer."
 „Ehre und Treue."
 „Ehre und Treue."
 „Ehre und Treue."
 Bernatzki sagt: „Sieg Heil."
 Fuchs legt den Gang ein und fährt los. Mendy lehnt ihren Kopf an die Scheibe. Sie dreht ihren Finger in eine Haarsträhne ein und löst ihn wieder. Eindrehen lösen eindrehen lösen.
 Schweiß glänzt auf Krenkows Stirn. Sie knabbert an ihren Fingernägeln. „Die Scheißkarre stinkt."
 „Türkenkarre", sagt Fuchs.
 Er und Krenkow lachen verhalten.
 Fuchs beschleunigt am Ortsausgang. Er hält sich, die Tachotoleranz eingerechnet, genau an die Geschwindigkeitsbegrenzung, 80 plus drei km/h. Ein Hintermann hupt und überholt. Verschwindet vor ihnen um die Biegung im Wald. „Arschloch", kommentiert Fuchs.
 Sie fahren aus dem Wald und dann nach links auf die Autobahn.
 Fuchs schaut in den Rückspiegel. „Nervös, Mendy?"
 „Ich weiß, es dient der Sache", sagt sie. „Aber so eine Aktion ist Scheiße."
 „Wir treffen ..."
 „... das Finanzjudentum. Sagt auch Meike. Ich nenne es Bankraub. Dafür gibt es keinen Beifall."
 „Wenn alles gut geht, wird es niemand jemals erfahren."
 „Ja, wenn."
 „Nun beruhige dich mal. Wird schon werden."
 „Hoffentlich."

Bernatzkis Handy klingelt. Er zuckt zusammen, zieht es aus der Tasche. „Anonym" wird angezeigt. „Ja?"

„Können Sie reden?", fragt Denzler.

„Hallo Schatz", sagt Bernatzki.

„Wissen Sie mehr? Wann ist der Bankraub?"

„Dauert nicht mehr lange, Süße."

„Scheiße. Machen Sie keinen Unsinn. Ich meine, legen Sie keinen um oder so. Das ist nicht gedeckt durch so einen Einsatz."

„Da bin ich mir nicht sicher, Kleine. Glaubst du wirklich? Kann Opa nicht helfen?"

„Sie sind auf sich gestellt. Sie müssen improvisieren. Ich wüsste auch gar nicht, wohin ich die Kavallerie schicken sollte, um einzugreifen."

„Nein, das kann Opa dann wirklich nicht wissen, Schätzchen. Ich weiß es leider auch nicht."

„Sind Sie unterwegs?"

„Ja klar."

„Ist noch jemand im Haus?"

„Nicht, dass ich wüsste, Süße. Glaube nicht."

„Machen Sie keinen Unsinn. Keine Heldentaten zwischendurch, okay? Sie müssen durchhalten, bis Sie mit den Typen wieder zurück sind. Frühestens dann kann es einen Zugriff geben. Ich arrangiere das."

„Oma würde das sicher ganz fein finden, Süße."

„Viel Glück, Bernatzki. Passen Sie auf sich auf."

„Danke, Liebchen. Gib der Mama einen Kuss."

Denzler legt auf.

„Meine Tochter", erklärt Bernatzki.

Mattke wirft ihm einen Blick zu. „Du solltest das Handy besser abschalten. Wir müssen uns konzentrieren."

Fuchs nimmt die dritte Ausfahrt. Sie fahren durch ein stilles Dorf, über weite Felder, in ein größeres stilles Dorf. Sie halten am Straßenrand. Mattke öffnet die Tasche, reicht Krenkow ihre Strumpfmaske und Bernatzki die dritte, streift die eigene über. Sie verteilt die Mützen. Fuchs schaut in den Rückspiegel, um Sonnenbrille und Mütze zu kontrollieren. Mendy gibt Krenkow ihre Handschuhe und kramt in der Tasche nach den eigenen. Krenkow spannt einen Nierengurt für Motorradfahrer um ihren schmalen Oberkörper, zieht einen Kapuzenpullover drüber. Sie könnte ein zierlicher Mann sein.

„Ich habe keine Handschuhe für Bernie", stellt Mattke fest. „Und Hartmut, ich geb' ihm deine Glock. Du gehst ja nicht mit rein."

„Schon recht", sagt Fuchs. „Meine Handschuhe kann er auch haben, wir fackeln die Karre am Ende eh ab."

Sie reicht Krenkow seine Uzi, nimmt ihre Glock, verteilt die Magazine. Einlegen, durchladen.

„Klar?"

„Sieg Heil."

„Sieg Heil."

Bernatzki nickt nur. Seine Ohren rauschen. So muss es sich anfühlen, in einem abstürzenden Flugzeug zu sitzen.

Hartmut kuppelt, schaltet, setzt den Blinker, fährt los.

Ihr bevorzugter Parkplatz vor der Hypospezial ist mit einem Golf besetzt. Sie müssen im Blickfeld der Überwachungskamera auf dem Behindertenplatz parken. Die Deckung ist ohne die Vorgartenmauer der Bank schlechter hier, der Platz liegt etwa zwanzig Meter näher am Supermarkt mit seinem Publikumsverkehr. Das verlängert den Fluchtweg und erhöht die Zahl der möglichen Zeugen.

Mattke geht als erste durch die automatische Tür der Bank, die Glock im Anschlag, Bernatzki als Zweiter, schließlich Krenkow.

Wie erwartet, ist die Bank nahezu leer: eine Kundin, die Frau hinter der Kasse, der Filialleiter am Schreibtisch, über dem das Schild „Kreditberatung" hängt.

Alles klar.

Krenkow eilt an Mattke vorbei, wartet, bis die Tür sich geschlossen hat, schießt zweimal in die Decke. Die Kundin zuckt und schreit gellend los.

„Bewahren Sie Ruhe", ruft Krenkow. „Niemand passiert was, wenn ihr spurt." Sie zeigt auf die Kundin und den Filialleiter. „Ihr da: Hände hoch! Auf den Boden!"

Die beiden nehmen die Hände hoch und mühen sich, den zweiten Befehl zu erfüllen, ohne den ersten zu missachten.

Krenkow geht zur Kasse, zerrt die Plastiktüte aus der Bauchtasche ihrer Kapuzenjacke und wirft sie auf den Tresen. „Geld raus, schnell."

Bernatzki steht abseits, die Waffe umklammernd, zielt irgendwohin.

Mit fliegenden Händen packt die Kassiererin Scheine in die Tüte.

„Das ist alles Kleinscheiß. Was denkst du, was wir hier treiben, dumme Kuh? Ein Spiel?" Krenkow schießt noch einmal in die Decke. Gipsbrösel rieseln auf den Kassenstand nieder.

Die Frau sagt schrill: „Es gibt keine größeren Scheine. Ich gebe Ihnen, was ich habe."

„Schneller! Wir sind nicht blöd. Das ist nur deine Handkasse. Du kannst mehr Geld aus dem Ding da holen."

Das „Ding": ein Tresor, der in den Schrank hinter dem Schalter eingebaut ist.

„Da muss eine Transaktionsnummer eingegeben werden, der ist nicht einfach offen", erklärt die Kassiererin zitternd und mit schriller Stimme. „Die Nummer kommt aus dem Computer. Dazu braucht es aber eine Transaktion. Bitte ..."

Krenkow zischt: „Dann gib eine ein. Los, sag das dem Computer, damit er den Scheißtresor freigibt. Es wird sonst eine Tote geben: dich."

Die Frau kommt mit der Tastatur nicht klar, ihre Finger gehorchen ihr nicht. Sie nimmt die Hände vor ihr Gesicht, als immer wieder eine Fehlermeldung erscheint. „Ich kann nicht, der Code ..."

„Du", schreit Krenkow. „Du da, Bank-Arschloch, hilf deiner blöden Kuh hier."

Der Filialleiter steht auf, kommt zur Kasse. Er bedient die Tastatur. Schweiß perlt auf seiner Halbglatze. Er dreht sich zum Tresor um. Er öffnet die Tür, holt einen Packen Geld heraus. Er wendet sich Krenkow zu, die Arme unnatürlich ausgestreckt, hält das Geld hoch, viel zu nah unter Krenkows Kinn. Der Banker schließt seine Augen und dreht sich weg.

„Was ...?" schreit Krenkow. Ein Knall. Eine blaue Flüssigkeit, die scharf chemisch stinkt, spritzt auf das Geld und Krenkow ins Gesicht, verklebt die Strumpfmaske.

„Scheiße, ich sehe nichts, Scheiße."

„Meike, nicht!" schreit Mattke.

Vergebens. Krenkow reißt sich mit der linken Hand Mütze und Maske vom Kopf.

Der Banker steht noch vor ihr, das Gesicht weggedreht, das blau verschmierte Geld, von dem Farbe auf die Tüte tropft, in beiden Händen.

Der Mann wendet sich zu Krenkow und sieht ihr ins Gesicht. Die hebt die Uzi und schießt. Der Mann kippt hintenüber. Die Kassiererin schreit. Krenkow zielt auf ihre Stirn und drückt ab. Sie bricht zusammen.

Bernatzki brüllt unartikuliert. Brülltbrülltbrüllt, während alle Bewegungen um ihn herum sich zu verlangsamen scheinen.

Mattke zielt auf die Kundin. Die Frau senkt den Kopf so rasch, dass ihre Stirn auf den Steinboden schlägt, und deckt wimmernd ihre Hände über ihre bläulich-blond gefärbten Locken, als könnte sie sich so vor einem Schuss schützen.

Mattke schaut hinauf zur rot blinkenden Kamera. Sinnlos, weitere Zeugen zu töten. Sie senkt die Waffe.

Krenkow klettert über den Tresen, greift wahllos in den Tresor und packt, was sie findet, in die Tüte. Sie steigt über den Tresen, rennt zur Tür, wo Mattke wartet. Plötzlich öffnet sich die Tür. Ein Polizist steht im Eingang, die Waffe im Anschlag. „Polizei, lassen Sie die ..."

Krenkow hat den Finger am Abzug. Tatatatatata. Der Polizist zuckt im Rhythmus der Einschläge zurück, als ob er mit einigen kleinen Ausfallschritten vor dem Schützen fliehen wollte. Er bricht mit einem verwunderten Gesichtsausdruck zusammen. Mattke hebt ihre Waffe und schießt viermal auf Krenkow, ehe die ihre Überraschung überwunden hat. Sie klappt zusammen, Blut spuckend. Mattke dreht sich weiter, zielt auf Bernatzki.

Ihre Haltung wirkt nicht bedrohlich oder entschlossen. Eher nachdenklich. Ihr Zielen setzt etwas in ihm in Bewegung, seine Beine gehorchen wieder. Ihre Blicke treffen sich. Mattke lässt die Waffe sinken, bückt sich nach der Tüte mit dem Geld und Krenkows Uzi. Sie schreit „Komm' endlich!", wendet sich zum Ausgang, steigt über den leblosen Polizisten, sammelt auch dessen Waffe auf.

Bernatzki und Mattke steigen gleichzeitig in den Mercedes, er hinten, sie vorn, die Tüte mit beiden Händen krallend.

„Meike kommt nicht", sagt Mattke heiser. „Los!"

Fuchs braucht einige Sekunden, die Information zu verdauen.

„Los!" schreit Mattke.

Fuchs legt den Gang ein und fährt mit quietschenden Hinterrädern an.

„Wo kam der Bulle her, verdammt, wo kam der Bulle her?" schreit Mattke.

Fuchs: „Er stand an der Pommesbude neben dem Supermarkteingang, als die Knallerei losging."

„Die sind immer zu zweit, wo ist das Bullenauto?" Mattke schaut in alle Richtungen, während Fuchs hupend eine Runde über den Parkplatz zurück auf die Straße dreht, einige erschrockene Fußgänger knapp verfehlend.

Ein Polizeiauto kommt von rechts hinten mit Blaulicht aus einem Stichweg geschleudert. Fuchs beschleunigt und fährt haarscharf vorbei. Die Sirene gellt auf. Fuchs gibt Vollgas. „Festhalten, es kracht", ruft er. Und bremst mit aller Kraft. Der Polizeiwagen knallt in den Mercedes. Fuchs gibt sofort wieder Gas.

Der Mercedes schleudert weiter. Die Sirene verstummt. Mattke dreht sich um. Der Polizei-BMW kommt seltsam eiernd zum Stehen, die Front eingedrückt. „Ja, ja, gut!" schreit Fuchs. „Geil!"

Sie fahren auf die Autobahn. Das Heck schwänzelt.

„Was ist mit Meike?", fragt Fuchs.

„Gefallen", antwortet Mattke.

„Hat der Bulle sie erwischt?"

„Sie hat drei Leute erschossen und sich die Maske abgezogen."

Fuchs fragt nicht weiter.

Bernatzki hat einen Flashback, wie Mattke ihre Waffe auf ihn richtet. „Du hast auf mich gezielt", sagt er.

„Einen Moment lang dachte ich, du bist so in Panik, dass du da nicht mehr wegkommst. Es wäre unserer Sache nicht dienlich gewesen, wenn du lebend in die Hände des Feindes gelangt wärest."

Sie setzen den Mercedes am Waldrand in Brand. Dann eine Stunde straffer Marsch nach Google Maps und GPS, meistens abseits der Wege.

Sie reden nur das Nötigste. Viel ist nicht zu sagen: Vier Tote, 28.280 Euro Beute, zum großen Teil unrettbar mit der blauen Farbe verschmiert. Die meisten Scheine haben sie mit dem Auto verbrannt.

Bernatzki fragt nicht nach Thor. Sein Schädel ist leer, seine Hände zittern. Er kontrolliert seine Atmung, um nicht zu hyperventilieren. Er sieht den Polizisten sterben, immer wieder.

Am anderen Ende des Waldes ducken sie sich ins Unterholz. Fuchs' großer Audi Kombi steht direkt neben der Betonmauer eines ehemaligen Stalls, der seit dem Ende der DDR verfällt. Zersplitterte Fensterbänder unterm durchhängenden Teerpappedach.

Zwischen den hohen Stämmen können sie das Gelände von ihrer Anhöhe aus gut überblicken. Hinter dem Stall und einer Baumgruppe ist auf der Straße zum nächsten Dorf hin und wieder der Motor eines beschleunigenden Fahrzeugs zu hören. Ein Flugzeug rauscht sehr hoch über sie hinweg.

Das ist das übliche Vorgehen: Ein Auto stehlen für die Aktion, den eigenen Wagen für den Heimweg deponieren.

„Ich glaube, wir sind allein", sagt Mattke.

Sie erheben sich und klopfen Waldboden von ihrer Kleidung.

Rund 40 Kilometer Strecke sind es zurück zur Basis.

***

Friedrichshöfen bei Königs Wusterhausen, Brandenburg

Schmitt hat die Haustür geknackt, wieder verschlossen, im Treppenhaus Deckung genommen. Seit einer Dreiviertelstunde wartet sie auf die Rückkehr der Bankräuber.

Ihr Körper fühlt sich fremd und labil an, der fixierte Arm zuckt. Sie atmet gegen einen peinigenden Hustenreiz.

Ihr Plan ist: Nazis festnehmen, gut verschnüren, vernehmen. Dann die brandenburgischen Kollegen rufen und mit Bernatzki verschwinden. Unnötig, dass er wegen des Bankraubs Schereneien bekommt.

„Verdammte Scheiße, die fehlen hier noch", murmelt Schmitt und nimmt seitlich vom Fenster Deckung, als ein schwarzer Geländewagen langsam das Haus passiert, wie eine Patrouille. Er ist außer Sicht, ehe sie das Nummernschild lesen kann.

Und Carla kurvt irgendwo da draußen herum.

Sie hört wieder einen Sechszylinder im langsamen Lauf, linst kurz hinaus. Derselbe Geländewagen. Rauchschwarze Seitenscheiben. „Verfluchte Scheiße."

Dann sind sie da. Zwei Typen an der Gartenpforte, schwarz gekleidet, schwarz maskiert. Ninjas.

Schmitt duckt sich ächzend hinter der Fensterbrüstung. Ihre Wunden pochen. Sie hält die Luft an, um nicht zu husten.

In der Wohnung erklingt der Türsummer. Zweimal.

Allah, mach', dass sie nicht ins Haus kommen.

Ihr Platz auf dem Treppenabsatz am Fenster wäre auch für die beiden Maskierten ein perfekter Hinterhalt.

Es bleibt still im Haus.

Als sie es wagt, wieder hinaus zu schauen, haben die Maskenmänner hinter der Gartenmauer Posten bezogen, Gesichter zur Straße.

Noch ein Steinwurf weit bis zum Haus. Bernatzki hat die Glock im Gürtel, zückt sie im Schutz der Vordersitze.

Als Fuchs den Audi zum Stehen gebracht und den Motor abgestellt hat, schlägt eine Kugel durchs Fenster der Beifahrertür. Mattkes Kopf knickt weg, kaum blutend.

Bernatzki reißt seine Tür auf und rollt sich ab in die Deckung der Gartenmauer. Fuchs braucht einen Augenblick länger, die Situation zu überblicken. Dann greift er nach Mattkes Glock und lässt sich auf seiner Seite ebenfalls neben das Auto abrollen.

Das Flattern fliehender Vögel verliert sich in der Ferne, selbst das Rauschen der Bäume scheint einen Moment lang innezuhalten.

Bernatzki hat kaum Bewegungsfreiheit zwischen dem Auto und der Mauer, hinter der der Schütze lauern muss.

Flüstern; jenseits der Gartenmauer bewegt sich jemand: Bernatzki richtet sich nach dem Geräusch aus, das sofort abbricht, als er sich regt.

„Hier ist die Polizei! Werfen Sie die Waffen weg und kommen Sie mit erhobenen Händen aus der Deckung", ruft jetzt eine Bernatzki vertraute Stimme, die irgendwie belegt klingt.

Schmitt zielt aus dem oberen Treppenhausfenster in den Vorgarten.

Bernatzki registriert flüchtig, dass mit ihrem Gesicht etwas nicht stimmt. Sie nickt ihm zu. Er erhebt sich, die Waffe am ausgestreckten Arm, schaut über die Gartenmauer. Zwei maskierte Männer in Schwarz werfen gerade ihre mit Schalldämpfern bestückten Waffen von sich. Er richtet die Glock zitternd auf die Typen, die mit erhobenen Händen dastehen.

Er hört, wie Fuchs hinter ihm „Verräter" zischt.

Zwei Schüsse fallen gleichzeitig.

***

9

Irgendwo in Brandenburg

Der schwarze Mercedes ist scharf, der weiße Transit kurz davor, im roten VW fehlen noch einige der Sprengsätze.
  Sie sind im Plan.
  Morgen ist der Tag. Es wird eine Live-Übertragung. Den Link haben sie vor einigen Stunden in mehreren Foren gepostet. Bei Facebook ist er schon einige Male geteilt worden. „Historisches Event für die nationale Sache: Blitzkrieg live! Dabei sein, glücklich werden, Beifall spenden", heißt es im Text.
  212 mal „gefällt mir" nach drei Stunden. Immerhin.
  Gelegentlich nimmt einer von ihnen die Videokamera, um die historische Arbeit, die sie leisten, zu dokumentieren. Sie reden wenig, alle Handgriffe sind eingeübt.
  Eine brüchige Stimme reißt Popov aus seiner Konzentration, als er gerade die Kabel von den Sprengsätzen im Transit an der Stelle zusammenführt, an der er das Handy befestigen wird, das die Zünder steuern soll. „Was sind das für Kabel an den Koffern?"
  Popov erschrickt so sehr, dass er im Umdrehen das Gleichgewicht verliert und mit dem Kopf ans Hecktürscharnier schlägt. „Scheiße", stöhnt er und hält sich die Stirn. „Was zum Teufel …"
  „Ich dachte, ich schau' mal vorbei", sagt der Junge.
  Wie heißt der noch?, fragt sich Popov. Benny? Dennis? Verdammt, ich war von vornherein dagegen, ihn so nah ranzulassen.
  Er tauchte in den letzten Wochen einfach auf. Seinem Gerede zufolge wohnt er irgendwo mit älterer Schwester und Eltern im benachbarten Neubaugebiet und geht in Fürstenwalde aufs Gymnasium. Stand rum wie jetzt, stellte Fragen, erzählte irgendwas aus seinem Leben. Im Haus war er nie. Er schien einfach so vorbeizukommen, und wenn jemand draußen zu sehen war, quatschte er ihn an.
  Meyer versuchte, ihm die Grundlagen der völkischen Bewegung nahe zu bringen. Aber entweder der Junge ist naiv oder mit seinen 14 Jahren einfach noch

nicht so weit – er hörte sich alles an, brachte ein paar Sätze Schulwissen oder was er am Fernseher gehört hat und blieb ungerührt bis dahin, dass er einmal tatsächlich in völlig arglosem Tonfall fragte: „Seid ihr Neonazis? Wir hatten das in der Schule."

Bauer antwortete: „Wir sind Aktivisten des Nationalen Widerstands."

Dafür schrie Jankowicz sie an, als der Junge gegangen war. Aber Bauer hatte wohl recht, als sie sagte: Der merkt doch nichts.

Der Junge steht mit den Händen in den Taschen seiner Jeans und reckt den Kopf, um besser in den Transporter sehen zu können. Die Pickel auf seinen Wangen glänzen fettig. „Und, was sind das nun für Kabel?"

„Kabel halt", sagt Popov. Was soll er sagen?

„Warum sind in dem schwarzen Transporter da alle Kabel an einem Handy angeschlossen?"

Popov wird es heiß. „Och, wir probieren was aus", improvisiert er.

„Ich habe versucht, einen Drachen zu bauen. Aus Stangen und Stoff und Schnur. Da war so eine Anleitung in einem Comicheft", sagt der Junge und schaut in den Transit.

Popov ist dankbar, dass das Thema wechselt. „Und?"

„Ich habe ihn gebaut. Nicht hundertprozentig so, wie es da stand, weil ich nicht alles Material hatte. Aber nah dran."

Popov schließt so beiläufig wie möglich die Hecktüren des Transit. „Fliegt er?"

„War noch kein Wind."

Jankowicz tritt aus dem Portal des alten Bauernhauses, in der Hand einen der mit einer Gasflaschenbombe und Metallschrott gefüllten Koffer für den roten VW. Als er den Jungen sieht, zögert er. Geht zurück ins Haus.

„Was ist in den Koffern?", fragt der Junge.

Popov zieht die Schultern hoch. „Ach, in den Koffern ist irgendwelcher Schrott. Wir misten aus."

„Ihr könntet bei der Abfallwirtschaft anrufen, die holen den Sperrmüll ab", sagt der Junge. „Man schmeißt ihn nur vors Haus."

„Das wussten wir nicht", sagt Popov, zieht seine Marlboros hervor und zündet sich eine an. „Wir sind ja noch nicht so lange hier."

Der Junge schüttelt den Kopf. Sein kurzes blondes Haar leuchtet in der Sonne. „Man muss den Sperrmüll auch nicht in Koffer packen. Habt ihr die extra gekauft?"

„Die waren billig. Im Internet gekauft."

Der Junge schüttelt den Kopf. Schrott im Koffer!

Jankowicz erscheint wieder in der Haustür, schlendert die Treppe herunter und fragt Popov mit einer vagen Kopfbewegung Richtung Zigarette: „Haste noch eine für mich?" Er schaut den Jungen an. „Hallo Dennis. Keine Hausaufgaben?"
„Hallo. Nö. Schon gemacht. War nicht so viel."
„Wir hätten den Schrott in den Koffern auch von der Stadtreinigung abholen lassen können, statt ihn mühsam zu verpacken", sagt Popov rasch.
Jankowicz nickt langsam und schaut verwirrt, schaltet dann doch. „Ach so. Na, das ist ja was."
„Und was sollen die Kabel?", fragt der Junge wieder.
„Eigentlich nur Spielerei", sagt Popov. Die Männer rauchen. Dem Jungen geht sichtlich etwas im Kopf herum. Etwas Aufregendes, das ihn nicht auf dem Fleck hält. Er sagt in einem wichtigtuerischen Ton: „Im Fernsehen habe ich gesehen, dass man mit Handys Bomben zünden kann. Das sah so ähnlich aus wie in eurem schwarzen Wagen da."
Die beiden Männer schauen einander an. Popov lacht etwas zu fröhlich. „Ach, geht das? Das wusste ich gar nicht." Jankowicz lacht ebenfalls.
„Ja", sagt der Junge noch immer arglos. „Das waren aber richtige Bomben, so mit Metallmantel. Die haben mehrere davon an ein Handy geklemmt, so dass man, wenn man das Handy gefunden hatte, einfach nur an den Kabeln zu ziehen brauchte und die vergrabenen Bomben am anderen Ende finden konnte. Das war so sternenförmig verkabelt, wie ..."
Jankowicz und Popov ziehen fragend die Augenbrauen hoch. „Wie was, Benny, wie was?" drängelt Popov.
Dennis hat sagen wollen, „Wie in eurem schwarzen Auto". Im selben Moment sieht er klar. Die drei Transporter, die vielen Koffer, die Kabel, das Handy, das in dem schwarzen Mercedes an den Boden montiert ist und bei dem alle Kabel zusammenlaufen. Er steht wie jemand, der überraschend von Freunden mit Eiswasser übergossen wurde: ungläubig, fassungslos, aus Verlegenheit und Verbindlichkeit gegen seinen Willen lächelnd.
Die beiden Männer lächeln nicht.
„Aber das ist natürlich alles Quatsch", sagt der Junge mit dünner Stimme. „In Wahrheit geht das sicher gar nicht. Mein Vater sagt immer, dass in Filmen alles erfunden ist." Er lacht unsicher. „Ich muss jetzt gehen." Er tritt ein, zwei, drei Schritte zurück.
Popov öffnet die rechte Hintertür des Transit und greift sich den Hammer aus der Werkzeugtasche.
Der Junge rennt los.
Popov erwischt ihn am Hoftor. Der erste Schlag auf den Hinterkopf streckt Dennis nieder. Zuckend liegt er auf dem Bauch. Popov schlägt vier, fünf, sechs

Mal nach, dann ist Jankowicz bei ihm und hält seinen Arm fest. „Der ist erledigt. Mehr Schweinerei musst du nicht anrichten."

Über den sterbenden Jungen hinweg, aus dessen Kopf Blut und Hirnmasse pulsieren, geht er zum Hoftor. Er will es gerade zuschieben, da steht das Mädchen da, die Hände vor dem Mund, in stummem Entsetzen. Dennis' ältere Schwester, Marie, wie sie aus seinen Erzählungen wissen. Sie trägt ein weißes Kleidchen, zu kindlich für ihren pubertierenden Körper. Sie ist verschwitzt, als wäre sie gerannt. Ohne auf irgendetwas zu achten, geht sie langsam, widerwillig, als würde sie gezogen, die drei, vier Meter zu ihrem Bruder.

Der Ausfluss der Wunde ist zum Stillstand gekommen. Sein Herz hat aufgehört zu schlagen.

Jankowicz schließt das Tor und legt mit einem Kopfschütteln den Riegel vor.

Popov starrt das Mädchen an, breitbeinig steht er da, den tropfenden Hammer in der Faust, voller Spannung.

Das Mädchen schaut von der Leiche ihres Bruders zu Popov, dreht sich so rasch um, dass sie einen ihrer Flipflops verliert, nur um das Tor geschlossen zu finden und Jankowicz gebeugt in ihre Richtung starten zu sehen. Das Mädchen gibt einen Schrei von sich, hoch und spitz wie der Warnton eines fliehenden Vogels. Rennt diagonal über den Hof.

Jankowicz beschleunigt nicht seinen Schritt. Als sie sich nach ihm umdreht, ohne Ausweg an den abblätternden und von aufsteigender Feuchtigkeit dunklen Wänden der Hofecke angekommen, spürt er die Lust am Töten in sich aufsteigen. Das Gefühl grenzenloser Macht. Sie sieht dies in seinem Gesicht. Duckt sich wieder zur Wand. Geht zitternd in die Knie. Nimmt die Hände über den Kopf.

Wie die Mädchen, die er diszipliniert hat mit den russischen Kameraden in Tschetschenien bei „Säuberungen". „Schwarze" nannten die russischen Kameraden sie; das seien solche, die mit Sprengstoffgürteln die U-Bahn nähmen, wenn sie nicht von ihnen die „Sonderbehandlung" bekämen.

Die russischen Kameraden sagten auf Deutsch: Sonderbehandlung.

Jankowicz zerrt das Mädchen am Kleid auf die Füße, dass die Nähte krachen.

Nachts haben sie die Häuser gestürmt, haben die Männer und Jungen zusammengetrieben, gefangen genommen, erschossen. Den Frauen und den Mädchen nahmen sie die Kleider, sperrten sie irgendwo ein oder ließen sie bei den Verhören und Liquidationen der Männer zuschauen: Die ganz Alten und die ganz Jungen verschonten sie. Die Kampffähigen wurden gefangengenommen oder gleich mit Genickschüssen erledigt.

Dann haben sie sich über die Frauen hergemacht, Wodka aus der Flasche saufend, singend, grölend, Salven in die Dunkelheit schießend. Der Blick der

„Schwarzen" war derselbe wie der hier der Schwester des Jungen, der zu viele Fragen hatte.
Ihre Angst erregt ihn.
Blutige Orgien im Schnee.
Das Mädchen schreit wieder, als er sie am Arm packt.
Jankowicz' Flashback verblasst.
Er gibt ihr eine Ohrfeige, zischt: „Wenn du Krawall machst, geht es dir wie deinem Bruder."
Da ist sie still.

„Er musste sterben, damit Deutschland lebt", deklamiert Jankowicz.
Die Gesichter der anderen zeigen keinerlei Enthusiasmus.
Kriegsrat in der Stube des Bauernhauses. Gemusterte Tapete hängt in Fetzen von den fleckigen Wänden, die Sonne zeichnet Fensterkreuze auf den staubigen Boden. Platz für fünf ist auf den abgewetzten Möbeln. Jankowicz steht, Bauer reitet auf der Armlehne des ausgeblichenen blauen Sofas.
Popov sitzt breitbeinig mit gesenktem Kopf, die Hände vor dem Gesicht.
Irgendwie haben sie den Jungen alle gemocht.
Bauer springt auf. Die kleine, durchtrainierte Frau bewegt sich wie immer etwas zu vehement – sie nennt es „zackig". „Schade um den Kleinen. So ein Kollateralschaden ist immer bedauerlich. Aber das größere Problem ist, dass in ein paar Stunden hier alles voller Bullen und Journalisten sein wird, die die verschwundenen Kinder suchen."
Meyer nickt. „Wir müssen verschwinden."
Bauer kratzt ihre muskulöse Schulter genau da, wo das tätowierte Hitler-Porträt seinen Schnurrbart hat. „Wir packen die Leiche in den Keller, wo wir die Schwester verschnürt haben, machen die Ladungen fertig und düsen ab", ruft sie, die Augen aufgerissen. Wie auf einer Bühne geht sie auf und ab, Beifall heischend.
Auch Popov schaut nun auf. Bauer bietet was fürs Auge. Auf den ersten Blick könnte sie mit ihrem kurzen, tiefschwarz gefärbten Haar auch als Punk durchgehen. Ihre Tattoos aber lassen keinen Zweifel an Bauers Gesinnung: Hitler, die Reichskriegsflagge, Reichsadler und Hakenkreuz, Stukas und Panzer mit allen Insignien des Reiches, die SS-Runen, das charakteristische Schriftband „Arbeit macht frei", der Totenkopf vom Mützenspiegel, alles das bedeckt, kunstvoll gestochen, ihren Oberkörper. Nur Unterarme, Gesicht und Hals sind frei von Bildern.
In der Öffentlichkeit würde ein schwarzes T-Shirt die ganze Pracht bedecken. Unter Kameraden liebt sie es, nur einen schwarzen BH zur abgewetzten Lederhose zu tragen. Wegen ihrer Vorliebe für blondgeflochtene Mädels in Dirndl und

Söckchen eckt sie auf Treffen als „Kampflesbe" an, wo eher Trachten oder die Einheitsuniform aus schwarzer Windjacke, Jeans, weißem Shirt, Stiefeln oder schwarzen Sneakers getragen werden.

Jankowicz hebt die Hände, als würde er der wieselnden Frau den Segen erteilen. „Ruhig Blut, Jasemine" – er spricht beide „E" aus – „lass uns erst einmal nachdenken." Er reibt sich den bulligen Schädel.

Bauer stoppt, lehnt sich mit einer trotzig wirkenden Kinnbewegung an die Wand und verschränkt die Arme. „Ich mein' ja nur", sagt sie. „Wenn wir hier lange rumlabern, kann es bald zu spät sein."

„Wenn die Eltern wissen, dass er gern zu uns kam, und sie werden es wissen, weil er so viel geredet hat, dann ist es besser, wenn wir hier sind, wenn man nach denen sucht." Popov klingt nicht wie sonst. Aber das Wort „Kollateralschaden" hat in ihm etwas gefestigt. „Wir sind jetzt seit zwei Monaten hier, die Leute kennen uns. Wir haben doch nichts zu verbergen."

Meyer lacht. „Außer Sprengstoff, Plutonium, drei Autobomben, mehreren offenen Haftbefehlen …"

„Unsere Ausweise sind sauber", sagt Popov. „Wir haben die Bruchbude anständig gemietet und zahlen pünktlich. Wenn man uns fragt, bauen wir hier eine Gaststätte mit Pensionsbetrieb auf. Passt doch alles. Wenn wir mit Sack und Pack ausgerechnet heute Nachmittag verschwinden, werden die jeden Stein umdrehen bei der Suche nach uns."

Prutzke wendet ein: „Und wenn einer den Jungen oder die Schwester beim Reingehen gesehen hat?"

Popov antwortet: „Dann sagen wir ganz ruhig, dass wir wohl im Haus oder unterwegs waren, als er kam, und er wieder gegangen sein muss, keine Ahnung wohin. Das Mädchen haben wir ebenfalls weder gesehen noch gehört. Wenn wir nicht durchdrehen, kann uns nichts passieren. Fragt einer, bleiben wir schön ruhig, antworten lächelnd, Anteilnahme heucheln, fertig. Selbst wenn die uns in Verdacht hätten, machen die doch nicht gleich eine Razzia hier. Leute, das ist System-Deutschland: Die Weicheier brauchen einen richterlichen Beschluss, um sich den Arsch zu wischen!"

Jankowicz blickt in die Runde, und da keine anderen Einwände kommen, nickt er. „Wir müssen jetzt ne Schippe auflegen, weil wir besser nicht mehr an den Bomben bauen, wenn die Bullen fragen kommen. Aber wir spulen ansonsten unser Programm ab wie geplant."

***

Bei Ludwigsfelde, Brandenburg

Der Pfeil auf dem Bildschirm der Navigation neigt sich immer mehr nach links. Noch 1,3 Kilometer. Schumann bremst. Ein Wirtschaftsweg, nicht mehr als zwei ausgefahrene Reifenspuren im Sand, geht im rechten Winkel von der Straße ab.
Schumann setzt den Blinker, lässt einen entgegen kommenden Lkw passieren, fährt auf den schnurgeraden Weg, der von der Straße durch eine Senke auf eine Anhöhe führt. Das Gestrüpp zwischen den Spuren kratzt am Unterboden seines BMW-Kombis.
Rechts und links liegen abgeerntete Felder, darüber flirrt die heiße Luft. An der Sohle der Senke versperrt ein Betonblock den Weg.
Noch 600 Meter. Schumann flucht. Ein Schwachsinn, ihm über Denzler GPS-Koordinaten zu übermitteln. Er hat auf Google Earth nachgeschaut: Irgendein Punkt inmitten von nichts südöstlich von Ludwigsfelde.
Er ist, wie die Dame wünscht, allein gekommen. Sie kann kilometerweit die Felder überblicken, um dies zu prüfen.
Er zerrt sich die Krawatte vom Hals und wirft sie auf den Rücksitz zu seinem Jackett, zieht seine Dienstwaffe aus dem Gürtelhalfter, lässt das Magazin rausgleiten, schiebt es wieder rein, lädt durch, entsichert, sichert wieder, steckt sie ins Halfter zurück. Ein neuer Fluch ist fällig, als er das GPS aus seiner Halterung lösen muss. Fummelkram!
Das kleine Paket, das Denzler ihm für Schmitt gegeben hat, passt in Schumanns Hosentasche.
Er steigt aus. Die Hitze trifft ihn wie eine Keule.
Irgendwo weit oben oder weit entfernt zwitschert eine Lerche. Die Autotür fällt ins Schloss. Für einen Moment verstummt das leise Zirpen und Raspeln der Insekten in den trockenen Grasbüscheln am Wegrand.
Um sicheren Tritt mit seinen Sommerslippern bemüht, hält sich Schumann auf der bewachsenen Wegmitte zwischen den sandigen Fahrspuren.
Schweiß läuft in seinen Kragen. Das Hemd scheuert am feuchten Hals. Kleine Fliegen umschwirren seinen Kopf.
Schumann flucht zwischen seinen geräuschvollen Atemzügen. Er hasst Wanderungen, selbst kurze.
In einer Kuhle im Weg nimmt sein rechter Schuh Sand auf.
„Sie haben Ihr Ziel erreicht", sagt die Frauenstimme aus dem Navigerät. Wieder schweigen die Insekten in der Nähe.
Schumann schaut sich um. Er hat einen weiten Blick über Felder. Vor ihm im Tal ein Dorf, Kirchturmspitze über Baumkronen. Links verlieren sich Felder im

Dunst. Rechts eine Baumgruppe. Fünf, sechs Eichen, dazwischen ragt ein Hochstand aus dem Unterholz.

Dort muss es sein.

Nun auch noch quer über einen Acker! Schumann seufzt und steigt über das Gestrüpp am Wegrand ins Feld. Die trockene Erde staubt unter seinen Sohlen.

Er fühlt sich 15 Jahre zu alt und 25 Kilo zu schwer für diesen Marsch.

Der Schatten der alten Eichen tut ihm gut. Die Bäume rauschen, ohne dass er einen Luftzug spürt. Ein Vogel flieht aus einer Baumkrone, heftig schimpfend.

„Schmitt?" ruft Schumann leise.

Etwas Metallenes drückt sich in seinen Nacken. „Peng. Du bist tot", sagt Schmitt.

Schumann hebt die Hände und tritt einen Schritt vor. Das Ding in seinem Nacken folgt. „Um mir das zu sagen, hast du mich an diesen gottverlassenen Ort gelotst?"

„Du hättest es verdient." Schmitt hat eine Schärfe in der Stimme, die seinen Nacken Kribbeln macht, obwohl sie die Waffe zurückzieht.

Er dreht sich langsam um. Verpflastert und übersät mit Hämatomen, die schwarz, gelb und braun schillern, steht sie mit nackten Füßen im Staub neben dem Baumstamm, hinter dem sie sich verborgen hatte. Sie senkt die Waffe, wendet dabei den Blick aus ihren verschwollenen Augen nicht von ihm. Sie trägt ein schmutziges blaues Männerhemd mit weißem Kragen. Auf ihrer rechten Seite ist es ausgebeult, der Ärmel hängt schlaff herunter.

„Mein Gott", sagt Schumann. „Bist du an irgendeiner Stelle nicht verbeult? Und was ist mit deinem Arm?"

„Gebrochen und notdürftig ruhiggestellt. Der Typ hatte das Format von Vladimir Klitschko, nur schwerer."

„Warum gehst du nicht zum Arzt?"

„Wenn Carla Muthberg sicher ist, gehe ich gleich. Glaub' nicht, dass das hier ein Vergnügen ist."

„Das kann ich sehen. Wo ist sie?"

„Sie bleibt in Bewegung. Bist du allein gekommen?"

„Siehst du doch."

Schmitt fixiert ihn scharf. „Bist du verkabelt? Hast du irgendwo einen Minisender versteckt, dass sie mithören können?"

Er wirkt verwirrt. „Was … warum? Nein."

„Dann kannst du frei reden. Gut."

Er schüttelt den Kopf. „Wie willst du das allein hinkriegen? Du bist wahnsinnig."

„Du glaubst mich zu kennen. Inzwischen sollte dir klar sein, dass du darauf nicht bauen solltest."

„Was meinst du damit?"

„Wer, wenn nicht du, hat dafür gesorgt, dass ich diesen Fall bekomme, damit ich ihn im Chaos vermassele? Und wer, wenn nicht du, schickt mir diese Videos?"

Er wischt sich mit dem Hemdsärmel die Stirn. „Das ist Unsinn, ich habe nicht ... Ich wollte dir den Fall ausreden. Schon vergessen?"

Unwillkürlich hebt sie die Waffe. Der Lauf zielt etwa auf sein Knie. Sie zischt die Worte voller Wut durch ihre aufeinander gepressten Zahnreihen: „Das ist typisch für dich. Klar war dir das unangenehm, zwischen mir, deiner Ex-Beinahefrau, und deinen zweifelhaften Freunden zu stehen. Du hättest denen sagen können, Schmitt ist suspendiert, basta. Den Mut hattest du nicht. Stattdessen endete mein Zwangsurlaub plötzlich, um meine Nase in die Sache reinzuschieben, und du hast versucht, mir den Fall auszureden. Jetzt bin ich selbst schuld, dass das nicht geklappt hat." Sie schnappt nach Luft, spricht eine Nuance weniger aggressiv weiter: „Unwahrscheinlich, dass das und alles Drumherum, das Foto und die Videos von Sheris Entführung, Zufälle sind. Ach, und noch so ein Zufall: Denzler sagt dir, dass Bernatzki uns bei Ermittlungen hilft, die uns auf die Spur führen könnten, und schon tauchen zwei maskierte schwarze Ratten auf und schießen Löcher in Leute."

„Ich – ich bin nicht ..."

„Du warst außer Bernatzki, Denzler und mir der einzige, der davon wusste. Und wir haben die Verbindungsdaten gesichert von deinem Anruf, mit dem du die dahin gelotst hast. Wäre ich nicht dort gewesen, wäre Bernatzki jetzt auch tot."

Bei diesen Worten schwankt Schumann einen Moment lang.

Schmitt: „Dir ist doch klar, was du getan hast? Diese Frau war vielleicht unsere letzte Verbindung zu Sittke und zu dieser Bombe. Wenn jetzt" – sie nimmt einen galligen Tonfall an – „*Islamisten* irgendwo was in die Luft jagen, ist das dein Verdienst." Sie strafft ihren Arm. Der Lauf der Waffe beschreibt eine schräge Kurve, ohne Schumann aus dem Zielbereich zu verlieren. „Was haben sie dir versprochen? Dass sie die Korruptionsvorwürfe unter den Tisch fallen lassen?"

Er tritt einen Schritt zur Seite. „Sibel, ich ..."

Sie folgt mit der Waffe seiner Bewegung. „Es ist mir scheißegal. Du bist mir scheißegal. Wenn du jetzt nicht die Karten auf den Tisch legst und mir ernsthaft hilfst, mache ich dich alle."

„Sibel ..."

Sie zielt vage auf seinen Schoß. „Also. Du wirst erpresst, weil du gegen Geld Gefälligkeiten erbracht hast. Ich werde unter psychischen Druck gesetzt. Vielleicht werde ich ja auch bestochen – eventuell gibt es ja noch mehr Videos. Von wem?"

Er zögert, wischt sich wieder das Gesicht mit dem Ärmel, stöhnt. „Sie haben Dokumente, die mich erledigen würden. Und ich soll dir sagen, dass da noch mehr Material zu Sheris Entführung ist. Viel mehr."

„Sollst du sagen ... Von wem?" Sie spricht wieder durch ihre zusammengebissenen Zähne, hebt ihre Waffe. Das sieht nicht mehr wie eine unwillkürliche Bewegung aus. „Hör zu: Du sagst selbst, dass ich nicht ganz dicht bin. Was, wenn ich dich im Affekt ein wenig verletze? Wegen der Kollegenschweinerei, dass du gegen die eigenen Leute arbeitest? Oder weil du zwei Jahre lang Videos von der Entführung meiner Tochter zurückgehalten hast? Was habe ich zu verlieren? Ich bin traumatisiert, nicht zurechnungsfähig! Du sagst es selbst." Sie zischt: „Ich fange mit deinem rechten Oberarm an und arbeite mich langsam vor bis dahin, wo es wirklich weh tut." Sie zielt.

Er versucht auszuweichen, aber auch sie wechselt die Position. Er hebt abwehrend beide Hände. „Wirklich, ich wusste nicht von den Videos. Die wissen Bescheid über dein Trauma und deine ... Zusammenbrüche. Die Boulevardpresse hat ja ausgiebig genug drüber geschrieben, und die kennen deine Akte. Ich habe nur noch sichergestellt, dass dieser Fall bei dir und Bernatzki landet."

„Das Armband ist eine Fälschung, richtig? Nach den Fotos und der Beschreibung, die wir zur Suche nach Sheri rausgegeben hatten. Wer hat es platziert?"

Er zieht die Schultern hoch. „Keine Ahnung. Irgendwer."

„Am Ende kommt eh' alles raus. Mindestens ein Journalist weiß schon Bescheid. Du wirst es nicht aufhalten können." Schmitt hustet, krümmt sich, presst den Arm seitlich gegen ihren Brustkorb. Die Waffe zeigt nicht mehr ganz so direkt auf Schumann.

„Du musst zum Arzt, wenn Rippen gebro..."

„Alles zu seiner Zeit." Sie zielt. Eine Kugel würde seine linke Schulter treffen.

Er wechselt vor der Mündung der Waffe das Standbein. „Es wäre alles deutlich leichter, wenn du aufgäbest. Wenn man für Frau Muthbergs Sicherheit garantierte ...?"

„Wie sollte das aussehen? Wollt ihr sie wieder niederspritzen und irgendwo in der Psychiatrie gefangen halten, damit sie den Mund hält? Und was macht ihr mit mir?"

Schumann schüttelt den Kopf. „Ich bin nicht der Unterhändler für ... für diese Leute. Aber wenn es so wäre: Was stellst du dir vor?"

„Ich löse den Fall, dramatische Musik, allgemeine Verbrüderung, Abspann."

„Ist dir jemals in den Sinn gekommen, dass es zwecklos sein könnte, dagegen anzukämpfen, dass mächtige Kreise an einer Lösung dieses Falls nicht interessiert sind?" Er lehnt sich schwer an den Baum, hinter dem sie sich versteckt hatte.

Sie lacht, hustet, presst den Arm wieder gegen ihren Oberkörper. „Niemals, bis Muthberg tot auf meinem Rücksitz lag. Das war ein recht auffälliger Beleg dafür, dass an Leuten, die reden, wenig Interesse besteht."

„Warum lachst du?"

„Nur ein Anfall von Albernheit." Sie lacht wieder. „Kennst du diese alte britische Fernsehserie, wo einer in einem Dorf landet, aus dem Flucht nicht möglich ist?"

Schumann wirkt ehrlich genervt. „Und?"

„Da sind diese Hüpfbälle, die die Leute unterdrücken und Fluchtversuche verhindern. Mächtige Kreise." Sie lacht, hustet.

„Hast du was genommen?"

Sie schüttelt den Kopf. „Nicht mal Ibus. Die verdünnen das Blut. Nicht gut, wenn man vielleicht innere Verletzungen hat. Ich hab wenig geschlafen. Fieber. Manchmal laufen die Gedanken allein."

„Du bist irre. Geh zum Arzt."

Er deutet einen Schritt auf sie zu an und stoppt, als sie die Waffe wieder hebt. „Was hältst du von den Videos?", fragt sie.

„Du weißt, was wir damals in Bewegung gesetzt haben, um alle Bilder zu kriegen. Ich hätte nicht gedacht, dass es noch mehr Überwachungskameras in der Gegend gibt. Ich habe keine Ahnung. Wirklich nicht. Ich bin Polizist, kein Geheimdienstler." Er hebt die Hand zu ihrer Waffe. „Jetzt nimm verdammt noch mal das Scheißding weg."

„Deine Kreise sind allmächtig", sagt Schmitt in einem träumerischen Ton. „Sie wissen alles. Sehen alles. Sie haben dich in der Hand. Aber sie können die Mädchen nicht retten."

„Verdammt, Sibel …"

Sie zielt in sein Gesicht. „Es geht mir Scheiße. Ich bin müde und ich habe Schmerzen. Ich will, dass all das ein Ende hat. Ich will aufwachen, und Sheri kommt mit dem Tablett rein und sagt fröhlich: Hey, Schlafmütze, hier stimmt etwas nicht, sollte nicht die Mutter dem Schulkind das Frühstück machen? Ich will, dass Carla Muthberg ihr Kind und ihren Mann wiederhat. Und da das nicht geht, will ich deine Kreise platzen sehen." Ihr Arm zittert von der Anstrengung, die ganze Zeit die Waffe hochzuhalten. „Du bist Bulle. Benimm dich jetzt einmal wie ein Bulle und arbeite mit uns zusammen. Wenn ich davon ausgehen muss, dass du dafür sorgst, dass die Frau und ich wie Muthberg enden, blase ich dir genau jetzt den Schädel weg. Du hast gefragt, ob es das ist, wofür ich dich hergerufen habe: Genau das ist es. Ich meine es ernst."

Er regt sich nicht. „Was würde es dir bringen?"

„Ein korruptes Schwein weniger auf der Welt. Statistisch ist das ein Gewinn für die Guten, wenn auch ein kleiner." Sie schafft es keine drei Sekunden lang ernst zu bleiben nach diesem Spruch. Sie lässt den Arm sinken, hustet und lacht. Sie wedelt aus dem Handgelenk mit der Waffe und sagt: „Ach, verpiss dich doch. Mach einfach, dass du wegkommst, ehe ich noch mehr Hirnriss aus schlechten Filmen erzähle." Zielt wieder. „Aber glaub nicht, dass ich locker lasse."

„Willst du nicht wissen, was es mit diesem Sultan auf sich hat?"

„Serbe. Nationalist, das Tattoo zeigt einen Adler mit dem serbischen Kreuz auf der Brust, wie er das Ustascha-Wappen in seinen Krallen davonträgt. ‚Sultan', weil er ‚Sultan'-Tabak in der Wasserpfeife rauchte. Er hat die beiden Mädchen gefoltert, seine DNS war überall. In den Neunzigern Offizier in der serbischen Armee. Dann Zivilmitarbeiter der Bundeswehr, warum auch immer. Daneben: finstere Geschäfte. Zuhälterei, Drogenhandel. Bezahlter Schläger. Unzählige Festnahmen, keine Anklage. Er hatte einen Ausweis der Firma Top Security bei sich. Der gehört auch Sultans Dodge-Pickup. Und das Fitness-Studio in Neukölln von dem Aufkleber an dem Auto. Wo man Sultan natürlich weder kennt noch je von ihm gehört hat. Was habe ich vergessen?"

„Wo hast du das her?"

„Hat wohl jemand eure Omertà gebrochen." Sie grinst. „Zurück zu dir. Wir erwarten, dass du spurst. Nicht, dass einer deiner politischen Freunde auf die Idee kommt, uns mit deiner Hilfe doch noch daran zu hindern, die Bombenleger aufzuhalten. Dann landest du im Knast, klar?"

Er seufzt. „Wenn Denzler dabei ist, bin ich auch dabei. Was immer ihr plant."

Schmitt denkt: Da bist du gut beraten, Arschloch, denn Denzler tut nichts, was Denzler nichts nützt – auf den Zug ist gut springen. Sie sagt: „Hast du nicht noch etwas für mich?"

Er zieht das kleine Paket aus seiner Hosentasche. „Was ist es?"

Sie schiebt die Waffe zwischen den Knöpfen hindurch in ihre unterm Hemd fixierte rechte Hand und nimmt das Paket. „Ein Handy. Eins, das nicht zu verfolgen ist."

„Das … So was ist sonst außerhalb jeder Reichweite für uns", stellt Schumann fest. „Was leite ich eigentlich in meinem Laden noch?"

Sie grinst. „Zur Klärung dieser Sache wirst du jedenfalls eher nicht beitragen. Aber das ist ja genau der Job, den du machen solltest."

„Je tiefer man in der Korruption drinsteckt, desto tiefer gerät man hinein", sagt er.

„Späte Erkenntnis", ätzt Schmitt.

Schumann wischt sich wieder das Gesicht. „Es gibt da diesen Kerl, der die Strippen zieht und wahnsinnig Druck macht, der hat nicht nur mich in der Hand. Ich …" Er stockt. „Was meinst du, verliere ich meinen Job?

„Versuch einfach, den richtigen Leuten nicht in die Quere zu kommen. Es wäre zum Beispiel nicht gut für dich, wenn die Jungs in den schwarzen SUV hier auftauchen würden, sobald du wieder auf der Landstraße bist."

Er sieht ehrlich entsetzt aus. „Sibel, dich würde ich nie …"

Sie reißt mit den Zähnen das graue Papier auf, in das die Schachtel mit dem Handy eingewickelt ist, spuckt ein Stück davon vor seine Füße. „Dann ist ja gut. Geh jetzt."

Er sieht eine Sekunde lang so aus, als wolle er noch etwas sagen. Dann weicht das letzte bisschen Körperspannung aus ihm, das er nicht braucht, um sich aufrecht zu halten. Mit hängenden Schultern dreht er sich um und tritt den Rückweg an.

An den Baum gelehnt, verfolgt sie seinen Abgang. Mit einem Kopfschütteln vertreibt sie den Gedanken an ihre Beziehung vor langer Zeit. Sie, die junge Kriminalbeamtin, er, der Erfahrene, der Mentor: Ihre Ernüchterung trat ein, als sie bemerkte, wie sehr er sich an ihrer Bewunderung aufbaute und sich mit ihrer Zuneigung vor anderen brüstete.

Sie ekelte sich vor ihm. Und als sie gegangen war, auch vor sich selbst, da sie ihm dies nicht ins Gesicht sagen konnte, sondern sich einfach versetzen ließ und nicht mehr meldete.

Irgendwann gab er die Kontaktversuche auf.

Schmitt hat einhändig mit dem Unterdruck in der Pappschachtel zu kämpfen, bis sich der Deckel öffnet. Passcode des Smartphones ist, wie besprochen, Sheris Geburtsdatum. Sie findet Denzlers sichere Nummer im Speicher der letzten Anrufe und als einzigen Kontakt.

„Beruhige mich. Sag' mir, warum ich denen vertrauen soll", sagt Schmitt anstelle einer Begrüßung, als Denzler mit einem „Hallo" die Verbindung öffnet.

„Weil keiner mehr durchsieht in dem Durcheinander, und jeder von ihnen nur noch seinen Arsch und seinen Job retten will", antwortet er mit demonstrativer Ruhe. „Und ich möchte den Anschlag verhindern und Karriere machen."

„Warum setzt ihr auf mich?"

„Schmitt, bitte …"

„Sag es. Ich will es hören."

„Weil du hochintelligent, schnell und verlässlich bist. Du hast garantiert keine Verbindung zu Nazis. Du möchtest deinen Schützling vom Schussfeld bringen und deine Tochter finden. Und du hast garantiert keine Verbindung zu irgendeinem unserer Geheimdienste. Oder in der Politik."

„Deinen Freunden."

„Meinen Freunden."
„Wem können wir vertrauen?" Sie muss husten.
„Dir geht es schlecht."
„Ich glaube, ich habe Fieber. Eine meiner gebrochenen Rippen wird das Rippenfell verletzt haben. Blut im Urin habe ich auch."
Denzler lässt einige Sekunden verstreichen, bis er antwortet. Schmitt beobachtet, wie Schumann in der Senke in seinen Wagen steigt.
„Das engt unsere Optionen ein", sagt Denzler langsam.
„Stimmt. Wenn ich dabei sein soll, müssen wir schnell handeln", stellt Schmitt fest.
„Da trifft es sich gut, dass in mehreren Naziforen im Netz Ankündigungen aufgetaucht sind. Morgen Vormittag soll die Bombe platzen. Ein Videolink zur Liveübertragung ist auch dabei."
„Sicher, dass das unsere Leute sind?"
„Ich hoffe mal, dass nicht mehr als ein Nazitrupp gerade Bomben baut."
„Also nicht sicher. Keine Anhaltspunkte, wo der Anschlag stattfinden soll und wann genau?"
„Nein. Und ehe du fragst: Die IP war mehrfach maskiert. Herauszufinden, wer das gepostet hat und wo sein Computer steht, ist möglich, aber nicht einfach. Bis morgen schaffen wir das jedenfalls nicht."
„Wir haben also um die 16 Stunden."
„Bestenfalls. Hältst du so lange aus?"
„Wenn ich aussteigen müsste, wem sonst könntest du vertrauen?"
Er zögert wieder. „Niemandem."
„An wen hast du gerade gedacht während der Pause bis zu deiner Antwort?"
„Schmitt was soll ..."
„Los, wer?"
„Dein Journalist hat dafür gesorgt, dass sie aus der Deckung kamen. Da ist dieser Whistleblower beim MAD, der die ganze Affäre ins Rollen gebracht hatte, indem er Muthberg und Kreutz ins Bild setzte. Und der Typ beim Verfassungsschutz, der die Idee hatte, Muthbergs unter Schutz zu nehmen, ohne wirklich einen Plan zu haben. Aber beide stecken bis zum Hals mit drin. Der Verfassungsschützer führte und verlor den V-Mann Sittke alias Thor. Und der MADler wusste jahrelang von den Drogengeschäften, unternahm aber nichts." Er seufzt. „Ich bin an dich gebunden. Du kennst die Gegend, und du liegst nicht mit den falschen Leuten im Bett."
„Ich werde allein nichts tun können. Wie sieht es aus mit Verstärkung?"
„Zu gefährlich, dass uns einer reinfunkt."
Schmitt muss husten und hält einen Moment lang die Luft an, um den Reiz zu unterdrücken. „Wenigstens ist Schumann aus dem Weg."

„Hast du ihn bearbeitet?"

„Wenn du mitmachst, ist er auch drin, sagt er. Er ist durch und durch nackte Angst."

„Und, hält das?"

„Er hält sich an den, der am meisten Druck macht. Ich habe ihm gesagt, dass wir seine Verbindungsdaten haben und damit nachweisen können, dass er Bernatzkis Undercover-Aktion verraten hat."

„Haben wir doch gar nicht. Wir hätten mit dem, was wir an Informationen preisgeben können, nie den Gerichtsbeschluss gekriegt, um ..."

„Dann wird es Zeit, sie zu beschaffen. Es hat ihn jedenfalls aus der Fassung gebracht."

Denzler lacht.

„Was meinst du", fragt Schmitt, „ist *er* informiert?" Sie hustet wieder.

Eine Staubfahne zieht den Hang zur Straße hinauf, von Schumanns zurücksetzendem Wagen aufgewirbelt. Die Lerche unterbricht ihr Gezwitscher und fällt wie ein Stein aus dem Blau. Der Vogel fängt sich ab und beginnt, aufsteigend, wieder zu zwitschern.

„Wer?", fragt Denzler. „Wen meinst du?" Seine Stimme klingt fern.

„Der Verteidigungsminister. Wir müssen nicht drumherumreden. Du weißt, dass ich über Unterlagen verfüge, die beweisen, wie tief er in die Sache verstrickt ist."

„Und?"

„Das ist meine Lebensversicherung. Ich brauche Garantien. Ich will die Typen lebend, ich will am Ende leben, und Carla Muthberg soll auch leben. Wenn ich keine Garantien kriege, können die Nazis meinetwegen ihre Scheiß-Bombe zünden", sagt sie.

„Das meinst du nicht."

„Verlass dich nicht drauf."

„Ist nicht deine Art."

Sie seufzt. „Ich bin so erledigt."

„Wir müssen die Bombenbauer finden oder wenigstens diesen Thor."

„Du verlässt dich dafür selbst nicht auf dein Whistleblower-Netzwerk?"

„Politisch schon. Aber ..."

„... deren Apparate bewegen sich zu langsam, und wir wissen, dass es Lecks gibt. Schon klar." Schmitt unterdrückt ihr Husten. „Lass uns Top Security besuchen. Die sind reif dafür."

„Und wie kriege ich *dafür* den Gerichtsbeschluss? Und bis wir ausgewertet hätten, was wir bei einer Durchsuchung finden mögen, ist der Anschlag wahrscheinlich schon passiert. Mal abgesehen davon, dass die wahrscheinlich informiert würden, von wem auch immer. Schon befremdlich, wie gut die immer informiert sind."

„Ich habe nicht gesagt, durchsuchen. Ich sagte ‚besuchen'. Zum Druck machen brauche ich keinen Gerichtsbeschluss. Verdammt, die Typen sind überall, wie die Kakerlaken. Daraus können wir was machen." Sie muss innehalten, um nach Luft zu ringen. „Ein Jammer, dass ich die beiden Kerle nicht erwischt habe, die diese Mattke umgelegt haben. Wäre ich nicht damit beschäftigt gewesen, diesen Nazi daran zu hindern, Bernatzki zu erschießen, hätten wir die Firma jetzt beim Wickel."

„Sei froh. Du hättest sie nie allein festnehmen können. Nicht in deinem Zustand. Du wärest aber bescheuert genug gewesen, es zu versuchen. Erst sie und dann auch noch den überlebenden Nazi."

„Danke für die Blumen." Schmitt hustet und muss die Worte hervorpressen. „Thor sind wir aber keinen Schritt näher gekommen mit unserer Aktion."

„Das Risiko ist immens", warnt Denzler.

„Wir haben keine Alternative. Selbst wenn dieser Nazi reden würde, hätte er wahrscheinlich nicht viel zu bieten. Oder redet er inzwischen?"

„Die brandenburgischen Kollegen sagen, er redet eigentlich nur von dieser schrecklich aussehenden, einarmigen Irren, die ihn brüllend verhört habe, mit dem Finger in seiner Schusswunde." Denzler schnaubt. „Sonst nichts."

„Ich sage ja, Top Security ist unsere einzige Hoffnung."

„Wir werden keine Hundertschaft haben."

„Dafür ist die Überraschung auf unserer Seite."

Er atmet tief ein und wieder aus. „Okay. Wann?"

„Dauert noch. Ich bin mitten im Nirgendwo. Ich smse dir, wenn ich loskomme. Bring Waffen mit."

Schmitt rafft sich auf und hinkt langsam durchs trockene Eichenlaub zur dem Dorf zugewandten Seite der Baumgruppe. Den Kirchturm anpeilend geht sie querfeldein durch den oberschenkelhoch stehenden Weizen. Das getackerte Knie protestiert gegen jede Bewegung. Der trockene Ackerboden zwischen den glatten Halmen ist warm und wie Puder an ihren Zehen. Ihr Mund ist sehr trocken, aber sie wird nichts zu sich nehmen, bis sie sicher ist, dass sie damit nicht eventuelle innere Verletzungen verschlimmert.

Das Feld grenzt an das Dorf. Schmitt lehnt sich an eine Eiche, die etwas abseits der in der Hitze flirrenden Landstraße nahe dem Ortsschild steht. Sie rutscht an der Eiche hinunter, bis sie hockt, kann sich in der Hocke nicht halten und kippt auf ihre linke Seite. Sie zittert, als ob sie erfriere. Ihre Blessuren pochen und senden Schmerzimpulse wie Elektroschocks durch ihren Körper. Sie kostet die Empfindung aus, zugleich fühlt sie ihre Kraft schwinden.

In die Baumkrone zu schauen, ist wie Meditation. Obwohl kein Windhauch zu spüren ist, geht ein beständiges Rauschen von dem alten Baum aus. Das ist das Leben des Baums selbst, erkennt Schmitt, und sie findet die Vorstellung schön. Der Baum steht so ungerührt, dass sie in ihn hineinkriechen, der Baum sein möchte in seiner jahrhundertealten Unerschütterlichkeit.

Fern singt noch immer die Lerche.

Schmitt schreckt auf, als auf der nahen Straße ein Lkw vorüberrumpelt. Der Fiat steht am Straßenrand, Beifahrertür geöffnet. Carla Muthberg kauert bei Schmitt, die sich mühsam aufsetzt und an den Baumstamm lehnt. „Wie lange war ich weggetreten?"

„Seit ich dich hier fand, etwa zehn Minuten. Also maximal vielleicht zwanzig. Ich hab dich schlafen lassen."

„Ich sollte auf dich aufpassen, nicht du auf mich. Zum Schlafen ist später genug Zeit." Schmitts Hände fühlen sich seltsam an: Die eine hält eisern das Telefon, die andere die Waffe. Die Spannung der Finger hat während des kurzen Ruhens nicht nachgelassen. Die Fingerspitzen kribbeln, als sie den Griff lockert. Ihre Verbände sind an den Handflächen blutig und schweißnass.

„Du bist krank", stellt Carla fest.

„Da muss ich durch", sagt Schmitt. „Hilf mir hoch."

Auf dem Rücksitz lagert Bernatzki, den verbundenen Kopf auf der Lehne, Augen geschlossen.

„Geht es ihm gut?", fragt Schmitt.

„Phantastisch", murmelt Bernatzki und hebt den Kopf. „Ich bin nur hundemüde."

„Du hattest Glück", sagt Schmitt. „Und einen sensationellen Dickschädel hast du noch dazu."

„Stimmt." Er betastet mit einem freudlosen Grinsen den Verband, den Carla ihm angelegt hat. Die Kugel ist von hinten nach vorn an seinem Wangenknochen abgeglitten – die Wunde müsste genäht werden, aber sie ist nicht gefährlich.

„Wir sind eine dolle Krüppel-Truppe." Schmitt lässt das Telefon in die Brusttasche ihres Hemds gleiten und die Waffe ins Türfach, als sie sich ächzend auf den Beifahrersitz schiebt. Sie neigt den Kopf, da gerade im leise gestellten Radio gemeldet wird, dass zwei Kinder verschwunden sind. Geschwister. Das Mädchen ist 14 Jahre alt, blond. Schmitt wechselt einen Blick mit Carla, die sich ans Lenkrad setzt.

„Wohin?", fragt Carla.

„Jetzt statten wir den Ninjas einen Besuch ab", sagt Schmitt. „Die sind jetzt reif dafür."

„Will keiner von euch zu einem Arzt?"

Schmitt lacht leise und hustet. „Wenn noch einmal jemand fragt, sterbe ich schon aus Trotz auf der Stelle."

Bernatzki: „Gute Idee. Hauptsache Ruhe."

***

10

Berlin-Rudow

Im Niemandsland zwischen Bahnlinie und Chaussee nach Süden, am gesichtslosen Schmutzrand der Stadt, wartet Denzler in Cowboystiefeln, Jeans und hellblauem Seidenhemd auf einem staubigen Parkplatz. Er lehnt mit verschränkten Armen an seinem schwarzen Audi, als der Fiat hält, nimmt die Pilotenbrille ab, blinzelt in die Sonne, um sich Carla Muthberg vorzustellen.

„Oh, mein Gott", sagt er, als er Schmitt sieht, die langsam aus dem Auto klettert, fängt sich, gibt grinsend Bernatzki die Hand und fährt fort: „Hübsch seid ihr. Ich muss aber nicht meinen Schädel an die Wand schlagen, damit ich besser zu euch passe?"

„Vielleicht können wir das für dich erledigen: deinen Kopf an die Wand schlagen", entgegnet Schmitt

Denzler öffnet seinen Kofferraum. Verschiedene Knüppel, Pistolen, Schnellfeuerpistolen.

„Schönes Arsenal", sagt Schmitt. „Fahrt ihr Schlapphüte immer mit so was durch die Gegend?"

„Nur bei gefährlichen Alleingängen, zu denen man sich mit dir an einem sonnigen Sommernachmittag verabredet", antwortet Denzler.

Carla tut plötzlich einen Schritt nach vorn und legt ihre Hand auf Bernatzkis Schulter.

Der steht schweißüberströmt mit fliegendem Atem, zitternden Händen, starrt auf die Waffen. Schüttelt Carlas Hand ab. „Geht schon."

Denzler nimmt Bernatzkis Handgelenk und fühlt ihm den Puls. „Herzrasen, Hyperventilation, Zittern. Sie sind shell shocked."

„Was wissen Sie davon?" keucht Bernatzki und entzieht Denzler seinen Arm.

„Ich habe meine Diplomarbeit in Psychologie über die Traumata von Kriegsveteranen geschrieben. Der Bankraub war zu viel für Sie."

Bernatzki verschränkt seine Arme, um das Zittern zu unterdrücken. „Ich bin okay", japst er.

Schmitt flattert mit ihrer freien Hand wie Bernatzki. „Ist doch super. Mit einer Waffe sieht das beängstigend aus. Lasst uns losgehen."

„Moment", sagt Denzler. „Ich habe noch etwas." Er beugt sich in den BMW und taucht mit einem iPad wieder auf.

„Tolle Idee, deine Mails jetzt zu checken", murmelt Schmitt.

Denzler aktiviert den Bildschirm und reicht ihr den Tablet. „Was siehst du da?"

Sie hält das Gerät schräg ins Licht. Ein Grundriss. „Ist das die Firma? Cool."

„Wir müssen in die Geschäftsführung", sagt Denzler, nimmt das Gerät, zeigt auf einen der Räume. „Einen ziemlich langen Gang runter. Acht Leute sind drin. Eine davon ist die Sekretärin, wahrscheinlich ungefährlich. Nicht wahnsinnig viele mehr als wir."

Schmitts Augen verengen sich. „Woher weißt du das?"

Denzler wischt über den Grundriss. „Das Gebäude hat zwei Ausgänge, da und da, und alle, die raus oder reinwollen, müssen um dieselbe Ecke gehen. Ein Typ, den ich kenne, beobachtet die Ecke seit gestern Nachmittag."

„Wer?"

„Verlässlich."

Schmitt hustet und krampft ihren Arm gegen ihren Leib. „Scheiße, Denzler, *wer*?"

„Ich kenne ihn seit Jahren. Er ist intelligent, hasst Nazis und alles, was Uniformen trägt. Er hat immer sauber gespielt. Wenn er hier spurt, vergesse ich, wen ich in Verdacht habe für einige Grillanzünder-Anschläge auf Polizeiautos. Wir können uns auf ihn verlassen."

„Inscha'allah", murmelt Schmitt.

„Ich komme mit", verkündet Carla.

„Auf keinen Fall", bestimmt Denzler.

„Das sind die Typen, die meine Tochter auf dem Gewissen haben. Und wer weiß, ob nicht auch mein Mann …"

„Auf keinen Fall."

„Sie kann den Elektroschocker nehmen"; sagt Schmitt. „Ausgleichende Gerechtigkeit. Wenn wir anderen mit unseren Knarren aufpassen, ist sie gedeckt."

„Das sind absolute Profis", stellt Denzler fest.

Schmitt zieht einen Mundwinkel hoch. „Kann sein. Aber wir können uns benehmen wie Idioten. Wir spazieren da rein, und wir setzen auf den Überraschungseffekt, alles niederzuknallen, was sich bewegt. Darauf sind Profis nicht geeicht."

Carla Muthberg nickt. „Ich kann mich wehren, ich hab Selbstverteidigung gemacht. Mit dem Schocker kann ich auch umgehen, und Sie" – sie schaut Denzler an –, „Sie können doch jeden Helfer brauchen, oder?"

Denzler zögert, nickt. „Na gut. Es ist bescheuert, aber die ganze Aktion ist bescheuert."

„Eine bessere Idee haben wir nicht", sagt Schmitt und hustet. „Okay. Wir legen es nicht drauf an, aber wir schießen zuerst."

Bernatzkis Gesicht ist grau und schweißüberströmt. „Mann, Schmitt", keucht er.

Schmitt legt ihm die Hand auf den Arm. „Wir müssen nicht gleich alle umbringen, aber es sollte schon die Dynamik eines gepflegten Amoklaufs haben." Sie greift ächzend in den Kofferraum und reicht ihm einen der Riot-Batons. „Nimm einen Knüppel, wenn du ein Schusswaffentrauma hast, und reagiere dich ab."

Bernatzki schüttelt den Kopf. „Es ist ein Wahnsinn. Ihr seid irre. Ihr seid noch bescheuerter als die Nazis, mit denen ich heute Morgen dieses Blutbad veranstaltet habe."

Schmitt schaut ihn an. „Was meinst du, was wir da noch finden, wenn wir uns die Zeit nehmen und einen Durchsuchungsbefehl beantragen? Außerdem ist es legal, da reinzugehen. Gefahr im Verzug!"

„Es ist Wahnsinn", wiederholt Bernatzki.

„Ich habe längst aufgegeben, über geistige Gesundheit nachzudenken in diesem Fall", murmelt Schmitt, greift ihre Dienstwaffe aus der Türtasche der Fiat-Beifahrertür und lädt sie mühsam mit Hilfe der fixierten Hand durch.

Das Industriegrundstück mit der Residenz von Top Security ist gleich nebenan, ein Gewerbehof mit verfallender Einfahrt. Import/Export, Teppichdiscount, Lager.

Dass sie richtig sind bei Top Security, sehen sie nicht nur am verwitternden silberfarbenen Firmenschild am unbesetzten Pförtnerhaus: Sie zählen drei schwarze Geländewagen. Denzler sticht mit seinem Schweizer Messer Löcher in jeweils zwei Reifen jedes Wagens, bevor sie das Pförtnerhaus passieren. Auf dem Gelände zeugen Fabrikgebäude wie kleine Burgen von früherer Größe, zerschlagene Fenster und neuere Hallen aus rostendem Wellblech vom Niedergang. Dazwischen ein verblichener moderner Bau in Eternit und Glas, die Sonnenrollos geschlossen, vor dem ein weiterer SUV und ein blauer Lieferwagen stehen. Denzler verzichtet darauf, den SUV lahmzulegen.

Sie gehen die Stufen zum Eingang hinauf, die Metallschwingtür öffnet sich in ein düsteres Foyer.

Dort stirbt neben dem verwaisten Empfangstresen eine Birkenfeige an Staub, stickiger Luft und schlechtem Licht. Auf einem Wandrelief aus der Vergangenheit des Gebäudes werkeln Strichmännchen an einer Art Waggon, der aus einem Globus ragt.

Sie folgen dem Wegweiser Richtung Verwaltung die geschwungene Steintreppe hinauf. Oben gibt es einen weiteren Wegweiser, der sie in einen Gang im Licht nackter Neonröhren führt.

Geschäftsführung: links, etwa zwanzig Meter den Gang runter.

Schmitt und Denzler führen, Carla folgt ihnen, Bernatzki sichert ihnen den Rücken, schleicht seitwärts als Letzter, den Knüppel in der einen, eine Schnellfeuerpistole in der anderen Hand. Nun, unter Druck, ist sein Zittern verschwunden.

Carla Muthberg macht ein Geräusch mit den Lippen, zeigt auf eine Tür. Sie hören Stimmen, sehr leise. Denzler nähert sich der Tür, lauscht, hält zwei Finger hoch.

Sie schleichen weiter. Weiter vorn sind Schritte zu hören. Schmitt eilt lautlos auf die Tür zu, aus der das Bewegungsgeräusch dringt. Die öffnet sich. Ein junger Mann in Schwarz betritt den Flur. Ein Kiekser entfährt ihm, bevor Schmitt ihre Dienstwaffe in sein Gesicht rammt. Alle hören seine Nase brechen, ein dumpfes Knacken. Denzler fängt ihn auf, zerrt ihn ins Herrenklo zurück und kettet ihn mit seinen Handschellen an ein Rohr. Der Mann atmet Blutblasen aus.

Schmitt krümmt sich zusammen, die Waffe entgleitet ihrer Hand und schlägt mit einem Geräusch auf den Boden, das sich in der Stille wie eine Explosion anhört. Carla berührt Schmitt sanft an der Schulter. „Geht's?"

„Fühlt sich alles nicht gut an", stöhnt Schmitt und nimmt ihre Waffe wieder auf.

„Ich glaube, da ist Bewegung in der Geschäftsführung!" zischt Carla. Alle hören das Rumoren weiter vorn.

„Geh in Deckung", flüstert Schmitt. Carla duckt sich an die Wand, während Schmitt mit Denzler, Bernatzki im Schlepptau, den Gang entlang eilt.

Die Tür zum Geschäftsführerbüro öffnet sich.

Der erste Mann übersieht Schmitt an der Wand neben der Tür, stürmt auf Denzler los, stolpert über Schmitts hohes Bein, bekommt von ihr den Lauf ihrer Waffe in den Nacken gestoßen und verliert sich im Dämmer.

Denzler wirft sich zur Seite, während der zweite Mann mit erhobenen Armen, die Pistole in beiden Händen, auf ihn zielt und schießt. Mörtel spritzt von der Wand, wo die Kugel einschlägt.

„Polizei", ruft Denzler, „werfen Sie die Waffen weg und ergeben Sie sich."

Der zweite Mann zielt auf Denzler, Denzler auf ihn. Schmitt senkt den Kopf und rammt den Angreifer gegen die Wand neben dem Türrahmen, stößt dabei an einen dritten Kerl, der aus der Tür stürmt, direkt in Bernatzkis Vorhandschwung mit dem Riot-Baton, der seine Waffenhand streift und seinen Oberkörper in Höhe des Zwerchfells trifft. Der dritte knickt luftlos zusammen, während seine

Pistole in einer Ellipse aus seiner Hand gegen die Wand und zu Boden fällt. Bernatzki holt zu einem neuen Schlag aus.

Weiter vorn öffnet sich die Tür, zwei Männer werfen sich mit den Waffen im Anschlag in den Gang. „Polizei" schreit Denzler, schießt an die Decke. Zwei Neonröhren verlöschen, es regnet Scherben. Die Männer lassen die Waffen fallen und nehmen die Hände hoch. Carla hält dies nicht davon ab, einen von ihnen mit dem Elektroschocker zu Boden zu schicken.

Bernatzkis zweiter Schlag trifft den dritten Mann schräg von oben auf dem Kopf, während der nach Luft japsend nach seiner Pistole tastet. Er bricht zusammen.

Schmitt ist mit dem zweiten Mann zu Boden und in eine Art Clinch gegangen. Er klemmt ihren Hals von hinten in einen Armhebel und presst seine Waffe an ihre Schläfe. Sie ist gehandicapt mit ihrem fixierten Arm, ihr Atem geht pfeifend. Schmitt dreht ihren Kopf ruckartig zu seinem mit schwarzem Stoff bekleideten Oberarm und beißt mit aller Kraft in sein Muskelfleisch. Zugleich drückt sie ihre Automatik irgendwo unten an den Körper des Mannes und schießt. Zweimal. Dreimal. Der Armhebel an Schmitts Hals lockert sich, sie rollt sich ab, zielt auf den Mann. Der versucht seine Pistole in Anschlag zu bringen. Sie entgleitet ihm, seine Gesichtszüge neutralisieren sich: Ohnmacht.

„Schmitt, Landeskriminalamt. Sie sind festgenommen", hustet sie dem vierten Mann entgegen, der kahlgeschoren, riesig in seiner schwarzen Uniform, mit erhobenen Händen im Türrahmen erscheint, und zielt auf ihn.

„Ich weiß", antwortet er mit sanfter Stimme und kickt die Waffe des ersten Mannes, der gerade zu sich kommt, Richtung Schmitt aus dessen Reichweite. „Sehr beeindruckende Vorstellung. Hätten Sie nicht einfach anrufen können? Dann hätte es keine Irritationen wegen Ihres Besuchs gegeben."

Schmitt kommt mit Hilfe Denzlers, der weiter auf die beiden Männer unten im Flur zielt, mühsam auf die Beine. „Hätten Sie wohl an unserer Stelle mit Ihrer Kooperationsbereitschaft gerechnet, nach allem, was war?"

Der Typ grinst. „Sie werden gesucht, heißt es im Internet. Vielleicht hätten wir Sie festgenommen, wer weiß?" Er spricht mit einem leichten Akzent.

„German Kukevicz, nehme ich an?" sagt Denzler.

„Der Geschäftsführer dieses Unternehmens, ganz richtig." Der Mann lässt die Hände sinken, Schmitt hebt die Automatik, dass sie ihm genau ins Gesicht zielt.

Ihn scheint das nicht zu beeindrucken. „Sie haben noch nicht so oft jemanden erschossen, Frau Schmitt, oder?" Er lächelt. Seine blauen Augen bleiben wie tot. Er hat Salzkränze in den Achseln seines schwarzen Uniformhemds, obwohl arktische Klimaluft aus dem Geschäftsführungsbüro dringt.

„Drehen Sie sich um, Hände an die Wand, Beine breit", schnarrt Schmitt und tritt zurück bis an die andere Wand. „Bernatzki, kannst du …"

Bernatzki durchsucht Kukevicz und fixiert ihm die Hände mit einem Plastikbinder auf dem Rücken. Schmitt wirft mit vorgehaltener Automatik einen Blick ins Büro. Eine junge Blondine zittert tränenüberströmt hinter dem Schreibtisch. Schmitt senkt die Waffe. „Polizei. Alles gut. Sie haben nichts zu befürchten"; sagt sie. „Haben Sie ein Diktiergerät?"

Die Sekretärin starrt sie nur an.

„Diktiergerät?", fragt Schmitt erneut, die Automatik an der Tischkante ablegend. „Oder Ihr Handy?"

Die Frau reicht ihr zitternd ein Handy. Schmitt schaltet die Aufnahme ein, nimmt ihre Waffe, verwahrt sie in der fixierten Hand, tritt zurück in den Flur, nickt Bernatzki zu, steckt Kukevicz das Handy in die Brusttasche seines Uniformhemds, zielt auf ihn. Hustend lässt sie sich langsam an der Wand abgleiten, bis sie in der Hocke sitzt und den Oberkörper gegen ihre Oberschenkel krümmen kann.

Bernatzki hilft Denzler, die anderen Typen sicher zu entwaffnen und zu fesseln. Carla schaut nach dem Mann, dem Schmitt dreimal ins Bein geschossen hat.

„Du musst die Blutung stoppen, Carla. Nimm seinen Gürtel zum Abbinden. Kräftig anziehen", sagt Schmitt und hustet. Sie versucht einen amtlichen Ton anzunehmen: „Vernehmung German Kukevicz, Geschäftsführer der Firma Top Security."

Kukevicz lächelt Schmitt an. „Sie haben eine ziemliche Schweinerei angerichtet. Das wird Ärger geben", sagt er mit rollendem R.

„Ich rechne eher mit einer Belobigung", sagt Schmitt, indem sie mit einer trägen Bewegung ihren Kopf nach ihm dreht und ihn mit ihren geröteten Augen anschaut. „Mitarbeiter Ihrer Firma haben ein Mädchen entführt, zwei Männer und eine Frau ermordet. Sie sind an Drogen- und Waffengeschäften beteiligt. Sie verschieben Waffen und Schwarzgeld an Terroristen."

Er gewinnt an Sicherheit. „Und wie wollen Sie das beweisen?"

„Ist gar nicht so schwer. Die Entführung hat an einigen Ihrer Männer Spuren hinterlassen, wie ich höre. Soll ich mal schauen, wer die Tage krankgeschrieben war und sich im Krankenhaus wegen unschöner – sagen wir – Unfallverletzungen hat behandeln lassen?"

„Na dann viel Spaß." Er grinst noch.

„Na schön", sagt Schmitt. „Wenn es das nicht ist, sind es die Waffen und das Geld. Wir haben Kontoauszüge, die Zahlungen an Thorsten ‚Thor' Sittke beweisen."

Grinsen. „Na und? Herr Sittke hat für uns gearbeitet. Da sollten wir ihn wohl bezahlen."

„Sie wissen aber schon, um wie viel es sich handelt?"

Er wirkt vergnügt. „Ja klar. Sie ahnen nicht, wie gut manche in dieser Branche verdienen."

„Ein Schläger mit dem Alias Sultan hatte bei seinem Angriff auf mich einen Full-Access-Dienstausweis Ihrer Firma dabei und benutzte einen Dodge, der auf Top Security zugelassen ist. Wie viele solcher Ausweise haben Sie? Wie viele davon gibt es überhaupt? Zweihundert? Dreihundert? Oder eher viel weniger? Ich würde denken, solche Ausweise haben nur besondere Mitarbeiter."

Grinsen. „Den Ausweis haben wir gesperrt. Und dass er das Auto noch hat, ist uns gar nicht aufgefallen. So eine Schlamperei. Danke für die Mitteilung."

„Er ist tot."

Sein Grinsen wird zu einem Ausdruck ironischen Bedauerns. „Ups!"

„Und leicht nachzuweisen ist Ihr Verstoß gegen das Fernmeldegeheimnis", stellt Schmitt mit gepresster Stimme fest, indem sie sich langsam wieder aufrichtet. „Ich schalte mein Handy ein und lege es irgendwo ab, und zehn Minuten später sind Ihre schwarzen Sheriffs da. Telekommunikationsgesetz, Paragraph 88, schon mal gehört? Der Zugriff auf meine Verbindungs- und Standortdaten ist strafbar nach Paragraph 206 Strafgesetzbuch. Gut für uns, denn jeder Zugriff dieser Art hinterlässt Spuren. Fünf Jahre Knast, wie finden Sie das?"

Er grinst noch immer, schüttelt den Kopf. „Schwachsinn."

Sie zeigt ihm mit dem Lauf ins Gesicht. „Augenbrauenzucken, Liderflackern, das Kinn fällt. Ich hab' Sie. Selbst wenn Sie nur Bewährung kriegen, weil Sie das unmöglich allein geschafft haben, ist für Sie Schluss mit der schönen Geschäftsführung dieser schönen Firma. Und wer weiß, was noch alles rauskommt, wenn ich hier eine kleine Haussuchung veranstalten lasse."

Er wendet den Blick ab. „Ganz schön irre, mit so ein paar traurigen Hanseln hier aufzutauchen. Und Sie brauchen dringend einen Arzt."

Schmitt lässt die Waffe sinken. „Machen Sie sich um mich keine Sorgen. Wir hätten gern eine Großaktion daraus gemacht, aber wir hatten keine Lust, schon im Voraus von Ihren mächtigen Freunden verraten oder gebremst zu werden."

„Was erwarten Sie von mir?"

„Mein Problem ist im Moment nicht die Entführung des Mädchens und auch nicht der Mord an seinem Vater, nicht der Mord an Schilling, an dieser Nazibraut oder der Angriff auf mich. Mein Problem ist eine Verschwörung, an deren Ende ein terroristischer Angriff steht."

„Damit haben wir nichts zu tun. Von wem reden Sie? Nazibraut? Ich kenne keinen Schilling."

Schmitt steckt die Automatik in ihre fixierte Hand und zieht aus der Hemdtasche den Dienstausweis ihres Verfolgers hervor, den sie nach dem Mord an Schilling in der Wilhelmstraße überwältigt hatte. Er schaut kurz darauf: „Ich kann mich nur wiederholen: Damit haben wir nichts zu tun. Wir übernehmen

Sicherungsaufgaben. Wir sind da, wohin wir von unseren Kunden gerufen werden. Was unsere Leute in der Freizeit treiben, entzieht sich unserem Einfluss."

Schmitt verstaut den Ausweis wieder, schüttelt den Kopf. „Machen Sie sich nicht lächerlich. Das war kein Freizeitausflug Ihrer Leute. Schilling hatte von der schmutzigen Bombe Wind bekommen, die Sittke mit Ihrem Geld zusammengekauft hat, und wollte reden."

„Ich weiß von keiner Bombe."

„Sie haben sie finanziert, Mann."

„Ich habe ihm Geld geschickt, aber ich weiß von keiner verdammten Bombe. Thor betreibt ein Forum im Internet und rekrutiert junge Kameraden für euren Nationalen Widerstand."

„Ist nicht meiner. Meine Eltern sind Türken." Schmitt klingt, als hätte sie auf etwas Faules gebissen.

Er schaut sie an. „Ich dachte gleich, du stinkst wie eine Moslem-Fotze."

Schmitt nimmt die Waffe wieder in die gute Hand. „Große Worte, kleiner Schwanz. Wenn ich die Zeit hätte, würde ich mal bei dir nachsehen, um was zu lachen zu haben." Sie grinst ihn an. „Du bist ein ganz besonderes Opfer: Du wirst sogar von deinen Freunden gefickt. Denn wenn du nichts von der Bombe weißt, hat man dich benutzt. Sittke hat die Bombe im Auftrag des Verfassungsschutzes und des MAD zusammengekauft und sich in einem Anfall nationalen Größenwahns abgesetzt, um sein eigenes Geschäft aufzumachen."

Er bemüht sich vergebens, cool zu bleiben. „Im Auftrag des Verfassungsschutzes? Was redest du für eine Scheiße?"

„Der ist V-Mann, wusstest du das nicht? Ne richtig große Nummer."

Kukevicz schüttelt langsam den Kopf.

Schmitt fährt fort: „Auf welche Weise, glaubst du, sind wir wohl überhaupt an unsere Informationen gelangt? Das Ding ist in Zusammenarbeit mehrerer Geheimdienste eingefädelt worden, um zu beobachten, wie ein solcher Atomdeal läuft, über welche Kanäle und so weiter. Als Sittke untertauchte, brach Chaos aus. Ein richtig schöner Sumpf ist das, und du steckst bis zum Hals drin, als Geschäftsführer sogar persönlich haftend."

Der Mann hat plötzlich jede Sicherheit verloren.

„Wir sind nicht die Einzigen, die …" Er fängt sich gerade noch, bevor es ein Geständnis wird. „Mit Morden habe ich nichts zu tun." Er hält inne.

Denzler lehnt sich neben Schmitt an die Wand, flüstert ihr ins Ohr: „Du musst mit Frau Muthberg verschwinden. Wir haben Rettungswagen gerufen."

„Wieso … Ich meine …", wispert sie.

„Ich kann für eure Sicherheit nicht garantieren. Halt durch."

Sie nickt und wendet sich wieder Kukevicz zu: „Typen aus deiner Firma haben heute Morgen eine junge Frau ausgeschaltet, die uns vielleicht eine direkte

Verbindung zu Sittke hätte eröffnen können. Solche Typen tauchen immer wieder in diesem Fall auf. Wenn du damit wirklich nichts zu tun hast, bist du inzwischen der Sündenbock. Alles wird getan, dass niemand an Sittke herankommt, dass dessen Verbindung zwischen ihm und der Firma des Verteidigungsministers nicht auffliegt." Schmitt hustet, verzieht ihr Gesicht schmerzvoll und schwenkt ihre Waffe. „Ich war heute Vormittag nicht in der Form, hinterher zu rennen. Schwarzer SUV, soll ich dir die Nummer sagen?" Sie konzentriert sich darauf, nicht auf ihre Unterlippe zu beißen, um den Bluff nicht zu verraten.

„Ich weiß von nichts."

„Wir können dich schützen. Aber du musst auspacken. Du weißt, wie deutsche Staatsanwälte und Richter sind. Wenn ein Beschuldigter kooperiert, haben sie ein großes Herz. Wir können nun durch alle deine Akten stöbern, alle Festplatten prüfen, alle Verbindungsdaten checken. Das wird dauern. Vielleicht ist da nichts. Vielleicht hast du einen Arbeitsvertrag mit Sittke, der die Zahlungen irgendwie rechtfertigt. Dann gibt es zahlreiche Verdachtsmomente gegen dich, aber am Ende nur eine Anklage wegen des Zugriffs auf meine Handydaten." Sie presst ihren Arm an ihren Leib, als sie wieder husten muss. „Wenn da aber nur der leiseste Hinweis auf eine Verbindung zu Sittke auftaucht, seitdem er untergetaucht ist, dann bist du wegen Beihilfe dran, wenn die Bombe hochgegangen ist, weil du nicht oder erst zu spät preisgegeben hast, was du über deren Verbleib weißt."

Der Mann schaut sich um. Alle seine Leute sind außer Hörweite. Er nähert sich Schmitt, die an sich halten muss, sich nicht zu ducken angesichts seiner körperlichen Präsenz. Er riecht nach teurem After Shave und Schweiß. Er beugt seinen Kopf über ihre Schulter. Schmitt bohrt ihm ihre Waffe in die Magengrube. So, dass nur auch Denzler es hören kann, sagt er: „Sittke hat noch eines unserer Diensthandys. Seine Personalakte ist vernichtet, war sowieso fake. Tatsächlich ist er nur über unsere Bücher geführt worden, aber er hat nie hier gearbeitet. Die Sekretärin kann Ihnen die Rechnung suchen, auf der alle Koordinaten des Handys vermerkt sind. Es ist präpariert. Wenn er den Akku nicht rausnimmt, dürfte er leicht zu finden sein, selbst wenn er es abschaltet. Mehr weiß ich nicht. Wirklich."

„Warum zum Teufel hast du Sittke nicht einfach auffliegen lassen? Das wäre doch das Einfachste gewesen. Stattdessen lässt du dich für diesen Wahnsinn einspannen. Du hättest alles mit einem Fingerschnippen beenden könntest."

Der Mann tritt wieder zurück. Verzieht die Lippen zu einem wölfischen Grinsen. „Warum einen Kameraden verraten?"

„Und warum verrätst du ihn jetzt?"

Der Mann beugt sich wieder vor. Der Schweißgeruch ist nun intensiver. „Weil ich nicht mit Verrätern untergehen will." Er tritt zurück.

Schmitt gibt die Waffe wieder in ihre fixierte Hand, zieht das Handy aus Kukevicz' Hemdtasche, speichert die Tondatei, schaltet das Handy ab, winkt damit lässig Denzler. „Ich habe die Aufnahme, falls er einen plötzlichen Tod erleiden sollte", sagt sie. „Carla, komm, es ist Zeit."

***

LKA, Berlin-Tempelhof

Denzler spricht einfach los, als sich Schmitt meldet. „Wir haben die Bombenbauer lokalisiert. Dank Sittkes Bewegungsprofil."
Er hört das charakteristische Rauschen eines fahrenden Wagens. „Schmitt, bist du da?"
„Ich bin da. Was ist mit den Garantien?"
„Ich kann keine geben. Du musst Vertrauen haben."
„Keine Sekunde lang." Sie hustet. „Wer hat die Nazis lokalisiert?"
„Keiner aus der Behörde. Ein Hacker, noch ein Ex-V-Mann, kein Nazi, vertrauenswürdig. Er wusste durch Sittkes Bewegungsprofil, welche Orte für die Lokalisierung der Original-IP des Rechners infrage kamen, von dem aus heute Morgen zu bestimmten, genau erfassten Zeiten Thors Foreneinträge gemacht wurden. Wie er das genau gemacht hat, keine Ahnung. Im Zusammenspiel der Informationen sind wir uns aber sicher, dass wir die Richtigen lokalisiert haben."
„Wer sagt mir, dass diese Information nicht gerade in diesem Moment bei den schwarzen Sheriffs unseres Verteidigungsministers landen, die uns dann da auflauern und alle erledigen?"
Denzler hat bislang zurückgelehnt dagesessen, die edel beschuhten Füße auf dem Schreibtisch, nun nimmt er mit einem Seufzen die Füße vom Tisch und setzt sich auf, als ob Schmitt sehen könnte, wie er die seriösere Haltung einnimmt. „Hör mal, Schmitt: Ich hätte dich längst erledigen können. Ich will das Ding aber sauber zu Ende spielen. Wir werden alles tun, sämtliche Unterlagen prozesssicher zu bekommen. Es hat dann keinen Sinn mehr für ihn, die Frau und dich zu verfolgen."
„Ich zweifle daran, ob er noch so klar denkt", sagt Schmitt.
Denzler müht sich um einen sachlichen, kühlen Ton. „Muthberg ist ausgeschert aus der Mauer des Schweigens, genau wie unsere geheimen Partner beim MAD und beim Verfassungsschutz. Dass sie mit uns zusammenarbeiten, tun sie sicher nicht aus Liebe. Sie tun es, weil sie fürchten, ebenfalls umgebracht zu werden. Zu ihrer Motivation trägt sicher das gewaltsame Ableben des Herrn Schilling nicht unerheblich bei. Und da die nächste Frage absehbar ist: Du hältst mich für ein Arschloch, weil du denkst, dass ich unbedingt Innenminister werden möchte. Deine Einschätzung ist richtig. Wenn ich die Affäre sauber, ohne weiteres Blutvergießen und ohne allzu großen politischen Schaden kläre, bin ich meinem Ziel näher. Ich will die Nazis, ich will das ganze Material, alle Daten und so weiter, die da zu finden sind, um die richtige Story zu dem Fall zu konstruieren. Ich garantiere dir schon deshalb nicht den Kopf des Herrn Verteidigungsministers, weil ich kein Interesse daran habe, dass uns die ganze Republik

um die Ohren fliegt. Anders gesagt: Am Ende haben alle *ihre* Leichen in *meinem* Keller. Du vertraust doch meinem Eigennutz, oder?"

Sie lacht leise, klingt aber nicht überzeugt: „Das haben wir schon einmal hinter uns gebracht. Du hättest die Kleine von der PKK damals gegen deine Überzeugung abgeschoben, wenn ich nicht den Kopf hingehalten hätte. Ich halte jetzt wieder den Kopf für dich hin. Wie damals habe ich keine Alternative. Aber du hast die Wahl. Du könntest mich in die Pfanne hauen und dich mit den anderen Beteiligten zum Verteidigungsminister ins Bett legen. Das gilt auch für deine neuen Verbündeten."

„Dazu wissen inzwischen viel zu viele Menschen Bescheid. Sollen wir die alle umlegen? Kreutz zum Beispiel? Wir sind nicht in Russland, wo man Journalisten erschießt und nichts passiert. Und außerdem ist dieser Sittke auch noch unterwegs. Der Typ könnte uns mit jedem falschen Schritt erpressen. Er hätte jeden in der Hand, von dem er weiß, dass er beteiligt ist. Und weil die Nummer zuletzt reichlich deppenhaft gelaufen ist, weiß und kennt er zu viel. Ich neutralisiere den Kerl nur dann, wenn ich diese Nummer ohne Anschlag zum Ende bringe. Am Ende bezahlt für die Fortsetzung der Karrieren unserer Unterstützer bei MAD und Verfassungsschutz und für meinen Aufstieg der Verteidigungsminister."

Schmitt stellt fest: „Solange alles noch in der Schwebe ist, könnt ihr einander nicht über den Weg trauen."

„Ich traue keinem außer dir", bestätigt Denzler.

„Und genau darum gibt es keine denkbare Unterstützung von offizieller Seite."

Denzler spricht langsam und sehr überlegt. „Wenn es dich erwischt oder irgendetwas anderes Hässliches passiert, wozu wir nicht stehen können, war es dein Alleingang."

„Beruhigend, was für intrigante Schweine ihr seid."

Dazu fällt Denzler nichts ein.

Die Leitung rauscht, bis Schmitt hüstelt. „Na gut. Also wo finde ich die Nazis?"

„Der Ort heißt Feldscheune, liegt bei Fürstenwalde."

Schmitt schnaubt. „In dem Ort gibt es seit jeher so was wie ein Nazi-Nest." Dann schaltet sie. „Das ist doch da, wo die zwei Kinder verschwunden sind. Eine 16-Jährige und ihr Bruder. Auf ‚Antenne' reden sie von nichts anderem."

„Genau, das ist der Ort. Das macht es nicht leichter."

„Ich glaube nicht, dass das Zufall ist. Bomben bauende Nazis und verschwundene Kinder im selben Ort. Oder? Was glaubst du?"

Etwas in Schmitts Ton veranlasst Denzler, mit besonderer Ruhe zu antworten. „Da magst du recht haben. Wir wissen es nicht."

Schmitt hustet. „Okay. Gib mir mehr."

„Die haben sich in einem ehemaligen Gutshof eingemietet. Nach den Informationen, über die wir verfügen, bauen sie an mindestens einer gewaltigen Autobombe mit Nuklearmaterial. Plutonium."

Wieder rauscht die Verbindung für lange Sekunden nur. „Ich hab ja bis eben gehofft, dass die ‚Schmutzige Bombe' so was wie eine Urban Legend ist", sagt Schmitt. „Dass Sprengstoff über Bundeswehrkanäle zu Nazis gelangen kann, sehe ich noch ein. Aber woher kommt Plutonium? Das hat die Bundeswehr nicht im Bestand. Oder habe ich etwas verpasst?"

„Unsere Nazi-Freunde haben Kumpels in Serbien, die wiederum in Russland. Dort, bei russischen Milizen in Tschetschenien, haben sie auch ihre Ausbildung in Kampf- und Waffentechniken bekommen. In Russland brauchst du nur Geld, dann kriegst du alles. Auch Plutonium. Und Geld haben sie dank unserer Balkan-Connection genug." Er überlegt kurz, was er zu ihrer Beruhigung sagen kann. „Es ist aber vielleicht nur Plutoniumdioxid, und es ist sicher verpackt, solange die Bombe nicht hochgeht."

Schmitt klingt amüsiert. „Du kennst aber schon den Unterschied zwischen Plutonium und PuO2? Das Oxid kann man trocken lagern: Es ist kristallin, also deutlich besser mit guter Verteilwirkung in die Luft zu blasen. Dass das Oxid bezogen auf ein gegebenes Volumen etwas weniger giftig ist und ein wenig weniger strahlt, spielt bei dem Ausmaß an Toxizität und Radioaktivität, die das Zeug hat, keine Rolle."

Denzler pfeift leise durch die Zähne. „Ich bin beeindruckt."

„Chemie Eins. Für irgendwas muss mein Super-Abi doch gut gewesen sein. Wie viel haben die von der Scheiße?"

„Wir wissen von 500 bis 800 Kilo Semtex oder C4, oder beides. Kann auch mehr sein. Und mindestens 100 Gramm Plutonium oder Plutoniumoxid."

„Warum, sagst du, hat man es dazu kommen lassen?"

„Um die Schmuggelkanäle und die Verbindungen zu erforschen, die es nimmt."

„Ich bin gespannt darauf, wie du das Ding politisch so weich kochst, dass es nicht doch am Ende allen um die Ohren fliegt."

„Ich stehe inzwischen in Verbindung mit dem Kanzleramt in der Sache. Schließlich ist es dessen Job, die Geheimdienste zu koordinieren. Die wollen sauber bleiben, wenn der populäre Herr Kriegsminister ins Trudeln gerät." Er lacht mit einem sarkastischen Unterton. „Seine Karriere ist hundertprozentig zu Ende."

Schmitt braucht einige Augenblicke, bis sie diesen Brocken geschluckt hat. „Okay, wir machen Folgendes", sagt sie. „Ich gehe da rein, überwältige die Typen, verschnüre sie sauber, und du kannst sie mit allem Drum und Dran abholen. Ich hinterlasse sie lebend. Wenn es doch auf mysteriöse Weise Tote geben sollte dabei oder weitere rätselhafte Entführungen oder Morde an Zeugen, hast du mich mit der ganzen deutschen Presse am Schwanz."

„Wie willst du die Nazis aufbringen? Du kannst nicht allein …"

„Wer redet davon?"

„Was … Wer …?"

„Willst du das wirklich wissen?"

„Nein, vermutlich nicht", bestätigt Denzler die rhetorische Frage.

„Ich habe noch eine Einkaufsliste", sagt Schmitt.

„Ich höre."

„Schaut im zuständigen Bauamt nach Plänen von dem Haus. Vielleicht gibt es was. Dann sollte jemand, der sich diskret umschauen kann und einen Blick für Nazis hat, auf dem Hof nach den Kindern fragen. Vielleicht Bernatzki, sofern er kann mit dem Loch im Gesicht. Und ich brauche heute Abend nach Einbruch der Dunkelheit Sturmfreiheit um den Hof herum. Wenn da überall Polizisten und Presseleute rumlungern und nach dem Kinderklauer suchen, wäre das ein Problem."

„Verstehe", sagt Denzler. „Ich kümmere mich drum."

„Ich melde mich." Schmitt beendet die Verbindung.

Denzler legt das Handy ab, lehnt sich mit dem Festnetztelefon zurück und legt die Füße wieder auf den Tisch.

Sein Computer signalisiert den Eingang einer Mail. Er legt das Telefon ab und checkt sein Fach. Es ist eine Audiodatei mit dem Namen „Gespraech_Denzler_Schmitt2", dazu schreibt die Absenderin nur: „Zum Anhang: Sicher ist sicher . Sei ab 21 Uhr im Nachbarort."

Er klickt auf die Datei.

Schmitts Stimme sagt: „Denkst du wirklich, dass ich dir außerhalb einer sicheren Verbindung ein solches File schicken würde? Ein falscher Schritt, und ich poste unser Gespräch von vorhin öffentlich auf Facebook. Verlass dich drauf, dass ich keine Ruhe gebe, bis die ganze Scheiße geklärt ist. Habe ich wirklich ‚Kanzleramt' gehört? Echt?" Leises Lachen, Husten. „Daumen hoch, Partner!"

***

Bei Fürstenwalde, Brandenburg

„Meine Rüstung gibt es im Baumarkt", hatte Schmitt gesagt.
Tatsächlich brauchte Carla Muthberg für den Einkauf nur zehn Minuten. Sie findet Schmitt, wie sie sie verlassen hatte, in einer seltsam verdrehten Schonhaltung auf dem Beifahrersitz, erhitzt vom Fieber, schweißfeucht, mit bleichen, trockenen Lippen, die verschwollenen Augen geschlossen, aber wach.
„Mir geht es gut", antwortet Schmitt auf die nächstliegende Frage. „Wir ziehen das jetzt durch." Und hustet, das Gesicht verziehend.
Treffpunkt ist ein verlassenes Gewerbegebiet. Breite Straßen aus Beton, zwischen den Platten wächst Gras. Nachdem ihr Carla aus dem Hemd geholfen hat, setzt sich Schmitt auf der Schattenseite des Autos ans Hinterrad gelehnt auf den sonnenwarmen Beton.
Mit Wunddesinfektionsmittel aus der Sprühflasche feuchtet Carla die Pflaster an, um sie leichter ablösen zu können. „Deine Wunden sind entzündet. Jedenfalls die meisten."
Schmitt schaut in ihre linke Handfläche, die stark geschwollen und mit Blutergüssen unterlaufen ist, die gelblich, blau und grün durch die Haut schimmern. Die Einschläge der Tackerklammern haben rote Höfe. „Wundert mich nicht", murmelt sie und ballt gegen den Widerstand der Schwellung die Hand zur Faust. Sie löst die Spannung und tastet mit der Fingerspitze nach der Stelle in ihrem Gesicht, wo ihr Sultan eine Klammer durch die Wange in den Kiefer geschossen hatte. Außen fühlt sich die Wunde gut an. Doch die beiden Löcher in ihrem Kiefer pochen. An der tastenden Zungenspitze schmeckt das Wundsekret süß und salzig.
Carla löst sehr vorsichtig das Paketband, das sich tief in den geschwollenen rechten Oberarm eingegraben hat. Es bleiben gereizte Streifen, hier und da tritt ein Blutstropfen hervor. Den Bruch des Schlüsselbeins markiert ein sehr dunkles Hämatom mit gelbgrünen Rändern. Schmitt stöhnt, als der Arm wieder richtig durchblutet wird. Sie versucht den schmerzhaften Hustenreiz, der jeden tieferen Atemzug begleitet, zu unterdrücken.
„Mein Gott", sagt Carla. „Wenn überall Brüche sind, wo du Flecken hast, sind drei oder vier Rippen gebrochen." Schmitt tastet ihren Brustkorb und den unteren Rippenbogen ab, drückt ihre Hand in ihre Magengrube und in der Nabelgegend an ihren Leib und sagt, als Carla fragt „Und?", nur: „Nicht lustig."
Carla reinigt die Wunden, wartet, bis das Desinfektionsspray getrocknet ist, und klebt neue Pflaster.
Schmitts Hände bleiben diesmal frei.

Carla fixiert den Arm mit schwarzem Panzerklebeband aus dem Baumarkt nach Schmitts knappen Anweisungen so, dass sie mit der rechten Hand eine Waffe an der Hüfte halten und frei zielen kann.

Carla hat Winkeleisen gekauft und gleich zuschneiden lassen. Mit dem Panzerband befestigt sie die Eisen an Schmitts linkem Unterarm, erst eins vorn für die Speiche, das zweite hinten als Schutz der Elle, das dritte und das vierte vor ihren Schienbeinen.

Die Sonne geht gerade unter, als Carla Schmitt wieder in das Herrenhemd aus dem Supermarkt hilft, ihr einziges verfügbares Kleidungsstück, das den fixierten Arm umfängt und noch geschlossen werden kann.

Schmitt kämpft kurzatmig gegen den Hustenreiz.

Carla feuchtet ein Papiertuch mit Mineralwasser an und betupft Schmitts Lippen, ihre heiße Stirn und die Wangen.

Eine S-Klasse und ein Kleinbus fahren heran, beide schwarz, beide haben verdunkelte Seitenscheiben. Carla hilft Schmitt hoch. Die Polizistin strafft sich, als die Autos halten.

Das hintere Fenster der Limousine öffnet sich. Der Mann auf dem Rücksitz winkt. Der Siegelring glänzt an seiner Hand. Aus dem Kleintransporter steigen vier junge Männer. Schmitts jüngster Cousin Kemal mit finsterer Miene und drei andere Typen, etwas kleiner als Schmitt, sehr muskulös. Sie tragen alle schwarze Jogginganzüge von Adidas und Nike-Sneakers, wie eine Uniform.

Einer der jungen Typen fragt den Cousin: „Was ist mit der, Mann, die ist doch total alle? Ist die untern Zug gekommen oder was?"

Schmitt fixiert den Typen. „Greif mich an, Kleiner, und ich zeige dir, wie alle ich bin", schnarrt sie.

Ihr Cousin hebt die Hand begütigend. „Also richtig gesund und fit siehst du wirklich nicht aus."

Sie grinst. „Alles Tarnung." Das Grinsen verschwindet und sie nickt. „Nein, im Ernst: Mir geht es Scheiße. Aber es reicht noch für heute Abend, verlasst euch drauf. Wichtig ist, dass wir den Überraschungseffekt nutzen und blitzschnell dafür sorgen, dass wir in der Mehrzahl sind."

Die Männer nicken.

Ihr Onkel öffnet seine Autotür. „Für mich ist wichtig, dass nicht überall Bullen da rumlaufen."

„Die ziehen bei Einbruch der Dunkelheit aus dem Dorf ab", sagt Schmitt. „Die Einsatzleitung sieht keinen Sinn darin, die Suche nach den Kindern vor Morgengrauen fortzusetzen. Einige Polizisten werden bei den Eltern sein; drei, vier Streifenwagen werden strategische Ecken besetzt halten. Aber sicher nicht da, wo wir zugreifen."

„Können wir uns darauf verlassen?"

„Solange nicht irgendein Penner einen Alleingang unternimmt oder ein teuflischer Zufall alles ruiniert: ja."

„Was ist mit Journalisten? Bei der Kirche steht ein Übertragungswagen neben dem anderen ..."

Schmitt grinst. „Rein zufällig gibt die Einsatzleitung zur Zeit unseres Zugriffs eine Pressekonferenz im Nachbarort."

„Und das Plutonium?", fragt einer der jungen Männer. Er hat ein spitzes, jungenhaftes Gesicht und einen sehr wachen Blick.

„Wie heißt du?", fragt Schmitt.

„Hamid."

„Jiu Jitsu oder Taekwondo?"

„Taekwondo und Karate."

„Liegt ja dicht beieinander. Welche Stufe?"

„Schwarzgürtel."

Schmitt nickt anerkennend und deutet eine japanische Verbeugung von Meister zu Meister an. Er verbeugt sich ebenfalls. Sie hustet. „Okay, das Plutonium: Solange die Bomben nicht hochgehen, ist es sicher. Wenn sie hochgehen, sind wir so nah dran, dass Radioaktivität mit ihren Spätfolgen nicht mehr unser Problem sein wird. Die Bomben werden wahrscheinlich mit Handys gezündet – ihr habt die Störsender dabei?"

Ihr Cousin nickt.

„Sind die Dinger zuverlässig?"

„Hat noch keinen Ärger damit gegeben."

Schmitt fragt nicht weiter. Ihr ist klar, dass der Trupp ihres Onkels die illegalen Mobilfunk-Störsender dazu benutzt, um auf Raubzügen Anrufe bei Polizei oder Wachdiensten zu unterbinden, sei es durch Zeugen, sei es durch stumme Alarmanlagen. „Trotzdem sollten wir alle Handys der Nazis einsammeln. Nicht, dass wir die Sender abschalten, und irgendwer aktiviert die Bomben doch noch."

Die Männer nicken.

Sie schaut in die Runde. „Weitere Fragen?"

Ihr Cousin lehnt sich an den Kleinbus. „Du hast am Telefon von drei Autobomben gesprochen. Woher hast du das?"

„Ein Kollege von mir war da. Er hat nach den Kindern gefragt und konnte sich auf dem Hof in aller Ruhe umsehen. Da stehen drei Kleintransporter, in die er natürlich nicht reinschauen konnte. Aber die Vermutung liegt nahe."

„Weiß dein Kollege, was heute Nacht geschieht?"

Schmitt nickt. „Er weiß aber nicht, wer mir hilft, und er wird nicht dort sein."

„Warum gehst du mit uns los und nicht mit deinen Leuten?"

„Bei dieser Sache möchte ich nur Leute um mich haben, auf die ich mich wirklich verlassen kann. Wenn einer von euch mich anscheißt, ist er tot."

Die Männer lachen beifällig. Klar, Bullen haben keine Ehre. Ausnahmen bestätigen die Regel.

Hamid hebt die Hand. Schmitt nickt ihm zu. „Ich will nicht respektlos erscheinen", sagt er. „Aber wäre es nicht doch besser, wenn du in deinem … Zustand die Sache lieber aus – ähm – sicherer Entfernung leiten würdest?"

Schmitts Onkel greift ein: „Okay, Ende der Fragestunde. Hamid, das war respektlos. Die Frage hat sie schon beantwortet."

„Nein, Onkel, entschuldige, die Frage ist richtig", sagt Schmitt. „Wir müssen uns blind aufeinander verlassen können." Sie strafft sich. „Nicht aus Eitelkeit: Ich muss den Zugriff machen. Ihr seid die Schattenarmee, aber am Ende muss die Polizistin das Wild erlegt haben." Sie lacht und unterdrückt ein Husten. „Es käme, bei allem Respekt, auch aus juristischen Gründen nicht so gut, wenn die Nazis offiziell vom Inkasso-Schlägertrupp eines Berliner Halbwelt-Königs festgenommen würden."

Die Männer lachen.

Schmitt zeigt auf Hamid. „Aber deine Frage war eine andere." Sie tritt einen Schritt auf ihn zu. „Müsst ihr meinen Arsch decken, oder kann ich selbst drauf aufpassen?" Sie nimmt die Füße zusammen und macht, Hamid nicht aus den Augen lassend, eine weitere japanische Verbeugung, als sie sagt: „Die Antwort ist …" Sie dreht sich aus dem Stand plötzlich nach rechts, und ihr hochschnellendes linkes Bein träfe mit seiner Metallarmierung genau seinen Kopf, würde er nicht blitzschnell darunter abtauchen. Schmitt nutzt ihren Schwung zu einem Sprung, der sie auf seine andere Seite bringt. Während er noch um Gleichgewicht ringt, schmettert sie ihren linken Arm mit voller Wucht in Richtung seines Unterkiefers, um Millimeter vor dem Ziel zu stoppen, auf dem linken Bein stabil stehend, das rechte zur Balance halbhoch abgespreizt.

Sie hustet und keucht: „Die Antwort ist: Ich kann ganz gut für mich selbst sorgen." Sie entspannt sich, tritt zurück und verbeugt sich erneut, mit dem Hustenreiz kämpfend.

Hamid sammelt sich und erwidert die Geste. „Cool", sagt er, „verdammt cool. Entschuldige, dass ich so geredet habe."

„Die Frage war gut", antwortet Schmitt. „Wir haben jetzt noch eine Stunde oder so, bis wir los müssen. Ich gebe euch nachher noch ein paar Instruktionen." Sie dreht sich um zu ihrem Onkel. „Können wir kurz reden?"

„Steig ein", sagt er, und sein Fahrer verlässt wie auf Kommando den Mercedes, stellt sich breitbeinig außer Hörweite und abseits der jungen Kämpfer, das Auto im Blick haltend.

Schmitt geht um den Wagen herum und setzt sich ächzend auf den rechten Rücksitz.

„Starke Vorstellung", sagt er. „Du hättest ihm den Kiefer zertrümmern können."

„Zwei Zentimeter tiefer, und es wäre der Kehlkopf gewesen. Exitus."

Er schaut seine Nichte an, die ihm ihr Profil zuwendet. „Habe ... haben wir diesen Hass in dich gelegt?"

Sie schaut ihn an. Ihre geröteten Augen glänzen im Fieber. „Die Energie ist meine. Mein Sport bringt sie unter Kontrolle."

„Hast du damals meinen ältesten Sohn getötet?"

Sie lehnt sich zurück an die Kopfstütze und schließt die Augen. „Ich wünsche mir von Herzen, dass ich es war. Aber das ist eine Rechnung, die offen bleiben wird. Keine Chance, sie auszugleichen. Jemand anders hat es getan." Sie wendet sich ihm wieder zu. „Glaubst du mir?"

„Warum hast du Mahmoud nicht ausgeliefert?"

„Hättest du mir nicht geholfen, hätte er mich nicht verraten können. Es erschien mir nicht fair. Nenne es ein Familiending, wenn du willst, typische Türkenscheiße."

Er atmet tief ein. „Mahmoud ist stolz auf sich. Er sagt, er hätte dir den Arm und die Rippen gebrochen, und er denkt tatsächlich, dass er deshalb ein guter Sohn ist." Er schüttelt den Kopf. „Hast du ihn geschont, dass du dich nicht gewehrt hast?"

„Ich kam gegen Sultan nicht an. Der Typ war gut und hatte eine unglaubliche Kraft." Sie hebt die Hand, dass er die Wunden besser sehen kann. „Sultan hat mich an eine der Kisten getackert. Ich war völlig wehrlos, als Mahmoud mit einem Knüppel kam. Hätte Sultan ihn nicht aufgehalten, weil er noch Informationen aus mir rausprügeln wollte ..."

„Es tut mir leid", sagt der Onkel. „Ich hätte ihm nicht sagen dürfen, dass wir dir helfen. Ich war es, der ihm die ganze Geschichte erzählt hat. Statt mir sofort zu sagen, dass er Sultans neue Handynummer hat ..." Er schüttelt den Kopf.

„Er ist dein Sohn. Ich bin euer Blut. Du durftest damit rechnen, dass er mich nicht verrät."

Plötzlich sind Tränen in seinen Augen. „Er hat dich an Sultan verkauft. Mein Sohn ist ... ist eine Ratte. Überhaupt. Weißt du, ich meine ... es tut mir leid. Alles. Auch früher. Es war falsch."

Schroff sagt Schmitt: „Hast du das Zeug?"

Er schaut sie einige Sekunden lang mit Tränen in den Augen an, zieht dann ein Folienheftchen mit einem weißen Pulver aus seiner Jackett-Innentasche. „Vorsicht, beste Qualität. Nimm nicht zu viel. Ich finde es überhaupt falsch, dass du wieder damit anfängst."

„Ich fange nicht wieder damit an." Sie versucht, das Heftchen einhändig zu öffnen. „Ich bin nur so alle, dass ich brauche, was das Zeug bringt. Ich bin am Ende meiner Kräfte."

„Das eben sah anders aus."

„Zum Blenden reicht's. Aber Hamids Frage war gerechtfertigt. Ich bin total erledigt."

„Umso vorsichtiger solltest du mit Meth sein."

„Das Zeug bringt mich für die nächsten zwei Stunden hoch. Dann ist die Scheiße hoffentlich vorbei. So oder so ist sie dann vorbei."

„Warum machst du das?"

„Ich habe die Verantwortung für die Frau da draußen. Ihren Mann habe ich verloren. Sie soll leben. Nach dem Showdown heute Abend ist sie sicher."

Er nimmt ihr das Heftchen aus der Hand und öffnet es vorsichtig. „Ich bin stolz auf dich."

Schmitt gibt ein schwer interpretierbares Geräusch von sich und schließt die Augen.

Er zückt sein Portemonnaie und rollt einen 50-Euro-Schein zu einem Röhrchen zusammen, nimmt sein Smartphone aus der Türablage und streut ein winziges Häufchen Meth auf das Display. Mit der unteren Falzkante des Drogenheftchens schiebt er das Pulver zu zwei Linien zusammen. „Prinzessin", sagt er. „Hier …"

Sie öffnet die Augen, nimmt das Geldröhrchen und schnieft die Linien von dem Telefon, das er ihr hinhält. Sie hustet stark und krümmt sich. Als der Husten endlich nachlässt, lehnt sie sich zurück mit dem Gefühl einer unerhörten Weite in den Stirnhöhlen, das ihr die Tränen in die Augen treibt, und spürt, wie das Zeug erst ihr Bewusstsein flasht und dann ihr ganzes System.

„Scheiße, ist das gut", murmelt sie.

Schmitt strafft sich und steigt aus. „Okay Männer", ruft sie. „Lagebesprechung."

***

11

Feldscheune bei Fürstenwalde, Brandenburg

Noch zehn Minuten.
Schmitt sitzt auf dem Beifahrersitz im Fiat, ein feuchtes Tuch auf der Stirn.
Alles ist geregelt.
Die Schläger ihres Onkels sind eingewiesen, sie hat die Aufgaben verteilt und ihnen den Grundriss gezeigt, den es tatsächlich im Bauamt noch gab.
Denzler und Schumann haben dafür gesorgt, dass kein Polizist oder Journalist näher als 150 Meter am Einsatzort ist.
Schmitt ist überzeugt, die verschwundenen Kinder in dem Haus zu finden. Solche Zufälle gibt es nicht: Sieben Terroristen und Kindesentführer zur gleichen Zeit im selben 400-Seelen-Ort. Jedenfalls gibt die Statistik so etwas sonst nicht her. Wahrscheinlich haben die Kinder etwas gesehen.
Das Mädchen heißt Marie. Der Junge Dennis. Marie ist blond. In Schmitts Vorstellung ist sie wie Sheri.
Natürlich hat Schmitt ein Foto gesehen. Das verschwundene Mädchen sieht anders aus. Und ist doch: wie Sheri.
Schmitt hat die Augen geschlossen. Ihre Lider zucken, ihr ganzer brennender und pochender Körper ist unsichere Hochspannung. Sie atmet kurz, zu schnell, unterbrochen von immer heftigeren Hustenanfällen.
Rasende Kopfschmerzen. Dröhnen wie von einem startenden Jet in den Ohren. Glitzernder Schnee vor den geschlossenen Augen. Herzklopfen in den Schläfen. Unruhe wie Stromstöße. Das Bedürfnis zu schreien. Das Bedürfnis zu lachen. Schmerz. Durst. Durst! Eine Melodie im Kopf. Mehrere Melodien und stampfende Rhythmen. Tanzen! Stimmen: Sheri. Djamil. Walter Muthberg. Sultan.
Was stimmt an dieser Reihe nicht?
Alle tot.
Tot?
Sie wirft das Tuch ab, nimmt den Eyeliner aus Carlas Tasche in die Faust, klappt die Sonnenblende runter, schaltet das Licht am Schminkspiegel ein und

malt sich in groben, breit verschmierenden Strichen eine Fratze. Sie rauft sich das verklebte Haar. Eine Gorgo.

Carla kommt. Schmitt steigt für die letzten Vorbereitungen aus dem Fiat. Ihre Beine zucken so sehr, dass sie sich neben dem Auto auf den Gehweg setzen muss. Sie wagt es kaum, mit Carla zu reden. Jedes Wort wird ein Schrei, fürchtet sie, ein wildes Brüllen.

Und sie ist überempfindlich. Wo sonst kein Körpergefühl, ja wenn sie die Augen schließt, nicht einmal ein Körper ist, gibt es nun eine Zone so sensibel wie eine offene Wunde, die schon Zentimeter vor der schweißnassen Oberfläche ihrer Haut beginnt. Der Lufthauch einer nahenden Berührung erzeugt so etwas wie einen sensorischen Einschlag, den sie als tiefrot und ohrenbetäubend laut empfindet. Sie wird angetippt und schwingt wie eine gewaltige Glocke, leuchtet wie die Sonne, rotiert wie ein Kreisel.

Jede Berührung brennt sich ein.

Schmitt ist danach, schreiend durch den Ort zu rennen und ihren Kopf an Wände und Bäume zu schlagen, um ihre Taubheit wiederzuerlangen.

Als Carla ihre rechte Hand und die Dienstwaffe mit dem Panzerband verbunden hat und das Pfefferspray in ihrer Linken fixieren will, reißt Schmitt sich, überwältigt von der Hitze und den Berührungssensationen, das Hemd auf und zerrt es sich ächzend vom Leib, greift nach der Flasche in der Ablage der offenen Beifahrertür und begießt sich mit Mineralwasser.

„Bist du sicher, dass du da rein gehen willst?", fragt Carla.

„Ich bin okay", keucht Schmitt, ihre Stimme überschlägt sich. „Ich will die Schlagzeile lesen: Nackte, schwer verletzte Türkin bringt Nazis zur Strecke." Sie lacht, viel zu laut und schrill, und hustet.

Carla befestigt das Geschirr mit dem Nachtsichtgerät an Schmitts Kopf. Sie streckt ihre Hand weit von sich, dass Carla ihr nicht zu nahe kommt, als sie die Pfeffersprydose sicher an ihre Hand klebt, als Schlag- und Betäubungswaffe.

„Viel Glück", sagt Carla. Sie hilft Schmitt auf. Schmitt geht einige Schritte um die Hausecke. Die vier Männer starren sie an, sagen nichts. Sie sammeln sich um Schmitt, die sie nicht zu beachten scheint.

„Hoftor geknackt, Handyfrequenzen gestört, alle Netze tot", sagt ihr Cousin und steckt sein Mobiltelefon wieder in seine Hosentasche. Er zieht sich die Maske übers Gesicht. „Tragt ihr alle eure Handschuhe?", fragt er. Dreimal leise „Ja."

Schmitt blickt mit angespannten Muskeln, am ganzen Körper zitternd, voraus nach dem Hoftor, fünfzig Meter entfernt im matten Licht der Straßenbeleuchtung, die absurd hell wirkt, gesehen durch das Nachtsichtgerät.

Sie hören das Krachen des Vorschlaghammers über die stille Dorfstraße, mit dem der Fahrer von Schmitts Onkel den Anschlusskasten des alten Hofes lahm legt. Das Anwesen fällt in Dunkelheit.

Schmitt taumelt los, geradeaus durch die Hecke am Straßenrand, die die Männer umrunden, gewinnt an Schrittsicherheit und Geschmeidigkeit. Sie ist als erste an der Haustür.
Schmitt will töten.

Sie sehen „CSI", um sich die Zeit zu vertreiben. Jankowicz und Popov rauchen Kette. Die Luft ist zum Schneiden. Wegen der Mücken öffnet niemand das Fenster.
Die Anspannung bricht auf, als der Strom ausfällt. Sie springen von ihren Plätzen, rufen, schreien durcheinander.
Ein mächtiges Krachen, und sie sind still.
Jankowicz sagt: „Scheiße."
Es kracht wieder. Ohne Zweifel, die Haustür.
Der Lichtkegel der kleinen Taschenlampe an Popovs Schlüsselanhänger irrt durchs Zimmer und bleibt am Esstisch hängen. „Tischbeine", sagt Popov. „Besser als nichts."
Bauer greift sich das Obstmesser, gerade bevor Jankowicz den Tisch mit allem, was darauf ist, auf die Seite wirft, einen Fuß auf ein Bein stellt und das obere rausbricht. „Hier", sagt er, Popov das Tischbein reichend, um gleich das nächste zu greifen.
Mit einem letzten mächtigen Krachen gibt die Haustür nach. Im Licht der kleinen Lampe springt eine riesige weibliche Gestalt mit Insektenaugen in den Raum, nackt, mit schwarzen Streifen bedeckt. Sie brüllt Unverständliches, als sie Prutzke, der völlig verdattert der Tür am nächsten steht, eine Flüssigkeit in die Augen sprüht. Wimmernd weicht er zurück, knallt an die Wand und krümmt sich, die Hände an sein Gesicht pressend, am Boden zusammen.
Ein Hanke-Zwilling will sich auf die Angreiferin stürzen, aber eine schwarz gekleidete Gestalt rammt ihm die Faust an den Hals, dreht ihm gleichzeitig den Arm auf den Rücken und ringt ihn zu Boden. Der andere Zwilling stürzt sich auf den Angreifer. Der bekommt Unterstützung von einer zweiten schwarzen Gestalt, die sich an Hankes Hals hängt. Wie ein Bär bäumt Hanke sich auf und versucht, den lästigen Angreifer abzuschütteln.
Popov holt aus und schwingt das Tischbein.
Die Frau, noch immer brüllend, wehrt den Schlag mit dem Unterarm ab.
Popov wundert sich noch darüber, dass der Zusammenprall von Holz und Arm metallisch klingt, als ihn ihr Bein an der Seite des Kopfes trifft und niederstreckt. Auch seine Lampe geht zu Boden, schickt ihr Licht schräg an Wand und Decke.

Bauer senkt den Kopf und rennt frontal gegen die Angreiferin an. Sie versenkt das Messer tief im Fleisch neben deren Nabel. Gleichzeitig hört sie einen Schuss und spürt, wie ihre Beine den Halt verlieren.

Jankowicz steigt über Bauer. Sein einhändiger Schlag mit dem Tischbein trifft die Angreiferin schwer am Oberkörper. Irgendwie schafft sie es dennoch, die Wucht des Aufpralls in eine Drehung umzusetzen, die ihren linken Unterarm mit Nachdruck gegen das Tischbein schmettert, dass es aus seinen Händen fliegt. Ein Spritzer einer scharfen Flüssigkeit mitten ins Gesicht setzt ihn außer Gefecht, ein heftiger Tritt schickt ihn zu Boden.

Die Angreiferin brüllt, hustet.

Meyer duckt sich blitzschnell unter ihrem Bein weg, mit dem sie auf seinen Kopf zielt, greift Jankowicz' Tischbein und schlägt es ihr, während sie die Drehung abfängt, beidhändig gegen den Leib.

Er hört, wie ihr die Luft ausgeht. Aber sie bleibt auf den Beinen.

Er holt wieder aus.

Sie schießt.

Meyer spürt einen Schlag an der Schulter.

Sein Hieb rutscht ab. Er trifft ihr linkes Bein seitlich am Knie.

Die Angreiferin knickt ein.

Er holt aus.

Sie schießt.

Meyer klappt zusammen.

Der verbleibende Hanke-Zwilling versucht, den Typ an seinem Hals loszuwerden. Als er ihn an die Wand rammt, sieht er schon Sterne, so luftlos ist er. Er tritt zwei Schritte vor, wieder zurück, stößt mit aller Kraft gegen die Wand, wo ein Balken vorragt.

Die Arme an seinem Hals erschlaffen.

Hanke sieht gerade noch, dass die Angreiferin wieder hochgekommen ist.

Ihr Arm trifft ihn am Kiefer. Er hört ein hässliches Knirschen, als der Knochen splittert und mehrere Zähne brechen. Er verliert das Bewusstsein.

Schmitt krümmt sich hustend, den guten Arm gegen ihren Leib pressend. Sie reißt das Klebeband an ihrer Hand mit den Zähnen auf. Die Pfefferspraydose poltert zu Boden. Sie zieht sich das Nachtsichtgerät vom Kopf und lässt es ebenfalls fallen.

Sie drückt die Hand auf den Messerstich.

Es ist vorbei.

Hamid und Schmitts Cousin haben das Haus durchsucht. „Alles sicher", sagt Hamid, das Nachtsichtgerät auf seine Stirn hochschiebend und eine Stablampe einschaltend. „Im Keller sind die Kinder. Ich gehe jetzt das Mädchen holen."

Schmitt schaut sich um. Die beiden Typen vom Trupp ihres Onkels, die mit ihr in die Stube gegangen sind, wirken etwas verbeult, sind aber wohlauf.

„Du bist okay?", fragt ihr jüngster Cousin.

„Geht schon", stöhnt Schmitt. „Was ist mit dem Jungen? Dennis?"

„Tot."

Blut sickert zwischen ihren Fingern hindurch aus der Stichwunde an ihrem Bauch, aber nicht viel. Die Verletzung kann nicht allzu groß sein, beschließt sie.

„Sammelt ihre Handys ein, legt ihnen die Handschellen an und verschwindet."

Schmitt wankt in die Diele, zu der Brettertür, durch die Hamid in den Keller verschwunden ist, tastet sich die Treppe hinunter. Die erdig duftende Kellerluft ist wie ein feuchtes Tuch auf ihrer glühheißen Haut. Unten folgt sie dem Licht der Stablampe in einen engen Raum zwischen Bruchsteinwänden. Auf dem Lehmboden liegt ein Körper mit zerschmettertem Hinterkopf. An der Stirnwand müht sich Hamid, die Fesseln des Mädchens zu lösen.

„Marie", sagt sie. „Hab keine Angst. Ich bin Polizistin. Mein Name ist Sibel, Sibel Schmitt." Es liegt so viel Wärme in ihrer Stimme, dass das Mädchen nicht erschrickt, als sie ins Blickfeld tritt, nicht einmal verwundert ist wegen ihres Aufzugs.

Schmitt kauert sich neben Marie und legt den Arm um ihre Schultern, rutscht weiter hinunter, bis sie auf dem Lehmboden sitzt. Marie weint. Schmitt streicht über Maries Haar und spürt, wie ihre Körperspannung nachlässt, während sich von der Stichwunde Eiseskälte ausbreitet.

Als Hamid Maries Fußfesseln gelöst hat, sagt Schmitt: „Geh jetzt. Gib Marie die Taschenlampe, wir finden raus. Danke. Gute Arbeit. Sag's auch den anderen."

Er verschwindet wie ein Schatten.

„Kommst du hoch, Marie?"

Das Kind sagt leise: „Ja."

„Ich bin verletzt, hilfst du mir auf?"

Auf der Treppe halten sie einander an den Händen. Marie stützt Schmitt in der Diele und die Haustreppe hinunter in den Hof, aus dem Tor, in die Reichweite der Straßenbeleuchtung.

„Geh nach Hause, Kind, geh gleich nach Hause", sagt Schmitt und lässt das Mädchen los. Marie geht einige Schritte rückwärts, wirft einen Blick auf ihre Hand, die mit Schmitts Blut beschmiert ist, weiß nicht, was sie sagen soll, dreht sich um, das Blut an ihrem Kleid abwischend, läuft los.

Schmitt krümmt sich zusammen, die Hand an den Bauch gepresst, schafft es mit kleinen Schritten zur rissigen Begrenzungsmauer, kniet sich aufs Katzenkopfpflaster und lässt sich gegen das Mauerwerk gleiten.

Carla eilt herbei.

„Ruf Denzler an", flüstert Schmitt. „Die Typen sind festgenommen. Wir brauchen acht Rettungswagen. Die Kinder haben wir gefunden. Aber – der Junge ... er ist tot."

Als Carla sie berühren will, wehrt sie ab: „Nicht!"

Schmitt legt sich langsam auf die Seite und zieht die Beine an. „Ruf jetzt da an. Mir geht es gut." Sie schließt die Augen.

Die Kälte hat sie.

***

Schmitt ermittelt wieder in „Schmitts Hölle – Countdown"

Ebenfalls erschienen: „Die Frau im roten Kleid" – Prequel der Schmitt-Thriller

Mein Dank gebührt meiner Familie, die meine dauernde Schreiberei still erträgt, sowie Krista Maria Schädlich, meiner Lektorin, die meine Texte so gnadenlos wie kongenial bearbeitet und damit Wesentliches dazu beiträgt.

Joachim Widmann

***

Schmitt auf Facebook:
facebook.com/schmitts.hoelle
Wenn Sie die Seite mit „Gefällt mir" markieren und sich benachrichtigen lassen, erhalten Sie Informationen über die Thriller mit Sibel Schmitt.